MW00453474

La chica sin alma

La chica sin alma

Morgan Owen

Traducción de Librada Piñero

Rocaeditorial

Título original: *The Girl With No Soul*

© Morgan Owen, 2022

Primera edición: enero de 2023

© de la traducción: 2023, Librada Piñero
© de esta edición: 2023, Roca Editorial de Libros, S.L.
Av. Marquès de l'Argentera 17, pral.
08003 Barcelona
actualidad@rocaeditorial.com
www.rocalibros.com

Impreso por Liberdúplex
Printed in Spain – Impreso en España

ISBN: 978-84-19283-65-8
Depósito legal: B 3318-2022

Todos los derechos reservados. Esta publicación no puede ser reproducida, ni en todo ni en parte, ni registrada en o transmitida por, un sistema de recuperación de información, en ninguna forma ni por ningún medio, sea mecánico, fotoquímico, electrónico, magnético, electroóptico, por fotocopia, o cualquier otro, sin el permiso previo por escrito de la editorial.

RE83658

A cualquiera que se haya sentido
del todo perdido alguna vez

PRIMERA PARTE

La Chispa

1

Los Cinco Indicios de la Ausencia de Alma

Según la Orden, un alma puede ser defectuosa de muchos modos diferentes.

La Chispa puede ser demasiado brillante o la Sombra demasiado oscura; el Espíritu débil, la Canción discordante o el Corazón amargo.

Las calles de Providence estaban repletas de vallas publicitarias resplandecientes que decían cómo tenía que ser el alma, advirtiendo de manchas y cicatrices, de grietas y fracturas. Yo nunca había pensado demasiado en la apariencia de mi alma. No tenía mucho sentido que me preocupara por ello. No en mi caso.

Un húmedo domingo de otoño, al atardecer, fui al Gran Bazar a robar una baratija para la condesa. Me ganaba la vida robando, si se podía decir así. El mercado estaba lleno de cosas bonitas esperando a que las birlara una chica que iba con los ojos bien abiertos y se mantenía alerta. Los clientes estaban tan concentrados en lo siguiente que querían comprar que prestaban poca atención a lo que ya poseían. Era el lugar perfecto para robar.

La condesa me había dicho lo que tenía que buscar, y yo sabía que lo encontraría.

Siempre lo hacía.

Con la capucha puesta y la cabeza gacha, me movía entre la animada multitud zigzagueando entre los paraguas goteantes mientras las gruesas gotas de lluvia me salpicaban cada vez que salía del cobijo de los toldos empapados.

De los altos edificios que bordeaban el patio en forma de pentágono colgaban pendones de colores que representaban los estandartes de las cinco Casas nobles y marcaban los límites de los cinco distritos.

El Ojo de Obscura sobre negro para la Casa de la Sombra.

La Flor de Memoria sobre blanco para la Casa del Espíritu.

El Arpa de Harmonia sobre plateado para la Casa de la Canción.

La Manzana de Cordata sobre dorado para la Casa del Corazón.

La Antorcha de Renato sobre rojo para la Casa de la Chispa.

Estos eran los cinco elementos de la anatomía del alma, cada uno de ellos con su propia corte de nobles que lo representaba. Juntas, las cinco Casas formaban la Orden de Providence, la base de nuestra sociedad, que se remontaba cientos de años atrás. De vez en cuando se producía una revuelta de agitadores descontentos, sin duda criminales de almas defectuosas, pero la Orden era inalterable.

Bajo las banderas había un vasto mosaico de doseles que chocaban entre sí, algunos de ellos de varios pisos de altura y conectados por una red de puentes de cuerda donde mercaderes procedentes de los cinco mares vendían lo que les quedaba del día, haciendo resonar sus llamadas de venta en un canon desenfrenado y rítmico.

—¡Canciones de antorcha! ¡Crónicas románticas! ¡Rebajadas a mitad de precio, solo hoy!

—Gorras de pensar, tres por una corona.

—¡Comida para el corazón! ¡Vengan por su comida para el corazón! Tenemos pasteles dulces, panes de masa madre, ¡tenemos de todo!

Allí, en el Gran Bazar, se podía comprar no solo azúcar, café, huevos y pescado, sino espejos que halagaban el reflejo y barritas aromáticas que mejoraban la memoria, dulces que te ponían de buen humor y zapatos que te hacían mejor bailarín. Estaba repleto de compradores que iban de acá para allá parloteando, empujando y dando empellones, en una masa escandalosa y ondulante que fluía y me llevaba con ella.

Me llamó la atención un destello lejano que parpadeaba en la distancia. Noté que me vibraban las yemas de los dedos con un cosquilleo. «Podía ser aquello.» Al otro lado de un pasillo de cortinas colgadas, pasada una exposición de perros de porcelana y un concurso de belleza de modelos, fui directa hacia aquel extraño destello.

Busqué con atención de dónde provenía el resplandor, fijándome en cada persona que pasaba. Un grupo de soldados admiraba una selección de brillantes armas que estaban en venta. Una pareja hacía chocar dos vasos llenos de espuma delante de un puesto humeante y se miraban el uno al otro con adoración. Un grupo de niños de uniforme observaba una cápsula del tiempo que proyectaba escenas triunfales de la historia de la Orden.

Vi rubíes, medallones, diamantes y perlas, pero no eran

13

el tipo de tesoro que me interesaba. Yo robaba cosas que brillaban no por ser de oro, sino por tener sentimiento. La condesa me pagaba por robar tesoros sentimentales: cosas que significaban algo para alguien, o que lo habían hecho en su día, hacía mucho tiempo. Relicarios, prendas, recuerdos y cartas de amor. La gente los llamaba «vestigios», restos del pasado. Todos ellos me producían un cosquilleo, un estremecimiento, una punzada o un anhelo.

En aquella ocasión, mi señora me había enviado a una misión para conseguir un objeto en concreto, pero a veces tomaba la iniciativa de ir a buscar por mí misma. Me gustaba el desafío de buscar aquellos vestigios, revolviendo por los montones y hurgando en los bolsos hasta encontrar uno que me pareciera adecuado. La condesa pagaba mejor los vestigios que tenían energías oscuras, objetos imbuidos de recuerdos desagradables. Asesinato, celos, traición, muerte..., ese tipo de cosas.

Ahí estaba de nuevo: el destello que me había atraído volvía a llamar mi atención por el rabillo del ojo. Solo un débil destello en la distancia. Me abrí paso con dificultad hacia él, luchando contra la inercia de la multitud. Había demasiada gente en el camino; inclinaban la cabeza y agitaban las manos, como si tuvieran todo el tiempo del mundo para perder. Al verme atrapada detrás de dos caminantes lentos, me abrí paso con audacia, a codazos, por el pequeño espacio que había entre ellos. Me dieron una voz con fastidio.

Me estaba acercando.

El destello era ahora un aura resplandeciente, un halo espectral flotante como un parhelio, un simulacro de sol brumoso. Se podía decir que era de otro mundo, sobrenatural. La magia del alma.

14

—Extra, extra, léalo todo sobre el tema —gritó un repartidor de periódicos que iba en bicicleta y tapó mi campo visual—. ¡El canciller Obscura promete nuevas medidas para acabar con la corrupción!

Al pasar se le cayó un periódico de su abultado saco. Estiré el cuello y me puse de puntillas, buscando la extraña chispa, pero ya no la veía. La había vuelto a perder.

—Imbécil —grité al chico, pero no me oyó.

Solté un suspiro y recogí el periódico que se había caído, un ejemplar de *La Percepción*. En la portada había un hombre de cara seria y perilla que llevaba una capa oscura de cuello alto y unas gafitas negras que le protegían los ojos del sol.

Era el canciller Obscura, nuestro líder supremo. Había descubierto la manera de convertir la mente en materia, alimentando nuestros fuegos y haciendo suya la ciudad. Antes de él, las cinco Casas habían gobernado por turnos, pero ahora ni siquiera las lumbreras de la aristocracia eran capaces de desafiar su gobierno. Los únicos que se atrevían a intentar usurpárselo eran los rebeldes desesperados que no tenían nada por lo que vivir.

A partir de hoy, se concederá a los inspectores nuevos poderes que les permitirán detener y registrar a cualquiera que infrinja el toque de queda sin permiso. «Providence es el estándar por el que debería juzgarse al mundo entero», dijo el canciller Obscura, que anoche habló en el Observatorio ante una multitud de trabajadores, donantes y periodistas. «Es una ciudad en la que solo pueden residir los puros de alma. Los ciudadanos que respeten la ley no tienen nada que temer, pero aquellos que han permitido que sus almas se corrompan, quedáis advertidos: os encontraremos.»

15

A esto seguían una serie de citas aduladoras por parte de los ministros aplaudiendo la genialidad infinita del canciller.

Indiferente, pasé la página y hojeé las ventas de casas, las necrológicas, los anuncios y los clasificados. Las páginas de sociedad informaban de varios nacimientos y compromisos entre los nobles de Providence. Había un artículo sobre el hijo mimado del canciller, que en aquel momento se encontraba en una gran gira por el continente; un compromiso entre dos atractivos nobles de la Casa Cordata; y fotos del último baile de máscaras en la Basílica, con sus glamurosos asistentes vestidos de rojo Renato de pie ante un fénix de poda ornamental.

Levanté la vista del periódico. El resplandor volvía a llamarme la atención desde detrás de un puesto, como el sol que se levanta en el horizonte. Dejé caer el periódico en un charco y rastreé entre la multitud de buscadores de gangas hasta encontrar el destello, que provenía de una mujer bajita que llevaba un ostentoso sombrero. Tarareaba para sí misma mientras rebuscaba entre las bandejas de objetos de plata. Me saqué una foto del bolsillo, un retrato borroso en sepia. En la foto parecía más joven y ágil, pero era ella.

Era mi objetivo.

El sombrero tenía un alfiler ornamentado clavado en la parte trasera. Era de latón, con una esfera biselada en forma de ojo en la parte superior. «Debe de ser un alma de Sombra, una criada de la Casa Obscura.» En Providence, la gente se definía por el aspecto dominante de su alma y era empleada por la Casa correspondiente. Fabricaba su identidad en torno a su aspecto, y vestía los colores y símbolos de la casa, si bien yo no me ajustaba a la norma. Llevaba un gran abrigo negro de Obscura, un raído vestido rojo de Renato, unas medias blancas de Memoria, una camiseta dorada de Cordata y unas enaguas plateadas de Harmonia. Todo robado.

Aunque pasaba desapercibida a ojos de las masas preocupadas del mercado, la sola presencia del alfiler en forma de ojo me irritaba y me daba escalofríos. Notaba que tenía abundante psique. Era un vestigio, y uno poderoso, además, más precioso que el oro o cualquier gema.

Me pegué a la mujer como una sombra, y la seguí sigilosamente por el pasillo. Me aseguré de no llamar su atención, aunque en cualquier caso no se habría percatado de mi presencia. Mi don era ser fácil de olvidar.

El alfiler de sombrero brillaba ardientemente. Notaba su energía palpitante a metros de distancia. Me acerqué, atraída por él como una polilla a una llama. El resto del mundo se desvaneció, desdibujado mientras el objeto se perfilaba en contraste...

En aquel momento, mi objetivo se giró de golpe y chocó conmigo. Por primera vez reparó en mi presencia, demasiado cercana para hacerla sentir cómoda. Su rostro se retorció en una mueca. Mi visión en túnel retrocedió.

—Ay, ¿se le ha caído esto? —pregunté, sacándome rápidamente un pañuelo del bolsillo y esbozando una sonrisa inocente. Pero era una sonrisa plana, postiza, y la mujer no se dejó engañar por ella, sino que me miró de arriba abajo por encima de su nariz respingona de cerdito.

—Buen intento, nena —dijo—. Conozco a los de tu clase, con la ropa raída y esas bolsas debajo de los ojos, que se acercan a la gente sin hacer ruido, como si fueran un fantasma. Pretendías robarme el anillo de mi abuela, ¿verdad, miserable sin alma?

Levantó la mano acusadoramente, alardeando del aro do-

17

rado que llevaba en el dedo corazón y que tenía una piedrecita de azabache.

—¿Esa antigualla? —dije yo, frunciendo la nariz—. Si parece un juguetito de esos que salen en las galletas. Hasta un ladrón tendría mejor gusto.

El anillo era mate y soso. Los recuerdos que guardara no eran demasiado fuertes ni interesantes…, a diferencia del alfiler de sombrero, que tenía un brillo tan intenso que había sido capaz de seguirle el rastro por todo el mercado.

—Debería llamar a los inspectores —dijo—. A ver qué te parecería. Están limpiando las calles de gentuza como tú.

Noche y día, los inspectores de la Orden peinaban el Bazar a caballo, con sus característicos sombreros de copa negros y sus capas. Si me atrapaban con un montón de tesoros robados, me enviarían directamente al Reformatorio para que me purificaran, aunque no me daba miedo. Sabía que la amenaza de aquella mujer era vana.

—¿Seguro que quiere hacerlo? —pregunté, inclinándome más hacia ella—. Mientras lo hicieran quizá le echarían un buen vistazo a usted también. Más le vale tener el alma más limpia que las manos de una lavandera.

Apretó los dientes como si contuviera una avalancha de palabrotas.

—Largo —dijo, apartándome de un manotazo como si de una mosca inoportuna se tratara—. Fuera de mi vista, rata callejera.

—Con mucho gusto —contesté.

Cuando se volvió hacia el puesto y se inclinó ligeramente para admirar una salsera chabacana, pasé junto a ella como una brisa suave y, con la habilidad de un mago, le quité del sombrero el alfiler en forma de ojo. No notó mi contacto ni se dio cuenta de nada mientras me fundía de nuevo con la multitud. Habría cruzado más de media ciudad antes de que la mujer se percatara de que no lo tenía. Si intentaba presentar un informe, se daría cuenta de que ya no tenía presente mi cara y de que su recuerdo de los hechos se desvanecía rápidamente. Ser yo no tenía muchas ventajas, pero salirme con la mía era una de ellas. Tenía ciertos… talentos, lo que significaba que robar y engañar eran cosas innatas en mí. Como respirar.

Continué por la calle, salí del mercado y me dirigí hacia el Distrito Uno, con sus edificios y torres de vigilancia negros y brillantes. Cuando dejé de ver el mercadillo, pasé el pulgar por la punta del alfiler de sombrero. Su energía me hizo estremecer, me puso la piel de gallina. Me recorrió un breve cosquilleo de algo de otro mundo, que usó mi cuerpo como conducto.

«Huelo a polvo y a tinta seca. Oigo el crujido de los viejos tablones del suelo. Siento el sabor de la sangre en mis labios…»

No era de extrañar que la condesa estuviera tan interesada en él.

¿Estaba el vestigio lleno de odio o de deseo? En cualquier caso, poco me importaba. No era más que otra emoción de segunda mano que no necesitaba en absoluto. La única vez que sentía algo era cuando tenía un vestigio en la mano e, incluso entonces, solía ser demasiado débil para distinguir con precisión de qué emoción se trataba.

Me metí el alfiler en el bolsillo y continué caminando. Pasé por una carnicería y una farmacia, con sus ventanas de cristal verde llenas de hierbas secas y frascos de boticario. Cerca de allí, una mercería había sacado mesas fuera, todas cubiertas de cajas de bobinas y agujas. Pasé la mano distraídamente por encima de las cajitas de madera polvorientas hasta que noté un hormigueo en las yemas de los dedos. Se me erizaron los pelos de la nuca: señal inequívoca de que había encontrado un vestigio.

Me detuve y miré dentro de la caja sospechosa, donde había un botón que brillaba más que los demás. Metí el dedo en su hueco, donde dos agujeritos esperaban para atrapar un hilo, y zumbó como si me reconociera.

—Hola —le respondí en un susurro.

El botón emanó un calor que me invadió en una oleada: una sensación cálida y flotante que me hizo sentir segura y en mi sitio. Duró solo un segundo antes de disiparse.

Un simple botón no era el tipo de cosa que interesara a la condesa, pero aun así me sentí atraída hacia él. La puerta estaba abierta y vi al dueño de la tienda yendo y viniendo con rollos de tela. Esperé a que me diera la espalda para deslizar el botón entre mis dedos y dejé que un estremecimiento me recorriera el cuerpo y provocara un hormigueo en todas mis terminaciones nerviosas. No había nada más emocionante que robarle a alguien justo delante de sus narices. Con un único movimiento imperceptible, dejé caer el botón en el bolsillo de mi abrigo y seguí caminando.

Providence era un cementerio de imperios, una colección de edificios de diferentes épocas de la historia apiñados en un desorden anacrónico. Los más antiguos y grandes eran gigantescos, mausoleos en ruinas que contrastaban con los brillantes atrios de cristal que se estaban construyendo con grúas. Las Casas pudientes vivían en las zonas altas, en villas con columnas, en lo alto de la metrópolis, mientras que los pobres vivían en las lúgubres y sombrías calles de abajo, donde la niebla de las fábricas era tan espesa que apenas se veía a través de ella.

A medida que el cielo se oscurecía y se iba instalando el crepúsculo, un tono musical se oyó por toda la ciudad, en cada rincón y grieta, en cada callejón y calleja.

—Son las seis —dijo una voz femenina y sedosa que sonó a lo largo y ancho—. Entre las seis de la tarde y las seis de la mañana hay toque de queda. Todos los ciudadanos deben regresar a sus casas inmediatamente. Cualquier persona que sea sorprendida por las calles después del toque de queda será sometida a evaluación por los inspectores, por orden del canciller. Si usted tiene un permiso, por favor, prepare su documento de identidad para presentarlo.

Mientras intentaban llamar a un taxi, un grupo de personas que pasaba en dirección contraria empezó a sacar sus pequeños tarjeteros de cuero. Dentro llevaban una copia de su psicografía: una foto de su alma. Aquellas tarjetas eran esenciales para ir por la ciudad. Eran obligatorias para todo tipo de propósitos, desde visitarse con un médico hasta alquilar una casa. La única manera de obtener un documento de identidad era someterse a un examen psicométrico en uno de los centros de la Orden, y yo sabía que no debía entregarme a ellos tan fácilmente. Para alguien como yo, era mejor no tener nombre ni identidad.

—Su seguridad es nuestra prioridad —continuó la voz—. La Orden le agradece su cooperación.

A mi alrededor, se apoderó de la ciudad un pánico visceral tan palpable que noté su energía colectiva. Empezaron a cerrarse puertas de golpe, a correrse cortinas. La gente desaparecía por los callejones o subía a carruajes e indicaba a los cocheros que se apresuraran.

21

Cerca de allí se encendió un farol que brillaba tan débilmente como una luciérnaga a través de la niebla, espesa como crema de guisantes. Se encendió otro farol, luego otro, y otro, hasta que el centro de la ciudad quedó iluminado con constelaciones de faroles brillantes, cada uno de ellos con la forma del Ojo de la Orden. Evitando su mirada indiscreta, me aparté de las avenidas principales y me ceñí a las calles menos iluminadas y transitadas, por las que pasaban quienes no querían ser vistos. Allí no había faroles, solo sombras. Solo oscuridad.

Avancé a tientas por el estrecho callejón y esperé a que se me adaptara la vista. La mayoría de la gente tenía miedo a la oscuridad, a la clase de gente que podía ir por las calles después del toque de queda; en cambio, para mí la noche era mi hogar, y las sombras, mis amigas. Tampoco podía perseguirme el pasado, como a otras personas: yo no tenía pasado. Me sentía cómoda en el silencio de mi mente.

Empecé a silbar para que no se me congelaran los labios, solo medio compás de una canción que ya no recordaba.

Oí retumbar débilmente el sonido de unos pasos. Me agaché en un portal y vi que pasaban corriendo tres siluetas pequeñas. A los pocos segundos, unos brillantes reflectores atravesaron la penumbra como cuchillos. Un carro negro engalanado con el símbolo de un ojo dentro de un círculo pasó volando. Se detuvo bruscamente, haciendo chirriar los frenos, y bajó de él un grupo de inspectores.

—¡Deteneos ahí mismo! —gritó una voz.

—¡En nombre de la Orden!

Pasaron como una exhalación y alcanzaron a tres niños harapientos que intentaban huir de la escena.

—Poneos en fila, de espaldas a la pared. Eso es.

Me asomé para tratar de ver mejor.

—Bueno, ¿a quién tenemos aquí? ¿Rondando tras el toque de queda? —dijo uno de los hombres. Tenía las cejas pobladas y el bigote erizado. Sonreía, pero sus ojos eran penetrantes y fríos como los de un halcón ante la luz brillante del reflector del carro, que rodeaba a los tres chavales como si fueran presas.

—Mostradnos vuestros documentos de identidad.

—Lo he perdido —dijo el chico, que llevaba un parche en el ojo como un pirata.

—Me lo he dejado en casa —dijo la chica, que tenía el pelo alborotado como un nido de pájaro.

El niño más pequeño, que iba descalzo y al que le faltaban dientes, no dijo nada.

—¿Sabéis qué significa eso? —preguntó el inspector jefe observándolos con expectación—. Tendremos que mirarlo más de cerca. Veréis, nuestro trabajo es mantener estas calles seguras y limpias de alimañas de alma sucia como vosotros.

Llevaba puesto el colgante grabado con el Ojo de la Orden, que le señalaba como miembro de la Casa Obscura, como la mujer a la que yo había robado el alfiler de sombrero. Esa era la casa del canciller, la Casa de las Sombras, que guardaba la ciudad de la oscuridad del subconsciente.

—Pues entonces, vamos. Si no tenéis nada que ocultar, no tenéis que temer. Porque no tenéis nada que ocultar, ¿verdad?

—No —contestó la chica, vacilante.

Los dos subordinados del inspector flanquearon a los chicos, acorralándolos. No entendía cómo un par de ratas callejeras podían suponer una amenaza para la todopoderosa Orden que todo lo veía, pero aquellos inspectores parecían disfrutar aterrorizándolos igualmente.

23

—Solo tenéis que decir la verdad. Si nos mentís, lo sabremos, así que es mejor que digáis la verdad, toda la verdad y nada más que la verdad.

El chico del parche en el ojo se estaba poniendo colorado y emitía un ruido sordo, a punto de estallar como un volcán.

—¿Por qué no le echáis un vistazo a vuestras propias almas primero? —les espetó—. Ah, un momento, ya sé..., porque no tenéis alma.

La chica jadeó, sabedora, igual que yo, de lo que vendría a continuación. El niño pequeño se puso a llorar.

—Como queráis —dijo Bigotes, retorciendo la mejilla—. Si no vais a cooperar, supongo que tendremos que hacerlo por las malas.

A su orden, los inspectores levantaron sus brillantes faroles negros de ojo de buey, unos faroles mágicos que servían como Ojos de la Orden. Al igual que las farolas con forma de ojo, no solo iluminaban la ciudad, sino también las almas de la gente que la habitaba.

La red del Ojo era el orgullo de Providence. Era lo que hacía de nuestra ciudad la más segura del mundo. Allí no había crimen, o eso decía la Orden, porque el Ojo lo veía todo; no solo lo que la gente decía y hacía, sino también lo que pensaba, sentía y soñaba en su cama.

Los Ojos vigilaban desde cada esquina y patio, desde cada poste de luz y de señalización. No había un ojo, ni tres, ni cien, sino cientos de miles de ellos, una ciudad entera de ojos, cada uno con un Observador sentado tras él en una cabina del Observatorio, siempre vigilando, siempre juzgando, rastreando todas las almas a la vista. Se aseguraban de que nadie perturbara la paz de Providence, o al menos la apariencia de paz.

En aquel momento se encendieron los faroles y desencadenaron un destello de magnesio como el *flash* de un fotógrafo, tan brillante que me obligó a protegerme los ojos con la mano. Los entorné y, a través del brillante resplandor, vi a los niños congelados en el sitio, como una fila de estatuas de mármol en un museo. Los labios de Parche estaban curvados en un insulto de última hora, mientras que una lágrima se había congelado a medio caer por la mejilla de Descalzo. No parpadeaban, ni parecían respirar siquiera; miraban al frente, severamente irradiados por la luz de los faroles. Y, en el centro de sus pechos, resplandecía una esfera de luz de colores.

Uno de los inspectores sacó una placa sobre la que se proyectaba el alma perfecta para compararla. Sus cinco partes eran del mismo tamaño, lo que la dividía en secciones nítidas. Los rumores decían que se trataba del alma del propio canciller.

La Sombra era perfectamente simétrica. El Espíritu emitía un perfume suave y agradable. La Canción era armoniosa. El Corazón era dulce como el azúcar, su sabor perduraba en los labios. La Chispa ardía brillante y constante como una vela. Aquel era el estándar por el que se juzgaban todas las almas.

—Mirad a este idiota —dijo Bigotes, señalando a Parche—. El chico tiene verdadero temperamento. Prácticamente arde por dentro.

Su subordinado soltó una risita.

Examiné el alma del chico al tiempo que lo hacía el inspector. Parecía un pájaro de alas de fuego, enjaulado por las costillas, que lanzaba brillantes chispas que giraban en la oscuridad. Era un alma de fuego, una Chispa. Su energía era tan caliente que yo la notaba desde el frío de las sombras, como un abrazo o un jersey cálido; jamás había experimentado ninguna de esas cosas, pero, sin embargo, por un momento pude imaginarlas con tanta intensidad como si lo hubiera hecho.

—¿Y ella? Una triste huerfanita atrapada en el pasado. Atormentada por los fantasmas de su infancia perdida.

La niña era un alma Espíritu. Su psique era pálida y brumosa, una luna envuelta en nubes que olía a tumba vieja y mohosa y parecía emanar espíritus tenues, bocetos momentáneos de recuerdos dibujados en bucles de humo.

El alma Corazón del niño más pequeño resplandecía tan dorada y brillante que parecía como si el sol saliera de dentro de él, iluminando cada centímetro del sucio callejón. Me hizo sentir hueca y afligida, indigna de contemplarla, como si mirara a un ángel en una vidriera de colores.

Los inspectores no tuvieron nada malo que decir de él.

Los faroles se apagaron rápidamente y los tres niños quedaron liberados de su extraño estado de suspensión.

—Quedáis todos detenidos por desviación implícita —dijo Bigotes—. Todo lo que digáis podrá ser utilizado en vuestra contra ante un tribunal.

Los esposaron y los gritos del más pequeño resonaron en mitad de la noche.

No se merecían aquello, pero con los inspectores no se podía discutir. Su palabra era ley. Mientras arrastraban a los tres niños hacia el carro negro, pasaron junto a mí, acechando sospechosamente en la oscuridad. Retrocedí instintivamente y pisé una baldosa que estaba suelta.

Uno de los abrigos negros se detuvo y giró la cabeza en mi dirección, tan agudo como un gato que hubiera avistado un ratón.

26

—¿Quién anda ahí? —preguntó.

La luz inundó el callejón y se reflejó en la punta de mi bota mientras yo retrocedía lentamente y me pegaba a una pared. Pese a estar oculta por las sombras, sabía que el Ojo lo veía todo.

Contuve la respiración, inmovilizada como aquellos niños, mientras él iluminaba la grieta con su farol y miraba hacia la oscuridad con el ceño fruncido.

El ojo del farol mágico parpadeó perezosamente y desvió un poco la mirada, como si me atravesara con ella.

—¿Por qué te paras? —preguntó una voz.

—Por nada —contestó el inspector—. Será una rata, supongo.

—Pues entonces date prisa, muchacho. No tenemos toda la noche.

Vi cómo se retiraba entre la niebla y hui en dirección contraria. A poco menos de un kilómetro me detuve para recuperar el aliento en un callejón lleno de carteles de teatros, exhibiciones de fantasmagoría, tónicos de belleza y pociones de amor, todos gastados y con las esquinas dobladas, manchados por la lluvia y descoloridos por el sol. Quedaban ampliamente eclipsados por los espectáculos de la Orden: grandes vallas publicitarias que llamaban la atención y que flotaban espectralmente, reproduciendo las mismas escenas una y otra vez.

En la pantalla apareció una ristra de palabras: *prudencia, paciencia, templanza, castidad, diligencia, obediencia, humildad, caridad*. Esos eran los valores de la Orden: todos nuestros principios rectores.

Miré hacia un grupo de vagabundos que estaban acurrucados bajo un puente. A pesar de aquellos valores, la Orden no tenía demasiada compasión por quienes no se ajustaran a su imagen de perfección. No pasaría mucho tiempo antes de que los mismos inspectores de los que acababa de escapar yo les llevaran al Reformatorio para que les limpiaran el alma.

Otra valla mostraba multitud de siluetas esperando un tren. Tenían bolas de fuego ardiendo en el pecho que simbolizaban sus almas brillantes y resplandecientes... Todas menos una, que tenía un agujero enorme.

Por fuera, los Huecos parecen como los demás, advertía el pie de foto enigmáticamente. *Pero por dentro son monstruos sin alma. Si sospecha que alguien a quien conoce puede ser un Hueco, por favor, denúncielo a las autoridades.*

Después aparecieron en secuencia los Cinco Indicios de la Ausencia de Alma.

Mala memoria.

Ausencia de personalidad.

Falta de miedo.

Falta de sueños.

Impasibilidad.

Mientras lo miraba, no pude evitar una sonrisa de suficiencia. No necesitaba que la Orden me dijera cómo era una persona sin alma.

Lo sabía perfectamente.

Cerré los ojos y agucé el oído para ver si oía el sonido de un fuego en mi interior. Pero nada parpadeaba, nada ardía.

Por eso no podían verme los faroles de la Orden.

Donde debería haber habido un alma, yo solo tenía un agujero.

Un hueco.

2

La Noche Que Nunca Fue

Si escuchabas a la Orden, no tener alma era lo peor que le podía pasar a una persona, pero, francamente, a mí apenas me molestaba.

Era cierto que no tenía recuerdos más allá del último año. Tampoco tenía ningún sentido de identidad, ni amigos o familia. No tenía miedo ni soñaba, solo sentía las emociones desechadas que quedaban capturadas en los vestigios.

Pero ser una Hueca me hacía invisible, no literalmente pero casi. Carecía de presencia, de rastro, de energía que atrajera a la gente como lo hacían los demás. Era fácil de olvidar. Siempre en segundo plano. Pasaba semanas sin que me viera del todo nadie más que la condesa.

Y eso lo utilizaba en un gran beneficio propio.

Se desconocía si la condesa Cavendish era realmente miembro de una de las Casas, aunque había oído muchas historias. Algunos decían que la habían despojado de su título nobiliario como penitencia por un terrible crimen. Otros decían que era la mayor estafadora del mundo y que ningún hombre vivo conocía su verdadero nombre.

Me había empezado a relacionar con ella hacía poco menos de un año. Yo vivía en las calles de Providence, sobreviviendo a base de sobras y restos de la basura, sin ningún recuerdo de quién era ni de dónde venía, cuando oí rumores de que una anciana elegante que vivía en el Distrito Uno pagaba un buen dinero por curiosidades y chismes robados. Hice una visita al Bazar y me llené los bolsillos de objetos que me parecieron interesantes, sin saber que le había llevado un puñado de vestigios, atraída por aquel brillo revelador.

Cuando la condesa se percató de que yo poseía sentido para la psique, empezó a pagarme para que le fuera a buscar cosas. Al darse cuenta de que los Ojos no me veían, me convertí en su mascota favorita. Con la práctica, mejoré a la hora de encontrar justo lo que la condesa deseaba realmente: vestigios que albergaran secretos siniestros.

30

La condesa vivía en el mismo barrio que el propio canciller, el exclusivo Distrito Uno, famoso por sus esculturas colosales. Se accedía a él por un conjunto de escaleras de piedra que siempre me dejaban sin aliento. Su casa estaba varios pisos más abajo que la villa de muros altos y jardín en la azotea propiedad del canciller Obscura y su familia, pero aun así a una distancia considerable de la base, donde se ganaban la vida los ladrones como yo.

Cuando llegué a las puertas de hierro forjado, golpeé la pesada aldaba de latón hasta que aparecieron unos ojos llorosos por el ventanuco corredero. Tras dejarme pasar, el mayordomo inclinó la cabeza y se situó a un lado.

—Señorita Iris —dijo.

—Graves —dije, asintiendo.

Subí al primer piso, pasando por mapas antiguos, bustos de latón y globos terráqueos gigantes con los nombres de los países escritos en latín. Las paredes revestidas de paneles estaban llenas de retratos de nobles de ojos hundidos y boca adusta ataviados con capas forradas de armiño, posando con leopardos, cetros y espadas. Al final del largo pasillo había una puerta roja con el pomo en forma de corazón. Llamé tres veces, esperando el grito habitual de «¡Adelante!».

Cuando lo oí, entré en la habitación, que ya me resultaba familiar. El salón oscuro y de cortinajes pesados que había al otro lado era una cueva de las maravillas de Aladino. Las mesas laterales estaban abarrotadas de adornos propios de la gente rica, como geodas de cristal y conchas de nautilos, mientras que en los rincones montaban guardia musculosos dioses de mármol.

La condesa coleccionaba antigüedades de valor incalculable y su casa estaba decorada con reliquias de la familia de inestimable valor. Pero su posesión más preciada era lo que ella llamaba su «Vitrina de curiosidades»: un aparador decorativo con puerta de cristal que contaba con numerosos compartimentos pequeños.

A primera vista, los objetos que contenía eran de poco valor.

Un telescopio pequeño. Una armónica oxidada. Un frasco de perfume con un vaporizador de borla. Un par de guantes de terciopelo desgastados. Una taza de té de porcelana desconchada...

A ojos del profano no eran más que baratijas sin significado alguno, pero yo sabía que no era así: cada una de ellas era un recuerdo de un acontecimiento concreto. La condesa los coleccionaba y chantajeaba a sus propietarios pidiendo dinero o favores.

A veces, cuando estaba de buen humor, me reproducía

los recuerdos de aquellos objetos, como en el cine, mientras comíamos chocolate y cotilleábamos sobre las fechorías de la Orden. El telescopio contenía el recuerdo de una masacre militar. La armónica, el de un hombre inocente condenado a la horca. Los guantes contaban la historia de una relación amorosa prohibida. Mientras que la taza de té desconchada había presenciado un espantoso envenenamiento.

La condesa, una anciana delgada, de penetrantes ojos azules, con el pelo cubierto por un velo, estaba sentada ante la chimenea ardiente, vestida toda de negro, como si se dirigiera a un funeral o a un velatorio. Una vez le había preguntado si estaba de luto por alguien o por algo.

—Por mi juventud —había respondido con sequedad.

Me apoyé contra la puerta para cerrarla. Todavía tenía fresca en la cabeza la escena que había presenciado con los niños de la calle.

—No lo adivinará… —empecé.

—Calla —ordenó ella al verme entrar.

Me senté a su lado en la *chaise longue*, crucé los tobillos y me abracé a un cojín de seda.

—¿Qué se ve? —susurré.

—Los recuerdos de una bola de nieve —dijo ella.

Sobre la mesa vestida de encaje que tenía a su lado, había un farol mágico de metal, en forma de ojo, como los que llevaban los inspectores. Bajo su luz enjoyada se podía ver la psique y se proyectaba el recuerdo del dueño del objeto, lo que nos ofrecía un espectáculo a nosotras, las mironas. No sabía de dónde lo había sacado, y no me preocupé de preguntárselo. El farol producía un ruido sordo, como una vibración.

En efecto, en el polvoriento haz de luz que emitía el farol había una bola de nieve con figuritas talladas que patinaban en un lago. El foco parpadeante proyectaba sombras en movimiento sobre la pared que representaban escenas en miniatura, como si estuvieran dotadas de mente propia, formando viñetas y siluetas, como las marionetas de un teatro de sombras. Dos jóvenes amantes bailaban en un quiosco de música, rodeados por la viñeta de un jardín de rosas. Giraban y giraban al tiempo que él la inclinaba lentamente por la cintura. Riendo, aunque sin sonido, volvían a erguirse y se acercaban para besarse despacio, mientras en el cielo estallaban fuegos artificiales en forma de rosas.

—No parece de su estilo —dije.

—Espera —dijo ella.

Los amantes se separaban y empezaban a discutir. El chico se iba, furioso, mientras la chica corría tras él llorando.

Me estremecí sin querer.

No sabía del amor más que lo que había aprendido por los vestigios, pero lo que sabía era espantoso. Un dolor tan amargo, un anhelo tan roto, que me daba náuseas y me mareaba. El amor era una locura, una catástrofe.

El farol traqueteó y se oscureció cuando el vestigio llegó al final de los recuerdos que tenía impresos.

—Bueno, no me tengas en ascuas —trinó primorosamente.

Tras rebuscar con avidez en mi bolsillo, saqué el alfiler de sombrero.

—Muy bien —ronroneó. Lo hizo girar entre sus manos enguantadas de encaje y cogió una lupa de joyero para examinarlo—. Has desarrollado buen ojo para esto, ¿verdad, querida?

—Eso espero —dije, cruzando los brazos con orgullo—. Ya llevo robados unos cuantos para usted.

33

—Haz los honores, ¿quieres? —dijo ella.

Retiré la bola de nieve de la bandejita que había delante del haz de luz del farol y la sustituí por el alfiler de sombrero. Su sombra cayó sobre la pared que había frente a nosotras. Estábamos sentadas a la expectativa, como espectadoras en el teatro. La condesa miró por sus binoculares.

Al instante, la oscuridad cobró vida.

La sombra esbelta de una mujer menuda y bien vestida merodeaba tras una puerta abierta, espiando a un hombre con barba sentado a un escritorio. Se quitaba el alfiler del sombrero y, tras ello, se acercaba a él sigilosamente y se lo clavaba en el cuello. La sangre negra de la sombra brotaba de la herida de la víctima sin rostro. El hombre se volvía hacia su asesina, susurraba algo que no se oía y caía al suelo. La asesina de la silueta lo observaba fríamente un momento. Luego limpiaba el alfiler en la camisa del hombre, se lo volvía a clavar en el sombrero y abandonaba la escena. Al desvanecerse el foco, las sombras se disiparon.

—Qué deliciosamente morboso —dijo la condesa—. Estoy segura de que mi querida lady Cleary estará dispuesta a pagar una suma generosa para recuperarlo. Por nada del mundo querría que esto cayera en las manos equivocadas, ¿verdad?

Rebuscó en su bolso, una cosa con cuentas y borlas que tenía a su lado en la *chaise longue*, y sacó de él un puñado de monedas.

—Te daré media corona por él —dijo.

—¿Eso es todo? —protesté, con la cara desencajada.

—¿Qué esperabas, querida? —Me puso la moneda en la palma de la mano e hizo un gesto hacia el alfiler de sombrero—. Guárdalo en su sitio, ¿quieres? —dijo—. Y la bola de nieve también.

—¿Qué soy? ¿Su criada?

La condesa soltó una risita musical.

Me acerqué a la Vitrina de curiosidades, abrí las brillantes puertas de cristal y moví el surtido de curiosidades para hacer sitio al alfiler. Cuando me volví a mirarla, la condesa me repasó de arriba abajo e inclinó la cabeza de un lado a otro.

—¿Sabes? Si buscas un buen dinero caído del cielo, tengo en mente el trabajo perfecto —dijo.

—La escucho —contesté al instante.

—Necesito que me consigas una cosa muy especial —continuó.

Se puso a revolver por los cajones de su escritorio hasta que, triunfante, sacó un tenedor de plata.

—¿Un tenedor? —pregunté en tono burlón—. ¿Busca el cuchillo a juego?

—No, querida. No te dejes engañar por su humilde apariencia —dijo—, porque contiene el recuerdo de un acontecimiento de lo más misterioso.

—Continúe —dije.

Sostuvo el tenedor frente al farol, donde proyectó la viñeta de una sala profusamente decorada con columnas envueltas en vides. Muy a mi pesar, sentí un destello de interés.

—Un baile de invierno en la Basílica de Todas las Almas, celebrado el 24 de diciembre del año pasado —explicó—. Aquella noche sucedió algo. Algunos dicen que hubo una batalla. Sonaron sirenas durante horas. Los inspectores acordonaron las calles, como confirman muchos testigos, pero al día siguiente todo estaba tal como debía estar, o eso parecía.

—¿Y eso qué significa? —pregunté.

—Hubo rumores. A algunos invitados les quedaron sensaciones extrañas que no podían explicar. Cosas que habían visto y que ahora estaban olvidadas, como si jamás hubieran ocurrido. Eran incapaces de recordar bien la velada. Y todavía más extrañas eran las cosas que habían quedado atrás y que no tenían explicación: una ventana rota, un zapato perdido, un rastro de sangre... y un tenedor suelto, encontrado en un parterre.

En la pared, un grupo de siluetas elegantes y de aspecto estirado cogían sus cubiertos para diseccionar delicadamente unos postres minúsculos mientras los criados retiraban los platos vacíos. No se oía nada, pero vi que al fondo había una conmoción. La gente giraba la cabeza y se levantaba para acudir a la parte delantera del salón de baile. No pude ver qué estaban mirando, ni las expresiones de sus rostros, pero el creador del recuerdo salía de la sala apresuradamente, casi como si hubiera estado esperando el altercado.

La visión se desvaneció.

—Este, por lo que sé, es el único vestigio que existe del baile de la noche del 24 de diciembre. La Noche Que Nunca Fue. Todavía tengo que identificar a la persona que lo creó.

—No es muy esclarecedor —comenté.

—¿No te parece extraño? Una sala llena de gente rica y muy importante, de objetos bellos y caros, ¿y solo se encuentra un tenedor suelto que dé fe de que la fiesta tuvo lugar? Probablemente se pasó por alto debido a su aparente falta de importancia. He adquirido varios objetos de aquella noche y todos ellos están curiosamente en blanco, limpios de psique. Todos menos ese tenedor.

—¿Qué cree que pasó esa noche? —pregunté.

—Algo que la Orden quiere tapar, dado que han eliminado todo rastro de ello. Naturalmente, quiero saber qué es lo que tienen tanto interés en ocultar.

—Entonces, ¿qué es lo que quiere que robe exactamente? —inquirí.

El recuerdo volvió a activarse. Esta vez, la condesa señaló la silueta de una mujer mayor que estaba sentada en una silla de ruedas. Llevaba un vestido con muchos volantes, el pelo cardado y recogido en lo alto de la cabeza.

—Esta es lady Rubella Renato —dijo—. Su hijo Ruben es la mano derecha del canciller.

—Sé quién es. Leo los periódicos. ¿Qué pasa con ella?

—Desde esa noche, Rubella lleva un anillo particular. De oro veneciano, con piedras de ámbar y rubí engastadas. El ámbar es conocido por sus propiedades psicométricas, por supuesto, lo que lo convierte en un material ideal para guardar un recuerdo. Estoy segura de que es un vestigio, y uno muy poderoso, además.

La condesa se volvió hacia mí y sus pálidos ojos se clavaron en los míos.

—Creo que puede ocultar la verdad sobre la Noche Que Nunca Fue. Creo que podría ocultar un terrible secreto. Según mis espías, ese secreto tiene que ver nada menos que con la destrucción de un alma humana.

—¿La Orden puede hacer eso? —pregunté, y se me entrecortó la respiración en la garganta.

—Pueden hacer cualquier cosa —respondió ella.

—Yo creía que estaban purificando las almas —dije—. ¿Por qué iban a destruir un alma si pueden salvarla?

—Tal vez no conozcas la Orden tan bien como crees —dijo ella.

La pesada afirmación quedó suspendida en el silencio que nos separaba.

—Estoy dispuesta a pagar cinco coronas por el anillo

37

—dijo en tono persuasivo. Cogió un saquito de terciopelo de su bolso y me lo lanzó tan rápido que tuve que revolverme para atraparlo. Lo abrí con avidez y vi las brillantes monedas de oro que había en su interior.

Me recorrió el cuerpo la misma emoción de siempre, que me hizo aumentar la adrenalina.

—Lady Renato lleva el anillo a todas partes. Mañana por la noche estará en el Mazo de Oro, en el Distrito Cinco, cerca del puerto.

—Si los inspectores me pillan merodeando después del toque de queda, se asegurarán de que acabe la noche en la parte trasera de un carro —dije.

—Los inspectores no pararán a nadie cerca del Mazo de Oro. Es una casa de subastas, un establecimiento respetable. No tendrás ningún problema siempre y cuando te codees con la gente adecuada. Coleccionar vestigios es la última moda entre los nobles de Providence, incluidos los adinerados donantes que hacen posible que en la Orden siga abundando el caviar. Ofrecen cantidades extraordinarias por poseer un objeto que guarde el recuerdo de una batalla militar o una boda real, solo para poder exhibirlo en la repisa de su chimenea.

Sacudí la cabeza lentamente.

—A ver si lo entiendo —dije—. ¿Quiere que robe un anillo de valor incalculable del dedo de un miembro de la nobleza ilustrada en medio de una sala llena de partidarios del régimen? ¿Todo porque cabe la posibilidad de que contenga el recuerdo de una noche que, para empezar, nadie recuerda?

Soltó una sonora carcajada, de diversión o de desprecio, no me quedó claro.

—Eso es —afirmó.

Me mojé los labios, considerando su propuesta. Cinco coronas era mucho dinero, pero ¿valía la pena el riesgo de que me atraparan, por pequeño que fuera?

—Piénsalo así —dijo mientras me rodeaba—. Lady Renato es más vieja que la mitad de las antigüedades de Providence. Podría morirse en cualquier momento, y quién sabe qué pasaría entonces con el anillo. Sería una tragedia que un tesoro como ese acabara enterrado a dos metros bajo tierra. Si eso sucediera, nunca sabríamos la verdad sobre las fechorías de la Orden. ¿Cómo podrías vivir con eso?

—Lo que me preocupa no es mi conciencia —dije—, sino mi sentido común. Tengo mucho aprecio por mi libertad, ya lo sabe, y esto parece que puede acabar haciendo que me la arrebaten.

La condesa chasqueó la lengua y apartó la idea con la mano.

39

—No tienes que preocuparte. A duras penas eres una persona, Iris. Ni los fantasmas sabrán que estuviste allí. Eres la única persona de la ciudad que los Ojos no pueden ver. Además, a mí me complacería. Y tú quieres complacerme, ¿verdad?

La condesa sabía mi secreto. Había adivinado que era una Hueca cuando había llegado a su puerta sin nombre ni memoria y con un puñado de baratijas. Me había llamado Iris por la extraña forma de cerradura que tenía uno de mis ojos. Me mantenía cerca porque sabía que le sería útil. Además, era mi única fuente de ingresos. Si no hacía lo que quería, su relación conmigo podía deteriorarse.

—¿Sabe qué? No estoy segura de que cinco coronas sean suficientes, después de todo —dije—. Más bien parece un trabajo de diez coronas.

—Seis coronas —regateó.

—Nueve —dije.

—Siete coronas y cincuenta céntimos. Es mi última oferta. ¿Hay trato? —La condesa se quitó un guante de encaje—. Todo acuerdo ha de cerrarse con un buen apretón de manos.

Le di la mano de mala gana.

Al instante, me arrebató la bolsa de dinero de un tirón, sin esfuerzo alguno.

—¡Eh! —protesté, alargando la mano, aunque solo conseguí coger aire.

—Cobrarás cuando me entregues lo que has prometido.

—No es justo.

—Así es como funcionan los acuerdos comerciales, querida. Pero antes, hemos de hacer algo con esa pinta tan fea que llevas.

Me miré y tomé conciencia de las botas embarradas que había robado a un vagabundo que dormía bajo un puente. No me preocupaba mucho de mi apariencia. ¿Qué sentido tenía si nadie me prestaba atención?

—No podemos dejar que te presentes así —dijo la condesa—. Pensarán que has ido a vender cerillas o a mendigar sobras. No, te dejaré prestado algo de mi ropa vieja. Ven.

Me hizo un gesto para que la siguiera.

En el piso de arriba, el aire estaba viciado y todas las superficies estaban cubiertas de una buena capa de polvo. En el vestidor de la condesa, un rayo de luz polvoriento rebotaba en el espejo empañado del tocador. De las ramas de un árbol de azabache y marfil colgaban multitud de pendientes, pulseras y collares.

Alargué la mano con curiosidad, pero me la apartó rápidamente de un golpe.

—¿Acaso he dicho que pudieras tocar algo? —preguntó.

Desapareció en el armario rebuscando entre las prendas polvorientas y echando a las polillas.

—¡Ah! Aquí está —dijo, y me estampó un portatrajes en el pecho.

Ante su insistencia, me retiré al trastero del piso superior, donde me dejaba quedarme alguna que otra vez. Habría sido una tontería llamarlo «mi habitación»; sabía perfectamente que no me pertenecía. Tenía las paredes vacías, los cajones vacíos. Pero conocía su colchón lleno de bultos, sus crujidos y sus corrientes de aire. Era lo más parecido a un hogar que podía recordar.

—¿Por qué tardas tanto? —inquirió la condesa.

Me puse a regañadientes el vestido de luto de terciopelo negro. Llevaba un tocado de terciopelo negro a juego, en el que metí mis rizos pelirrojos enmarañados, y me até la cinta bajo la barbilla.

Cuando me miré en el espejo vi... a la condesa. Rica. Elegante. Malsana. Vacía.

¿Terminaría yo como ella algún día, acumulando vestigios en vitrinas y pagando a niños de la calle para que robaran por mí? Supuse que debía de haber cosas peores.

Abrí la puerta para que me viera.

—¿Y bien? —pregunté.

—Mmm... Darás el pego. Pero tienes muy mala postura, querida. Endereza la espalda. Mantén la barbilla alta. —Me mostró la posición correcta y de repente me pareció más joven que nunca—. Ya no eres una rata callejera, sino una mujer de sociedad.

—De todos modos, nadie se fijará en mí —dije con desprecio.

41

—Esperemos que no. Si nuestro plan funciona, nadie ha de verte ni oírte. No debes hacer nada que pueda llamar la atención. Habrá un farol de almas en la puerta, pero no debería detectarte, Hueca como eres. Aparte de eso, no confíes en nadie. ¿Entendido?

—¿De verdad que vale la pena? —pregunté—. ¿Todo esto por un anillo? ¿Por qué le importa tanto lo que pasó aquella noche?

La condesa dudó un momento antes de responder.

—Si por un secreto merece la pena borrar la memoria de todo el mundo que hay cerca, es que tiene un valor incalculable para quienes desean mantenerlo oculto. En un mundo de mentiras no hay nada más valioso que la verdad. Piensa en el poder que podría alcanzar si tuviera ese conocimiento en la punta de los dedos.

42

Al final, todo se acababa reduciendo siempre a chantaje.

A poder, a conocimiento.

Aquella noche, más tarde, cuando la condesa ya se había retirado a dormir, volví a bajar a hurtadillas al piso de abajo y me colé en el salón. Saqué el botón que había robado horas antes. No era nada especial, tan solo un sencillo botón de carey marrón.

Lo paseé entre los dedos como una moneda e intenté volver a notar la sensación de calidez y seguridad que había experimentado antes, pero ya no era tan fuerte. Un vestigio nunca era tan bueno como la primera vez que lo tocabas.

Encendí el farol y coloqué el botón en la bandeja. Su sombra tomó forma, ramificándose en patrones arremolinados que se volvieron a juntar en dos nuevas siluetas, esta vez una madre y una niña. La madre se agachaba a arreglarle el cuello de la capa a su hija. Repetía la acción una y otra vez mientras tras ella iban pasando los días y las noches. Y después las estaciones, a medida que los pájaros y las flores de la primavera y el verano daban paso a la caída de las hojas del otoño y a los copos de nieve del invierno.

Las dos iban envejeciendo ante mis ojos, e incluso cuando la niña se convertía en una mujer su madre le continuaba arreglando el cuello de la capa, le cambiaba el botón que había llevado toda la vida por uno nuevo, hasta que la anciana se iba encorvando, se le deformaban las manos y acababa hundida en una silla de la que no volvía a levantarse.

Las sombras se convirtieron en polvo y se dispersaron en la nada hasta que solo quedó la silueta del botón.

Volví a cogerlo y lo acuné en la palma de la mano. Cerré los ojos, imaginando cómo sería ser aquella niña a quien su madre quería tanto que le abotonaba el cuello de la capa cada día.

Cómo sería que te amaran.

Que te valoraran.

La bola de nieve brillaba allí cerca. La cambié por el botón y observé cómo las sombras volvían a ponerse en danza. Levanté los brazos para imitar su postura, bailé el vals con un acompañante invisible, fantaseando con cómo debía de ser estar enamorada. Tal vez no importara que acabara en tragedia. Tal vez mereciera la pena experimentarlo de todos modos. Observé cómo la pareja se besaba y se peleaba una y otra vez, pero mi corazón seguía seco y vacío, frío como una piedra, a juego con mi alma Hueca.

De vuelta en la habitación de invitados, metí el botón en la vieja caja de zapatos que tenía debajo de la cama, donde guardaba todas las cosas que había robado y que no interesaban a la condesa. Eran los recuerdos felices que a ella le parecían aburridos. Los días normales, tranquilos, de la gente corriente. Alegría, tristeza, nostalgia, satisfacción... Aquellos sentimientos normales y cotidianos eran tan ajenos a mí como los celos y la venganza que llevaban a la gente a asesinar a sus maridos con alfileres de sombrero.

A menudo trataba de imaginarme en aquellas tranquilas escenas domésticas: sentándome a cenar, haciendo volar cometas en el parque, barriendo las cenizas del fuego..., pero siempre acababa en desastre. La cena se convertía en una guerra de comida, la cometa se enganchaba en un árbol, el fuego quemaba la casa entera.

La dura realidad era que yo no pertenecía al mundo normal, feliz y resplandeciente. Pertenecía allí, a las sombras, donde todos los ladrones, los rebeldes y las almas rotas y corruptas vivían en secreto, en el anonimato. Llevaba tanto tiempo perdida y sola en la oscuridad que había acabado convirtiéndome en parte de ella.

Era Hueca.

Estaba vacía por dentro.

No tenía alma y me alegraba de ello, ya que eso me protegía de lo peor que podía ofrecer el mundo.

44

3

La ladrona de recuerdos

*G*raves me condujo a la escena donde tendría lugar el futuro delito. Atravesamos el Distrito Uno, pasamos por el Observatorio donde los sirvientes de la Orden vigilaban a través de los Ojos y continuamos hasta el Distrito Cinco, donde se hallaba el Reformatorio en el que se limpiaban las almas.

Al pasar por un puente de hierro enrejado flanqueado por antorchas, nos unimos a la cola de carruajes que avanzaban muy lentamente por la calle principal, y desde lo alto vimos el puerto, donde los buques de carga transportaban productos de lujo a las colonias y las chimeneas de las fábricas arrojaban un humo negro y espeso.

La Orden gobernaba medio mundo, desde Providence, al este, hasta Constitution, al oeste. Ya en la Edad Media, cinco eruditos de Providence habían realizado un experimento alquímico que había iluminado la materia oscura de la conciencia, la psique, lo cual les había permitido aprovechar su poder. Ellos fueron los fundadores de la Orden y de las cinco Casas, y prometieron arrojar luz sobre los secretos del corazón de los hombres y utilizar su conocimiento y poder para el bien. De su descubrimiento surgió la Ilustración, donde se forjaron los principios de la Orden: que solo los puros de alma eran dignos de tener un lugar en la sociedad. La misma creencia que guiaba a la Orden en la actualidad.

El Mazo de Oro, un edificio de aspecto imponente con columnas de mármol y decorado con filigranas de oro, estaba lleno de pujadores: hombres con el cabello aceitado, bigote, sombrero de copa y traje de raya diplomática; mujeres extravagantes con diamantes y pieles; dignatarios extranjeros con atuendos ceremoniales; y aristócratas con accesorios de vanguardia.

Miré por la ventanilla del carruaje, empañada por la condensación. Como había dicho la condesa, por encima de la entrada había un farol de cristal que reflejaba los Ojos de los Observadores que vigilaban desde el Distrito Uno. El farol iluminaba el alma de cada persona cuando entraba y mostraba su psicografía en las pantallas. Alma de fuego. Alma de sombra. Alma de canción. Cada una de ellas quedaba aprobada y certificada conforme estaba dentro de los límites de equilibrio deseados, y el farol se iluminaba de verde.

Cerca de allí, un grupo de inspectores hablaban entre ellos, preparados para llevarse a cualquiera que fuera rechazado, pero de nuevo la condesa estaba en lo cierto: no parecían esperar ningún problema aquella noche.

Graves se detuvo y bajó de un salto para abrirme la puerta.

—La estaré esperando aquí cuando regrese —dijo.

Asentí rígidamente y bajé con torpeza: el vestido me encorsetaba tanto que apenas podía respirar. Miré hacia atrás por encima del hombro y vi desaparecer el carruaje por la calle, dejándome sola.

«Eres invisible», me dije mientras esperaba en la cola.

Fácil de olvidar.

Una chica fantasma.

Al pasar por debajo del farol, levanté la barbilla y no me paré a ver si la luz se volvía roja, sino que avancé con atrevimiento, como si perteneciera a ese lugar. Solo cuando nadie me detuvo me di cuenta de que había conseguido entrar con éxito.

El farol no se puso ni rojo ni verde, sino que permaneció apagado, como si no registrara mi presencia. Fue exactamente como la condesa había dicho que sucedería: los Ojos parecían no verme.

Exhalé con alivio y continué adelante. Dentro, la subasta ya estaba en pleno apogeo. La sala estaba llena de clientes ricos, todos ellos sentados en filas y con una paleta numerada en la mano. Me uní al grupo de espectadores sueltos que había de pie al fondo de la sala: importantes como para estar allí, pero no lo bastante como para tomar asiento. Ninguno de ellos me prestó atención, demasiado ocupados hojeando sus folletos, presumiendo de cuánto querían gastar.

En la parte delantera de la sala, sobre un escenario elevado, había un caballero de pelo cano y ahuecadísimo de pie ante un pequeño atril gesticulando como un loco con un mazo dorado en la mano.

—Nuestro siguiente artículo, el número ochenta y tres, es esta encantadora estatuilla que representa a unos recién casados —dijo. Un suave coro de «ooohs» llenó la sala mientras una sonriente ayudante de guantes blancos la colocaba en la caja de subastas. Después hizo girar lentamente la vitrina para exhibirla desde todos los ángulos.

—Siglo XVIII, porcelana fina, pintada a mano. Recuperada de la venta de una casa. Según el catálogo, contiene un recuerdo de nueve minutos de la desafortunada boda entre Charles Vandergriff III y Veronica Sophia Beaumont, que puede ser revelado mediante un farol mágico o un psicoscopio.

Un murmullo escandalizado se extendió entre la multitud.

—Como recordarán, la ceremonia fue interrumpida por un criado que afirmaba ser el amante del novio, lo que derivó en una pelea en el pasillo. Posteriormente, las familias Vandergriff y Beaumont fueron expulsadas de la Orden. El recuerdo es claro, de alta calidad, con solo pequeños daños debido a un almacenamiento inadecuado. Precio de salida: noventa coronas. ¿Alguien da noventa coronas?

—Noventa coronas —susurré por lo bajo con amargura. De haber tenido noventa coronas en el bolsillo podría haber alquilado una habitación en una posada durante un año, pero aquella gente estaba dispuesta a gastarlas en una baratija llena de cotilleos.

La condesa me pagaba en palabras bonitas y humo. Tenía que encontrar un trabajo mejor, una profesión más provechosa.

Los ojos brillantes del subastador barrieron la sala.

—Sí, veo noventa —dijo, asintiendo al hombre del sombrero de copa que levantaba su paleta en alto.

Me pegué a la pared y me colé entre la multitud, murmurando disculpas educadas a la gente a la que empujaba.

—¿He oído cien? Sí, gracias, señora.

Tres postores continuaban batallando mientras el público movía la cabeza de un lado a otro. Al echar un vistazo entre la multitud, vi a lady Renato, reconocible por su silueta, sentada en una silla de ruedas dorada con una manta roja en su regazo. Llevaba de carabina a una enfermera de rostro adusto.

—Ciento cincuenta por aquí, gracias, señor.

Vi el anillo en su dedo delgado y arrugado, tan holgado que colgaba torcido. De cerca era aún más impresionante: la piedra en forma de llama captaba la luz de las lámparas de araña como si ardiera. Al mirarlo, me sentí absorbida mientras la habitación se desvanecía y me sacudía una oleada de sensaciones: pelos de punta, picor, hormigueo.

Había decenas de vestigios expuestos, y todos ellos centelleaban deliciosamente a la luz de las lámparas de araña, pero ninguno me producía sensaciones tan fuertes como el anillo. Mi columna vertebral se ondulaba, como si un músico invisible estuviera tocando una sinfonía en mis vértebras. Se me aceleró el corazón, tanto que pensé que podría sufrir una crisis y arder. Bum-bum, bum-bum, bum-bum.

Cuanto más me acercaba a lady Renato, más fuerte era la energía del anillo. Era una sensación turbulenta, trastornadora, frenética y exasperante, una inquietud tremenda que me hacía querer arrancarme la piel. Lo anhelaba, lo ansiaba, aunque no sabía decir por qué.

Lady Renato empezaba a cabecear, las manos cruzadas en su regazo sobre la paleta.

—¿Está usted dentro, señora? —dijo el subastador—. ¿Está usted segura? ¿Y usted, caballero? Esta podría ser su noche de suerte. ¿Doscientos noventa? ¿He oído doscientos noventa? ¿Alguien da más? ¿No? Entonces doscientos ochenta a la una, doscientos ochenta a las dos, doscientos ochenta a las tres. ¡Adjudicado!

Otro tipo de ladrón quizá habría trazado un plan elabo-

49

rado, considerando todas las posibilidades y anticipándolas simultáneamente, pero yo no tenía talento para imaginar resultados o ingeniar golpes maestros. Me lo inventaría sobre la marcha, como hacía siempre.

El subastador golpeó la mesa con el mazo y se llevaron la estatua rápidamente. La ayudante de guantes blancos sacó el siguiente objeto: un elegante plato azul y blanco. Me acerqué a la enfermera de lady Renato, tiré con insistencia de la manga de su abrigo y puse mi mejor voz de clase alta.

—Disculpe, señora. Es usted enfermera, ¿verdad?

—¿Y qué si lo soy? —me espetó.

—Siento mucho molestarla —dije—, pero estoy aquí con mi hermana. Está embarazada. Ha salido a tomar el aire y se ha desmayado. He mandado a buscar a un médico, pero tardará en llegar. ¿Podría ayudarla, por favor?

—Ojalá pudiera, de verdad —contestó, poniendo una cara exageradamente compasiva—, pero no tengo formación de comadrona.

—Por favor, me preocupa que sea una urgencia —probé suerte—. Está muy avanzada. El bebé podría estar en camino…

La enfermera hizo un gesto hacia la persona que tenía a su cargo, que ahora dormía.

—Aunque quisiera, estoy trabajando —dijo.

—¡Vendido por setenta coronas al hombre del corbatín púrpura!

—Yo puedo vigilarla —dije—. No hay problema. No es ninguna molestia. Siempre cuido a mi abuela.

La enfermera resopló.

—Esta es lady Renato, bonita, la matriarca de una de las cinco grandes Casas nobles. No tu anciana abuelita. Si le sucede algo, me pasaré la eternidad vagando por siete sombras del infierno.

—Pero ¡¿y si le pasa algo malo al bebé?! No querrá llevar una mancha como esa en su alma, ¿verdad?

Frunció el rostro, como si hubiera chupado un limón. Me di cuenta de que estaba sopesando cómo podría resultar la situación y qué tipo de castigo recibiría si la Orden se enteraba. La gente tenía que actuar como si la autoridad estuviera siempre vigilando. Probablemente, porque así era.

Me miró de arriba abajo, reparando en mi ropa refinada.

—Está bien, está bien —se ablandó, y cogió su abrigo—. ¿Dónde está?

—Hemos dado la vuelta a la esquina y hemos caminado un poco.

—Quédate aquí y vigílala —me indicó, señalando a lady Renato—. Si se despierta, dile que no tardaré. Que he ido a hacer un recado importante. Traeré a tu hermana aquí, si puedo.

—Por supuesto. Gracias, señora.

En cuanto desapareció por la puerta, la sonrisa falsa se me escurrió de la cara como mantequilla sobre un plato caliente. Recogí un catálogo impreso que alguien había dejado caer en el que se resumían los detalles de los artículos en venta. Me arrodillé junto a lady Renato y dejé el folleto sobre su regazo, tapándole las manos.

—Estoy de acuerdo, señora, quedaría muy bien en la repisa de la chimenea —dije.

Cuando las yemas de mis dedos rozaron el anillo de oro, noté una fuerte descarga de electricidad estática contra la piel.

—Au —siseé.

51

Volví a intentarlo y esta vez una oleada de energía vibrante recorrió la carcasa vacía de mi cuerpo. Jadeé mientras pasaban por mi mente fogonazos de visiones fragmentadas, como reflejos en las esquirlas rotas de un espejo.

Mármol blanco, terciopelo rojo, oro, fuego...

Una figura enmascarada con una capucha negra...

El pánico me atenazó la garganta. Un dolor agudo me atravesó el pecho. Apreté los dientes y me las arreglé para hacer girar el anillo por el dedo hasta sacárselo.

Lady Renato dio una bocanada y se despertó, lo cual me sobresaltó.

—¿Qué pasa? —murmuró, agarrándome de la manga. Me quedé helada, con el anillo en la mano. La mujer parpadeó mientras yo trataba de recomponerme. Me enderecé y escondí la mano tras la espalda.

—Tú no eres Doris —dijo.

Me metí el anillo en el bolsillo a escondidas.

—¿Dónde está Doris? —preguntó.

—Doris ha tenido que salir. Alguien ha caído enfermo en la calle. Me ha pedido que la vigilara.

Frunció el ceño.

—¿No te conozco de algo, chica?

Di un paso atrás y negué con la cabeza.

—Lo dudo, señora —dije—. No soy nadie. Nadie en absoluto.

La anciana me miró con detenimiento y desconfianza y se le acentuaron las arrugas; después bajó la vista hacia sus manos, que descansaban sobre su regazo.

—Tengo que irme —dije—. Encantada de conocerla.

Me alejé apresuradamente escurriéndome por entre las sillas.

—¡Mi anillo! —gritó—. ¿Dónde está mi anillo?

Avancé como pude entre la densa multitud de cazadores de gangas y abrí las puertas de golpe. El aire frío me cortó las mejillas como una bofetada. Observé horrorizada que el farol de arriba se iluminaba de rojo y empezaba a emitir un zumbido sordo. Los inspectores dirigieron la mirada hacia la puerta.

No. No. No podía ser verdad...

Se suponía que era un fantasma.

El anillo también estaba rojo como un hierro incandescente. Estaba caliente al tacto, me quemaba a través del bolsillo del abrigo como una brasa de carbón. Salí como un rayo calle abajo, buscando frenéticamente mi carruaje de señora, pero no estaba allí.

—¡Eh! ¡Tú!

Miré atrás y vi al subastador y a dos de sus ayudantes de guantes blancos corriendo hacia mí por la calle. Lady Renato salió tras ellos en su silla de ruedas.

—¡Es ella! —gritó justo cuando Doris regresaba con aspecto furioso—. ¡Esa es la sabandija que me ha robado!

Agaché la cabeza y corrí como si no hubiera un mañana, cada vez más rápido, hasta que las calles se desdibujaron. De la comisaría de la esquina salió un grupo de inspectores que arrancó a toda velocidad hacia mí, unos a pie, otros a caballo. La acera estaba llena de mirones que señalaban mientras los inspectores me perseguían, dividiéndose en facciones para poder rodearme por todos los flancos.

Suerte que no iba a llamar mucho la atención.

Salí disparada hacia las Calles Bajas del Distrito Cinco, haciendo que los transeúntes se dispersaran como bolos.

—¡Que no escape!

—¡Que alguien la detenga!

Con la ruta de huida bloqueada, me dirigí hacia el puente, donde los tranvías y los autobuses circulaban a gran velocidad. Los coches de caballos pasaban entre ellos, haciendo sonar las sirenas y chasquear los látigos.

Dos inspectores irrumpieron a mi espalda entre la multitud. Tropecé y fui directa hacia la calzada, evitando por poco que me atropellara un autobús, y me abrí paso entre el tráfico trepidante. Los inspectores vacilaron detrás de mí. Un carruaje me esquivó por un centímetro y tocó el claxon con fuerza.

—¡Mira por dónde vas, imbécil! —gritó su conductor.

Me lancé a la acera del otro lado, me puse en pie y bajé a trompicones los interminables escalones de piedra que conducían a un callejón, desde donde fui serpenteando en una carrera de obstáculos de calles descendentes llenas de cubos de porquería y barriles de vómito, manadas de gatos sarnosos y desagües desbordados.

Encontré un buen escondite debajo del puente, donde pude subir a las vigas con los pájaros. Los abrigos negros pasaron por debajo, rastreando el suelo con los focos, sin percatarse de mis piernas, que colgaban por encima de sus cabezas. Esperé a que se perdieran de vista antes de soltar el aliento que había estado conteniendo. Luego bajé de la viga y saqué el anillo del bolsillo.

—Maldita cosa —murmuré—. Casi haces que me maten. —Todavía estaba caliente, aunque su calor se desvanecía en la palma de mi mano—. ¿Qué tienes que sea tan especial? ¿Qué escondes? —Llena de curiosidad, me lo puse y vi que se ajustaba cómodamente al dedo corazón de mi mano izquierda, como el zapato de Cenicienta.

De repente, el mundo se desvaneció.

Empecé a caer, a rodar, a dar vueltas de campana hacia atrás dentro de mí misma, a caer en picado a ese lugar profundo y oscuro donde la gente se pierde de sí misma. Empecé a flotar en medio de un abismo. No había tierra, mar ni aire, solo una neblina densa y oscura a través de la cual no podía caminar ni nadar.

De las turbias profundidades emergió una manchita de luz, como una única brasa ardiente entre un montón de cenizas apagadas. Me llamaba y luché por ir hacia ella, viendo cómo la chispa diminuta se iba haciendo cada vez más fuerte y brillante.

Cuando me acerqué más, el ascua estalló en una bola palpitante de llamas que crepitaba y destellaba, iluminando la oscuridad a mi alrededor y revelando patrones de espirales bioluminiscentes. Unos temblores extraños me recorrieron todos los poros de la piel y noté que cada rincón de mi cuerpo hormigueaba, que cada célula cantaba, desde los folículos del cuero cabelludo hasta la punta de las uñas de los dedos de los pies.

En el fuego se reveló una imagen, como la fotografía de un negativo. Mi propio rostro me devolvía la mirada, la imagen de un espejo.

Un río de imágenes sinuoso y serpenteante, de corriente demasiado rápida para seguirla, inundó el pozo vacío de mi cabeza.

Campos verdes. Sábanas limpias. Lluvia que cae. Pájaros oscuros. Una mujer pecosa con lágrimas en los ojos, pronunciando una advertencia silenciosa.

Brasas ardientes, un fénix pintado...

Gotas de sangre sobre la nieve...

55

Una figura enmascarada levantando el brazo como si fuera a golpear.

Me sentí arrastrada de vuelta a la realidad, como si me estiraran hacia atrás con una correa. Obligada a volver al recipiente de mi cuerpo. A una nueva realidad.

Estaba viva.

Existía, y era muy extraño.

4

Volver a nacer

$\mathcal{M}$e sobresaltó el sonido repentino de un carro que se acercaba. Presa del pánico, hui de mi escondite tratando de perderme entre las sombras de las calles desiertas. El anillo que llevaba en el dedo parecía palpitar al ritmo de mi corazón.

—¿Qué acaba de pasar? —susurré.

La adrenalina me corría por la sangre, prendiendo como fuego.

Me sentía como una mecha recién encendida.

Mientras corría era muy consciente del patrón de mi respiración y del ritmo constante de mis latidos.

El viento glacial aullaba como un lobo y levantaba las hojas muertas. Los ladridos de un perro me crisparon los nervios. Un niño que cantaba me hizo tener un escalofrío.

Tenía la sensación de que me estaban observando.

Jadeando, reduje el ritmo a un paseo ligero. Las calles estaban casi vacías después del toque de queda, pero todavía había algunos vagos mugrientos andando por ahí, fumando en pipa en los callejones y hablando entre susurros furtivamente. Cuando pasé ante ellos a toda velocidad me miraron con frialdad.

Me dije que era por el traje. Con el vestido fúnebre de la condesa, debía de llamar la atención merodeando por las Calles Bajas. O tal vez fuera el anillo lo que percibía la gente. Me lo quité y lo guardé bien al fondo del bolsillo, pero no pareció cambiar nada. La gente se me quedaba mirando igual.

Levanté la vista y divisé un farol de cristal con forma de ojo que rastreaba las almas de la calle. Al pasar yo, vibró y dirigió un haz de luz hacia mí. Me arrojé detrás de una pila de basura apestosa para evitar que me viera.

Eso era nuevo.

A mí los faroles nunca me habían detectado hasta entonces.

Seguí adelante, temblando. Allá donde miraba había otro ojo espiándome. Había ojos moldeados en postes de la luz, pintados en los muros, bordados en las banderas, esculpidos en relieve, grabados en latón, recortados en la hierba, tallados en la madera y colocados en mosaicos.

Cada uno de ellos parecía fijarse en mí a mi paso.

A no ser que no se tratara ni del vestido ni del anillo. A no ser que se tratara de mí. En lo más profundo de mi ser se había despertado algo. Estaba acostumbrada a ser invisible, un espectro de carne y hueso, pero desde que había robado aquel anillo, me había sentido… vista.

Y allí estaba la prueba: los faroles también podían verme.

No me gustaba ni pizca.

Regresé a casa de la condesa sin dejar de mirar por encima del hombro para asegurarme de que no me siguieran. Cuando Graves abrió la puerta, el alivio se reflejó en su cara.

—¡Señorita Iris! Menos mal que está usted bien.

Lo fulminé con la mirada.

—¿Qué te ha pasado?

—Mis disculpas. El puerto estaba plagado de inspectores.

—La condesa tiene suerte de que haya salido viva con el premio —dije, sacudiéndome la lluvia. Eché un último vistazo a la calle antes de entrar, pero no vi a ningún inspector por allí.

Como de costumbre, de un modo u otro me había salido con la mía.

Arriba, en el salón, me esperaba la señora, rodeada de una docena de cajas de bombones vacías. Culpaba de su gusto por el dulce al hecho de ser un alma Corazón, una excusa que siempre me había parecido pobre.

—¡Aquí estás! —dijo con entusiasmo, poniéndose de pie—. ¡Ya era hora! ¿Por qué has tardado tanto?

Cerré la puerta y oí los susurros de los vestigios que había en sus vitrinas. Aquella noche notaba sus energías más fuertes que de costumbre.

Hice una pausa mientras deliberaba sobre cuánto contarle.

—Podría haber vuelto antes si mi transporte no me hubiera dejado tirada —fue cuanto admití.

—Dime que lo tienes —me pidió.

—Pues claro que lo tengo —dije, y le mostré el anillo para que lo viera.

Me lo arrebató de las manos y lo inspeccionó a fondo.

Me quedé observándola y me sentí extrañamente celosa. Quería recuperarlo, como una mujer que deja que un extraño sostenga a su recién nacido.

—No te habrán visto, ¿verdad que no? —preguntó, todavía mirando el anillo.

Sabía que debía advertirla por si seguían mi rastro hasta allí, pero temía que no me pagara si lo hacía.

—Uy, dudo que alguien se haya dado cuenta —mentí.

La condesa colocó el anillo en la bandeja de delante del farol.

—Y ahora, el momento de la verdad —dijo.

Esperamos pacientemente, en silencio, a que empezara el espectáculo de sombras, pero no se reveló nada. Refunfuñando, la señora le propinó un buen golpe al farol.

—Vamos, maldito cacharro —le reprendió. El farol se agitó, dio una sacudida y lanzó chispas. Pasaron unos segundos largos y tensos. La máquina gimió de un modo antinatural antes de expulsar una ráfaga de humo acre.

La condesa chasqueó la lengua y cambió el anillo por el tenedor, que todavía estaba por allí. Sus sombras psíquicas cobraron vida como de costumbre y volvieron a representar la misma escena del baile que antes. La condesa volvió a colocar el anillo en la bandeja, pero seguía sin producir ninguna imagen.

—No lo entiendo. ¿Por qué no funciona? —pregunté.

La condesa se volvió hacia mí, con las manos en las caderas.

—Tal vez puedas explicármelo tú, Iris —respondió con brusquedad.

—Un momento. ¿Cree que es culpa mía?

Volvió a coger el anillo de la bandeja del farol.

—¿Y de quién si no? —dijo mientras lo volvía a examinar—. ¿Pretendes timarme, chica? ¿Crees que puedes engañarme con una falsificación para poder vendérselo a uno de tus amigos en el mercado negro? Puede que sea vieja, pero mi mente sigue siendo tan aguda como ese alfiler de sombrero. «No te fíes nunca de los que no tienen alma», eso dice la gente.

Se me calentaron las mejillas.

—Se fio de mí para que robara su precioso tesoro, ¿no es así? —espeté—. ¿Cuándo le he fallado yo? Este es el anillo auténtico, directamente de la mano de lady Renato en persona. Podrá leer los detalles sobre el tema en los periódicos de mañana, créame.

—Pensaba que habías dicho que no te habían visto —dijo la condesa entrecerrando los ojos con recelo.

—A estas horas ya deben de saber que ha sido robado —dije—. Estarán indagando en los recuerdos de todos los presentes.

—Buscarán a una chica sin rostro. A una chica sin nombre. Eso si te recuerdan, si es que te vieron, para empezar.

—Si me atrapan, vendrán a por usted —dije—. En cuanto empiecen a toquetear dentro de mi cabeza sabrán que usted me hizo traérselo.

La condesa soltó una risa frívola.

—Sobre los Huecos no se puede indagar —dijo—. Ni se puede capturar su imagen para siempre en la memoria. Para ellos nunca nos hemos conocido. Por eso los sin alma sois tan buenos confidentes, y unos cómplices bastante útiles.

Siempre había sabido que me estaba utilizando, pero ahora me molestaba. Me había enviado al infierno a buscarle una baratija y ahora se quejaba de ello. Con el fuego creciendo dentro de mí, no pude evitar que la verdad saliera a la luz.

—Ya no soy Hueca —solté—. Ahora el Ojo puede verme.

—Mientes —dijo ella, tras una pausa.

—Es verdad. El farol me captó al salir. Quizá puedan acceder también a mis recuerdos.

61

Se me quedó mirando con atención un momento y levantó la lupa hacia su ojo con mano temblorosa. Lo que vio la sobresaltó instintivamente.

—Insensata —siseó, y me volvió a poner el anillo en la mano—. ¿Y los has conducido hasta aquí? Debes irte. Ahora mismo.

—¿Qué hay de la Noche Que Nunca Fue? ¿Qué hay de…?

—Eso no importa ahora. Harías bien en deshacerte de esa cosa antes de que nos lleve a todos al Reformatorio.

—¿Que me deshaga de él? —dije—. ¡Me prometió siete coronas y cincuenta céntimos por el anillo! Debería pagarme al menos la mitad.

—¿No me has oído? Ninguna casa de empeño en quince kilómetros a la redonda querrá ni tocarlo cuando la Orden informe de que ha sido robado. No tardarán en empezar a rastrearlo. Quizá ya lo hayan hecho. Tíralo al río, por la cuenta que nos trae. Recoge tus cosas y no vuelvas. Ahora encargaré a uno de mis criados que averigüe si la Orden ya ha iniciado tu búsqueda. Para cuando esté de vuelta, te quiero fuera.

Bajó las escaleras a toda prisa, llamando a Graves. Me quedé mirando su espalda con resentimiento y después solté un suspiro y volví a ponerme el anillo en el dedo.

Vi el alfiler de sombrero en la Vitrina de curiosidades. Parecía brillar para mí con picardía. Tal vez podría empeñarlo en lugar del anillo. La condesa se lo merecía por haber faltado a nuestro acuerdo.

—Quien lo encuentra se lo queda —susurré.

Cogí el alfiler. En cuanto mis dedos lo tocaron, volví a sumergirme en mi interior, igual que cuando me había puesto el anillo por primera vez mientras corría por la oscuridad. De repente, sin explicación, me encontré de pie en la escena diorámica del recuerdo del asesinato que había en el alfiler de sombrero.

No era solo una sensación o una visión. Estaba allí, transportada a un lugar y a un tiempo totalmente diferentes.

Estoy de pie en el umbral de una casa en la que nunca he estado, hace algunos años, viendo garabatear en su escritorio a un hombre con barba al que no conozco.

Mirando a través de los ojos de un extraño como si fueran ventanas, veo a mi víctima rubricar con su firma. Me inunda un odio indescriptible.

Soy la asesina.

Sus pensamientos resonaban en mis oídos, como si fueran míos.

«Ese tramposo sucio y asqueroso. Le he dado los mejores años de mi vida, he traído a este mundo a dos de sus hijos, ¿y así es como me paga? ¿Escribiendo cartas de amor a otra mujer? Lo mataré. Lo mataré.»

Me saco el alfiler del sombrero y avanzo hacia él. Él se vuelve para saludarme y, sin dudarlo, le clavo el arma en la carne tierna del cuello. El sonido y la sensación son repugnantes, pero mucho peor es la sangre, que gotea por mis manos cuando vuelvo a sacar el alfiler.

—¡No!

Su cara se arruga con incredulidad y algo más… Remordimiento o arrepentimiento.

—¿Por qué, cariño? —grazna, mintiendo incluso ahora—. ¿Por qué?

—Ya sabes por qué —siseo.

Con un grito ahogado, me aparté de la escena y salí co-

63

rriendo de nuevo hacia el salón de la condesa, donde me golpeé la espalda contra una mesa.

La vitrina se tambaleó por el movimiento repentino.

La bola de nieve se cayó y se estrelló contra la esquina con un estruendo. La esfera de cristal se agrietó y empezó a gotear. Me lancé a salvarla y la recogí con cuidado, pero era demasiado tarde. Los arbolitos, los cervatillos y los patinadores salieron por el agujero en forma de estrella que se había formado.

En contra de mi voluntad, me vi absorbida de nuevo en la panorámica de un pasado prestado, ocupando el lugar del creador en su propio recuerdo.

Estoy en un quiosco de música bajo un dosel de rosas. Más allá, un anillo de árboles nevados rodea un lago congelado bajo un cielo estrellado. La escena es intensa y provoca mis sentidos. Huelo a cerdo asado y noto el sabor a aguamiel fresco en mis labios. Oigo un cuarteto de cuerda tocar una sinfonía suave y desgarrada. Veo cada carámbano, cada pétalo, cada puntada de mi ostentoso vestido blanco, que flota a mi alrededor como una nube.

Mis pensamientos son rápidos, ruidosos, fuertes, desesperados. Agitación, pavor, miedo, deseo, todo se debate caóticamente en mi interior.

Tengo que decírselo.

Perdida entre una multitud de bailarines de vals, me agacho bajo el sinfín de codos voladores y esquivo las faldas que giran, buscando entre la gente a la persona a la que quiero. A la que necesito.

—Estás aquí —dice una voz suave.

Los brazos de un chico desconocido me envuelven en un baile, rodeándome con fuerza por detrás.

En ese breve instante, estoy en casa.

Estoy completa.

Estoy... enamorada.

El peso me oprime el pecho, una carga tan grande que me quita el aliento y me aturde. Me siento tan pequeña y tan grande a la vez, tan vacía y tan llena. Como si fuera a reventar.

Me coge de las manos y me hace girar hacia fuera, luego hacia él. No tengo preocupaciones ni problemas, toda mi urgencia se dispersa mientras él me inclina, como las sombras de la pared.

Le miro, pero su rostro está borroso. La música se contorsiona y resuena extrañamente, como si bailáramos en el lecho del fondo oceánico.

El recuerdo se iba desintegrando igual que el agua de la bola de nieve se había ido derramando. Su recipiente se había roto, su psique se escapaba.

—No, un momento...

No quería soltarlo, pero no tenía alternativa. Parpadeé rápidamente y aterricé otra vez en el salón, de nuevo vacía y atontada.

No era el anillo el que me enviaba al pasado.

Era yo.

Había cambiado.

Me giré hacia el diván sobre el que la condesa había dejado su bolso. Lo vacié y recuperé la bolsa de terciopelo con cinco coronas, así como un par de guantes, que me puse antes de coger el alfiler de sombrero. Los guantes parecían ofrecer algo de protección frente a la arremetida de los recuerdos. Ahora, cuando lo toqué, percibí tan solo el esbozo de su psique, un leve tirón hacia ella, en lugar de verme del todo consumida por ella.

Cuando ya estaba en el umbral de la puerta, un cosquilleo en la nuca me alertó de la caja de baratijas que guardaba arriba, bajo la cama. Pese a estar lejos de ella, notaba que me llamaba. No podía dejarlas atrás.

Subí sigilosamente a mi habitación y volqué el contenido de la caja en el bolso que acababa de robar mientras las sirenas gemían como violines desafinados.

Me acerqué a la ventana a tiempo de ver cinco carros negros y brillantes en la calle, frente a la Casa Cavendish, de los que salió un batallón de inspectores. Uno de ellos se acercó a la puerta y la aporreó.

Retrocedí jadeando, con el corazón en un puño y la boca seca. No quería ni pensar lo que me harían si me atrapaban.

Oí a la condesa gritar abajo mientras los inspectores se abrían paso hasta el vestíbulo.

66

Avancé lentamente por el rellano con el cuerpo pegado a la pared y miré por encima de la barandilla hacia el vestíbulo del piso inferior.

—¿Qué ha hecho con el anillo? —ladró un inspector.

—¿Qué anillo? —gritó la condesa.

—El anillo de lady Renato —dijo él—. No se haga la tonta conmigo, vieja arpía. ¿Dónde está la chica?

El inspector encendió su farol y proyectó una escena holográfica sobre la pared. Era el recuerdo de lady Renato en el Mazo de Oro, segundos después de haberle arrebatado el anillo. La imagen se cerró sobre mi cara y quedó congelada.

Me atravesó una corriente de aire frío.

—No la he visto en mi vida —aseguró la condesa.

Me estaba protegiendo. Pese a todo. Me atenazó una emoción imposible de reconocer: gratitud, tal vez.

—Miente —dijo el inspector—. Metedla dentro.

—Todo esto es un tremendo malentendido —chilló la condesa mientras los inspectores la esposaban—. Un caso de identidad equivocada.

—Claro que sí… Esa no la había oído todavía.

A Graves también le escoltaron afuera, esposado y en silencio mientras entraban más inspectores en la casa.

—Registren la casa. Detengan al resto del personal.

No esperé a oír nada más. Volví corriendo a la habitación, cogí el bolso y atranqué la puerta con una silla. Me sudaban las manos. Tenía las piernas lacias y flojas como fideos.

Alguien movió el pomo de la puerta.

—¡Abran, por decreto de la Orden!

Fui corriendo a la ventana y trepé hasta el tejado. El viento azotó mi falda e hizo que los pájaros se dispersaran. Me quedé en el borde mirando un mar de tejas de pizarra, chimeneas de ladrillo, torretas, respiraderos, terrazas y terrarios, algunos unidos por tendederos o por pasarelas de madera.

El tejado de enfrente estaba a menos de dos metros de distancia. Cuando los inspectores echaron la puerta abajo, astillando la madera, cogí impulso y salté hacia él. Salvé fácilmente la pendiente del tejado, me deslicé por la marquesina de pizarra que había al otro lado y me agarré al canalón lleno de hojas. El bolso de la condesa se me resbaló del hombro, pero lo agarré en el último momento.

Me encaramé gateando y fui caminando por los tejados, avanzando lentamente por los alféizares y bajando por las escaleras de incendios, hasta que llegué a la calle y hui, desapareciendo en la profunda oscuridad.

Corrí hasta que dejé de oír las sirenas.

67

5

Curioso y extraño

Creía que a los Ojos les costaría más seguirme la pista si me mantenía en movimiento, así que no me detuve. Pasé por el Distrito Dos, que olía a flores, y entré en el Distrito Tres, donde el himno nacional sonaba por los altavoces. Me detuve detrás de una sala de conciertos para recuperar el aliento, jadeando y temblando mientras intentaba pensar qué hacer después. Vi que había una tapa de alcantarilla suelta y la respuesta saltó ante mí, alta y clara.

La condesa había mencionado el mercado negro. Yo no tenía planeado vender el anillo, al menos no hasta que desvelara sus siniestros secretos, pero me había dado una idea. El mercado negro era el tipo de lugar donde la gente sabía cosas. Cosas que la Orden nunca compartiría. Y si quería encontrar el mercado negro, tendría que descender al Fin del Mundo, un laberinto de túneles donde todos los pecados de la ciudad convergían en un lugar, ubicado en los suburbios del inframundo, que había bajo los cinco distritos.

Miré a izquierda y derecha para asegurarme de que no me estuvieran vigilando, aparté a un lado la tapa del desagüe y me quedé observando el oscuro agujero. Si alguien podía ayudarme a entender lo que me estaba pasando, sin duda se hallaba allí, en aquel lugar turbio y olvidado. Con todo, la entrada no era precisamente acogedora. Respiré hondo y empecé a bajar por la escalera desvencijada que colgaba de la pared del pozo, y desaparecí en la oscuridad bajo el suelo, paso a paso, peldaño a peldaño, hasta que mis pies encontraron el fondo. El fuerte olor a cloaca y a azufre me asaltó mientras me tambaleaba en la más absoluta oscuridad. Allí la niebla tóxica era tan oscura y densa que ni siquiera los Observadores podían ver nada.

No era de extrañar que la Orden nunca enviara inspectores allí.

Al principio, los túneles parecían abandonados, pero yo sabía que no lo estaban. En el Fin del Mundo vivía toda la gente a la que la Orden había dejado pudrirse. La gente que no podía conseguir trabajo porque tenía el alma demasiado defectuosa. La gente que no podía alquilar una casa. La gente que no tenía documento de identidad. Era una guarida sin ley llena de ladrones donde a nadie le importaba lo que te ocurriera. La Orden lo usaba como ejemplo: mirad lo que podría pasar si no estuviéramos en el poder. Aquello era la vida sin vigilancia. Aquello era la sociedad sin la ciencia del alma.

Nunca había tenido motivos para visitarlo, no cuando hacía recados para la condesa en el Distrito Uno, pero ahora no me quedaba otro sitio adonde ir. Avancé tambaleándome, tosiendo, tratando de encontrar el camino en medio de la oscuridad mientras los pasillos desembocaban en calles más amplias, con edificios ruinosos y escaparates que empezaban a emerger de la oscuridad. Protegido de cualquier atisbo de luz natural, el Fin del Mundo estaba iluminado por una serie de anticuados faroles parpadeantes. Las interminables viviendas ensombrecían aún más las calles, esculpidas como cuevas en las paredes de los túneles. Las estrechas calles subterráneas, llenas de charcos, estaban inmersas en una niebla pútrida que olía a productos químicos, y apenas había gente.

Pasé como pude junto a un grupo de tipos mugrientos que me miraron por debajo de la visera de sus boinas y junto a un edificio con las ventanas rotas por las que se asomaban unos mocosos de cara sucia. Había mujeres ligeras de ropa merodeando por los portales, mientras que los túneles que unían los barrios entre sí estaban llenos de personas sin hogar que dormitaban, aturdidas.

Más adelante, en la acera improvisada había casitas diminutas alineadas como dientes torcidos. Algunas se estaban hundiendo y las maderas sobresalían como cajas torácicas esqueléticas, mientras en cada esquina se amontonaban montañas de cenizas y desechos. Los túneles se adentraban en los suburbios y se volvían oscuros y fríos como el invierno. Las paredes estaban cubiertas de carteles de personas desaparecidas, dibujadas de memoria toscamente.

Agaché la cabeza y continué caminando. Uno de los callejones daba a un patio en forma de pentágono, versión de los bajos fondos del Gran Bazar, repleto de establecimientos de aspecto turbio, tabernas y casas de empeño, atestado de vagabundos harapientos. Los vendedores ambulantes comerciaban con vestigios robados y artículos oscuros e inquietantes para los que seguramente no tenían permiso. Algo me decía que no debía confiar en ellos, así que seguí adelante.

Ahora que ya no corría como si no hubiera un mañana, me inundaron un montón de sensaciones extrañas. Dentro de mí se agitaban sentimientos a los que no estaba acostumbrada. Una punta de ira. Un sollozo de aflicción. Un cosquilleo de humor delirante. Un anhelo sordo que perduraba como los restos de un dolor de estómago; el recuerdo robado de estar enamorada, tal vez. Era terrible, pero también maravilloso. ¿No había ansiado sentir algo, aunque fueran cosas malas?

Toda aquella psicometría extraña e inexplicable parecía estar conectada con el anillo. Pasaba algo con él y, sin embargo, me había elegido como su conducto y me había inundado de recuerdos y sentimientos. ¿Había sido porque yo también estaba rota y corrompida? ¿O era solo porque era la única persona lo bastante idiota como para robarlo?

Allí abajo todas las calles se parecían las unas a las otras. En cada dirección posible me esperaba otro túnel estrecho y sin numerar, más desértico a medida que me alejaba del centro. Solo oía el resonar de mis propios pasos dispersos por el subterráneo. Se me aceleró la respiración. Notaba latir la sangre en los oídos. Me estaban observado de nuevo, estaba segura. Me giré de golpe y vi una figura, una silueta que merodeaba unos metros atrás, proyectada por la luz de un farol roto. Aferré con más fuerza la bolsa robada.

—¿Hola? —grité.

Nadie respondió. La sombra se quedó quieta.

—¿Quién anda ahí? —volví a gritar.

Silencio.

Con el corazón a mil, me di la vuelta y empecé a caminar más rápido, zigzagueando por los túneles, pero la sombra continuó siguiéndome. Me puse a correr y me adentré en una callejuela sucia llena de tiendas y peluquerías cerradas. Cuando volví a arriesgarme a mirar por encima del hombro, la sombra parecía haber desaparecido.

Esperé a que se me calmara el pulso, todavía alerta a cualquier chirrido o crujido, a cada araña, a cada polilla, pero poco a poco se me fue estabilizando la respiración.

Me encontré frente a una tienda con un toldo azul estrellado. Sobre la puerta, un cartel pintado rezaba: «*El Emporio de lo Curioso y lo Extraño*» en una fuente gótica llena de florituras. En el escaparate, enmarcado por cortinas negras, había otro letrero más pequeño impreso en una cuidada letra de caligrafía en el que se leía:

Tratamos con recuerdos perdidos, corazones rotos, pesadillas, casas encantadas, objetos malditos, fantasmas, espectros y mucho más. Contamos con un experto en psicometría. Tarifas negociables. Pregunte dentro.

Parecía justamente el tipo de lugar al que una chica podría llevar un anillo robado que tuviera un recuerdo violento atrapado en él.

Vi mi reflejo en el cristal: pelirroja, con los ojos muy abiertos y una constelación de pecas esparcidas por las mejillas. Me arreglé el pelo, respiré hondo y empujé la puerta, que hizo sonar una campanilla. La tienda olía a moho, a rancio y ligeramente a flores. En su interior había trastos amarillentos amontonados hasta el techo en pilas inestables. Había armarios de madera que formaban un laberinto de pasillos, algunos tan estrechos que solo podían recorrerse de lado, como un cangrejo. Todas las estanterías estaban repletas de rarezas desconcertantes: máscaras, fósiles, estatuas, especímenes de aspecto espeluznante metidos en formol…

Zigzagueé entre librerías y aparadores, tratando de no

tirar nada de los estantes al pasar. Al fondo de la tienda había un mostrador repleto de libros y papeles, pero ningún tendero a la vista.

—¿Hola? —grité.

Al no recibir respuesta, apreté un timbre en el que ponía: «Toque para que le atiendan», y lo mantuve presionado.

De la oscuridad del rincón salió una persona. Yo me esperaba a un hombre arrugado de barba trenzada o a una anciana con demasiados collares. En lugar de eso, vi a un chico no mucho mayor que yo, si bien no sabía cuántos años tenía yo exactamente. El hecho de no tener recuerdos ponía difícil lo de recordar los cumpleaños. Supuse que debía de tener dieciséis o diecisiete.

El chico era larguirucho y llevaba gafas. Tenía la piel aceitunada y una nariz grande y solemne. Su pelo era grueso, oscuro y demasiado largo, con un mechón blanco, como inducido por el miedo, y lo llevaba enmarañado, como si acabara de levantarse de la cama.

—¿Cómo has entrado? —preguntó con los ojos entrecerrados.

—¿Por la puerta? —respondí, confundida.

Tuve la clara impresión de que en El Emporio de lo Curioso y lo Extraño no tenían muchos clientes.

—¿Qué quieres?

—Necesito hablar con el experto en psicometría —dije.

—Ese…, ese sería yo —contestó, aclarándose la voz.

—¿Estás seguro? Pareces un poco…

—¿Un poco qué? —inquirió, enarcando una ceja oscura.

—Un poco… joven.

—¿Quieres que te ayude o no?

—Sí —murmuré de mala gana.

—Pues empecemos de nuevo. Me llamo Evander Mountebank, y tú eres...

—Iris. Iris... Cavendish.

El apellido de la condesa fue el primero que me vino a la cabeza, junto con el nombre que me había dado ella. No tenía ni idea de cómo me llamaba en realidad. Por primera vez eso me parecía extraño, poco natural. ¿Qué clase de persona no sabía su propio nombre?

—Y bien, ¿con qué necesitas ayuda, señorita Cavendish? —preguntó el chico.

Vacilando, me saqué el guante y me quité el anillo.

—Con esto.

Le observé con atención. Su expresión cambió, como si estuviera intrigado, pero no se quedó boquiabierto ni horrorizado. No pareció reconocer el anillo como robado. Supuse que la noticia del robo todavía no se habría filtrado a los suburbios del Fin del Mundo.

—Es un vestigio —dije—. Tiene un recuerdo dentro. Está atrapado o dañado, no estoy segura, pero tengo que averiguar qué es.

—¿De dónde lo has sacado? —preguntó.

—Es una reliquia familiar —respondí.

—Ya veo —dijo con recelo. No estaba segura de si me creía o no—. Le echaré un vistazo.

Sacó una lupa con una lente de cristal oscuro, muy parecida a la que usaba la condesa, e inspeccionó el anillo a través de su ojo. Su postura rígida y precavida pareció relajarse un poco.

—Fascinante... —murmuró.

—¿Qué ves? —pregunté.

—Nada... Eso es lo fascinante.

—¿Cómo?

Inclinó el anillo suavemente de un lado a otro.

—Dondequiera que vaya el alma, deja un rastro. A través del ojo de un cristal de sombras, casi todo lo que se ve está cubierto de polvo de alma. Sin embargo, este anillo lo han limpiado. No tiene rastro alguno, ni siquiera el que has dejado tú al tocarlo.

Igual que los vestigios que la condesa había recogido de la Noche Que Nunca Fue: todos menos aquel tenedor.

—Toma —dijo, pasándome la lupa—. Compruébalo tú misma.

Vacilando, me la llevé al ojo derecho, como un monóculo. A través de su lente oscura, el anillo se veía de un negro puro, mientras que el resto de la habitación brillaba cubierta de polvo espiritual blanco.

—Creo que tu anillo tiene algún tipo de ocultación que lo mantiene alejado de las miradas indiscretas —dijo—. Alguien quería asegurarse de que el recuerdo que contiene este vestigio, sea cual sea, permaneciera en secreto.

Recordé que la condesa me había examinado con su propio cristal de sombras después de que le dijera que ya no era Hueca, y que había retrocedido. Me preguntaba qué debía de haber visto. Impulsivamente, giré la lente hacia el muchacho, pero él extendió la mano para detenerme.

—¿Qué haces? —dijo, tapando la lente.

—Nada —contesté, sonrojada.

Parecía disgustado.

—No es de buena educación fisgonear el alma de otra persona, ¿sabes?

Me había delatado. Una persona con alma no habría hecho tal cosa. Tenía que ir con más cuidado.

Me puso el anillo en la palma de la mano izquierda, enguantada.

—Lo siento, señorita Cavendish, pero no puedo ayudarte.

—¿Por qué no? —inquirí mirando el anillo fijamente.

—La verdad es que no puedo arriesgarme a mezclarme en…, bueno, en esto, sea lo que sea. —Me señaló vagamente—. Creo que ambos sabemos que esto no es una reliquia familiar. Que no pertenece a tu familia, al menos.

El pánico se disparó y me hizo empezar a sudar. El pánico era otra sensación nueva que el anillo había provocado en mí, y no me sentía a gusto con ella.

—¿Qué? ¿Por qué crees eso? —dije, forzando una risa.

—En primer lugar, tiene el sello de la Casa Renato, y no me parece que tú seas una de ellos —dijo.

—Qué grosero por tu parte suponer eso —protesté.

—Bueno, aquí abajo no vemos a muchos nobles. Prefiero mantenerme fuera de la vista del Ojo, ¿sabes? Y justamente esto llamaría la atención. Me temo que tendrás que buscar a otra persona para que extraiga el oscuro recuerdo que contiene tu anillo robado.

Qué inoportuno. Evander Mountebank no se había dejado engañar por mi artimaña, lo que lo convertía en una amenaza. Podía denunciarme a los inspectores, incluso de forma anónima. Ahora tenía que encontrar la manera de engatusarlo para que me ayudara, ya fuera mediante soborno o mediante chantaje. Lo que conviniera.

—¿Por qué estás tan interesado en permanecer oculto? —pregunté—. ¿Te escondes de la Orden? Debe de ser eso si trabajas aquí abajo.

Observé que la nuez le subía y le bajaba.

—La verdad es que no es de tu incumbencia —me espetó.

77

—Para conseguir un trabajo arriba tienes que presentar una psicografía. Apuesto a que no quieres mostrar tu documento de identidad, ¿verdad? Si es que lo tienes.

Abrió la boca y la volvió a cerrar.

—Tengo razón, ¿no es cierto? —presioné, y de repente tuve una sensación de parentesco con él—. ¿Qué has hecho? ¿Robo? ¿Agresión? ¿Suplantación de un agente de la ley? No te estoy juzgando, es solo curiosidad, nada más. No pareces de esos.

—Yo no he dicho que haya hecho nada —dijo Evander con cautela y algo ruborizado—. Estás haciendo conjeturas.

—Bueno, algo has hecho —afirmé.

Solo era cuestión de averiguar de qué se trataba.

Fue entonces cuando vi su Sombra detrás de él, estirada y delgada sobre la pared. Mientras estaba allí, en apariencia tranquilo y quieto, su Sombra gesticulaba salvajemente, abriendo y cerrando los labios como si estuviera enfrascada en una discusión. No lo reflejaba como se suponía que lo hacían las sombras. Se movía sola.

No se me ocurrió huir. Estaba más fascinada que temerosa. Nunca había visto nada igual, solo las sombras de los recuerdos proyectadas por el farol mágico de la condesa. Pero sabía que no estaba bien… Que no era… normal.

Su silueta me vio mirando y se llevó un dedo a los labios, como si me indicara que era un secreto entre nosotros.

—Ahhh, ya veo —dije.

Evander siguió mi mirada hasta la pared, donde su Sombra se deslizó rápidamente hacia su lugar.

—¿Qué? —dijo.

—Es tu Sombra. Va por libre. Lo acabo de ver. Por eso vives aquí abajo con las ratas.

Su expresión se endureció y frunció el ceño.

—Te equivocas —dijo con firmeza.

—Sé lo que he visto. Tu alma debe de estar desequilibrada.

Por la expresión de su cara, estaba en lo cierto.

—Si te atraparan, la Orden querría reformarte. Incluso podrían encerrarte para siempre —dije—. Por suerte para ti, a mí lo único que me importa es ese recuerdo. Si me ayudas, no tendré motivo alguno para volver a pensar en ti nunca más: seguiré mi camino y te olvidaré en un santiamén. Ahora bien, si no me ayudas, me aseguraré de recordarlo todo. Con detalle fotográfico.

Le lancé una mirada pétrea y amenazante.

Sus ojos se movieron de un lado a otro, como si debatiera consigo mismo. Después suspiró con desprecio.

—Tienes cinco minutos —dijo—. Eso es todo.

Abrió una puerta y me hizo pasar a una trastienda llena de telarañas y repleta hasta los topes de tonterías aún más extrañas que las de la tienda principal, incluidos un cuadro de un payaso triste y una muñeca sin ojos.

—Tienes trastos para aburrir, ¿no? —comenté mientras asimilaba lo que veía. En una de las paredes había un *collage* en el que se veían planos de edificios, mapas, páginas arrancadas de libros, diagramas y recortes de prensa, todo clavado en murales de corcho. Me detuve frente a él con la mirada perdida.

—¿Qué es esto?

Tiró rápidamente de un cordel y un mapa desplegable tapó su muro de las conspiraciones.

—Nada que deba preocuparte —dijo.

Aquello era cada vez más raro.

En el rincón opuesto de la habitación había un objeto voluminoso cubierto con una colcha de flores descolorida. El chico la apartó y dejó al descubierto una extraña máquina que parecía un proyector de diapositivas y descansaba sobre un carrito. Era un farol, aunque no como ninguno que hubiera visto antes. Era antiguo, de latón, estaba oxidado y tenía tres lentes telescópicas.

—Es un psicoscopio —explicó Evander, aunque yo no había preguntado—. Es cinco veces más potente que un farol mágico. Los usan los Memorialistas para acceder a recuerdos sumamente reprimidos. Si el anillo tiene algún tipo de ocultación, esto debería atravesarla.

—¿De dónde has sacado una cosa como esta? —pregunté.

—De una chatarrería —contestó en tono poco convincente.

Detrás de él, su Sombra volvió a hacer el gesto de sellar los labios.

Evander hizo rodar el carrito hasta el centro de la habitación, luego colocó el anillo en la bandeja que había delante de la lente central y jugueteó con botones y palancas. La vieja máquina oxidada empezó a zumbar.

Oí el tictac de un reloj y el aleteo del gas, el chirrido del latón y el silbido del vapor. Sin embargo, en cuestión de segundos, la máquina volvió a apagarse y se aposentó en un zumbido sedentario.

—Nada —dijo Evander. Al igual que el farol de la condesa, el psicoscopio no podía revelar el recuerdo del anillo.

Volvió a intentar poner en marcha la máquina, en vano.

—Parece que no estás de suerte —dijo—. Si un psicoscopio no puede revelar el recuerdo, nada puede.

Sentí que el pecho se me endurecía y me pesaba. Una

especie de nube lúgubre y temblorosa descendió sobre mí. Estaba… decepcionada. Esa era la palabra para definir aquel sentimiento que se abría paso a través de mi vacío.

—Supongo que ahora nunca sabré la verdad —dije, taciturna, experimentando aquella nueva emoción—. Tal vez no haya de saberla.

Di un paso adelante, cruzando la línea de la bombilla del psicoscopio para recuperar el anillo, y me lo volví a poner en el dedo.

Al hacerlo, un rayo de luz salió del farol y golpeó la pared de enfrente, donde surgió una mirilla en forma de ojo mientras empezaban a aparecer imágenes.

—¡No te muevas! —exclamó Evander levantando una mano.

Volví la vista hacia la pared sin mover un músculo y vi brillar la luz a través de mí.

81

Al principio, los patrones eran solo formas sin sentido que se metamorfoseaban y deconstruían, pero pronto ganaron claridad, como escenas de una película en movimiento, proyectadas como si se tratara de la visión de un alma.

La persona cuyo recuerdo estaba viendo se encontraba de pie ante una chimenea ardiente en una habitación con cortinas de terciopelo rojo y quemaba una carta en el fuego. Alcancé a ver la fecha antes de que las llamas devoraran el papel.

24 de diciembre.

La Noche Que Nunca Fue.

En la puerta apareció una figura siniestra. Llevaba una capa negra larga con capucha y una máscara blanca sin rasgos que le confería un aspecto espeluznantemente tranquilo e inmóvil.

Había visto aquella figura antes.

La había atisbado al tocar el anillo por primera vez.

Parecía un Observador, uno de los vigilantes que supervisaban las visiones de los Ojos.

Cuando el intruso de la capa se acercó, la otra persona retrocedió y vislumbró su propio reflejo horrorizado en el ornamentado espejo negro de la pared. Se me cortó la respiración sonoramente. Mi propia cara me estaba mirando fijamente.

Era... yo.

Estaba viendo mi propio recuerdo.

Al darme cuenta de ello, me quemó por dentro. Ahora el recuerdo era claro y nítido, brillaba entre la niebla del olvido.

Encajaba en mi mente, como si perteneciera a ella.

En las imágenes tenía casi la misma edad que ahora, pero iba más limpia y arreglada, con un vestido rojo bordado y un pulcro peinado de trenzas.

Evander me miró primero a mí y después a la chica de la pantalla y parpadeó rápidamente.

—¿Esa no eres...?

Antes de que pudiera terminar la frase, el intruso enmascarado levantó un arma extraña, un báculo negro y retorcido con una piedra de azabache biselada en la parte superior, con forma de ojo, como el alfiler de sombrero.

Algo invisible salió disparado de la joya oscura, retumbó por el aire con un destello y golpeó a mi yo del pasado justo en el corazón.

—¡Ah! —grité.

Incluso en el presente, sentí el recuerdo reprimido de su dolor y levanté las manos hacia el punto ofensivo.

—¿Estás bien, señorita Cavendish? —preguntó Evander.

Apenas le oí, paralizada por la imagen. En el recuerdo, el espejo se quebró dentro del marco y se rompió en cinco pedazos. Mi yo del pasado se desplomó sobre el suelo de mármol blanco, retorciéndose, con la mano extendida ante ella.

Tenía el anillo de Renato en el dedo. El mismo anillo que había robado yo. El mismo anillo que ahora llevaba puesto.

Lo había llevado antes. No era de extrañar que me hubiera llamado.

La mirilla se cerró rápidamente. El psicoscopio echó humo y se estremeció violentamente antes de apagarse. Durante un largo instante ninguno de los dos dijo nada.

—¿Lo has visto? —pregunté con voz ronca.

—Lo he visto —afirmó Evander con tono sombrío.

—Era mi recuerdo. —Jadeaba, pero el aire no entraba en mis pulmones—. No puedo…, no puedo respirar.

Me agarré la garganta y caí de rodillas, resollando un instante eterno antes de ver que Evander se arrodillaba a mi lado.

—Dime cinco cosas que veas —dijo.

—¿Qué? —pregunté asfixiándome—. ¿Cómo va eso a…?

—Es un ejercicio, para reorientarte en la realidad. Inténtalo sin más.

Miré a mi alrededor tratando de aislar los objetos individuales mientras el mundo giraba y se deslizaba como los pies descalzos sobre un suelo mojado.

—Veo…, eh…, veo un payaso triste, una muñeca sin ojos, un cuervo disecado y lo que parece… ¿Eso es… una calavera?

Evander se giró para ver lo que estaba mirando.

—Sí, sí que lo es. Pensándolo bien, tal vez no deberíamos haber hecho esto aquí —dijo en tono suave.

83

—Te veo… a ti —terminé, volviéndome hacia él. Los planos recién conocidos de su rostro eran como un ancla que me mantenía centrada en un mundo inclinado.

—Ahora dime cuatro cosas que oigas —continuó.

—El tictac de un reloj. El ruido sordo de un tren que pasa por la superficie. Música en la distancia. El latido de mi corazón. Va rápido.

—Ahora tres cosas que puedas tocar —dijo.

—A mí misma —dije, dándome una palmadita.

—¿Qué más?

—El suelo… —Planté la palma de la mano en el suelo de madera, tranquilizadoramente frío y sólido. Busqué a tientas otro objeto que tocar—. Y esto… —Mis dedos tocaron un trapo sucio y húmedo.

—Puaj —dije, y lo dejé caer de inmediato.

—Ahora dos cosas que huelas —dijo.

—Huelo… humedad creciente y colonia. Mmm… —Cerré los ojos un instante y la inhalé—. Huele bien, como a almizcle y a especias.

Bajo el cuello de la camisa, el cuello de Evander se ruborizó.

Poco a poco, la habitación fue volviendo a la normalidad a medida que mis pulmones se abrían y permitían la entrada de aire. Mi corazón empezó a latir más despacio, con más calma.

—Lo último es un sabor que notes —dijo.

—Noto sabor a… monedas oxidadas. Creo que me he mordido la lengua.

El silencio entre nosotros se extendió y se hinchó como un globo.

Evander se puso de pie. Yo me levanté también tambaleándome un poco.

LA CHICA SIN ALMA

—¿De dónde ha salido realmente este anillo? —preguntó aguantándome la mirada con tanta fuerza que sentí claustrofobia.

—Lo he robado —confesé—. A lady Renato, en el Mazo de Oro.

—¿Lady Renato, la de la Orden?

—Eso es.

—¿Le has robado esto… a lady Renato?

—Eso he dicho, ¿no?

—Pero ¿por qué?

—Me contrataron para hacerlo. Se me da bien robar vestigios. Me dedico a eso. Los percibo.

Evander frunció el ceño con curiosidad, pero no dijo nada.

—No sabía que fuera mío. No sabía que me perteneciera. No recuerdo que me atacaran. No sé qué me pasó.

Una idea nítida y caliente me asaltó como un rayo.

—Quizá sea por eso —susurré.

—¿Por eso qué? —preguntó él.

La verdad salió de mí como una avalancha imparable, cruda, fea y sin censura.

—No puedo llorar. No puedo reír. No puedo soñar. No tengo sentimientos… o al menos no los tenía. No tengo ningún recuerdo de mi vida más allá de hace un año.

Evander no dijo nada, su rostro permanecía exasperantemente inexpresivo. No tenía ni idea de qué estaba pensando, pero dudaba que fuera algo bueno. Al no decir nada él, yo misma llené el silencio.

—Antes de hoy era invisible, estaba dormida, pero en cuanto toqué el anillo se encendió una chispa dentro de mí que me hizo sentir cosas, percibir cosas. Ahora los Ojos pueden verme. Ahora estoy… despierta.

Le miré fijamente.

—¿No piensas decir nada?

—Dame un momento —dijo—. Estoy tratando de asimilar todo esto.

Empecé a caminar de un lado a otro, sin querer esperar a que me alcanzara.

—¿Y si esa persona, quienquiera que sea, la del recuerdo, la de la máscara, el Observador, y si fue quien me hizo esto? ¿Y si se llevó mi alma y de alguna manera la destruyó?

—Tú no eres una sin alma —dijo, con suavidad.

—Eso no lo sabes.

—Si no tuvieras alma, no sentirías nada.

—No hace falta que me lo restriegues —solté.

Negó con la cabeza.

—Si tu alma hubiera sido destruida, no serías capaz de percibir la psique de los vestigios. No serías capaz de percibir nada.

Detuve mi vagar de zancadas salvajes.

—Entonces, ¿qué me pasó? —pregunté.

Todo se estaba desarrollando demasiado rápido, demasiado alto y en demasiadas direcciones. Me estaba mareando de nuevo. Me acerqué a la ventana mugrienta y peiné mi cabeza vacía en busca de un recuerdo, pero cada vez que me agarraba a alguno débil y fugaz volvía a alejarse de nuevo y acababa desapareciendo en el vacío. Era como si estuviera atrapada en un sueño. Cuanto más intentaba despejar la cabeza, más se me nublaba.

—Tal vez tu alma no fue destruida —dijo Evander en voz baja—. Quizá solo la rompieron.

Me volví a mirarle.

—¿Que la rompieron? —repetí. Pensé en el espejo agrietado que había visto en mi recuerdo—. ¿Un alma puede romperse?

—Las almas pueden descascarillarse, agrietarse, quebrarse, partirse. No es habitual que un alma se rompa completamente en pedazos, pero es que este tema no tiene nada de corriente.

Rebuscó en un armario y sacó un libro, que me entregó.

—*La anatomía del alma* —leí en voz alta.

La portada mostraba un objeto con forma de corazón anatómico, dividido en cinco secciones, como los cortes de un carnicero.

—Seguro que ya sabes lo básico —dijo Evander, ajustándose las gafas—. La Sombra es el subconsciente. La Canción es la personalidad. El Espíritu es la memoria. El Corazón simboliza las emociones en bruto. Y la Chispa es el fuego vital de la vida que conecta a todos los seres vivos. Por supuesto, es más complicado que eso. Cada parte está entrelazada con las otras. Una no puede existir sin las demás. Pero con el propósito de clasificar las almas, la Orden ideó este sencillo sistema cuando llegó al poder. Todavía se utiliza hoy en día, siglos después.

—¿Adónde quieres ir a parar? —inquirí.

—Es solo una teoría, pero tal vez esa arma provocara que tu alma se hiciera pedazos, que se rompiera en sus cinco partes anatómicas.

Me abracé el cuerpo. En aquel momento me sentía frágil. Sería tan fácil volver a romperme de nuevo.

—¿Por qué iba a hacerme eso alguien? —pregunté.

—No lo sé —contestó él—. Pero cuando te atacaron llevabas puesto ese anillo. Cuando te lo pusiste de nuevo, tal vez volviera a ti la parte de tu alma que el anillo estaba protegiendo. La Chispa, supongo, dado que la Chispa se relaciona con el sentido del tacto y el anillo se lleva en la mano.

Lo hice girar en el dedo.

—Si eso es cierto, las otras cuatro partes de tu alma podrían estar contenidas en objetos preciados que estuvieran cerca cuando te hicieron pedazos, del mismo modo a como los vestigios se crean por proximidad. —Vaciló un instante y prosiguió—. Aunque técnicamente serían relicarios. Un vestigio solo contiene un recuerdo. Un relicario contiene parte de una persona.

—¿Existe una palabra para eso? —pregunté.

—Una que no se usa en el lenguaje moderno, pero sí. He leído sobre esas cosas en textos antiguos, cuentos populares, etcétera. Probablemente por eso al farol le costó tanto revelarlo —dijo Evander.

88

Empecé a caminar de nuevo de un lado a otro mientras mi cabeza se ponía en funcionamiento como una máquina. Me venían pensamientos rápidos y densos que me la llenaban de preguntas. Intenté ordenarlas y seleccionar las más urgentes.

—Si el anillo contenía mi Chispa y el Corazón es la sede de la emoción, entonces, ¿por qué ahora… siento cosas? —pregunté.

—La Chispa está conectada con el Corazón. La Chispa está conectada con todo —explicó.

—Las cinco partes del alma —dije, asintiendo lentamente—. Cinco relicarios. Mi Sombra, mi Espíritu, mi Canción y mi Corazón.

Si Evander estaba en lo cierto, los pedazos que me conformaban estaban por ahí, en algún lugar, esperando a que los encontrara, como niños perdidos. ¿Dónde estaban? ¿Quién los tenía? ¿Estaban a salvo? ¿Cómo iba a encontrarlos de nuevo?

—Ni siquiera me acuerdo de mí misma —confesé, pensando en voz alta—. ¿Cómo voy a recordar mis pertenencias?

—Plantéatelo como una búsqueda del tesoro —dijo Evander.

—Si fuera una búsqueda del tesoro, tendría un mapa marcado con una X —afirmé.

—Es cierto, pero sí que tienes una pista.

Señaló el anillo con la cabeza. Volví a quitármelo y examiné el rubí y el sello Renato. No me había fijado en el sello antes, pero ahora destacaba claramente. ¿De verdad me había pertenecido algo tan valioso?

Evander se me quedó mirando fijamente, como si estuviera considerando eso mismo.

—Debías de ser un miembro de la Casa Renato —dijo.

—¿Quieres decir una criada?

—Llevabas su anillo, y la sala en la que te hicieron pedazos era refinada. Debías de ser alguien importante. —Frunció el ceño—. Aunque, si lo eras, no me suenas de nada. No te reconozco.

—¿Por qué habrías de hacerlo? —pregunté—. Vas a muchos bailes de sociedad, ¿verdad?

—No —saltó a la defensiva—, pero leo los periódicos. No hay Renatos de tu edad. El más joven es lord Ruben y tiene más de cuarenta años. Además, los Renato tienen bastante mala fama por su propensión a torturar a la gente y todo eso. Conoces el Método Renato, ¿no?

Bajé la vista a mis manos.

—Sí —dije, recordando lo que me había explicado la condesa.

—Pueden matar con un roce de sus dedos, o causar tanto dolor a una persona que desearía estar muerta —añadió—. Podrían hacerte sentir como si estuvieras ahogándote, o quemándote, o sangrando por mil cortes. Una familia así tiene muchos enemigos. Casi tantos como los Obscura, ya que son quienes gobiernan.

De repente apareció en mi mente el rostro de lady Renato arrugándose mientras escudriñaba mi cara en aquella sala de subastas demasiado caldeada.

«¿No te conozco de algo, chica?»

—¿Sabes? Creo que lady Renato me reconoció —dije con excitación—. Lo dijo.

—¿Lo dijo?

—He de ir a buscarla y hablar con ella, averiguar qué sabe.

Me puse el guante derecho, pero Evander me tocó en el brazo.

—¿Es prudente?

—Esa mujer es mi única pista.

—Le acabas de robar. Además, es casi medianoche. Dudo que reciba visitas a estas horas.

—No necesito invitación —dije—. Si es necesario, la despertaré. Estará en la Casa Renato, en el Distrito Cinco. He pasado por delante de ella antes.

—¿Vas a colarte en la Casa Renato? —se sorprendió Evander.

—No será la primera vez que allano la casa de un noble para hurgar en sus cajones, y seguramente no sea la última.

Me aguantó la mirada un momento, antes llevarse la mano al bolsillo.

—Toma —dijo, y me puso una cosa pequeña y oscura en la mano.

El cristal de sombras.

—¿No lo necesitas? —le pregunté.

—Tengo uno de repuesto —contestó—. Podría serte útil.

—Gracias —dije—. Y... perdona. —Nunca lo había dicho sintiéndolo de veras. Se me hacía raro—. La verdad es que no te habría denunciado a la Orden. Solo necesitaba que creyeras que lo iba a hacer, para que me ayudaras. Si me atrapan los inspectores, me aseguraré de olvidarme de ti.

No respondió a mis disculpas.

—Tienes que ir con cuidado —dijo en lugar de eso—. Indagar en los secretos de la familia Renato es jugar con fuego.

—No me da miedo un poco de fuego —contesté.

Le seguí por la tienda hasta la entrada y observé su Sombra en la pared.

Era la misma sombra misteriosa que me había perseguido antes. Ahora la reconocía. Era alta y esbelta, y se movía como él. Pero ¿por qué me había seguido su Sombra? ¿Intentaba mantenerme alejada o atraerme?

Con una última mirada indescifrable, Evander cerró la puerta entre nosotros. Le vi desaparecer en la oscuridad. Di media vuelta y miré hacia la infinita e inescrutable penumbra del Fin del Mundo, preguntándome cómo iba a encontrar la salida. Por alguna razón, pensé en la condesa. ¿Había sido una mera coincidencia que me hubiera pedido que robara precisamente el objeto que contenía mi propio recuerdo perdido?

Sus palabras resonaron en mis oídos.

«Según mis espías, tiene que ver con la destrucción de un alma humana.»

La destrucción de un alma humana.

Solo que no me esperaba que fuera la mía.

SEGUNDA PARTE

La Sombra

6

Corazón de oscuridad

través del cristal de sombras, la ciudad quedaba alumbrada por polvo de alma. Senderos centelleantes e hilos plateados que iluminaban la noche, desde manchas con forma de persona en los callejones más oscuros hasta espectros con forma de sílfide que recreaban sus últimos momentos una y otra vez, y todo ello pasaba desapercibido a simple vista.

El alma humana dejaba rastros por todas partes, pero solo había un alma que me interesaba. Mi propia alma todavía existía, aunque rota en pedazos y dispersa. Casi notaba los bordes de esos fragmentos, distantes pero resonantes. La idea de su existencia me hacía compañía mientras subía hacia las calles y me arrastraba entre las sombras camino de la Casa Renato, pasando por el Mazo de Oro, ahora acordonado por los inspectores, y el Reformatorio, adonde llevaban a los defectuosos en carros negros para que les purificaran.

¿Cómo debía de ser tener el alma entera? Empezaba a tener una prometedora idea de ello. Las palabras se acumulaban en mi interior, esperando a salir. Me invadían los impulsos. Cuando una sensación de vacío, de dolor, me atenazaba, la reconocía como soledad. Cuando se me erizaba la piel y me hacía temblar, identificaba el miedo. Ahora, cuando oía las sirenas de la Orden, era como si hubieran accionado un interruptor que me decía que corriera. Ahora, si los inspectores se acercaban demasiado, mi cuerpo reaccionaba: mi corazón batía las alas como un pájaro atrapado en una jaula.

Al doblar la esquina, me encontré cara a cara conmigo misma. Esta vez, mi foto de la ficha policial se emitía en un espectáculo: mi rostro gigantesco miraba hacia abajo desde un muro. Era exactamente el mismo recuerdo proyectado por los inspectores que habían asaltado la Casa Cavendish.

—¿Ha visto a esta chica? —anunciaba una voz aterciopelada e incorpórea mientras me acercaba—. Es baja y delgada, pelirroja, y se la busca por el robo de un precioso anillo perteneciente a la Casa Renato.

Apareció una imagen de la joya.

—Vista por última vez en el Distrito Cinco. Clasificada como extremadamente peligrosa. Si la ve, no se acerque a ella.

Se me heló la sangre. Miedo, otra vez.

Un trío de inspectores se acercó y me escabullí detrás de un pilar para esconderme. El corazón me latía dolorosamente, tan fuerte que temía que lo oyeran. Cada segundo que pasaba en la calle estaba más cerca de que me capturaran. Una persona inteligente habría ido a refugiarse en algún escondite hasta que pasara el peligro, pero yo no podía esperar. No podía dejar que el miedo me detuviera. Quería respuestas.

La Casa Renato estaba en la cima de la colina que daba al Reformatorio, y sus cestas colgantes estaban llenas de buganvillas rosas en flor. En su campanario no había una campana, sino una llama eterna que brillaba en la noche y que significaba tanto el fuego de la Chispa como la fuerza de la Orden.

Me quedé al pie del precipicio mirando hacia arriba entre la niebla tóxica, tratando de revisar mi memoria borrosa en busca de cosas que supiera sobre los Renato. Sabía que el cabeza de familia se llamaba Ruben Renato, mano derecha del canciller. Era el jefe de los militares. Uno de sus antepasados había descubierto el famoso Método Renato, un sistema de puntos de presión psicométrica que podía utilizarse para herir o curar. Los soldados ya no usaban espadas para cortar la carne, sino porras forjadas por las almas de fuego de la Casa Renato, porras que quemaban la psique. En una ocasión, los Renato habían sido la Casa más poderosa, hasta que llegó el canciller y convirtió la mente en materia.

Según los periódicos, Ruben estaba de viaje visitando las colonias. Eso significaba que su casa no estaría tan estrechamente vigilada.

Seguí el camino serpenteante que subía, manteniendo la cabeza gacha hasta que estuve justo delante de la pared de seto que rodeaba la casa. Rodeé el perímetro en busca de una forma de entrar. En la parte delantera había una garita donde dormía un hombre ataviado con una guerrera roja. Las verjas estaban cerradas y eran demasiado altas para trepar por ellas.

Sin embargo, en la parte trasera de la propiedad había zonas en las que el seto se había marchitado y puesto marrón, convirtiéndose en un punto débil. Me abrí paso entre las ramas y se me enredó el pelo en ellas. Al otro lado, por un césped impecablemente cuidado, patrullaban bajo la luz de

97

la luna unos pavos reales de plumas brillantes que, al verme arrastrarme hacia la casa, se quedaron observándome muy quietos. Comprobé la puerta de cristal del patio y, para mi sorpresa, estaba abierta. Obviamente los formidables Renato no tenían necesidad alguna de cerrar las puertas. Me deslicé con valentía hacia el interior y dejé que me recorriera la embriagadora sensación de entrar en un lugar al que no se me permitía el acceso. Era emocionante.

Me encontré en un salón de techos altos y decoración elegante. Aquella habitación sola era más grande que una casucha entera del Fin del Mundo. En las paredes había colgados paisajes al óleo. Me incliné para ver la firma garabateada en el cuadro más cercano, que representaba un atardecer de aspecto apocalíptico: «R. Renato».

Podía ser lady Renato, o incluso el propio Ruben.

Sobre la mesa había una bandeja con fruta y queso que llevaba allí más de la cuenta y atraía a las moscas. Pasé unos minutos sin mover un músculo, tratando de escuchar los sonidos de los moradores de la casa, pero no oí nada.

Avancé por el pasillo como un fantasma y fui empujando con cuidado todas las puertas que estaban entreabiertas.

La villa estaba tranquila, demasiado tranquila. ¿No era aquella la casa señorial de una dinastía grande y poderosa? ¿Dónde estaba el ajetreo de los criados abriendo las camas? Aunque Ruben estuviera fuera, debía de tener ayudantes, subordinados, gente a la que pagara para que le llevara los negocios en su ausencia.

A mitad del pasillo, me detuve y giré despacio sobre mis talones para enfrentarme a una entrada oscura. Aquella habitación me resultaba tremendamente familiar.

Tragué saliva varias veces y entré.

La habitación tenía el suelo de mármol blanco y un balcón con columnas que daba a los jardines de fuera. Con temor creciente, me acerqué a la chimenea. En ese momento me vino a la cabeza la imagen de una carta que era arrojada a las llamas.

La había visto en el recuerdo del anillo.

Me recorrió un dolor agudo y el sudor me cubrió la piel. Era allí. Aquella era la habitación donde me habían hecho pedazos.

«Mi habitación.»

Me obligué a respirar, aunque de forma irregular, para calmarme y mirar a mi alrededor en busca de pistas. Sin duda era la misma habitación, pero no tenía el mismo aspecto que aquella noche. Todo estaba nuevo, sin usar. En el recuerdo había un fénix en la pared, que ahora estaba pintada. Tampoco había colgado ningún espejo agrietado. El mobiliario también era diferente. No había ropa en la cómoda, que desprendía un fuerte olor a barniz fresco. El escritorio estaba vacío, sin manchas ni arañazos.

Saqué el cristal de sombras y me lo acerqué al ojo para examinar la habitación en busca del brillo de la psique, pero tan solo había un único destello, muy débil. Habían limpiado la habitación de psique, igual que con el anillo, todo excepto un único objeto olvidado.

Me arrodillé, miré debajo de la cama y estiré el brazo hasta tocar algo con los dedos. Era una horquilla de bronce que había quedado encajada entre dos tablones del suelo. Pensé en el recuerdo del anillo y me vino a la cabeza el elaborado recogido trenzado que lucía aquella noche. Hice rodar la horquilla entre los dedos, pero, a pesar del polvo de alma, el accesorio no me produjo ninguna sensación en

99

particular. Había sido mío, lo había llevado puesto: con eso bastaba para que brillara. Pero no le había tenido aprecio, no había forjado una conexión emocional fuerte con él. No era un vestigio. No había recuerdos grabados en él.

Me levanté, me guardé la horquilla en el bolso y me alejé de la habitación por el pasillo. Me ardía la piel. El corazón me latía con fuerza. Nunca me había sentido tan cerca de la verdad, aunque continuaba estando oculta.

Al pasar por delante de otra puerta abierta, me detuve en seco. La señora Renato estaba sentada de cara a la pared, de espaldas a mí, y pasaba la mano ligeramente, con desgana, por un retrato al óleo sin pulir que poco tenía que ver con las obras maestras de la pared del salón y bastante con la pintura que haría un niño pequeño con los dedos. Sabía que debía salir corriendo de allí en el acto, pero no lo hice. Me pudo la curiosidad, como a un pez el anzuelo. Me fui acercando paso a paso hasta llegar a su lado.

Volvió la cabeza lentamente hacia mí.

Esperaba que gritara o, al menos, que se quedara boquiabierta al ver a una criminal en sus aposentos, pero se limitó a mirarme plácidamente.

—¿Se acuerda de mí? —le pregunté.

—Es casi la hora de la cena —dijo ella distraídamente, aunque ya hacía rato que había pasado la hora.

—¿Qué?

—Creo que me apetecería una pierna de cordero esta noche, Margery.

—Yo no soy Margery.

—Gracias, querida.

—¿Puede oírme al menos? —intenté preguntar.

—Es casi la hora de la cena —repitió.

—Dijo que me había reconocido —volví a intentar a la desesperada—. ¿Lady Renato?

Le sacudí el hombro con suavidad y se le tambaleó la cabeza como al muñeco de una caja sorpresa. En sus ojos vi un brillo que le empañaba las pupilas y los iris. Fuera cual fuera el espíritu que viviera dentro de ella, en aquel momento no estaba en casa.

—¡Eh, tú! —gritó una voz sorprendida.

En el umbral de la puerta había una mujer fornida y de mejillas sonrosadas que vestía un uniforme de criada y llevaba una pila de toallas en la mano. La tal Margery, quizá.

—Eres tú —dijo jadeando—. Te he visto en los espectáculos. ¡Eres la chica que robó el anillo!

Retrocedió, sin duda lista para llamar a los inspectores. En un momento de pánico absoluto, cogí el atizador del fuego, con la punta al rojo vivo, y lo blandí en dirección a ella como una espada.

—Solo quiero que me responda a unas preguntas —dije. Dígame lo que quiero saber y nadie saldrá herido. Soy una Hueca, por si no lo ha oído, así que no me lo pensaré dos veces antes de matarla a usted... o a ella.

No lo decía en serio, por supuesto, pero por la cara de la criada, ella estaba convencida de que sí.

—¿Qué quieres saber? —dijo con voz temblorosa.

—¿Qué le ha pasado a lady Renato? —pregunté, señalando con la cabeza hacia ella—. Antes no era así.

—¡No lo sé! Hace unas horas vinieron los inspectores a tomarle declaración sobre el robo. Se la llevaron al Reformatorio y la han devuelto así.

Lady Renato tarareó para sí misma alegremente. Estaba en una especie de estado de olvido. Sin duda alguien trataba de hacerla olvidar algo.

¿Olvidarme... a mí?

—¿Y su enfermera? —pregunté—. Se llamaba Doris.

—No la he visto desde entonces. Creo que la han despedido.

—¿Y dónde está lord Renato? —inquirí.

—Ni idea. No he llegado a conocerle nunca. No lo he visto en todo el tiempo que llevo trabajando aquí. Una noche se deshicieron de todo el personal y nos trajeron a los nuevos. Es todo cuanto sé.

Tragué saliva.

—¿Una noche? ¿Cuándo fue eso?

—El año pasado. El 25 de diciembre.

El día después de la Noche Que Nunca Fue.

—¿Y no ha visto a lord Ruben en todo ese tiempo?

—No. Sé que suena raro, pero juro que es la verdad.

El anuncio del toque de queda reanudó su tañido de cada media hora, como las campanas de la iglesia o las llamadas a la oración. Un momento de vacilación por mi parte fue cuanto hizo falta para que la criada huyera por el pasillo pidiendo ayuda. Aquello bastaría para despertar al guardia que había visto en la entrada. Me retiré en la dirección opuesta, dejando caer el atizador con estruendo junto a la puerta y corriendo por el pasillo. En cuestión de un momento ya estaba cruzando el césped y saliendo por el agujero del seto, pisando la acera con fuerza en mi descenso en espiral hacia las calles llenas de humo de la parte de abajo.

Al doblar la esquina, se me acercó un inspector.

—¡La tengo! —voceó, extendiendo la mano para agarrarme.

Me eché atrás, esquivando sus mitones, pero aparecieron dos más que venían del otro lado y me acorralaron.

—¡La hemos encontrado, sargento!

El inspector del bigote al que había visto antes salió de la oscuridad.

—Bueno, bueno, ¿qué tenemos aquí? —dijo con maldad—. Te hemos estado buscando por todas partes, señorita. Has estado robando otra vez, ¿verdad?

—No he hecho nada —dije instintivamente.

Unas manos se movieron sobre mi piel, sin permiso. Me arrancaron el bolso del hombro y rebuscaron en él. Vi cómo arrojaban mis tesoros a la parte trasera de una furgoneta. El inspector levantó un farol y me mostró la escena holográfica en la que aparecía yo huyendo con el anillo Renato.

—¿Te resulta familiar? —preguntó.

—Esa…, esa no soy yo —dije en un tono más agudo de lo habitual.

Gruñendo, el inspector me agarró la muñeca con una mano y me quitó los guantes con la otra.

—Entonces, ¿por qué tienes el anillo en el dedo? —inquirió.

Bigotes asintió a sus subordinados, que cogieron sus faroles desnuda-almas. Los ojos de sus lámparas se abrieron al mismo tiempo y emitieron cuatro haces de luz que me aprisionaron como barrotes de fuego. Esta vez, el Ojo de la Orden me miró directamente y emitió un rayo cegador. Su luz era tan potente que me levantó del suelo, como a aquellos niños de la calle que había visto. Hasta entonces nunca había sido yo quien había estado en el punto de mira de los Ojos. Era aterrador.

Estaba atrapada en una burbuja paralizante que frenaba y amortiguaba todo a mi alrededor, como un insecto inmortalizado en ámbar. Vi a los inspectores apiñados susurrando mientras inspeccionaban la anatomía de mi alma. Me sentía desnuda y pequeña. En mi pecho no brillaba ninguna bola rosada. Ningún reflejo enjoyado contaba la historia de mi vida. No había más que una Chispita con un abismo oscuro girando a su alrededor, como el cráter de un planeta alienígena.

—No había visto nunca tanta depravación —dijo Bigotes.

Podían ver todos mis secretos, todas mis mentiras, toda la oscuridad que había en mi birria de alma. Me llevarían al Reformatorio y me limpiarían la mente como si fuera un mostrador de cocina, como habían hecho con lady Renato. No había nada que pudiera hacer para detener a aquellos extraños mientras ellos miraban embobados la monstruosidad de mi psique.

—El doctor Stanford querrá ver esto personalmente —dijo el inspector—. Llévenla al Reformatorio.

Cuando bajaron los faroles y me soltaron, la temperatura se desplomó en el callejón. Lo siguiente fue un silencio extraño y punzante. Bigotes extendió un brazo e iluminó con su farol un rincón oscuro.

—¿Qué es eso? —preguntó.

—¿El qué, jefe? No veo nada —dijo otro hombre.

—¡No te muevas! —ladró Bigotes agitando su porra—. Las manos, donde podamos verlas. —Volvió a haber movimiento en la oscuridad—. ¡He dicho que no te muevas!

Uno de los hombres giró su farol justo a tiempo para ver como algo surgía de la oscuridad. En la pared apareció la sombra de una criatura horrenda, horripilante, nacida en el infierno, que se arrastraba lentamente hacia nosotros. Tenía cuernos retorcidos de carnero, alas curtidas de murciélago y unos colmillos afilados como cuchillos que chorreaban sangre y quedaron al descubierto con un aullido espantoso. Al principio era solo una silueta negra plana, como las sombras danzantes de la pared del salón de la condesa, pero conforme se acercaba parecía rellenarse y transformarse en un cuerpo de cintas arremolinadas de humo negro. Se convirtió en materia, se volvió real, de la mente a la materia, como la sombra se convertía en humo y el humo en carne.

El monstruo rodeó a los inspectores y los condujo hacia el callejón sin salida. A uno de ellos se le cayó el farol y los paneles de cristal se hicieron añicos. Pensé en lanzarme sobre él mientras estaban distraídos, pero Bigotes no me quitaba ojo. Lo pensé mejor y me arrastré a gatas hasta el farol abandonado, que agarré con fuerza. Cuando Bigotes se abalanzó sobre mí, lo alcé y le aticé de lleno en la sien.

Antes de que el Ojo se apagara, capté un destello del alma nudosa del inspector, cubierta de feos bultos y moretones ensangrentados. El hombre cayó al suelo como un madero y se desmayó a mis pies.

105

El monstruo de humo y sombra cargó contra el resto de los inspectores, lanzándose hacia nosotros a la velocidad del rayo. Atrapados entre una bestia y una delincuente buscada que blandía un objeto contundente, el resto de los abrigos negros salieron corriendo hasta que sus gritos se desvanecieron. Al quedarse solo, el monstruo de sombra se volvió hacia mí. Retrocedí a trompicones, sudando y con las rodillas temblando.

—Monstruo bonito... —dije, extendiendo la mano con cautela. Pero la criatura se quedó quieta, lacia, como una marioneta sin amo, y su carne empezó a pudrirse y desprenderse, hasta que volvió a ser tan solo una sombra negra y plana.

Una figura corpórea dobló la esquina.

—¿Evander? —dije, incrédula—. ¿Evander Mountebank?

Tenía los ojos totalmente negros, sin nada de blanco...
Y su Sombra era el monstruo.

7

El olvido

$\mathcal{M}$ientras su Sombra se metamorfoseaba y recuperaba su forma humana habitual, Evander volvió la vista hacia mí y sus ojos regresaron a su marrón de siempre. Me miró con sorpresa.

—¿Iris Cavendish? —soltó—. ¿Qué haces aquí? —Miró alrededor, confundido—. Es más, ¿qué hago yo aquí?

Examiné su expresión en busca de señales de humor.

—Estás de broma, ¿verdad? —dije. No se me daba demasiado bien averiguar qué hacía gracia a la gente y qué no, pero vi que en su rostro no había expresión alguna ni rastro de malicia—. Acabas de… —balbuceé, tratando de reunir las palabras para describir lo que había sucedido—. ¡Has proyectado un monstruo con tu Sombra! —dije, agitando las manos como una loca—. ¡Has ahuyentado a los inspectores!

Una mirada de máxima desesperación cruzó su rostro.

—Oh, no. Otra vez no —dijo, sacudiendo la cabeza.

—¡¿Otra vez no?! ¿Qué significa eso de «otra vez no»?

Oí gritos lejanos y sirenas que se acercaban. Cogí mis guantes y mi bolso de la parte trasera de la furgoneta, que había quedado abandonada con las puertas todavía abiertas. El anillo había desaparecido; se lo habría llevado uno de los hombres que habían huido.

Le conduje por el callejón y por las calles, lejos de las sirenas. Ya echaba de menos el anillo, sentía crecer su ausencia dentro de mí como un vacío. Cuando me pareció que estábamos lo bastante lejos, me metí en un rincón sombrío. Apretujados en nuestro escondite, tan cerca que casi nos tocábamos, le miré expectante.

—¿Y bien? Explícate —le pedí.

—No estoy seguro de poder hacerlo —dijo.

—¿Qué haces aquí? O, mejor dicho, ¿qué hacía tu Sombra aquí en el momento preciso para salvarme de un viaje solo de ida al Reformatorio? —pregunté—. No es que no te lo agradezca, por supuesto, pero no me digas que no es espeluznante.

—Te aseguro que no ha sido a propósito —dijo Evander levantando las manos—. No sé qué ha pasado. Lo último que recuerdo es que me quedé dormido junto al fuego, en la tienda, y ahora estoy aquí.

Hizo ademán de ir a colocarse bien las gafas, solo que no las llevaba puestas. Parecía ver bien, pensé.

—¿Qué querías decir con «otra vez no»? —insistí.

—No deberíamos hablar en la calle —dijo, señalando hacia un ojo de piedra que había en la esquina de un edificio cercano.

—No tengo ningún otro sitio adonde ir —dije.

Me miró e inclinó la cabeza.

—Vamos —me instó, por fin.

—¿Adónde?

—A la tienda. Allí estaremos a salvo.

—¿Cómo a salvo?

Empezó a caminar de nuevo, sin responder a mi pregunta. Le seguí, pero él no dejó de mirar al frente, como si estuviera sumido en sus pensamientos.

—¿Me estás ayudando de nuevo? —le pregunté.

—Eso parece, ¿no?

—Pero creía que no querías mezclarte en esto, fuera lo que fuera. Eso dijiste.

—Eso fue antes de que mi Sombra te buscara en mitad de la noche. Debo de estar aquí fuera por alguna razón, aunque todavía no sepa cuál es.

Aligeré el paso para seguirle el ritmo; mis piernas tenían que trabajar el doble que las suyas, tan largas.

—Cuando te conocí, tuve la extraña sensación de que debía ayudarte —dijo Evander—. Por eso te di el cristal de sombras. Pero al parecer no fue suficiente para saciar a mi subconsciente.

De nuevo mi mente se llenó de preguntas, como un enjambre de abejas que zumbaban entre mis oídos.

—¿Así que me has seguido? —pregunté.

—Mi Sombra debió de seguir tu rastro cuando te fuiste de la tienda —dijo—. Debía de saber que te meterías en problemas.

—Supongo que es mi día de suerte —comenté.

Me llevó hasta una tapa de desagüe, la apartó y me hizo un gesto para que bajara. Descendí, me siguió y me fue guiando por el laberinto de mugrientos túneles de alcantarillado que se extendía bajo las calles. Cuando un grupo de gente harapienta pasó junto a nosotros se puso un dedo sobre los labios. Al parecer allí abajo, en el Fin del Mundo, no existía el toque de queda.

109

—He encontrado la habitación donde me atacaron —susurré cuando hubieron pasado, incapaz de callármelo por más tiempo—. La han redecorado, todo es nuevo, como si alguien quisiera ocultar algo. También he visto a lady Renato, pero ya no era ella misma. Apenas parecía tener conciencia de estar viva. La Orden debe de haber llegado a ella ya.

—Debías de ser una Renato —dijo Evander—. Tal vez el anillo fuera una reliquia familiar después de todo.

—Quizá lo robé —dije—. A lo mejor por eso me hicieron pedazos.

—La Orden hace muchas cosas, pero no va por ahí haciendo añicos a los ladrones —dijo—. Te detendrían y te llevarían a juicio si fuera el caso, para darte un castigo ejemplar. La Orden es una bestia sin ley, pero al menos les gusta guardar las apariencias.

Me guio de vuelta a la sucia plaza que había visitado antes, pero ahora, en lugar del Emporio, encontré una librería de segunda mano.

—Un momento, ¿dónde está la tienda? —pregunté—. Antes estaba justo aquí.

—Sigue buscando —dijo con un puntito de orgullo.

Cuando Evander se fue acercando, la fachada de la tienda formó unas ondas y empezó a brillar como un espejismo. Poco a poco, empezó a verse el Emporio.

—Hala —exclamé.

—Es una ilusión —dijo—. Para mantener a raya a los inspectores, por si nos siguen la pista hasta aquí. Todavía no ha pasado nunca, pero siempre hay una primera vez para todo.

—Es muy realista —comenté mientras atravesábamos el velo vaporoso y centelleante—. ¿Cómo lo has hecho?

—No es más que una ilusión óptica. Un engaño psicológico. Cuando miras un objeto, la luz que se refleja en él entra al ojo por la córnea, la ventana del ojo, por así decirlo. La córnea dobla los rayos de luz de tal manera que pasan libremente a través de la pupila...

Sentí que me quedaba sin palabras.

—El iris funciona como el obturador de una cámara —continuó, claramente fascinado por el tema—. Tiene la capacidad de ampliar y reducir. La psicometría nos permite controlar ese proceso para crear imágenes falsas que engañan al cerebro para que las acepte como reales...

Ya me había perdido por completo.

Entré en la tienda tras él mientras me hablaba sobre la verdad y la ilusión, la refracción y la reflexión. Yo no podía dejar de pensar en lo que había dicho la criada de la Casa Renato: «Una noche se deshicieron de todo el personal y nos trajeron a los nuevos».

Los habían despedido después de la Noche Que Nunca Fue, justo después de que me hicieran pedazos en la Casa Renato. ¿Por qué Ruben no había estado en la casa desde entonces? Todo aquello era rarísimo, pero aún no le encontraba sentido.

—¿Tomas té? —me preguntó Evander mientras subíamos las escaleras.

—La verdad es que no —respondí, algo irritada. La situación era demasiado seria como para ponerse a tomar té.

—Todo se ve mejor con una taza de té —señaló—. Preferentemente con tres o cuatro cucharadas de azúcar, en mi opinión.

—Me parece mucho.

—La moderación es para los débiles —dijo.

111

Levanté una ceja.

Me condujo a una gran sala de estar descolorida y recargada, con visillos y un batiburrillo de muebles de colores y estilos que no combinaban. Había patos de porcelana volando en las paredes y platos de cerámica sobre la chimenea, con un reloj de cuco colgado encima, enmarcado por pantallas de lámpara floreadas con volantes y borlas.

—¿Esta es tu casa? —pregunté cogiendo una estatua cursi de una ordeñadora y haciendo una mueca.

—Pertenece al propietario de la tienda, Arjun Sharma —contestó, e hizo un gesto hacia un retrato enmarcado que había en una mesita en el que se veía a un hombre con un turbante enjoyado posando delante de las pirámides—. Es el propietario del Emporio, y una especie de figura paterna para aquellos a quienes nos busca la Orden.

—Así que eres un fugitivo —dije—. Lo sabía.

—Aquí todo el mundo lo es —dijo despreocupadamente—. Sobre todo el señor Sharma. Por desgracia, ahora mismo está fuera. Es una pena, porque sabe mucho más que yo de estas cosas.

—¿Qué le parecerá que pase la noche aquí sin que me haya invitado? —pregunté.

—No le importará. Le gusta ayudar a todos los desamparados y vagabundos. ¿Por qué crees que estoy aquí? Somos cuatro los que vivimos en este lugar, escondiéndonos de los Ojos. Cinco, si te quedas.

Mientras hablaba, Evander llenó la tetera y la puso al fuego. Lo hizo con mucha torpeza y me di cuenta de que tardaba su tiempo en encontrar el azúcar. Estaba claro que no era él quien solía preparar el té en la casa.

—Si estás aquí es porque el destino así lo quiere —continuó—. Se dice que quienes necesiten el Emporio, de un modo u otro, lo encontrarán. No eres la primera persona que se presenta sin avisar.

Mientras la tetera silbaba su estridente melodía, le observé por el rabillo del ojo. Parecía nervioso, se tiraba de la manga y miraba hacia la puerta como si esperara que la guardia del canciller irrumpiera en cualquier momento.

Nos sentamos en unos sillones raídos y nos tomamos el té en unas tazas que todavía llevaban las etiquetas del precio colgando del asa.

—Venga, vamos —le insté—. Empieza a hablar.

Asintió, a regañadientes.

Sin embargo, permaneció en silencio, mirando la oscuridad del rincón, con los labios sellados. Esperé y esperé a que hablara, pero no lo hizo.

—¿Qué te pasa? —dije sin rodeos, cada vez más impaciente—. ¿Cómo es que tu Sombra puede vagar por libre de tu cuerpo?

—¿Recuerdas que antes te he hablado de las cinco partes del alma? —empezó—. La Chispa, el Corazón, la Sombra, el Espíritu y la Canción. En todas las almas domina una u otra. Pues bien, yo soy un alma de Sombra. La Sombra es el subconsciente, el doble oscuro que nos acompaña en la vida, encarnando todo lo que yace oculto bajo la superficie. Mi control de la Sombra dominante de mi alma me permite crear espejismos: disfrazar objetos, lugares, incluso personas.

Extendió la mano y el aire ante nosotros empezó a deformarse y a centellear y cobró la forma de una rosa roja. Cuando me la colocó en la mano con suavidad, una espina me pinchó el pulgar y salió una gota de sangre.

113

—¡Ay! —exclamé, mientras el dolor aumentaba seductoramente.

Entonces la rosa se puso negra y se descompuso en polvo, dejando mi piel sin marcas. Me quedé mirando las pupilas oscuras de Evander y me vi reflejada en ellas. Por lo que yo sabía, solo había dos tipos de personas que poseyeran dones tan poderosos como aquellos: los miembros de la nobleza ilustrada, pertenecientes a las cinco Casas, o aquellos que trabajaban para ellas. Pero la mayoría de los sirvientes de la Orden utilizaba artefactos como los faroles para acceder a la red de la psique; no tenían un don natural como Evander.

No era de extrañar que fuera un fugitivo.

—Y no son solo ilusiones —dijo—. Siempre he podido enviar a mi Sombra a espiar a la gente para obtener información útil. Pero últimamente ha empezado a irse por su cuenta, sin mí. A veces, como esta noche, incluso…, bueno, se apodera de mi cuerpo y me despierto en lugares extraños sin recordar dónde he estado. No puedo controlarlo.

—¿Por eso te busca la Orden?

Evander se rio amargamente y sacudió la cabeza.

—No exactamente. En su día trabajé para ellos. —No dio más detalles y su expresión me indicaba que no debía preguntar—. Lo que quiero decir es que la gente como nosotros amenaza su dominio. No solo porque los desafiamos, sino porque tenemos los dones para hacer algo al respecto. Tenemos un poder que está a la altura del suyo.

Fruncí el ceño sin comprender.

—¿La gente como nosotros? —pregunté.

Me miró con atención las manos, que tenía cruzadas sobre el regazo.

—Tú percibes los vestigios al tacto, Iris. Canalizas la psique de los objetos. Puede que tu alma esté incompleta, pero eres poderosa, y aquí estás, en el lado equivocado de la Orden.

Cuando lo hubo dicho, me pareció absolutamente obvio. ¿No había podido percibir vestigios todo aquel tiempo? ¿Incluso antes de recuperar el anillo? Otras personas usaban lupas y faroles para revelarlos, pero yo nunca había necesitado esos accesorios. En un recoveco de mi mente, siempre había sabido que yo tenía algo diferente, y aquí estaba la prueba. La idea de tener un don, de ser especial, me llenó de orgullo y entusiasmo.

—Creo que por eso te persigue la Orden —dijo—. No porque hayas robado un anillo, sino por lo que eres capaz de hacer.

O por lo que había hecho como miembro de la Casa Renato.

Mi entusiasmo se disipó. Tal vez fuera aún más peligrosa de lo que pensaba, de lo que me sentía.

—No es una coincidencia que estés aquí, o que nos hayamos encontrado. Debe de ser por eso que mi Sombra te siguió, para protegerte —dijo Evander—. Porque eres uno de los nuestros. ¿Sabes? Tenemos en común más de lo que crees. No te acuerdas de ti misma, y yo también voy olvidando cosas.

—¿Ah, sí? ¿Como qué? —pregunté.

Se inclinó hacia delante y apoyó la cabeza en las manos, pero su Sombra vaciló y se retrasó una fracción de segundo en imitar sus movimientos. Nos estaba espiando de nuevo, escuchando. Evander se dio cuenta de que yo estaba mirando fijamente la pared.

—Mi alma está dañada. Desequilibrada. La Sombra está expandiéndose, filtrándose en mi memoria, en mi personali-

115

dad, en mis sentimientos. Donde antes había escenas brillantes llenas de detalles ahora solo hay oscuridad. Puedo recordar el esqueleto desnudo de mi vida, pero ya no puedo verla. No puedo sentirla. Lo que la gente decía, las cosas de las que nos reíamos, cómo era estar vivo en aquel momento... Todo está entumecido, desvanecido. Y tampoco creo que sea una coincidencia. Creo que me lo hicieron deliberadamente.

Me inundó una oleada profunda y oscura de presentimiento.

—No somos solo nosotros —dije—. Hay toda una noche en la historia que la Orden está tratando de borrar. El 24 de diciembre. La noche en que me hicieron pedazos.

—La Noche Que Nunca Fue —dijo.

Nos miramos fijamente, con los ojos y la boca muy abiertos.

—¿Qué sabes de eso? —preguntó.

116

—Por eso robé el anillo en primer lugar. La condesa para la que trabajaba estaba buscando rastros de un acontecimiento misterioso para chantajear a la Orden. Las únicas pistas que encontró fueron el anillo y un tenedor: todo lo demás relacionado con esa noche ha sido eliminado.

—¿Un tenedor? —dijo.

—Mostraba algo de conmoción en un baile elegante.

—Así es. Esa noche hubo una fiesta en la Basílica.

—La condesa Cavendish pensó que el anillo podría contener la verdad sobre la destrucción de un alma humana, y así era. Era mi alma de la que hablaba, pero no sé cómo lo sabía. Y ahora no puedo preguntárselo. Se la ha llevado la Orden. —Incliné la cabeza hacia él—. ¿Qué sabes tú?

—Esa es la noche en que empecé a perder la memoria —empezó—. Todo lo anterior y posterior a ella se ve afectado también, como si el daño se estuviera extendiendo y se llevara todos los demás recuerdos relacionados con ella. Tampoco soy capaz de recordar la Noche Que Nunca Fue, pero sé que sucedió algo malo. No percibo qué.

Sonó el reloj de cuco y el pajarito del mecanismo empezó a entrar y salir. Entonces dos figuritas diminutas salieron de dos puertecitas y corrieron por una pista hasta que se encontraron en el centro y se dieron la mano.

—Lo que pasó la noche en que te hicieron pedazos, fuera lo que fuera, fue eliminado de mi memoria —dijo—. Estoy convencido de que tu misterio y el mío tienen relación. Sé que la tienen. Todavía no sé cuál, pero me gustaría averiguarlo. ¿A ti no?

Tenía los ojos tan oscuros que no podía distinguir la pupila del iris.

—Te propongo que hagamos un pacto —dijo.

—¿Qué tipo de pacto?

—Deberíamos trabajar juntos para averiguar qué pasó. Ayúdame a reconstruir lo que sucedió la Noche Que Nunca fue y yo te ayudaré a encontrar el resto de los tesoros perdidos de tu alma. Tal vez entonces ambos recordemos exactamente qué es lo que hemos olvidado.

Me tendió la mano para que se la estrechara.

—¿Qué me dices, Iris?

Había deseado tener un amigo, y allí estaba él. Quizá fuera capaz de ayudarme, si se lo permitía. Era un desconocido, sí, pero confiaba en él más que en cualquier otra persona que pudiera recordar, lo cual no era decir mucho.

Sin pensarlo más, me quité el guante derecho y le encajé la mano, piel contra piel. Las emociones se precipitaron dentro de mí como si hubiera tocado un vestigio.

Me invadió una dolorosa oleada de anhelo y arrepenti-

117

miento. Sentí la soledad de Evander, fría en mis huesos, y todos los bordes duros y rugosos de los muros que había levantado para mantener alejada a la gente. Sentí su dolor por la pérdida de su madre, en el que hurgaba noche tras noche como una herida abierta. Sentí su orgullo firme, que chocaba con su torpeza juvenil, su anhelo de libertad y su deseo de aceptación. Sentí su odio hacia sí mismo y su melancolía, más profundos con cada año que pasaba, que le consumían por completo. Sentí su deseo por una persona desconocida. Sentí la tremenda complejidad de su corazón y todos los miedos que le carcomían.

Cuando me soltó la mano, la sensación se desvaneció. Estaba claro que no solo podía sentir objetos, sino también personas. No había tocado a nadie con las manos desnudas desde que me había puesto el anillo. Él era el primero.

Evander, que al parecer no se había dado cuenta de nada, se levantó.

—Te enseñaré el piso de arriba —dijo—. Por ahora puedes quedarte aquí y trabajar en la tienda para ganarte el sustento, como el resto de nosotros.

Todavía conmovida, lo seguí por otra escalera y luego por un tramo final de escalones abatibles desvencijados.

El aire estaba lleno de motas de polvo brillantes. Evander encontró una cerilla y una lámpara de gas y encendió la mecha. Se generó una chispita que llenó de luz el protuberante farol de cristal, teñido de sepia por las manchas grasientas del cristal. La luz iluminó el contenido del destartalado desván. Una cama baja y oxidada. Un tocador con el espejo manchado. Cortinas apolilladas. Un cuadro feo de un caballo.

Nos quedamos muy juntos en aquel espacio reducido, él ligeramente agachado para no golpearse la cabeza con las vigas. Bajo aquella luz tenue y dispersa, sus cálidos ojos marrones parecían tener motitas de ámbar.

—En fin, buenas noches —se despidió—. Dulces sueños, como suele decirse.

—Yo no sueño —dije.

—Pues dulce olvido, entonces —contestó.

—Dulce olvido —dije.

Evander bajó la escalera y cerró la trampilla del desván tras él.

Lo vi desaparecer en la oscuridad, decolorándose en la noche hasta que fue como si nunca hubiera existido.

119

8

Los irregulares

Cuando volví a despertarme eran las diez y diez según el viejo reloj despertador que había sobre la cómoda, pero la habitación aún estaba a oscuras. Tardé un minuto en recordar dónde estaba. Bajo tierra nunca llegaba a haber luz en condiciones, pero el Fin del Mundo de fuera hacía mucho que estaba despierto. Los trenes y tranvías retumbaban por las calles de arriba y los gritos de los vendedores ambulantes resonaban en el túnel de abajo.

Abrazándome las rodillas y mirando a mi alrededor, contemplé el desván, centrándome en el cuadro feo del caballo. Parecía como si hubiesen pasado eones desde el día anterior, como si el mundo se hubiera puesto bocabajo y yo del revés. Me había enterado de muchas cosas. Evander también olvidaba cosas; estaba dañado, como yo. Nos había pasado algo la Noche Que Nunca Fue. Ruben Renato había desaparecido. Y yo…, yo tal vez perteneciera a la nobleza.

Traté de darle sentido al desorden de mi cabello antes de bajar volando las escaleras del desván. Me atrajo el dulce sonido de alguien que cantaba; era una voz de chica, alta y clara.

La canción de tu alma está en armonía,
una dulce, orquestal sinfonía,
cada nota, cada verso, al compás, entonado,
como si de mí estuvieras enamorado.

Seguí el sonido hasta una puerta abierta y vi a una chica de mi edad que tenía una nube de pelo negro, sentada en el alféizar de la ventana con una expresión melancólica en su bonito rostro. Al principio no se percató de mi presencia y se lanzó a la segunda estrofa antes de girar la cabeza y dejar de cantar. La última nota quedó suspendida en el aire entre nosotras.

—Ah, hola, Iris —dijo, y se levantó a saludarme—. Soy Octavia. Octavia Belle.

Debía de ser una de los otros que había mencionado Evander: los niños desamparados y vagabundos con dones que trabajaban en el Emporio.

—¿Cómo sabes mi nombre? —pregunté.

—Lo he oído en los pensamientos de Evander. Soy una Oyente, o lo fui.

Traté de vaciar mi cabeza, temiendo que pudiera oírme.

—La Canción de mi alma es demasiado fuerte, o eso dicen. Pero puedo sintonizar con cualquier flujo de conciencia en quince kilómetros a la redonda. Es increíble de lo que una chica puede enterarse si presta atención. —Se dio unos golpecitos en la oreja derecha, en la que llevaba un aro de plata—. Menos contigo. En tu mente hay tanto silencio como en una tumba, Iris.

—¿No oyes nada en mí?

—Ni un susurro. No es nada común —dijo, y mostró una sonrisa con hoyuelos.

Me sentí extrañamente aliviada.

—Pero no te preocupes. Aquí nadie es común. Hay quien diría que somos irregulares. —Octavia hablaba rápido y se hacía familiar, enganchándose a mi brazo como si fuéramos viejas amigas mientras me conducía hacia abajo—. A nosotros también nos busca la Orden. Te cuidaremos. Ven.

Llevaba un collar con un colgante de una jaula de pájaros. La jaula estaba vacía, sin ningún pájaro dentro. Los pájaros estaban impresos en su vestido de té amarillo, volando libremente con las alas extendidas.

En la cocina, un chico con un delantal blanco de cocinero preparaba unos huevos y beicon. Al verme entrar me sonrió perezosamente.

—Iris Cavendish, te presento a Gus Han —dijo Octavia—. El Corazón de su alma es demasiado fuerte. La Orden dijo que poseía cantidades peligrosas de entusiasmo.

—Encantado de conocerte, Iris —dijo el chico.

123

Gus era un joven fornido y musculoso con tatuajes en los bíceps, entre ellos un corazón atravesado por una flecha.

—Gus tiene el mejor don de todos —explicó Octavia—. Es lo que llamamos un *gourmet*. Tiene el don del gusto. Es capaz de cocinar comidas que te hagan reír o elaborar cerveza que te haga llorar.

Parpadeé, abrumada. Era como ser invitada a la reunión de una familia que no sabía que tenía.

—¿Tienes hambre? —preguntó Gus, señalándome con la cabeza.

Mi estómago se quejó en el momento justo.

—La verdad es que me muero de hambre —contesté.

—Bien. Enseguida estará, pelirroja.

Retiré una silla y me hundí en ella mientras miraba alrededor. Como todas las habitaciones del Emporio, era un caos de cosas y muebles que no pegaban. Las paredes estaban salpicadas de unas manchas misteriosas; las estanterías, torcidas, llenas de condimentos y especias. Encima de todas las superficies había macetas con plantas cuyas frondosas entrañas verdes colgaban por todas partes. No se parecía a ningún lugar donde hubiera estado antes. Y más extraño todavía era que todos parecían tranquilos, haciendo el desayuno como si nada mientras la Orden los perseguía. Aquel lugar parecía seguro y sin embargo yo me estaba esforzando por relajarme.

Sentada frente a mí había una mujer joven y pálida que llevaba un voluminoso abrigo de piel, como de oso. Llevaba los ojos maquillados con lápiz y rímel y lucía una diadema con una flor blanca.

Se me quedó mirando fríamente.

—Así que esta es la chica nueva —dijo, tamborileando sobre la mesa con sus largas uñas pintadas de blanco—. Es mucho más pequeña de lo que me imaginaba.

Tenía un fuerte acento del Este que no podía identificar y hablaba con fluidez, aunque de modo ligeramente entrecortado.

—Iris, esta es Perpetua Blavatsky. Es un alma Espíritu —dijo Octavia.

Perpetua dilató las aletas de la nariz a modo de saludo.

—Notas altas de sangre y petricor —dijo—. Notas de corazón de azúcar e incienso. Notas de fondo de hierba y leche. ¿Sabes lo que me indica eso?

—Pues... ¿no? —dije.

—Te suceden actos violentos. Tu infancia te ha sido robada. Te traicionó una persona que amabas.

—¿Puedes decir todo eso por un olor? —pregunté. Me eché el aliento en la palma de la mano con timidez. Me acababa de levantar y ya habían intentado leerme la mente, olerme el alma y llenarme el corazón.

—Cada alma es como un perfume. Puede decirte el pasado, el presente e incluso el futuro. Algunas son muy suaves. Otras, agrias, como cadáver putrefacto. Tu alma prácticamente no huele, solo distingo un tufillo.

—Qué manera de hacer sentir cómoda a nuestra invitada, Perpetua —dijo Octavia, ensanchando los ojos mientras la miraba acusadoramente antes de volverse hacia mí—. No le hagas caso, Iris. Es que no puede evitarlo.

Gus me puso un plato delante. Dos huevos y una tira de tocino formando una cara sonriente.

—*Bon appétit* —dijo.

—Gracias.

Cargué el tenedor de comida y me la metí en la boca con impaciencia. Estaba caliente y sabrosa, y me llenó el estómago. Gus me miraba comer, expectante como un niño que espera un elogio. Me acababa de conocer y, sin embargo, ansiaba mi aprobación. Le hice un gesto con el pulgar hacia arriba. Sonriendo, se volvió hacia los fogones.

125

—Pues venga —dijo Octavia con la boca llena—. Contadle a Iris vuestras historias. La mía ya la conoce.

No la conocía. No exactamente. Aunque de momento le seguí la corriente.

—Mi padre era un soldado de la Orden —dijo Perpetua—. Yo nací y viví en la base de Moscovio hasta que destinaron a mi padre aquí, para proteger al canciller Obscura. Pero mi padre se unió al bando de los rebeldes. Conspiró contra la Orden, intentó matar a su guardaespaldas. El canciller sofocó todos los rescoldos de la revolución rápidamente. Los mató delante de mí. Ahora espero la venganza cada día.

Cogió el cuchillo de la mantequilla y lo clavó violentamente en los listones de madera de la mesa. Nadie comentó nada, aunque nuestros platos temblaron.

—Yo trabajaba de ayudante de cocina en la Basílica de Todas las Almas —dijo Gus—, cocinando canapés elegantes para las veladas de la Orden. Hasta que me metieron en el Reformatorio e intentaron purificarme. Supongo que no se me pegó.

—¿Cómo saliste? —pregunté.

—Me dieron un trabajo en la cocina de la cárcel, ¿no? Ese fue su primer error. Conocí al cocinero, un viejo amigo del señor Sharma. Envió un carro vagón camuflado como camión de reparto para sacarnos.

El señor Sharma parecía todo un personaje.

Gus miró más allá de mí y me giré con curiosidad. Evander estaba asomado a la puerta. Parecía un vampiro espantoso, con ojeras, pelo por todas partes, como si hubiera estado de picos pardos toda la noche.

—Buenos días, nene —dijo Octavia.

—Puf —soltó él, a modo de saludo.

—Te prepararé un té —dijo Gus, dándole una palmadita en la espalda.

Evander se sentó, ignorándome por completo. La cocina se quedó en silencio, salvo por la tetera hirviendo.

—Sí, siempre está así por la mañana —dijo Octavia.

—Creía que habías dicho que no podías leer mi mente —observé.

—No, pero puedo leer tu cara. No te preocupes. Evander siempre tiene pinta de gárgola antes del mediodía.

—Te estoy oyendo, ¿sabes? —dijo él con el ceño fruncido.

—Yo no, yo soy madrugadora —dijo ella—. Nada mejor que levantarse temprano para ver el amanecer.

—Bueno, ¿adónde fuiste anoche? —preguntó Gus a Evander—. Fui al baño y vi a tu Sombra escaparse pasadas las tres de la madrugada.

—Fui al Observatorio a ver qué saben de Iris —dijo—, pero no descubrí nada útil.

Al final, me miró a los ojos.

—¿Entraste en el Observatorio? —dije, impresionada.

—No en persona. Solo con mi Sombra. Es mucho más fácil cuando puedes atravesar paredes.

Octavia le lanzó una mirada de desaprobación.

—Aun así, es arriesgado —dijo—. Podrían usar uno de sus faroles para detectarte. ¡O podría descubrirte el propio canciller!

Se quedaron en silencio e intercambiaron una mirada enigmática. Lo que fuera que escuchó en su cabeza, no lo compartió con el resto.

—¿Me están buscando? —pregunté.

—Sí, pero solo intentan atrapar a una ladrona —dijo—. Ahora que han recuperado el anillo parece que han reducido la búsqueda.

Respiré aliviada y retiré mi plato con entusiasmo.

Acabado el desayuno, Octavia se quedó.

—Iris, no pretendo ser grosera —dijo en voz baja—, pero hueles a rata muerta chamuscada. Deberías darte un baño, de verdad.

Me olí una axila y el hedor me hizo retroceder. Era incapaz de recordar la última vez que me había lavado bien. No me extrañaba que Perpetua pudiera oler mi alma si olía como mi cuerpo.

—¿Y qué pasa con la ropa negra? —continuó—. ¿Es que has enterrado a alguien hace poco? Creo que necesitas un vestido nuevo. Un vestido nuevo para un nuevo comienzo.

127

Me hizo pasar a un baño de azulejos blancos con las tuberías a la vista y manchas de humedad en el techo. Me puso un fardo de toallas y artículos de aseo en los brazos y se fue.

—Estaré esperando cuando hayas terminado —dijo desde el otro lado de la pared.

Me volví hacia la bañera y abrí los grifos. Después de lavarme los dientes en el lavabo, me arranqué el vestido negro, me quité los guantes y me metí en el agua. Me quedé sentada, inmóvil, temblando pese a que el agua estaba caliente. Me quedé mirando el techo, resiguiendo con los ojos los rastros de moho que se extendían como los afluentes de un río.

Desenredé mi cuerpo como un nudo y me puse en horizontal, deslizándome cada vez más abajo, hasta que mi barbilla se sumergió bajo la superficie. Allí no parecía importar quién era o no era.

128

¿Era eso lo que se sentía en un hogar?

Me froté a fondo, desde el cuero cabelludo hasta los dedos de los pies. Después de secarme, me envolví el cuerpo en una toalla, como una toga. Cuando abrí la puerta del baño, Octavia estaba allí de pie, con las manos en las caderas.

—¿No te sientes ya mejor? —preguntó mientras me evaluaba con buen ojo. Me cogió de la mano y me llevó a su habitación.

Sus sentimientos me inundaron en una oleada, igual que había pasado antes con los de Evander. Se sentía sola, pero debajo de eso brillaba una esperanza. Estaba contenta de tener una nueva amiga, entusiasmada por tener alguien con quien hablar, temerosa de no gustarme. También percibía algo más oscuro, algo más discordante y amargo que flotaba justo debajo de la superficie y que no cuadraba con su carácter alegre, pero me soltó la mano antes de que pudiera percibir nada más.

Las paredes mohosas de la habitación de Octavia estaban cubiertas de fotos de chicas de revista: artistas de espectáculos de variedades. Varios carteles mostraban a una mujer con figura de reloj de arena y pendientes de plata colgantes, representada cantando en el escenario para un público de celebridades. En una esquina había un maniquí, y en la otra, un espejo de pie. Octavia desapareció en su armario y empezó a sacar un surtido de prendas llamativas para que me las probara: vestidos con volantes, abalorios y mangas abultadas. Los veté todos.

—¿Qué me dices de este? —preguntó enseñándome un vestido morado con blusa de encaje y faldas de volantes.

—No es muy yo —dije.

—Tu yo es quien tú decidas ser. Pruébatelo.

Me cambié detrás de un biombo, que también hacía las veces de tendedero y estaba lleno de prendas desdobladas. Al mirarme en el espejo, vi a una extraña. El vestido era bastante bonito, pero distaba muchísimo de lo que yo habría elegido. Por otro lado, Octavia tenía razón. Para empezar, no sabía quién era. Tal vez ahora podría ser alguien diferente, alguien mejor…

Me llevé las manos al pecho y me sentí reconfortada por la sensación de parpadeo en mi interior, la Chispa que ardía en mi alma. Aquella piececita lo había cambiado todo. ¿Quién sabía lo que sería capaz de ser con un alma entera de nuevo?

—Deberías deshacerte de esos viejos guantes también —me llegó la voz de Octavia—. Parece como si te hubieras perdido de camino al baile de debutantes. —Abrí y cerré las manos antes de recolocármelos.

—Los guantes se quedan —dije con firmeza. No quería que me volviera a absorber la psique de nadie.

—Me parece justo —dijo ella amigablemente—. Vamos a verte entonces.

Salí de detrás del biombo sintiéndome torpe y cohibida. No sabía qué posición adoptar estando de pie ni cómo mantener la postura, así que copié la pose de una de las chicas de la pared.

—Perfecto —dijo ella, juntando las manos—. Ahora solo tienes que arreglarte el pelo. Ven, siéntate.

Me hizo sentarme, cogió un cepillo del tocador y empezó a pasarlo por mis rizos escarlata, desenredando los nudos mientras charlaba de todo y de nada. Me miré en el espejo, tratando de memorizar mi propia cara, preguntándome a quién pertenecía. Tal vez encontraría una pista en mi iris en forma de ojo de cerradura o uniendo los puntos de mis pecas. Tal vez escucharía un rumor escondido bajo mi lengua o desbloquearía un recuerdo atrapado en mi pelo como una hoja.

Me vi de nuevo en el recuerdo del anillo, en el espejo que se había roto como mi alma. Aquella noche llevaba un peinado al estilo de la alta sociedad. ¿Me lo había hecho yo misma? ¿Tenía criadas que me habían vestido, o una amiga o hermana como Octavia que cuidaba de mí? Bajo sus manos rápidas, los enredos no tardaron en convertirse en una brillante cascada de color castaño rojizo.

—Ya está. Creo que estás lista para encontrar tu alma —dijo Octavia—. No puedes hacer borrón y cuenta nueva si sigues cubierta de la suciedad del pasado.

—¿Cómo sabes lo que estoy buscando? —pregunté.

—Lo oí en los pensamientos de Evander —dijo ella, mordiéndose el labio inferior—. Lo siento de nuevo, no quería fisgonear. Bueno, sí que quería, pero ahora me siento mal por haberlo hecho. Es una vieja costumbre. Cuando trabajaba para la Orden, sintonizar con el flujo era una costumbre. Me cuesta contenerme.

Nos quedamos mirando nuestros reflejos en el espejo, yo de morado y ella con los pájaros en el vestido.

—Ahora deberíamos ir a abrir la tienda —dijo.

La seguí escaleras abajo.

—¿Qué es este lugar en realidad? —pregunté mientras cogía un feo zorro de peluche—. No es una tienda de curiosidades cualquiera, ¿verdad?

—Vendemos y compramos cosas, pero en realidad es solo una tapadera. Desde que la Orden subió al poder ha habido un Emporio para dar cobijo a aquellos a quienes persiguen. Puede cambiar su ubicación, incluso su nombre, pero lleva siglos existiendo. Ha sobrevivido a muchos cancilleres, y probablemente sobrevivirá a muchos más que estén por venir, a menos que hagamos algo al respecto, por supuesto.

Giró el cartel de la puerta de «CERRADO» a «ABIERTO» y miró hacia la calle vacía.

—¿Nosotros? —dije.

—La resistencia —precisó—. Bienvenida. Ahora formas parte de ella.

No había accedido a tal cosa, pero me gustaba la idea de ser una rebelde que huía de la ley.

—¿Somos solo nosotros? —inquirí—. ¿O hay más gente?

—Más de los que puedas imaginar —respondió—. Muchos han sido capturados. Muchos han muerto. Pero hay muchos más que siguen vivos, que siguen luchando, escondidos por todo el país, esperando el momento adecuado para atacar.

Aquellas palabras me estimularon, me hicieron querer luchar también.

—¿Cómo era trabajar para la Orden? —pregunté.

Octavia se puso tensa, claramente a la defensiva.

—Estaba bien, al principio. Vivía en un buen sitio, llevaba buena ropa e iba a un montón de fiestas fabulosas. —Sonrió y le brillaron los ojos al recordar, pero depués una expresión seria nubló su rostro—. Trabajé en uno de sus Puestos de Escucha, utilizando amplificadores para afinar los patrones de pensamiento. Pero cuando descubrieron que podía escuchar el flujo sin necesidad de su equipo, pasé a ser uno de los Oyentes personales del canciller.

Traté de imaginarla de pie junto al canciller, escuchando para detectar señales de insurrección. Tan solo era algo mayor que yo, acababa de salir de la adolescencia. Y sin embargo el todopoderoso canciller la había necesitado para sus oídos.

—Entonces, ¿por qué huiste? —pregunté.

—Quizá oyera algunas cosas que no debía cuando trabajaba para el canciller. Tal vez sepa secretos que la Orden preferiría mantener ocultos, ese tipo de secretos por los que la gente mata para que continúen en secreto, no sé si me entiendes.

—¿Secretos? ¿Sobre la Noche Que Nunca Fue?

Negó con la cabeza lentamente.

—Recuerdo que esa noche hubo un baile y que acompañé al canciller a la Basílica de Todas las Almas, pero eso es todo lo que sé. Evander ya me ha interrogado al respecto una docena de veces.

Noté que se me descomponía la cara. Octavia pareció darse cuenta de ello y adoptó una expresión más optimista.

—Pero con tanta gente que pierde los recuerdos, es evidente que la Orden oculta algo —añadió—. No sería la primera vez. Tienen la costumbre de enterrar sus secretos para que nadie pueda irse de la lengua. Hay cosas de las que no me atrevo a hablar, ni siquiera ahora.

Yo quería saber de aquellos peligrosos secretos que conocía, pero no me los ofreció, y eso que hablaba con mucha libertad de todo lo demás. Decidí esperar. Se lo volvería a preguntar cuando confiara en mí.

—¿Cómo acabaste aquí? —cambié de tercio.

Tardó un rato en contestar; en su lugar, enroscaba un mechón de pelo rizado en el dedo.

—Evander... también trabajaba para la Orden. Nos conocíamos de los tribunales. Decidimos escapar juntos.

Me encontré sonrojándome, sorprendida.

—¿Tú y él...?

Leyó el final de la frase en mi expresión.

—Uy, no, querida. No es precisamente mi tipo, no sé si me entiendes —dijo, y me guiñó el ojo—. Es solo que, meses antes de marcharnos, nos hicimos amigos. Decidimos que queríamos salir de allí. La Sombra de Evander se puso en contacto con el señor Sharma, un antiguo criado de la Casa Obscura. Él mismo había huido de la Orden hacía más de una década. Ahora dirige una red subterránea y utiliza sus habilidades para cuidar a la gente que está en peligro. Nos trajo aquí para que estuviéramos a salvo. Pero todo fue en vano porque la Orden me puso una etiqueta.

—¿Una etiqueta?

—Es como tener mi propia alarma contra incendios personal. La Orden no puede oírme aquí abajo, está fuera de su alcance, pero en cuanto salgo a la superficie puede oír mi alma a un kilómetro de distancia. Así es como rastrean a los

133

fugitivos. Tengo que quedarme aquí, bajo tierra, un día tras otro, hasta el fin de los tiempos.

Suspiró y apoyó la barbilla en una mano. Desvió la mirada hacia mí, con el ceño fruncido. Me dio la impresión de que Octavia estaba acostumbrada a poder leer la mente de la gente, de que lo utilizaba para guiarse en las conversaciones. Sin ello, parecía insegura.

—Bueno, ya basta de hablar de mí —dijo—. Hablemos de ti y de la búsqueda de tu alma. Es todo tan emocionante…, en un sentido espantoso.

Le conté todo lo que había pasado, llenando las lagunas de las cosas que ella no había escuchado ya a escondidas. Respondía a cada revelación con dramatismo, jadeando o agarrándose el pecho.

—Si las otras partes de mi alma se hallan ocultas en objetos que estaban presentes cuando me hicieron pedazos, tengo que averiguar cuáles son —concluí—. Pero no tengo muy claro el recuerdo. Ya se me está desvaneciendo.

—Entonces tal vez necesites refrescarlo —me sugirió.

«Pues claro.» El psicoscopio, aquel gran farol evidentemente robado que había revelado mi alma por primera vez. Si me ponía de nuevo frente a él, quizá pudiera ver el recuerdo con más claridad. Tal vez esta vez viera algo diferente.

—Vuelvo enseguida —dije, y salí apresuradamente.

En la sala de atrás encontré a Evander, que estaba de pie ante su pared de papeles con el ceño fruncido. Estaba transformado con respecto a antes: el pelo oscuro alisado hacia atrás, la ropa planchada y limpia. Tenía un aspecto… agradable. Costaba creer que con su Sombra hubiera dado forma a un monstruo tan horrible. Al oír que me acercaba levantó la vista y me sorprendió mirándole. Se detuvo un instante para reparar en mi cambio de aspecto, antes de volver a sus pensamientos, con aparente desinterés.

El día anterior me había parecido mucho más amigable. Era como si ahora ocupara su mente otra cosa.

—Quiero volver a ver el recuerdo a través del psicoscopio —dije sin preámbulos—. Podríamos averiguar más cosas a partir de él.

—Adelante —dijo él con despreocupación.

Sacó un objeto de la bandeja y volvió a encender el farol, dejando que me pusiera delante de él. Esperé a que se revelara la imagen. Al principio, solo mostraba mi pequeña Chispa rosada, un destello lejano con un centro ardiente. De pronto sentí vergüenza porque él pudiera ver lo insignificante e incompleta que era.

No pasó nada.

—Piensa en el recuerdo que viste en el anillo —dijo Evander.

Intenté recordarlo lo más vívidamente que pude. Poco a poco, fue apareciendo la habitación en la que había estado el día anterior en la Casa Renato, solo que en su estado anterior a la renovación.

Me observé a mí misma.

Allí estaba yo, quemando apresuradamente una carta en el fuego. Me temblaban las manos. Me movía de un lado a otro erráticamente. Una maleta vacía sobre la cama. Cajones abiertos. Parecía estar haciendo el equipaje, en mitad de la huida. Fue entonces cuando vi al intruso que había en la puerta. Vi en el espejo que mis ojos se abrían de par en par. El fénix pintado asomaba por la pared de detrás de mí.

—Bueno, sin duda es la Casa Renato —dije mientras veía cómo me volvían a hacer pedazos—. Y estoy segura de

135

que la habitación era mía. Creo que recuerdo haber pintado ese fénix. Me gustaba pintar. Me enseñó lady Renato...

Aquel goteo de recuerdos latentes salió de mí sin demasiado esfuerzo; luego se detuvo y se apagó como ascuas en la oscuridad de mi mente.

Reproduje la escena otra vez. Y otra. En lugar de centrarme en la acción, busqué en el fondo objetos que pudieran ser vestigios, pero la imagen era vaga y estaba torcida, borrosa en algunas zonas, ennegrecida en otras. A cada visionado el recuerdo era menos nítido.

—Es inútil —dije, cada vez más frustrada—. No me dice nada que no supiera ya.

—Mejor prueba a examinar al sospechoso —sugirió Evander. Estaba atareado escribiendo algo en un libro, pero continuaba mirando hacia las imágenes.

136

—Bueno, a mí me parece un hombre —dije—, aunque cuesta decirlo con esa ropa sin forma. Lleva el pelo cubierto con la capucha. Lleva la misma máscara que usan los Observadores. Y mira, el ojo encima del bastón. ¿No es ese el símbolo de la Casa Obscura?

—He visto armas como esa antes —dijo—. Solo las llevan los Observadores más veteranos.

Me di cuenta de que, como alma de Sombra que previamente había trabajado para la Orden, Evander probablemente hubiera servido a la Casa Obscura, la Casa del canciller. Pero no dijo nada al respecto, no reveló ninguna conexión personal.

El recuerdo volvió a reiniciarse.

—¡Espera! Retrocede —exclamó.

—¿Qué quieres decir con «retrocede»?

—Vuelve a pensar en el fuego.

La imagen de la pared empezó a moverse aceleradamente, saltando adelante y atrás antes de posarse en la chimenea.

—Ahí —dijo Evander—. Para.

No tenía ni idea de cómo manejar mi mente como un proyector, pero por algún motivo funcionó, tal vez porque realmente quería que funcionara. La imagen se congeló en el momento en que mi mano agarraba un trozo de papel, a punto de arrojarlo a las llamas. Estaba cubierto de una escritura frenética y apenas legible.

—Perdóname —dijo Evander.

—¿Que te perdone por qué? —pregunté.

—Es lo que dice —dijo, entrecerrando los ojos para descifrar la frase que había garabateada, borrosa y apenas visible—: «Perdóname».

Me acerqué más, inclinando la cabeza adelante y atrás. Tenía razón.

—Pero ¿lo escribí yo o me lo escribió alguien a mí? —pregunté.

—De cualquier forma, es sospechoso.

—Debía de tener algo que ocultar, algo que no quería que se encontrara —dije—. Estaba haciendo el equipaje. Creo que sabía que venían a por mí. Sabía que mi vida corría peligro, incluso antes de que aparecieran.

El recuerdo se reanudó y volvió a reproducirse hasta su amargo final. La imagen se centró en el anillo Renato antes de desvanecerse.

—Todo vuelve a los Renato —dije.

No me sentía refinada ni importante. No hablaba como las celebridades tan bien educadas que formaban las cinco Casas. No sabía nada de psicometría, ni de arte, ni siquiera de historia del mundo.

—¿Por qué no me está buscando nadie? —pregunté—. Si fuera una Renato, estaría en todas las noticias. Una debutante desaparecida.

—Quizá la familia Renato esté encubriendo tu desaparición. Puede que hicieras algo que amenazara su posición en la sociedad.

—Tal vez. —Me mordí el labio, pensando en aquella casa extraña y silenciosa—. O puede que esté pasando otra cosa. Según aquella criada, a Ruben no se le ha vuelto a ver desde la Noche Que Nunca Fue.

—En cambio, según los periódicos, está de gira por las colonias —dijo Evander, pasándome el ejemplar de la mañana de *La Percepción*.

—«Ruben Renato da un discurso entusiasta en la ceremonia militar» —leí en primera plana—. Entonces, ¿por qué no ha pasado por casa en todo un año?

—La Orden tiene sus maneras y medios para hacer que la gente sea vista donde no está. El canciller sabe cómo proyectar tales ilusiones y controlarlas. Después de todo, él mismo es un alma de Sombra.

—¿Quieres decir que puede que Ruben no hubiera estado en esa ceremonia, o ni siquiera en las colonias? ¿Que podría estar muerto o encarcelado?

—Es muy posible.

Ojeé el periódico en busca de más pistas. Evander se acercó más para leer por encima de mi hombro, pero no hubo nada que me llamara la atención.

—Tal vez huyó esa noche —aventuré, pensativa, mientras dejaba el periódico en el suelo y me volvía hacia Evander—. Está claro que pasó algo en la Casa Renato. Puede que todos huyéramos para salvar nuestras vidas.

—Según se dice, Ruben es muy devoto de la Orden —dijo Evander—. No me lo imagino haciendo algo para molestar al canciller. Él podría ser el único responsable.

—De cualquier modo, tengo que encontrarlo —dije—. Es la única pista que tengo.

—Vamos a verlo de nuevo —propuso Evander.

Esta vez reduje la velocidad del recuerdo a paso de tortuga; estaba tan tensa y concentrada que me rechinaban los dientes. En la pared vi mi propia cara en el reflejo del espejo. Vi cómo, en el momento en que me golpeaba la onda expansiva del arma, se resquebrajaba y se rompía en cinco trozos de cristal iguales.

—El espejo —dije—. ¿Cómo no se me ha ocurrido antes?

—¿Crees que es un vestigio? —preguntó.

—¿Cuántas veces habré estado en esa habitación, contemplándome en él? —dije—. Pensando, sintiendo, recordando. Feliz, triste, enfadada. Debía de tener una fuerte conexión con él, ¿no crees?

Evander se quedó callado, aparentemente perdido en sus pensamientos de nuevo.

—Pero posteriormente han renovado la habitación —continué—. El espejo estaba roto. Se han deshecho de todo. Si se destruye un relicario, ¿qué le ocurre al trozo de alma que contiene?

—Moriría —dijo Evander, sosteniendo mi mirada—, y tu cuerpo le seguiría. Como tú sigues viva, creo que podemos asumir que tu alma todavía existe. Supongo que podrían haberlo reparado o tal vez alguien lo rescató.

—¿Quién iba a salvar un espejo roto?

—No lo sé. Alguien que te conociera y te quisiera, tal vez. Si el instinto te dice que mires más detenidamente el espejo, yo digo que lo escuchemos.

¿Mi instinto? ¿Era eso aquel impulso, aquella intuición, aquella sensación que no podía demostrar a nadie, ni siquiera a mí misma?

—¿Cómo? —pregunté.

—Podemos intentar rastrearlo, buceando en lo más profundo de tu propia psique. Empezaremos mañana.

—¿Por qué no ahora? —propuse, impaciente por empezar.

—La Sombra puede ser... volátil. Te dejará exhausta. Es mejor que estés bien descansada.

Estaba demacrado y sus ojos danzaban de un lado a otro como si estuviera recordando algo que no compartía. De nuevo, me encontré preguntándome qué había hecho por la Orden, y qué le habían hecho ellos a él.

Me puse a su lado a mirar los papeles que había clavado en la pared. Un plano del Observatorio. Fotos de las villas de las cinco Casas. Un mapa de Providence. Un árbol genealógico.

Y un niño escondido.

—Quieres derrocar a la Orden, ¿verdad? —le pregunté, mirándolo con admiración.

Apretó los dientes.

—¿Tú no? —preguntó él.

Por primera vez, me lo planteé seriamente. ¿Cómo sería el mundo sin la Orden espiándonos? Ni siquiera podía imaginarlo.

—Me quitaron mis recuerdos. Quiero que me los devuelvan —dijo con voz prudentemente controlada, sin mirarme a los ojos—. La Orden me hizo algo y quiero asegurarme de que todo el mundo lo sepa. Si puedo probarlo, tal vez pueda mostrar al mundo que el canciller no es apto para gobernar.

—Finalmente, me miró—. Tú podrías ayudar.

—Yo también quiero que me devuelvan mis recuerdos —dije—, pero recuerdo incluso menos que tú. No veo cómo puedo ayudar a nadie, y menos aún a mí misma.

—Por eso tenemos que centrarnos en encontrarte el siguiente relicario. Tú eres la clave de esto, Iris. Estoy seguro de ello.

Ahora me prestaba toda su atención, y sus ojos oscuros brillaban, pero yo todavía no sabía de qué huía aquel joven.

Aquella noche me dormí con el botón en la mano y desperté horas más tarde, enredada en las sábanas y con la vejiga dolorosamente llena. Me di la vuelta, intentando convencerme de que no necesitaba ir al baño, pero cuanto más trataba de ignorarlo, más me molestaba. Era la llamada de la naturaleza y sabía que, si no la atendía, no conseguiría volver a dormirme.

Agarré la lámpara de gas y salí de puntillas al pasillo, tratando de no pisar las tablas que crujían. Fuera, el viento aullaba, haciendo que las ramas de los árboles golpearan y arañaran el cristal. La lámpara creaba una viñeta flotante de color sepia a mi alrededor que iluminaba las paredes estampadas marrones, cuyo papel se estaba descascarillando.

Sentí que se me aceleraba el corazón.

—¡No! —me llegó un grito que resonó en el silencio.

Con la respiración entrecortada, avancé por el pasillo con la lámpara en alto, dispuesta a usarla como arma en caso de necesidad.

La puerta de la habitación de Evander estaba entreabierta y me dirigí hacia ella de puntillas.

—No, no...

Me asomé y la luz de la lámpara se derramó sobre su cama. Evander llevaba puesto un fino camisón blanco que le dejaba el pecho en parte desnudo, y su pelo oscuro estaba cómicamente despeinado, incluso más que de costumbre. Mientras se removía, su silueta representaba sus pesadillas en la pared. El monstruo al que había dado forma antes se cernía sobre él con las alas extendidas mientras abría la boca llena de colmillos.

—¡Eh! —siseé, como si ahuyentara a un perro carroñero.

Sorprendida, la Sombra giró su cabeza oscura hacia mí y se metamorfoseó de nuevo a su silueta normal.

—¿Evander? —dije, pero la Sombra negó con la cabeza. Evander estaba dormido, pero su Sombra estaba despierta, vagando libremente.

Entonces me di cuenta, con fuerza y claridad, y el brillo de la evidencia lo iluminó todo.

Su Sombra me había llevado al Emporio.

Su Sombra me había salvado de los inspectores.

Su Sombra me conocía.

—Te acuerdas de mí, ¿verdad? —susurré.

Incapaz de responder, o no dispuesta a hacerlo, la Sombra se dividió en un centenar de pájaros de sombra que volaron por las paredes. Corrí hacia la ventana y vi cómo se dispersaban por la ciudad.

En cuestión de segundos habían desaparecido.

9

El reino de la Sombra

No pude volver a dormir, tenía la cabeza demasiado llena y ruidosa. ¿Cómo podía ser que su Sombra me conociera? Tal vez no fuera tan sorprendente. Si yo había sido una Renato y Evander había trabajado para la Orden, quizá quedara algún rastro de mí en su subconsciente, aunque su mente despierta no me recordara en absoluto.

Al día siguiente le seguí hasta un cálido estudio con paneles de madera, dispuesta a sumergirme en lo más profundo de mi psique. En las paredes había colgadas mariposas enmarcadas clavadas con alfileres. No le conté lo que había presenciado en su habitación. Era un secreto entre su Sombra y yo.

Evander sacó un metrónomo de oro y lo puso en la mesa, a su lado. El aparato empezó a emitir un tictac constante.

—¿Para qué es eso? —pregunté.

—Para provocar un estado de sueño —contestó—. Hoy vamos a intentar conectar con tu subconsciente entrando en el reino de la Sombra, el plano etéreo compuesto de sueños y pesadillas, miedos y fantasías…

Le miré perpleja.

—Pero si ni siquiera tengo la parte de Sombra de mi alma, solo la Chispa.

—La Chispa es el fuego, fuerza motriz del alma. Todas las partes están conectadas a la Sombra, así que todo está al alcance. La Chispa está conectada a la Sombra. Tal vez tu Chispa nos lleve a ella. Bueno, esa es la idea. En lo que respecta a la búsqueda del alma, estamos en territorio desconocido.

—¿De modo que lo que dices es que no sabes lo que estás haciendo ni si va a funcionar? —inquirí.

La comisura de sus labios se alzó en una sonrisa y se me llenó el pecho de una sensación de aleteo que me hizo cosquillas por dentro.

144

—Tengo años de experiencia atravesando el reino de la Sombra y todavía no entiendo cómo funciona. Pero hemos agotado la memoria del anillo buscando pistas, así que ahora debemos entrar en aspectos aún más turbios de la mente. Tienes que luchar contra tu propio subconsciente para recordar lo que está suprimiendo. Solo tú puedes ganar la guerra dentro de ti.

—No me había dado cuenta de que estuviera en guerra —dije.

—Pero lo estás.

—Entonces tendré que saber cómo luchar, ¿no?

—Sí. Primero tienes que aprender a «caer en ti misma» a voluntad. A mirar hacia dentro. No hay manera de saber lo que puedes encontrar en tu subconsciente una vez empieces a mirar. Yo estaré aquí para despertarte si tu alma se aleja demasiado de casa, pero debes ir sola.

Respiré profundamente y asenté los hombros.

—Voy a intentar inducirte a un sueño controlado que te permita viajar en estado de lucidez. Cuando llegues, querrás pensar en el espejo y ver adónde te lleva la mente. No tengo ni idea de adónde te llevará tu psique a partir de ahí, pero podría desencadenar algo. ¿Estás preparada?

Tomó mis manos enguantadas y noté la calidez de su piel incluso a través del grueso material.

—Creo…, creo que sí —dije, sonrojada por los nervios.

—Mírame a los ojos, Iris. No dejes de mirarme a los ojos.

Me resistí, sintiendo que caía dentro de él, no de mí. Su psique era fuerte, como un huracán que me arrastraba hacia ella. Empujé contra ella.

—No apartes la vista. Mantén los ojos centrados en los míos. Ahora respira profundamente. Llena los pulmones.

Volví a verme reflejada en sus pupilas.

—Ahora exhala. Respira de nuevo, esta vez más profundamente. Inhala…, exhala. Dentro, fuera. Empezarás a notar que tus párpados se vuelven pesados.

Tic, tic, tic.

Mis pestañas se agitaban con frenesí, el sonido del metrónomo se convertía en una canción de cuna.

—Pronto se volverán tan pesados que apenas podrás mantenerlos abiertos. Notas que los músculos de alrededor de los ojos se debilitan. Los ojos se vuelven más pesados…, cada vez cuesta más resistirse. Este es el lugar donde la Sombra puede secuestrarte, cuando estás abierto y vulnerable a su influencia.

Tic, tic, tic.

Las sombras de mi cuerpo se filtraron en las sombras del mundo.

Sentí que perdía la forma, que me convertía en nada.

—Voy a contar hacia atrás desde cinco. En el momento en que llegue a uno, entrarás en un estado subconsciente.

Entonces caí hacia atrás y me dejé ir por la oscuridad haciendo volteretas, en ausencia de gravedad.

—Cinco, cuatro, tres, dos, uno…

Toda luz y sonido se extinguieron como una mecha apagada.

Cuando volví a abrir los ojos, estaba de pie sola en el lugar oscuro.

El vacío de mi alma.

Caminé de un lado a otro tratando de encontrar los bordes de la oscuridad. Busqué una ventana o una puerta, pero no había nada más que espacio vacío.

146

El caminar se convirtió en correr. La frustración se convirtió en pánico. No había luz, ni sonido, ni manera de entrar o salir. Estaba atrapada en lo más profundo de mí misma. Me detuve y traté de calmarme. Estaba allí por una razón.

—El espejo —recordé.

Al centrarme en el recuerdo del objeto, divisé un destello. Un brillo lejano, como un vestigio en el horizonte, que me llamaba. Al acercarme, vi que era el espejo de la pared de mi habitación de la Casa Renato, solo que en una versión gigante, tan grande como una puerta. Me detuve ante él, lo vi resquebrajarse lentamente en medio del eco de las esquirlas. Sus cinco partes se separaron y se desintegraron en polvo, y revelaron el abismo negro que había más allá.

Contemplé la penumbra. Las nieblas que se arremolinaban formaron un claro arbolado donde esperaba una hoguera cuyas llamas iluminaban la oscuridad que me rodeaba. Al otro lado había una figura sombría, oscurecida por el fuego.

Vi que era una chica. No una chica cualquiera, sino yo misma. Era espeluznante verme en carne y hueso, no como aparecía en un espejo o en un cristal, sino a través de los ojos de otra persona. La Otra Yo iba vestida con el vestido negro de la condesa. Su pelo también era negro. Iba maquillada como un cadáver en una funeraria, con abundante colorete y pintalabios, la cara empolvada, como la asesina del alfiler de sombrero.

Cuando levanté el brazo para saludarla, me imitó. Cuando di un paso atrás, ella también lo dio. Cada movimiento que hacía yo, ella lo reflejaba perfectamente, imitándome mientras avanzaba hacia ella.

—¿Quién eres? —le pregunté.

«Yo soy tú —contestó ella, con una voz que era como un ruido sordo en mi cabeza—. Tu parte más oscura.»

Me fascinaba y me provocaba rechazo al mismo tiempo. Quería hacerme amiga de ella, pero también me daba miedo. Le tendí la mano para que la tomara, pero se limitó a mirarla, con una máscara de antipatía. Su piel se endureció y formó la suave máscara blanca que llevaba la persona que me había hecho pedazos. Levantó el brazo para pegar…

El golpe me cogió desprevenida y me hizo tambalearme hacia un lado.

Antes de que pudiera recuperarme, se abalanzó sobre mí, me derribó y rodó sobre mí.

—¡Para! ¿Qué haces?

Nos revolcamos en el suelo. Era tremendamente fuerte. Me rodeó el cuello con las manos y apretó hasta que empecé a no poder respirar.

147

—¿Por qué luchas contra mí? —dije con voz ronca.

Sus ojos se volvieron negros, como los de Evander cuando dio forma al monstruo. Se cernió sobre mí y comenzó a llorar con sorna. Mientras reía, me empezaron a salpicar en la cara unas lágrimas negras que bloquearon la luz...

Me levanté de golpe, gritando.

Estaba de vuelta en la habitación de las mariposas con Evander.

—Estás bien, Iris —me dijo, levantando las manos como haría uno para intentar contener a un animal asustado—. Estás a salvo.

Me puse de pie y me di la vuelta a toda velocidad, convencida de que aquello seguía siendo una fantasía y que mi yo Sombra aparecería en cualquier momento para atacarme de nuevo.

Poco a poco, la respiración se me fue calmando al tiempo que el sudor pegajoso del cuello se secaba.

—¿Qué has visto? —me preguntó Evander.

Me humedecí los labios resecos.

—He visto el espejo. Lo he visto romperse y lo he atravesado.

—¿Y luego qué?

—Me he visto... a mí misma.

—¿Tu Sombra?

—Me ha atacado. Quería luchar. Intentaba matarme.

—Se me había ocurrido que esto podría pasar —admitió.

—Pues no habría estado mal que me avisaras —solté con brusquedad.

—No estaba seguro de lo que iba a pasar —se disculpó—.

Como dije, ahora estamos en el reino de la psicometría experimental.

Me hundí en el sillón, acunando la cabeza entre las manos.

—¿Por qué me odia mi subconsciente? —pregunté.

—Ella es la manifestación de tu yo olvidado, y solo ella guarda el secreto de la ubicación del espejo —explicó.

—¿Y no me lo puede decir, sin más? ¿Por qué tenemos que luchar?

—Para todos nosotros, la batalla contra nuestros lados más oscuros es una lucha de por vida. Debemos reafirmar constantemente nuestra superioridad tomando el control de nosotros mismos, una y otra vez. Debes ejercer tu autoridad, mostrarle el poder de tu Chispa.

—¿Y cómo se supone que voy a hacer eso? —gruñí.

—No tengo ninguna respuesta fácil para ti.

—Creía que eras un especialista, un experto en psicometría.

—En función de la persona, la batalla se gana de forma diferente. La clave para derrotarla está dentro de ti, en alguna parte. La única solución es perseverar hasta que identifiques esa debilidad, ese defecto que puedas explotar.

—¿Tengo que volver a luchar contra ella?

Asintió con la cabeza.

—Debes seguir luchando contra ella hasta que ganes, no importa lo mucho que tardes —respondió—. Has de continuar buscándote a ti misma, Iris, o quién sabe qué más podrías perder.

Capté un destello de arrepentimiento en su expresión, una tristeza en sus ojos.

¿Había perdido algo? ¿A alguien?

—No tengo mucho que perder —dije.

—Te sorprenderías —dijo él—. A veces no sabes lo que tienes hasta que te lo quitan.

Resignada, regresé una y otra vez a mi subconsciente, a luchar contra mi Sombra. Cada vez pasaba lo mismo: me encontraba con mi doble oscuro ante el fuego y combatía su ataque. Ella me pateaba, me mordía, me abofeteaba y me escupía. Me tiraba del pelo y me arañaba la piel, y siempre con la misma mirada de ojos muertos.

—¿Cuál es tu problema? —le grité.

Me tiró de cabeza al fuego.

Volví a despertarme violentamente, gritando mientras me agitaba en la silla. Evander apareció de la nada y me entregó un trapo para limpiarme la frente y un vaso de agua para saciar la sed. Me lo bebí con ansia mientras él me aguantaba la mirada.

150

—¿Estás bien? —me preguntó con la mirada suave y el ceño fruncido.

—Físicamente, sí —dije, inspeccionándome.

Aunque no tenía rasguños ni moretones, aunque nuestras peleas no dejaran ninguna marca física, todavía podía sentir el escozor y el dolor que habían provocado.

—Mentalmente, no —añadí.

El miedo continuaba allí, inquietante. Una parte de mí tenía ganas de hacerse un ovillo y esconderse el resto del día. Si hubiera sabido llorar, lo habría hecho: estaba agotada.

—Te estás acercando, estoy seguro —dijo—. Tienes que continuar. Has de abrirte paso.

—¿Vale la pena? —pregunté con voz entrecortada—. Creo que prefería ser Hueca a esto.

—¿De verdad quieres volver a no sentir nada? ¿A no saber nada?

—¿Cuántas veces voy a dejar que me machaque en el barro?

—Eso depende de ti. Recuerda, es contigo con quien estás luchando. Tienes la capacidad de acabar con esto.

—Entonces, ¿por qué sigo perdiendo? —dije.

—¿No quieres encontrarte a ti misma? —me preguntó.

—Sabes que sí.

—Entonces lucha. Créeme, es una batalla que has de ganar.

Sus palabras me irritaron. Para él era fácil de decir, allí sentado sin más.

—Vaya uno para hablar. Apenas puedes controlar tu propia Sombra —dije en un arrebato de mal genio.

Evander soltó una risa corta, seca y amarga y sacudió la cabeza.

—Perdona —me disculpé, arrepintiéndome al instante—. No quería...

—Está bien. Es bastante cierto. —Se pellizcó el puente de la nariz, como si le doliera la cabeza—. Si no puedo dar un buen ejemplo, entonces considérame una terrible advertencia. Haz lo que digo, no lo que hago.

—¿De modo que yo puedo vencer a mi Sombra, pero tú no puedes vencer a la tuya?

No respondió.

—Esperaré aquí y vigilaré —se limitó a decir.

Apreté los dientes y me sacudí la sensación de desesperanza que se había instalado en mí. Quería conocerme a mí misma más que cualquier otra cosa. No podía rendirme al primer obstáculo. Tenía que ser más dura, más fuerte, más inteligente de lo que había sido nunca. Entré en la oscuridad no una o dos veces, sino tantas que perdí la cuenta, pero cada

151

vez que creía estar ganando la guerra, ella me hacía tropezar o me engañaba.

Me obligaba a mí misma a regresar de nuevo.

Esta vez tenía los ojos grandes, atractivos.

—*No hace falta que peleemos* —dijo.

—No me lo trago.

—*Podemos existir las dos.*

—No, no podemos.

Con un grito bestial, me abalancé sobre ella y empecé a darle puñetazos en todos los lugares donde sabía por experiencia que más dolía. Como en las demás ocasiones, no tardó en recuperar el control: me tiró al suelo y se puso encima de mí para regodearse. Era arrogante, estaba demasiado confiada en que me iba a derrotar. Me retorcí bajo ella y le dejé pensar que había ganado.

—*Nunca estarás completa* —dijo—. *Nunca te amarán. No vales nada. Apenas eres una persona.*

Aquel era mi momento. Le aticé una patada en la espinilla que la hizo doblarse por la mitad, luego le pateé la otra y cayó de rodillas. Me lancé sobre ella como un misil, empujando su cara contra el suelo con toda mi rabia.

—¡Tú… no eres… yo! —dije.

Sentí que los bordes entre ella y yo se desdibujaban, mientras una furia pura e iracunda corría por mis venas.

—Ayúdame —le exigí, sacudiéndola—. Ayúdame a encontrar mi Sombra.

Mi alma recién nacida era un fuego intenso y descontrolado. Pronto no quedaría de mí más que cenizas.

Empezó a desintegrarse, a desconcharse en una nube de

polvo mientras su energía oscura fluía a través de mí. Un flujo de imágenes rápidas y confusas pasó a toda velocidad por mi cabeza. Allí estaba la figura enmascarada que me había hecho pedazos. Allí estaba el báculo, levantado para golpear. Los trozos del espejo resquebrajado volvieron a unirse.

El recuerdo brincó y saltó, sustituido por el exterior oscuro de un edificio gubernamental. Lo reconocí como el Observatorio. En su interior, un montón de gente con abrigo negro estaba sentada alrededor de unas esferas de cristal, observando lo que proyectaban los Ojos de la ciudad. Llevaban máscaras blancas de rostro inexpresivo. Todas ellas eran la viva imagen del asesino de mi alma.

Me alejé flotando por los pasillos como si ya conociera el camino, pasé por una biblioteca polvorienta, más allá de una puerta oscura. Al otro lado había un revoltijo de objetos unidos por telarañas, y todos estaban borrosos excepto uno.

Me centré en él.

Un espejo ovalado agrietado con un marco negro de hierro forjado, oscurecido por el polvo brillante. La figura enmascarada pasó por mi mente, sobresaltándome. De repente estaba cayendo hacia atrás, en picado por la oscuridad, mientras arañaba el aire.

Mi Sombra estaba presa en el Observatorio.

Me levanté con un grito ahogado, esperando a que el mareo desapareciera mientras la sala de las mariposas aparecía ante mis ojos.

Estaba sola.

Con las rodillas temblando, débiles por el hambre, busqué a Evander en el Emporio, pero solo encontré a Gus bebiendo a solas y a Perpetua susurrando a las plantas. Al no encontrarle, me fui inquietando cada vez más. La puerta de su habitación estaba abierta, pero él no estaba. Tampoco estaba en la cocina, ni en el salón ni en la tienda.

Lo encontré en la trastienda, sentado en el suelo ante el psicoscopio. Estaba proyectando recuerdos, sus recuerdos, en la pared, a través de su cuerpo, como lo había hecho anteriormente con los míos. Vislumbré a una chica con un vestido blanco. El recuerdo era confuso, corrupto, saltaba cada pocos segundos, pero pude distinguirla a través de la niebla, riendo sin sonido. Tenía ojos azul pálido, el pelo largo y rubio, una sonrisa amplia y nacarada, pulseras de plata en la muñeca. Parecía el tipo de chica que podría aparecer en un cartel publicitario, un modelo de perfección. Le tendió la mano a él, incitándole a unirse a ella.

No conocía a aquella chica, no la había visto nunca, pero me desagradó al instante. Era lo opuesto a mí en todos los sentidos.

Observé la cara de Evander, que pasaba por una serie de emociones diferentes, de la alegría a la tristeza, a la furia, y luego de vuelta a su habitual desesperanza estoica. Al notar mi presencia, levantó la vista y la imagen de la chica se desvaneció.

Tragué saliva, atenazada por una sensación desagradable que no sabía nombrar.

—Estás despierta —dijo.

—Pensaba que tenías que estar esperando a mi lado, por si me perdía en mi propia mente —le reproché.

—Lo siento, pensé... Pensé que estarías fuera por un rato.

Sus ojos oscuros me atrajeron de nuevo. Aparté la mirada a la fuerza.

—Bueno, lo he conseguido —dije—. He derrotado a mi Sombra. Me ha mostrado dónde está el espejo. Tenías razón…, sí que eres experto en psicometría.

Parecía sorprendido.

—Vaya, mira por dónde —dijo—. ¿Dónde está?

—En el Observatorio.

Ninguno de los dos dijo nada durante lo que pareció un siglo.

—Quieres que entremos allí, ¿verdad? —dijo con voz apagada.

—No es que quiera, es que tengo que hacerlo.

Sacudió la cabeza con vehemencia.

—Es mala idea —dijo—. Muy mala idea. El Observatorio está celosamente vigilado, y lleno de espías.

—Mi Sombra está allí —insistí—. Tengo que recuperarla.

—No puedes entrar sin más.

Pensé en los papeles de su pared, en los planos. Evander tenía todo tipo de planes, pero al parecer ninguna acción.

—Fuiste allí la otra noche, ¿no? —le pregunté.

—Como una Sombra —respondió—. Es diferente. En esto no nos ayudará. No puedo traer nada conmigo.

De pronto me di cuenta de que estaba molesta con él, tal vez irrazonablemente. Me fastidiaba que tuviera una vida secreta de la que yo no sabía nada, en la que había trabajado para la Orden y bailado con chicas rubias.

—Entonces supongo que tendré que ir a buscarla yo sola —dije—. He de saber qué me ocurrió. Necesito volver a estar completa más que nada.

—Yo también quiero eso, Iris, pero no sabes a qué te en-

155

frentarías. La Orden puede perseguir tus sueños o hipnotizarte para que creas una mentira. Pueden manipular tu memoria o hacer que te olvides de ti misma. Pueden torturarte con tus propias emociones y forzarte a revivir los momentos más dolorosos una y otra vez.

Me dio la impresión de que hablaba por experiencia.

—Nos buscan a los dos —dijo—. Si vamos al Observatorio, podrían capturarnos. Podríamos exponer a todos los demás.

Asentí con la cabeza como si estuviera escuchando, pero daba igual. Para mí, no cabía duda alguna. No se trataba de si entraría o no, sino de cuándo y cómo, y de si lo haría sola.

—Por favor, Evander. Dijiste que querías ayudarme, y no puedo hacerlo sin ti —dije—. Has estado allí como Sombra. Conoces el trazado.

—Soy la última persona del mundo que debería colarse en el Observatorio —dijo—. Créeme.

—¿Por qué? —inquirí—. Sé que hay algo que no me estás contando.

Tardó un buen rato en contestar, con la vista fija en el aire y una expresión de dolor en el rostro.

—Trabajé para la Casa Obscura utilizando mi don para la ilusión —dijo, al fin, entre dientes.

—Ya me lo imaginaba —dije—. ¿Y qué?

—La Orden me enseñó todo lo que sé. Eran… como una familia. Pero luego me arrebataron a alguien.

Abrí la boca para preguntar más, pero me cortó:

—No me pidas que hable de ello —dijo, levantando una mano—. Solo quiero que sepas lo mucho que está en juego. Desafié las órdenes del canciller. Se acordará de mí. Si pongo un pie en el Observatorio, me reconocerán.

—No tienes que mostrar la cara.

—Tienen mi psicografía en sus archivos. Es… peculiar. Lo siento, Iris, pero no puedo. Simplemente no puedo. Y tú tampoco deberías.

En mis costados, mis manos se cerraron en puños.

—Entonces, ¿qué otra cosa puedo hacer? —protesté—. Quizá en su día habría sido feliz pasando toda mi vida sin saber quién soy, pero ahora no. Ya no. Tienen mi alma, Evander. Tienen una parte de mí encerrada como una prisionera. ¿Cómo puedo vivir sin ella? No hay otra manera de recuperar mi yo. No hay otra forma de salvarme. ¿No lo ves?

Cerré los ojos y escuché el rugido de la Chispa en mi interior. Estaba defectuosa e incompleta, estaba hecha pedazos y dispersa, pero aún podía luchar por mi vida. Por mi alma.

—Me dijiste que luchara contra mi Sombra, y lo hice. Me dijiste que me mostraría dónde está el espejo, y lo hizo.

—Ya, pero…

—Teníamos un trato, ¿no? Un pacto. No puedes retirarte ahora solo porque se está poniendo complicado. Pero si de verdad no vas a ayudarme, iré sola. Entraré en el Observatorio esta noche, con tu ayuda o sin ella.

Evander se pasó una mano por el mechón blanco de su pelo, sacudiendo suavemente la cabeza como si no quisiera escucharlo.

—No puedo hacerte cambiar de opinión, ¿verdad? —preguntó.

—Para nada —dije.

Le aguanté la mirada sin piedad. Vi que dejaba caer los hombros, desplegaba los brazos y suavizaba la expresión. Sacudió la cabeza con resignación.

—Vale —dijo.

—¿Te apuntas? —pregunté.

—Me apunto —suspiró.

Había ganado, pero no me sabía a victoria.

¿Qué me estaba ocultando?

¿Quién era aquella chica?

10

Lo que el Ojo ve

*B*ajo la luna llena, nos encontramos en el Observatorio, donde se archivaban todas las psicografías de la ciudad para su consulta. Las imágenes de las almas de los ciudadanos se archivaban allí en diapositivas de cristal, listas para ser diseccionadas en cuartos oscuros. Se imprimían en papel para transportarlas de acuerdo con la ley y presentárselas a médicos, jueces, terratenientes y prestamistas. Allí era donde los Observadores del canciller supervisaban las visiones del Ojo y comunicaban cualquier cosa que apuntara hacia la desviación o la insurgencia, y nosotros estábamos a punto de entrar a robar en él.

—No puedo creer que me hayas convencido para hacer esto —dijo Evander—. No lo conseguiremos en la vida.

Levanté la vista hacia la fachada gótica perpendicular del edificio, hecho de piedra caliza arenosa con dos torres cuadradas y una aguja.

—Gracias por la muestra de confianza —dije con sequedad—. Son justo las palabras de ánimo que necesitaba antes de irrumpir en un edificio del gobierno.

—Dije que ayudaría, no que me alegrara de hacerlo.

—Entraremos y saldremos en un abrir y cerrar de ojos —dije, tratando de convencerme—. Incluso más rápido, puesto que conoces el camino. No se esperarán que una ladrona entre a robar un espejo, ¿verdad?

—Supongo que no —convino de mala gana.

Sin embargo, para mis adentros, ya empezaban a entrarme las dudas. Ahora la fuerza de atracción de mi Sombra era aún más fuerte. Sin duda estaba en el lugar correcto, pero ¿y si acababa perdiéndolo todo? ¿De qué me serviría un subconsciente si estaba sentada en una celda o, peor, a dos metros bajo tierra?

En cualquier caso, ya era demasiado tarde para dar media vuelta.

Lentamente, avanzamos hacia el lateral del edificio, evitando la entrada principal. Evander había utilizado su habilidad con la Sombra para disfrazarnos: él como un inspector cuyo cuaderno de notas me había embolsado yo por el camino, lo que le permitía proyectar la impresión espectral de su rostro; y yo como un Observador, con mis rasgos ocultos tras el espejismo de una máscara, la misma máscara de rostro inexpresivo que la de quien me había hecho pedazos. Pero no podíamos ocultar nuestras almas, me recordó.

—¿De verdad lo ve todo el Ojo? —pregunté, mirando fijamente hacia la red de faroles que custodiaban la puerta principal. Estábamos fuera de su campo visual, pero a saber cuántos más habría para espiarnos dentro. Era como colarse en la guarida de un monstruo de cien ojos.

—La red tiene muchos puntos ciegos —dijo Evander—. La idea de omnisciencia total no es más que algo que utiliza la Orden para desalentar la insurrección, pero en realidad hay más Ojos que personas para manejarlos.

«Cuánto sabe sobre la Orden...», pensé.

—¿No nos verán fisgando dentro? —pregunté.

—Los Ojos miran hacia fuera, no hacia adentro. Prestan mucha más atención a lo que ocurre aquí fuera que a lo que ocurre dentro. Una vez que hayamos entrado, tendremos una mínima posibilidad de salirnos con la nuestra.

—¿Qué estás diciendo? —exclamé—. ¿Que aquí fuera la gente está aterrorizada hasta de pensar algo incorrecto por miedo a que los inspectores les encierren, pero que la Orden apenas echa un vistazo a los suyos?

—Básicamente. Pero eso te da poder a ti.

Hice un ruido de indignación.

Evander manifestó un boceto en sombra de los planos del edificio y fue recorriéndolos con un dedo.

—Aquí está la biblioteca que viste, al final. Hemos de intentar evitar las dos cámaras principales del interior. Hay inspectores con faroles en las tres puertas. Aquí, aquí y aquí, mira. Registran a todo el que pasa por estos puntos. Nuestros disfraces deberían bastar para entrar sin contratiempos, pero si deciden echarnos un vistazo más de cerca, tendremos un problema.

Evander extendió una mano con guante negro.

—¿Qué haces? —dije, mirándola con confusión.

—Tú cógela y no te sueltes.

Dejé que sus dedos se enrollaran alrededor de los míos y mi estómago dio un vuelco en respuesta. Me dirigió una mirada fría e inexpresiva antes de regresar a la esquina, y levantó la otra mano. Entonces el blanco de los ojos se le volvió negro, como si los tinteros de sus pupilas hubieran estallado y se hubieran derramado. Las sombras empezaron a filtrarse y a formar cintas finas y vaporosas, como bobinas de seda negra. Salían disparadas semejantes a brazos que abrazaban y nos envolvieron y tiraron de nosotros hacia la profunda boca de la oscuridad. Estaba en el mismo abismo negro y denso que asociaba con el lugar oscuro de mi interior, salvo porque esta vez Evander estaba justo a mi lado.

No podía respirar. No podía hablar. Apenas podía poner un pie delante del otro. Notaba que tropezaba, que caía, que perdía mi centro de gravedad, pero Evander me cogía de la mano, la agarraba con fuerza. La oscuridad pareció abrirse formando un arco que pudimos atravesar. Cuando salimos a un pasillo fresco y pedregoso, el portal de sombras se cerró y nos dejó solos y en silencio.

Evander se quedó quieto, con los bucles de sombra aún entrelazándose alrededor de su cuerpo como rizos de humo. Observé cómo regresaba a sus ojos la luz.

—Actúa con naturalidad —me instó.

No sabía cómo era la naturalidad, así que opté por mi forma de ser habitual.

—¿Cómo has hecho eso? —siseé, todavía con la sensación alucinante de atravesar una pared sólida.

—No tenemos tiempo para una clase de física —dijo con sequedad.

Estaba evitando la pregunta. Era imposible que en su vida anterior fuera tan solo un modesto subalterno. Era alguien de importancia. El Observador personal del canciller, tal vez.

Pasamos con sigilo la escalera de caracol de hierro fundido y avanzamos a hurtadillas ante salas llenas de archivos históricos, divididos en alas dedicadas a las cinco Casas. Sus antiguos pergaminos estaban enrollados como alfombras en vitrinas. Al entrar en un lujoso vestíbulo negro y dorado, nos escondimos detrás de un pilar mientras un grupo de Observadores se movía afanosamente en la distancia, en dirección a la galería.

Esperamos a que estuvieran fuera de nuestra vista antes de seguir adelante y entramos en una sala dorada cuyas paredes estaban revestidas de frisos renacentistas: escenas en claroscuro que simbolizaban los cinco aspectos del alma. Una hermosa mujer se miraba en un espejo, en el que veía sus propios miedos y fantasías. La Sombra. Un grupo de eruditos escuchaba la canción de un arpista. La Canción. Los nobles sentados en una mesa larga comían un extravagante festín mientras las cortesanas pintadas se congregaban a su alrededor con cestas de frutas. El Corazón. Dos niños recogían flores en una pradera, vigilados por los nublados recuerdos de sus antepasados. El Espíritu. Una joven pareja tumbada en un diván ante el fuego mientras afuera arreciaba la tormenta. Estaban medio desnudos y la electricidad chisporroteaba entre sus dedos y labios… La Chispa.

163

Por un momento, vi mi propia cara en lugar de la de la joven pintada, y a Evander en el lugar del hombre medio desnudo.

Me ruboricé bajo mi máscara y traté de apartar la imagen de la cabeza. «Debe de ser mi Sombra jugándome una mala pasada», pensé.

—Vamos —dijo Evander.

En una de las salas laterales poco iluminadas, un grupo de Observadores miraba las proyecciones de los soñadores, que estaban lejos, en sus camas. Los empleados enmascarados manipulaban a las personas que estaban dormidas, les cerraban los ojos mientras tocaban esferas brillantes con ambas manos y orquestaban lo que ocurría en la mente de las personas como si fueran directores de una obra de teatro. Los estaban torturando con interminables pesadillas. Me quedé mirando aquellas pobres almas con la boca abierta antes de que Evander volviera a tirar de mí.

A través de otra puerta, vi una cámara oscura forrada de bancos negros tapizados en los que había sentados una docena de Observadores leyendo, conversando y tomando notas. En el centro de la sala había una esfera flotante gigantesca. Las imágenes flotaban en la superficie de la burbuja como ventanas abiertas, mostrando escenas de toda la ciudad.

Un montón de guardias con armadura roja. Una mujer de aspecto sofisticado rodeada de periodistas. Un grupo de indigentes bajo un puente. Una reja de alcantarilla que conducía al Fin del Mundo…

Cruzamos otra puerta que nos condujo a un pasillo estrecho. A ambos lados había muchos compartimentos de terciopelo rojo en los que los Observadores observaban los reflejos de los globos de cristal. Estaban sentados hablando, dormitando, haciendo el crucigrama del periódico, algunos apenas prestaban atención a las visiones.

Al final de la sala había un óleo grande, descomunal, del canciller, que nos miraba por encima del hombro. Un hombre alto y delgado con gafas de sol y muchos anillos en los dedos. Había algo duro en él, algo afilado y retorcido. Me estremecí, helada, mientras un presentimiento fatídico me ponía la piel de gallina. Debía de haber sido capaz de cualquier cosa si podía convertir la mente en materia. ¿Cómo podría competir contra él una rebelión?

Evander avanzó rápidamente, pasando por una sala de fumadores llena de humo, por una serie de cuartos sin ventanas y con cortinas pesadas, donde los inspectores archivaban psicografías, bebían café y vigilaban las esferas. En la pared había carteles de búsqueda, incluido uno mío.

Se me humedecieron las manos dentro de los guantes, pero nadie me reconoció bajo la máscara. Algunos inspectores incluso nos saludaron con la cabeza al pasar, y también lo hizo una señora de la limpieza de pelo cano.

—Una noche larga, ¿eh? —comentó.

—¿No lo son siempre? —repliqué.

A la vuelta de la esquina, un grupo de inspectores cotilleaba en voz baja alrededor de una fuente.

—¿Te has enterado? —le dijo uno a otro—. El canciller va a enviar mil soldados a los cinco distritos.

—¿Para qué?

—Pues no lo sé. A los burros de carga no nos lo van a explicar.

—Debe de estar planeando algo.

Intercambié una mirada oscura con Evander antes de continuar por el pasillo, tratando de aparentar ser de la casa.

Más allá, las paredes estaban revestidas de estantes de diapositivas de vidrio ordenadas por orden alfabético, con faroles mágicos colocados en escritorios entre ellos. En uno vi un psicógrafo impreso en el pequeño cuadrado transparente, como una flor prensada. Proyectaba en la pared la imagen de un alma desconocida, una persona cuya Sombra era tan poderosa que se filtraba en vetas rizadas, mientras la oscuridad sangraba por sus venas ramificadas.

Nos apresuramos a pasar por la segunda puerta de la derecha. Al otro lado había una enorme sala con paneles de madera, una gran biblioteca con altillo, escaleras rodantes y otras de caracol doradas. Sentado en una mesa de un rincón había un único Observador rodeado de montones de tomos mohosos y manuscritos dañados por el agua.

Mi memoria tiró, se retorció y me arrastró a la visión que había tenido después de luchar contra mi Sombra.

—Es aquí. Este es el lugar donde vi el espejo —susurré—. La Sombra de mi alma está aquí, en alguna parte. Lo percibo.

Mi visión se aguzó. Empezaron a sonarme los oídos. Avancé siguiendo la atracción invisible mientras Evander me seguía.

La biblioteca estaba llena de compendios y enciclopedias peculiares, con nombres como *Guía de iniciación a caminar soñando y navegar con el alma*, *El aroma de la guerra*, *Guía gastronómica de la buena mesa* y *La sinfonía del alma: una historia*.

Me llamó la atención un libro rojo: *El Método Renato*.

Incapaz de resistirme, me detuve y lo cogí, haciendo ver que le estaba echando un vistazo cuando un bibliotecario pasó a mi lado con un carrito. Evander fingió buscar un manuscrito en una caja de pergaminos.

Abrí el libro rojo y lo hojeé. Contenía instrucciones con diagramas ilustrados sobre la canalización de las líneas de la vida utilizando las manos para activar diferentes puntos de presión del cuerpo y estimulando las terminaciones nerviosas para imitar sensaciones físicas diferentes.

Al pasar la página, el texto me saltó a la vista:

Pellizcando un punto determinado del cuello (véase diagrama) un usuario del Método Renato puede hacer que el sujeto sienta como si le estuvieran asfixiando. Colocando la palma de la mano sobre el pecho con los dedos extendidos, el usuario puede hacer que el sujeto pierda la conciencia.

Me dio un escalofrío y avancé en las páginas.

Pero el Método Renato no es solo un medio de tortura.

Su utilidad trasciende la disciplina y el interrogatorio. Hay partes del cuerpo que el usuario puede tocar y que harán que el sujeto ría, llore o confiese hasta sus secretos más profundos. También puede utilizarse para curar heridas, o incluso para recuperar el latido de un paciente. En el siguiente capítulo se ahonda en la rama avanzada del Método Renato. Solo para usuarios experimentados.

Pasé la página y examiné un diagrama que representaba todas las líneas de la vida del cuerpo humano.

Evander me dio un codazo, instándome a que siguiéramos adelante.

Volví a colocar el libro en la estantería y avancé hacia la puerta trasera.

Miré hacia atrás por encima del hombro y probé el picaporte. Estaba cerrado con llave, pero había tenido la precaución de traer dos horquillas para abrirlo: una recuperada de la Casa Renato y la otra tomada prestada de Octavia. La condesa me había enseñado a acceder a los vestigios que estaban guardados bajo llave.

La puerta iba dura e hizo mucho ruido al abrirse. Me colé dentro y Evander cerró tras él, momento en que nos sumergimos en la oscuridad más absoluta. Fui tropezando hasta encontrar una lámpara de cristal y encenderla. Conforme se me fue adaptando la vista, fui viendo una versión gigantesca de la Vitrina de curiosidades de la condesa, con cada elemento cuidadosamente etiquetado y fechado, como las piezas de un museo.

Del techo colgaba un gran cartel que decía: «**PERDIDO Y ENCONTRADO**».

De alguna manera, yo era ambas cosas.

Me sentía como en casa allí, entre los restos olvidados del pasado, recorriendo los pasillos y leyendo algunas de las etiquetas.

167

«Asesinato en el Orient Express», se leía en una maleta de cuero verde descolorido.

«Plantado en el altar», en el de los muñecos de un pastel de boda.

«Pena», decía en un pequeño par de mitones de punto.

Allí estaban los vestigios sin dueño, los recuerdos cuyos creadores no podían ser identificados.

—Iris, por aquí —me llegó la voz de Evander.

La seguí hasta una vitrina de curiosidades polvorientas que estaban sin etiquetar, un montón de misceláneas sin organizar. Y allí, en el centro, estaba el espejo.

Vacilé, de repente asustada por enfrentarme a lo que fuera que tuviera que enseñarme. Evander también parecía asustado, aunque yo no sabía por qué. Tal vez por estar de vuelta en aquel lugar del que había huido.

168

Mientras me acercaba al espejo con el corazón palpitando, la Sombra atrapada en su interior empezó a filtrarse por la grieta, formando una niebla rayada cuyos bucles me envolvieron brazos y piernas y tiraron de mí hacia ella.

Nada más ver mi cara aterrada reflejada en el cristal hecho añicos, con Evander de pie detrás de mí, caí en picado dentro en mi interior, precipitándome a través del caos del tiempo y el espacio hasta que me estrellé en el lugar oscuro.

Volví a contemplar la hoguera y solo entonces comprendí que era la Chispa de mi alma, con llamas de color cambiante. Esta vez mi Sombra se extendía a mi lado. Donde yo terminaba, empezaba ella.

Cuando me tendió la mano, la tomé.

Mi cabeza se llenó de una oscuridad resplandeciente y arremolinada que tomó forma por voluntad propia.

Era mi imaginación. Mi subconsciente.

La Sombra de mi alma.

Juntas, buscamos los recuerdos que necesitaba.

Un espejo en la pared, con el cristal todavía sin romper. Mi yo del pasado está de pie en él, de nuevo bien vestido y arreglado, mirando fijamente mi propio rostro, como si buscara respuestas. Un hombre se coloca detrás de mí. Es Ruben Renato, vestido con un traje rojo bordado con dibujos de llamas en las mangas. Me coge por los hombros y me da la vuelta para tenerme cara a cara.

—Si quieres incendiar el mundo, solo necesitas una chispita. Una chispa es lo único que hace falta. Una sola brasa puede reducir una ciudad entera a cenizas, convirtiendo en yesca incluso el más grande de los imperios. —Sonríe, pero sus ojos arden—. El mundo es todo tuyo, Ruby. Solo tienes que extender la mano y cogerlo.

¿Ruby?

Se lleva la mano al bolsillo y saca de él una cajita roja, que me entrega. La abro, temblorosa, y aparece el anillo Renato.

—¿Qué es esto? —le pregunto, mirándole.

—Era de tu abuela. Ahora quiere que lo tengas tú. Ahora eres la joya de la corona de nuestra Casa.

Ruby Renato. Yo era Ruby Renato.

Me veo reflejada en sus múltiples caras.

Vacilando, saco el anillo de su caja y lo inclino entre el pulgar y el índice. Es algo llamativo, pero su color ámbar reluce místicamente bajo la luz de la lámpara de araña.

—Primero tendré que entrenarte —dice—. Eso significa que vivirás aquí conmigo, en la Casa Renato. Tu madre te educó bien, pero hay cosas que solo yo puedo enseñarte, herramientas que necesitarás si queremos vengarla.

169

Ruben levanta las palmas de las manos y deja que unos pequeños fuegos bailen sobre su piel.

—Confía en mí y conocerás todos los secretos del alma. Confía en mí, y tu vida será tuya.

Vuelvo a mirar fijamente el espejo, con la cara alternando entre la alegría y el dolor.

—No confiaría una misión tan importante a nadie que no fuera de mi propia carne y sangre. Hija mía. ¿Me ayudarás?

Con expresión de acero, levanto la barbilla.

—Lo haré —digo volviéndome de nuevo hacia él y asintiendo—. Te ayudaré a derrocar al canciller.

—Esa es mi chica —dice, orgulloso—. Mi joya. Mi Ruby.

Deslizo el anillo en mi dedo.

El mundo entero empieza a temblar.

En el mismo espejo aparecen una decena de reflejos diferentes, uno tras otro. Me veo leyendo el libro rojo que he hojeado en la biblioteca. Me veo sentada con lady Renato mientras me lee la mano, enseñándome las líneas de la vida a través de las cuales se conduce la Chispa. Me veo luchando atada de manos contra un chico que lleva una guerrera roja. Me veo riendo, bailando y pintando un fénix en la pared. Me veo llorando sola y gritando sobre una almohada en la cama roja con dosel. Me veo dándole vueltas a la llave de una caja de música, viendo girar las figuras danzantes mientras suena una melodía inquietante…

Una caja de música…

El reflejo final me muestra tirada en el suelo, con el atacante encapuchado cernido sobre mí. En el espejo veo cómo la oscuridad se derrama de mi pupila derecha, creando la característica forma de ojo de cerradura que me hizo ganarme el nombre de Iris.

Mi memoria se precipitó hacia delante, arrastrándome como caballos salvajes de vuelta al presente del Observatorio.

Parpadeé y volví a estar en la biblioteca, tirada en el suelo y con Evander inclinado sobre mí, hablando sin sonido, con el rostro arrugado de preocupación.

Al recuperar la visión, vi a mi doble oscura contra la pared, proyectada por la luz del farol, moviéndose en sincronía conmigo. Siempre había tenido una Sombra, pero nunca le había prestado demasiada atención. Nunca la había sentido como parte de mí. Ahora eso había cambiado.

Todavía adormilada, moví la mano de acá para allá haciendo formas con los dedos mientras ella me igualaba perfectamente. Éramos una. Unidas, en armonía, Sombra y Chispa. Si antes mi cuerpo había sido poco más que una carcasa vacía con una Chispa dentro, ahora se estaba llenando de la riqueza de la Sombra.

La conciencia electrizante de ello me inundó de nuevo. Ruben Renato, la mano derecha del canciller, me había preparado para luchar. Era una rebelde de cuna y de educación. ¿Mi misión?

Destruir al canciller Obscura.

171

TERCERA PARTE

La Canción

11

Contemplando almas

—*I*ris. Iris. Iris.

La voz de Evander, con el eco de mi nombre equivocado, se abrió camino entre la niebla de recuerdos borrosos que hacía que me pesara la cabeza.

—Levántate, Iris. Tenemos que irnos.

La voz dulce y seductora que anunciaba el toque de queda nocturno sonó con fuerza en el Observatorio y me hizo volver a la realidad al instante.

—Aviso de seguridad. El Observatorio está en peligro. Por favor, diríjanse al punto de evacuación más cercano.

Y empezó a sonar una alarma ensordecedora, y Evander y yo nos miramos con horror.

El espejo era demasiado grande y pesado para llevármelo, pero ahora mi Sombra estaba a salvo dentro de mí.

Salí de la habitación detrás de Evander y volvimos a entrar en la biblioteca, ahora plagada de guardias vestidos de negro.

—¿Alguna idea? —preguntó.

—Solo… actúa con naturalidad —dije.

Nos mezclamos entre ellos y nos unimos al éxodo que bajaba como una riada por la escalera más cercana.

—Por favor, busquen a un intruso —continuó la voz con una alegría espeluznante—. El sospechoso mide aproximadamente metro sesenta y va vestido de Observador. Estén atentos.

Me sentí como si me encogiera, ya que varios pares de ojos se posaron sobre mí. A mi lado, Evander pareció flaquear y tropezó ligeramente.

—¿Estás bien? —dije.

Vi cómo su disfraz espectral empezaba a desvanecerse, permitiendo que su verdadero rostro brillara brevemente a través del falso. Me giré hacia la ventana más cercana y vi que mi propia máscara de Observador perdía color hasta desaparecer.

176

La ilusión que había proyectado estaba fallando.

Uno de los inspectores me señaló con mano temblorosa.

—¡Es ella! —gritó—. ¡La chica sin alma!

Se abrió paso entre la multitud e intentó agarrarme para detenerme, pero entonces le di un empujón en el pecho en un intento de apartarlo con fuerza. Sin pensarlo, extendí los dedos para hacer la forma de una palma, replicando el diagrama que había visto en el libro, en un gesto totalmente espontáneo. Un toque mío y se le pusieron los ojos en blanco, y seguidamente se desplomó hacia atrás por encima de la barandilla.

Me asomé y vi cómo caía al suelo con un golpe seco, sin más sonido ni movimiento.

La multitud se detuvo, conmocionada. En aquel momento de suspense, me agarró otro inspector. Alcé los puños, dispuesta a luchar contra él sin reconocer la cara del desconocido, pero me detuve justo a tiempo.

Evander levantó la voz y esta sonó idéntica a la voz del inspector al que miraba.

—Apártense todos. El fugitivo se viene conmigo.

Tiró de mí por una puerta cortafuegos y bajamos un tramo de escaleras antes de detenerse y alargar la mano para tocarme la cara con suavidad.

—¿Qué haces? —dije, estremeciéndome cuando la piel fría de su mano se posó en mi mejilla caliente.

—Creo un disfraz improvisado.

Me giré a mirar mi reflejo en un cristal cercano y vi una cara totalmente diferente que me miraba: una mujer con el pelo de color castaño claro, de labios finos y ojos hundidos. Evander tiró el distintivo de seguridad que había utilizado para dibujar mentalmente su imagen y bajamos a trompicones otra escalera. Había un grupito de inspectores que nos seguía con rapidez.

177

Cruzamos corriendo la puerta más cercana y salimos volando hacia otro pasillo de aspecto idéntico, lleno de bustos negros sobre pedestales, y nos pegamos contra un cuadro justo a tiempo de evitar que nos viera otro grupo de inspectores que patrullaba. Salimos al vestíbulo, con su suelo de baldosas negras, donde la gente se agolpaba bajo los faroles colgantes. Los pasos retumbaban en la distancia.

—Bueno, eso es todo —dijo Evander—. Estamos condenados.

—No. No vamos a rendirnos tan fácilmente —repliqué.

Estaba pálido. Le sangraba la nariz, lo cual hacía que la ilusión que disfrazaba su rostro volviera a flaquear. No teníamos mucho tiempo.

—¡Quietos! ¡No os mováis! —oímos un grito—. Tenemos orden de cachear a todos los presentes.

Los inspectores se abrieron paso entre la multitud, mirando con prismáticos y agitando sus faroles. Les acompañaban Oyentes, que levantaban sus trompetas plateadas. Era solo cuestión de tiempo que nos descubrieran. Arrastré a Evander hacia las puertas dobles, pero otra tropa de inspectores bajaba por la escalera. Se cogieron de los brazos para crear una cadena humana y bloquear nuestra ruta de escape. El pasillo se iluminó con unos destellos de luz mientras los faroles rastreaban las almas.

Alguien estaba chillando.

—No se mueva, señora.

—Haga lo que se le dice, señor.

Me di la vuelta hacia una entrada oscura que había en lo alto de la escalera del otro extremo de la habitación y que en aquel momento no tenía vigilancia. Hice un gesto hacia ella con la cabeza y Evander asintió. Empecé a avanzar lentamente por el perímetro de la sala, intentando no chocar con nadie, y me dirigí hacia ella con Evander detrás. Subimos a trompicones y entramos en la sala vacía y oscura que había al otro lado. Era una especie de galería con las paredes revestidas de cuadros de miembros de las cinco Casas. Sin aliento, tiré de nosotros, o lo intenté, pero Evander se quedó parado en medio de la pasarela.

—Tenemos que irnos —dije, tirándole de la manga.

Parecía no oírme. Miraba fijamente un retrato del canciller: esta vez un cuadro diferente que representaba a la mujer que supuse que era la difunta esposa del canciller y su hijo cuando era un bebé, envuelto en una manta negra. La oscuridad se metió en los ojos de Evander y se le ennegreció el blanco.

—¿Evander? —dije con voz temblorosa.

Las sombras que había a nuestro alrededor empezaron a concentrarse, a hacerse materiales. Lo rodearon como pájaros codiciosos. Unos bucles oscuros y humeantes lo envolvieron. Estaba inmovilizado, amarrado en una red asfixiante de oscuridad, como la presa de una araña.

Grité su nombre y tiré con todas mis fuerzas para liberarlo de aquel enjambre de sombras. Él no hacía nada para detener la situación. Estaba en una especie de trance, simplemente dejándose llevar por la oscuridad.

—¡Despierta, Evander! —grité—. Despierta, por favor. ¡Quítatelas de encima!

Intenté arrancar las sombras, rasgándolas como bobinas de tela, pero cada vez eran más gruesas y resistentes, como ramas de árbol. Mientras forcejeaba con ellas, mis manos tocaron la piel de Evander, atrayéndome de nuevo hacia su interior. Me inundó una oleada de visiones fragmentadas, empañadas por una negrura que lo oscurecía todo y que se extendía como la podredumbre o el moho.

179

Soy pequeño y estoy sentado solo en una habitación oscura llena de juguetes. Lloro y lloro, pero no viene nadie a verme. Estoy encerrado días y días seguidos, con tan solo mi propia Sombra para poder hablar. Con el tiempo, cobra vida y me saluda. Mi Sombra, mi única amiga.

Las imágenes se separaban, se movían más rápido, se mezclaban y creaban un mosaico caótico de momentos.

Hago un agujero a golpes en la pared. Rompo una ventana. Bailes. Fiestas. Danzas. Salas llenas de gente con vestidos relucientes y las caras pintadas como máscaras.

Ahí está ella de nuevo. La chica rubia y guapa, esta vez de pie en el lado opuesto del salón de baile. La multitud se separa para dejarla a la vista. Es como si no existiera nadie más.

—Me llamo Lily —me susurra al oído—. No se lo digas a nadie.

Ahora estamos bailando fuera, en la nieve, bajo un quiosco de música cubierto de rosas, bajando y girando, meciéndonos y dando vueltas mientras suena música romántica.

La Noche Que Nunca Fue.

La beso y ella me besa. Nuestros cuerpos se entrelazan. Nos convertimos en parte del otro.

Como tinta derramada, la oscuridad que se extendía bloqueó los recuerdos.

Estoy gritando, golpeando una puerta negra...

Estoy corriendo por el bosque de noche...

Gotas de sangre sobre la nieve.

Algo me arrancó de Evander y me llevó de vuelta al presente. Le vi separado de mí, con los ojos vidriosos, sangrando, envuelto en la sombra. De la nada, una imagen quebradiza del rostro del canciller parpadeó en la pared frente a mí, proyectada por un farol que había en un hueco.

—Hola, Ruby —dijo, con su mirada sombreada clavada en mí, y noté que se me cerraba la garganta—. Así que volvemos a encontrarnos.

Me aparté de la imagen distorsionada y parpadeante.

—Y Oliver. Qué bien. Ha pasado demasiado tiempo.

«¿Oliver?» Me volví hacia Evander justo cuando las sombras se retiraban y sus ojos volvieron a la normalidad, revelando su expresión de horror.

—Vamos a tener una pequeña reunión —dijo el canciller—. Tú, yo y mi hijo.

¿Su... hijo?

No, no, no...

—Sugiero que ambos vengáis en silencio, o esto no terminará bien para ninguno de vosotros. Quedaos ahí. Mis inspectores están de camino.

La imagen se apagó y nos dejó solos a Evander y a mí.

—No es lo que piensas —dijo antes de que yo pudiera hablar, pero todavía no sabía qué pensaba.

Me escocían mucho los ojos y se me nublaba la vista.

Intenté hablar, pero no me salió nada.

Ante nosotros se abrió un agujero negro que absorbió todas las sombras. Tras ello, una figura apareció en el balcón que había sobre nuestras cabezas. Entrando en la sala igual que Evander había entrado en el edificio, el canciller apareció en persona al tiempo que los inspectores se asomaban a todas las puertas, impidiéndonos el paso.

—¡Guardias! Deténganlos —ordenó.

El rostro de Evander mostraba un terror como yo nunca había visto.

—¡Ahora, Evander! Por la sombra —dije.

Pero estaba petrificado y los inspectores se abalanzaban sobre nosotros.

—Puedes hacerlo —dije con firmeza, sin saber si era cierto o no.

Me sostuvo la mirada y dudó tan solo medio segundo antes de obedecer. Me cogió la mano y caímos de cabeza en la oscuridad.

El vacío nos expulsó a una calle exterior. Aterricé de cara en un charco, chapoteando. Al ver mi reflejo en el agua que se asentaba, vi que la ilusión que Evander había proyectado ya se había desvanecido. Volvía a ser yo misma.

Me levanté como pude y vi a Evander despatarrado allí cerca, así que lo ayudé a ponerse de pie.

—¿Estás bien? —le pregunté.

181

—Creo que sí.

Cinco rayos de luz muy intensa se dispararon hacia el cielo y lo recorrieron en todos los ángulos y direcciones, rastreando los alrededores del Observatorio.

—¡Ay, no! —exclamé.

Absolutamente todas las lámparas Ojo de la ciudad empezaron a girar también, inspeccionando las calles vacías después del toque de queda. Cada espectáculo se iluminó con un sonido profundo y cada vez más fuerte. Aparecieron mil imágenes de mi cara, capturadas en la fracción de segundo en que mi disfraz había vacilado. Al mismo tiempo, todas las estaciones de escucha en un radio de ocho kilómetros empezaron a reproducir el mismo mensaje automatizado, con una cacofonía ensordecedora.

—Por favor, estén atentos esta noche al Fugitivo Número Uno de la Orden —dijo la voz habitual—. Conocida por los nombres de Ruby o Iris, esta Hueca sin alma es culpable de delitos capitales y considerada extremadamente peligrosa. No se acerquen a ella si la ven. Por favor, informen a los inspectores inmediatamente. Gracias por su cooperación. Que tengan una buena noche.

Maldije.

—Por aquí —dijo Evander. ¿U… Oliver?

No había vuelto a hablar, ni yo tampoco. Corríamos en silencio por el laberinto de calles negras tratando de evitar la luz. Parecía algo inseguro sobre sus pies. Le bajaba un hilillo de sangre de la nariz a la boca.

Yo tenía un montón de preguntas dándome vueltas y gritando en mi cabeza, pero ninguna de ellas llegaba a mis labios, se me quedaban atascadas en la garganta, dificultándome la respiración.

—Eres... Eres...

—Ahora no —dijo.

El hijo del canciller. ¿Cómo no lo había visto? ¿Cómo no me había dado cuenta? ¿No se suponía que estaba en una gran gira por el continente?

Evander aminoró un poco la marcha y se agarró el costado como si tuviera una punzada. Cojeé detrás de él, tratando de recuperar el aliento.

—Te lo dije..., no deberíamos haber ido —jadeó.

—¡No tenía elección! ¿Qué otra cosa podía hacer? —dije—. ¿Escribir a la Orden una agradable carta pidiendo amablemente que me devolvieran mi alma?

—Sigue siendo un delito capital.

—No. Lo que están haciendo ellos sí que es un delito —dije. La Chispa de mi interior se convirtió en una llama—. Torturar a la gente, borrarles los recuerdos, hacer añicos nuestras almas, obligarnos a vivir con miedo. No están purificando almas..., son pura maldad. Me perseguían antes y continúan persiguiéndome ahora. Así que ¿qué? Que se me acerquen y den la cara. Quiero mirar directamente a los ojos a los que me hicieron añicos y enseñarles que no me destrozaron del todo.

Evander no respondió. No parecía tener energía para hacerlo.

Por el camino empezó a balancearse y a ponerse gris, y después se desplomó en un banco.

—Solo necesito un momento —dijo.

—No tenemos un momento —advertí al oír el estruendo de los carros que se acercaban con la sirena sonando.

—Deberías irte... Sigue sin mí.

—No puedo hacerlo.

183

A pesar de todo, le necesitaba. Quería que continuara a mi lado.

Intenté levantarlo, ponerlo de pie, pero pesaba como el plomo y me arrastraba hacia abajo con él.

—¡Evander, Oliver…, por favor! ¡Contrólate!

Volvía a tener los ojos muy negros, como si la Sombra intentara dominarlo. Se quedó inconsciente y le empezó a salir de la nariz un hilillo de sangre que le bajaba por los labios y le salpicaba la camisa.

—Ay, Dios —dije.

Las gotas de color escarlata motearon el suelo, recordándome la imagen que había visto en sus recuerdos. *Gotas de sangre sobre la nieve.*

Era una fugitiva buscada y estaba allí tirada, responsable de la vida de un chico al que no tenía suficiente fuerza para llevar. No un chico cualquiera, sino el hijo del canciller. ¿Qué se suponía que iba a hacer?

«Socorro —pensé, tan fuerte como pude—. ¡Socorro!»

Un carruaje oscuro se acercó a toda velocidad haciendo sonar la bocina, esquivó una bicicleta y se detuvo junto a nosotros. Me quedé helada, pensando que todo había terminado, pero entonces asomó la cabeza de Perpetua por la ventanilla del conductor.

—Subid, idiotas —dijo.

No podría haberme alegrado más de ver su rostro pálido y pétreo.

Con un repentino chorro de fuerza, empujé a Evander al interior y cerré la puerta de golpe. El carruaje volvió a salir a toda velocidad con un chirrido de ruedas justo cuando los otros carruajes le daban alcance.

Perpetua hizo sonar la sirena y accionó el foco, fingiendo

que nos buscaba por las calles como todos los demás carros negros.

Evander se desplomó en su asiento mientras acelerábamos en una curva cerrada.

—¡Le pasa algo malo! —grité por encima del ruido de la carretera—. ¡No sé qué hacer!

—Toma —dijo Gus, que iba en el asiento del copiloto, inclinándose hacia atrás para pasarme una botella de vidrio—. Esto ayudará.

—¿Qué es? —pregunté.

—Una medicina. Es segura, la he preparado yo mismo.

Saqué el corcho, llevé la botellita a los labios de Evander y le metí el contenido en la boca. Tenía un fuerte olor a éter o a algún licor, mezclado con un marcado olor anisado. La oscuridad se disipó y aparecieron los ojos de Evander, que se fijaron en los míos.

185

Poco a poco se echó hacia delante con la cabeza encajada entre las rodillas, gimiendo suavemente. Por instinto le di unas palmaditas en la espalda para reconfortarlo. Tenía la ropa empapada de sudor frío. El corazón me dio un vuelco de compasión, pero me la sacudí de encima. No, se suponía que tenía que estar enfadada con él. Me había mentido, y no poco. Me había mentido sobre algo enorme.

Retiré la mano.

—Estará bien en un ratito —dijo Gus.

—¿Cómo sabíais que estaríamos aquí? —pregunté—. No podríais haber llegado en un momento más apropiado.

—Octavia —dijo Perpetua.

—¿Ha leído la mente de Evander?

—No, os oyó susurrar en el pasillo cuando ibais camino de entrar en el edificio del gobierno, así que robamos un carro de los inspectores para venir a rescataros. —Y añadió en tono de burla—: Ya sé que solo tienes una parte del alma, pero el cerebro lo tienes entero. No hay excusa para semejante estupidez.

—No pretendía causar tantos problemas —aseguré mientras pasábamos a toda velocidad por delante de otro desfile de carros que avanzaba en dirección opuesta.

—¿De verdad? ¿Qué creías que iba a pasar, chica nueva? —dijo ella.

—Esto no, evidentemente —contesté.

—¿Al menos has conseguido lo que buscabas? —preguntó Gus.

Le conté que había encontrado el espejo con mi Sombra en él y que Ruben me había llamado hija. Esperaba transmitirles la urgencia de mi acto, pero solo conseguí que Perpetua frunciera más el ceño. No les expliqué nada de mi promesa de destruir al canciller ni sobre la identidad de Evander. No sabía qué sabían ellos, y antes quería hablar a solas con él.

—Sabía que nos traerías problemas —dijo Perpetua con un bufido—. Pero no sabía que tantos.

—Supongo que ahora deberíamos empezar a llamarte Ruby, ¿no? —dijo Gus amigablemente—. ¿O es lady Renato? —preguntó haciendo una cómica reverencia.

Pensé en ello mientras iba repitiendo el nombre una y otra vez en mi cabeza.

—No lo sé —respondí—. Me siento más cómoda con Iris, aunque no sea mi verdadero nombre. Tal vez debería elegir uno nuevo y volver a empezar.

Observé a Evander al amparo de mis pestañas mientras el color iba regresando lentamente a sus mejillas. Se sentó, parpadeó y me miró a los ojos.

—Lo siento —dijo.

Aparté la vista con el ceño fruncido.

De alguna manera lo habíamos conseguido, al menos en el sentido de que estábamos vivos, y, sin embargo, era incapaz de sentir júbilo. Estábamos al comienzo de un largo camino a través de la oscuridad, sin abrigo ni mapa. El canciller se había acercado a menos de dos metros de nosotros. Sin duda habíamos llamado la atención de la Orden. Y Evander no era la persona que yo creía que era.

Perpetua abandonó el carro en un paso subterráneo y bajamos de él. Nos acercamos a una alcantarilla que había en una calle estrecha y sombría.

—Échame una mano —pidió Perpetua, mientras Gus sostenía a Evander.

La ayudé a quitar la tapa y quedó al descubierto un profundo pozo. Me indicó con la cabeza que fuera yo primero. Apoyé los pies con cuidado en la escalera chirriante y empecé a bajarla paso a paso, hasta que llegué a la cavidad fría y cavernosa que había al fondo. Me siguió Perpetua, y luego Gus ayudó a Evander a bajar y volvió a colocar la pesada tapa. Perpetua cogió una lámpara y la sostuvo delante de nosotros, iluminando un túnel que parecía extenderse infinitamente bajo la ciudad.

Nos abrimos paso por el Fin del Mundo pasando por paradas de venta harapientas y cervecerías mugrientas, por una docena de túneles llenos de gente sucia y amodorrada que intentaba ganarse la vida vendiendo cosas robadas.

De vuelta en el Emporio, Octavia nos estaba esperando en la sala de estar de arriba, tejiendo furiosamente, pero la ira pareció desvanecerse al vernos, y dejó caer la media bufanda. Me abrazó a mí primero, y me cogió tan por sorpresa

187

que me quedé con los brazos pegados al cuerpo. Al cabo de un momento, le devolví el abrazo y me relajé en él, con cuidado de no tocar su piel desnuda. No podía soportar caer en otra persona aquella noche.

—¿La has encontrado? —me preguntó, apartándose de mí, pero manteniéndome agarrada por los brazos—. ¿A tu Sombra?

Cuando asentí, chilló de emoción. Empezó a hablar a mil por hora, por un lado, alabando mi valentía y, por el otro, reprendiéndome por mi estupidez, pero yo no podía concentrarme, me perdía de nuevo en mis propios pensamientos. Las palabras de Ruben resonaban en mi cabeza.

«El mundo es todo tuyo, Ruby. Solo tienes que extender la mano y cogerlo.»

Me había entrenado, a su propia hija, para derrocar al canciller. Me miré las manos, pensando en el guardia que había hecho caer por encima de la barandilla. ¿De qué más era capaz? ¿Qué cosas horribles había hecho?

El siguiente a quien Octavia abrazó fue Evander, pero su alegría duró solo un momento antes de convertirse en ira.

—¡Mírate! —dijo—. ¿No habíamos hablado ya de esto? Te pones demasiada presión.

—Estoy bien —dijo él—. No es nada. Solo un poco de sangre, eso es todo.

—Tienes que cuidarte mejor, Evander. Te lo pido por favor. Si no lo haces por ti, hazlo por mí. Por nosotros.

Se la quitó de encima y se retiró al piso de arriba con una última mirada hacia mí. Octavia le siguió con la mirada mordiéndose el labio. Me pregunté si lo sabía. ¿No había dicho que habían huido juntos? ¿Que se conocían de los tribunales?

Cuando se volvió hacia mí, le dirigí una mirada resuelta.

—¿Qué? —preguntó.

—Lo sé —contesté—. Lo de Evander.

—Ah —dijo ella, y se desplomó en su silla de nuevo—. Bueno, es un alivio. Ha sido una lucha mantener el secreto durante tanto tiempo.

—Me conociste ayer.

—Precisamente. Es el secreto que he guardado más tiempo.

—¿Qué le pasa? —le pregunté—. ¿Por qué sangra de esa manera?

Gotas de sangre sobre la nieve.

—Es complicado —respondió ella con evasivas.

—Cuéntamelo, por favor. Necesito saberlo.

Octavia comprobó que el pasillo estuviera vacío antes de soltar la lengua.

—No sé qué te habrá contado ya…, pero le pasó algo, algo que dañó su alma.

—¿Te refieres a Lily?

Parecía sorprendida de que conociera el nombre, aunque negó con la cabeza.

—No, mucho antes que eso. No es mi historia y no soy yo quien la tiene que explicar, pero provocó una grieta. Todo lo que vino después solo hizo aumentar esa grieta, dejando que la oscuridad entrara cada vez más. La Sombra de su alma es muy poderosa, pero ese poder puede fácilmente sobrepasar a una persona.

Me imaginé luchando contra mi doble oscura, y recordé que Evander me había dicho que era una lucha que tenía que ganar.

—Además de todo eso, convertir la mente en materia supone para el alma la tensión más grande que puedas llegar

189

a imaginar —dijo—. A él, incluso enviar su Sombra le pasa factura. Pero ¿crear desgarros en el tejido de la realidad convirtiendo la oscuridad en agujeros negros? Si sigue así, un día se matará.

La culpa y el arrepentimiento se agitaron en mi interior. Aquella noche le había rogado que utilizara su poder para hacernos entrar y salir. ¿Qué clase de daño le había hecho?

—He intentado ayudarlo —añadió—, pero no lo consigo.

Se le llenaron los ojos de lágrimas. En ella las emociones estaban tan a flor de piel que corrían el riesgo constante de derramarse; en cambio, las mías estaban enterradas hondo, tan hondo que apenas podía acceder a ellas. Casi la envidiaba.

—¿Qué podemos hacer? —pregunté con sensación de impotencia.

—Solo Evander puede salvarse de la oscuridad que tiene dentro, pero no quiere hacerlo —contestó ella.

Quizá ahora sabía por qué.

Octavia se quedó dormida y me dejó sola. Me senté en silencio un rato, tratando de entender cómo me sentía, pero era incapaz de desenredar una emoción de la otra, todas ellas distantes, apartadas, sin formar parte de mí, pero lo bastante cerca como para doler. Me levanté de un salto, subí las escaleras de dos en dos y aporreé la puerta de Evander. Al abrirla y verme, me saludó con un suspiro de autocompasión.

—Hablamos mañana —dijo.

Intentó cerrar la puerta de nuevo, pero la trabé con el pie.

—Has dicho que después. Ahora es después.

Empujé la puerta, pasé a su lado y eché un vistazo a su habitación. Solo había estado una vez antes allí y había sido a oscuras. Evalué el escritorio cubierto de garabatos enojados y las bolas de papel arrugado, la pila de ropa sucia en el suelo, las botellas vacías en la papelera y los trapos ensangrentados en un cubo.

Qué desorden.

Sus gafas estaban en la mesilla de noche. Las cogí y miré a través de los finos cristales. No eran más que otra parte de su disfraz.

Me giré para mirarlo.

—¿Por qué no me dijiste que eras el hijo del canciller? —siseé.

Volvió a apartar la mirada y sacudió la cabeza como si todavía intentara negarlo.

—Contéstame, Oliver —le pedí.

—No me llames así —dijo.

El silencio era asfixiante.

—Solo quiero la verdad —insistí.

—Mira, ya sé que ahora estás molesta conmigo —empezó.

—No estoy molesta. Yo no me enfado —dije.

—¿Estás segura? —preguntó—. Porque pareces molesta.

Me enfurecí y crucé los brazos.

—¿Por qué no me lo dijiste? —pregunté—. Contéstame.

—Debería haberlo hecho —dijo—. Quería decírtelo. Pensé mucho en decírtelo.

—Entonces, ¿por qué no lo hiciste?

—No lo sé. ¡No lo sé! —Se le quebró la voz. Levantó las manos en señal de frustración.

Detrás de él, su Sombra se recostó perezosamente contra la pared, aparentemente en paz cuando él no lo estaba. Ella había querido que yo lo supiera todo el tiempo.

—Al principio, no estaba seguro de poder confiar en ti —dijo Evander—. Intentaste chantajearme, para ser justos.

Luego quise protegerte. Era más seguro que no supieras nada. Pero entonces, bueno, me quedé sin excusas después de eso. No te lo dije porque… no quiero ser él. No quiero admitirlo, ni siquiera para mí mismo. No quería que me vieras así.

—¿Por qué te importa lo que yo piense? —pregunté.

—No sé…, quiero gustarte, supongo.

A pesar de mi enfado, sentí el impulso de estar más cerca de él, de consolarlo o incluso abrazarlo, como había hecho Octavia. Me resistí a él y me senté en su cama sobre las manos. Quería decirle que sí me gustaba, que no me gustaban demasiadas cosas en este mundo, pero que él era una de ellas. Pero no me salieron las palabras.

—Yo tampoco querría ser el hijo del canciller —fue cuanto logré decir al final.

Evander estaba de pie junto a la ventana, rígido, mirando hacia la noche sin luna del inframundo.

—¿También mentías acerca de que tu memoria estaba dañada? —le pregunté.

Se dio la vuelta rápidamente.

—¡No! No, todo eso era verdad. De verdad que no recuerdo la Noche Que Nunca Fue, ni el tiempo que la rodea. Todo lo que te conté era cierto, solo que no te revelé esa parte en concreto.

—¡Es una parte bastante grande! —dije.

—Lo siento —dijo en voz baja—. Lo siento, Iris.

Le creí. Había visto sus recuerdos corrompidos. Y, después de todo, yo misma no le había explicado ciertas cosas, como el hecho de que había caído en su mente. Que había mirado a través de sus ojos y sentido sus sentimientos. Que sabía de ella… Confiar era difícil, sobre todo en nuestra posición.

—Quiero conocerte —dije—. A tu yo verdadero.

—No, no quieres. De verdad que no. Créeme.

—¿Eso no he de decidirlo yo?

—En el pasado hice cosas… Si las supieras, pensarías de otra manera sobre mí —dijo—. Entonces era una persona diferente, pero, aun así, tengo que vivir con lo que hizo mi antiguo yo.

Pensé en todas las cosas que había robado y en todas las mentiras que había dicho.

—No soy precisamente un dechado de virtudes, ¿sabes? —dije—. Yo también he hecho cosas de las que no estoy orgullosa. Y eso es solo lo que recuerdo.

—No es lo mismo —aseguró—. Yo soy una mala persona, Iris. No tienes ni idea de lo que soy capaz.

—Entonces dímelo —dije.

Tras un momento, se sentó a mi lado retorciéndose las manos. El silencio volvió a instalarse entre nosotros, como la nieve que cae.

Al final, habló.

—Mi padre me enseñó que el mundo estaba lleno de cosas a las que temer y que solo la Orden podía salvarnos de ellas —empezó—. Nunca parecí gustarle mucho, y sin embargo controlaba todos los aspectos de mi existencia. Intentó que fuera exactamente como él. Me enseñó a proyectar mi Sombra, a usar la oscuridad para crear ilusiones y manipular el subconsciente de sus enemigos. Pero decía que tenía que aprender a controlar mi don. Decía que el don de la Sombra había vuelto loca a mi madre y que a mí me haría lo mismo si se lo permitía. La gente dice que se suicidó, pero yo ya no lo sé. Un día estaba allí, y al siguiente no. Mi padre me prohibió mencionar su nombre. Tras su muerte, yo estaba…

tan perdido. La Sombra se hizo demasiado fuerte dentro de mí, tal como él había dicho que sucedería.

Aquella debía de ser la vieja herida de la que había hablado Octavia, la que abrió la grieta que dejó entrar la oscuridad.

—Llegó a temer cualquier cosa que veía en mí, temiendo que pudiera herirle o, peor, avergonzarle. —Rio con amargura—. Cuando la Sombra se hizo más fuerte, empecé a rebelarme contra él. Hice cosas, cosas que hicieron pensar a la gente que era inestable. Que estaba desequilibrado. Eso no le gustaba. Al final hice algo tan terrible que no tuvo más remedio que encerrarme mientras proyectaba un simulacro de mí disfrutando en todos los eventos sociales de Europa. Por lo que respecta a todos los demás, sigo allí, divirtiéndome como nunca.

El silencio nos envolvió, nos engulló por completo. Pensé en lo que había visto en su recuerdo, las ventanas rotas y las botellas robadas. ¿Era eso lo que quería decir con «algo tan terrible» o había algo más?

¿Algo peor?

—Conspiró para encubrir cualquier prueba de mis defectos —prosiguió—. Se supone que la Orden es pura, inmune a la enfermedad de la sociedad. Sobre todo los Obscura.

Me sentía muy lejos del resto del mundo.

—¿Cómo escapaste? —pregunté.

—Mi padre ordenó a su Oyente personal, Octavia, que vigilara mis pensamientos y le informara, pero en lugar de eso nos hicimos amigos. Ella oyó la duda en mi cabeza y también quería salir. Así que hice un túnel mediante la Sombra, como hicimos cuando entramos en el Observatorio. Mi padre no sabía que podía hacerlo. Era la única cosa que no me había enseñado nunca. Cuando conseguí escapar, fui atraído aquí, para reunirme con el señor Sharma. Llevaba años siguiéndome la pista, desde que había dejado el empleo de mi padre. Siempre supo que no seguiría los pasos del canciller. No planeaba esconderme para siempre, pero cuando empecé a vivir como otra persona descubrí que me gustaba. Me gustaba ser Evander Mountebank. Era mejor de lo que Oliver Obscura había sido jamás. Pensé que de verdad podría convertirme en él y olvidarme por completo de mi antiguo yo. Como si no hubiera existido nunca.

—¿Por qué no te están buscando? —pregunté—. Debería haber soldados registrando cada casa.

—Mi padre no quiere admitir que hui. ¿Qué imagen daría eso? ¿Un canciller que no puede controlar a su propio hijo? Por eso utiliza el simulacro, porque lo puede manejar perfectamente. Creo que una parte de él esperaba que el verdadero yo se hubiera ido para siempre. Fuera escándalos. —Hizo una pausa y sacudió la cabeza—. Pero esta noche, al aparecer en el Observatorio de esa manera, he estado a punto de hacer caer todo su castillo de naipes.

Nos miramos sin decir nada durante un rato. Finalmente, me atreví a formular la pregunta que más me había estado haciendo.

—Evander, ¿quién es Lily?

Su rostro palideció y abrió los ojos de par en par.

—¿Cómo has…?

—La vi en tu mente cuando intentaba luchar contra aquellas sombras. Parece ser que ahora puedo hacer eso, canalizar la psique mediante el tacto…, incluso con personas.

—¿Qué más viste? —quiso saber.

—No mucho. Por eso te lo pregunto. Cuéntame —le presioné.

195

—Lily —dijo—. De la Casa Memoria. Estuvimos juntos en la Academia, la prestigiosa escuela de psicometría de la Orden.

«Lily.»

Volvía a verla dar vueltas y sonreír. Pelo rubio. Labios rosados. Vestido blanco. Era alta y fibrosa, grácil, culta, elegante. Todo lo que yo no era. Todo lo que nunca sería.

Y sin embargo… no se la veía por ninguna parte.

—¿Qué le pasó? —pregunté, temiendo la respuesta.

—Murió —respondió.

Vi cómo la herida se abría paso en su rostro, en una oleada de dolor. Se le llenaron los ojos de lágrimas, brillantes bajo la luz, pero no derramó ni una.

Sin saber qué decir, me acerqué a él con la mano desnuda y dejé que su dolor me atravesara. Lo sentí de inmediato: aquel amor tremendamente fuerte, tremendamente doloroso, tremendamente permanente. Su dolor era una pesada ola negra que me arrastraba.

Había pensado que tal vez podría compartir su dolor de alguna manera, para que no tuviera que soportarlo solo, pero era demasiado para mí. Solo pude soportar unos segundos antes de soltarlo.

—La amabas… —dije.

Noté las palabras extrañas y fuera de lugar en mi boca, y me hicieron encogerme por dentro, como si estuviera hablando de hadas, unicornios o cualquier otra cosa inventada, sin sentido.

—Todavía la amo —dijo.

No cruzamos palabra durante un tiempo tortuosamente largo, mientras yo luchaba con la creciente confusión que sentía en mi interior.

—¿Cómo murió? —le pregunté.

—La maté yo —dijo.

No sé qué esperaba que dijera, pero eso no.

Habló en voz baja, como si hubiera repasado aquello muchas veces en su cabeza.

—Era la Noche Que Nunca Fue y estábamos en la Basílica de Todas las Almas. Había un baile, como sabes, el baile anual de invierno. Lily y yo estábamos fuera, bailando en el jardín. Lo último que recuerdo fue que discutimos.

Algo quedó atrapado en mi memoria, enganchándose, enrollándose. Pero no pude desenredarlo todavía.

—Estaba nevando… Me desmayé… No recuerdo nada después de eso. Tengo la visión de verla tirada en el suelo, pero eso es todo. Todos mis recuerdos de aquella noche están fragmentados. —Se retorció las manos angustiosamente—. Recuerdo que mi padre me dijo que era culpa mía, que mi Sombra se había apoderado de mí. Dijo que había perdido el control de mí mismo. Hizo que la enterraran y la lloraran a toda prisa, y luego ya nadie volvió a hablar de ella, igual que con mi madre.

—Pero…, pero tú no la mataste, ¿verdad? —Cuanto más esperaba a que respondiera, más insoportable se hacía la espera.

—No encuentro otra explicación —dijo al fin—. ¿Por qué iba a mentir mi padre sobre algo tan dañino?

—Porque… —farfullé—. ¡Porque es un mentiroso! ¡Es el mayor mentiroso del mundo! ¿Cómo puedes creer nada que diga la Orden?

Volví a ver en mi cabeza sus recuerdos de aquella noche:

Gritos, golpes en una puerta negra…

Correr por el bosque de noche…

197

Gotas de sangre sobre la nieve.

Mis ojos se posaron en los trapos ensangrentados. No, no podía ser. Me negaba a creerlo.

—No creo que tú lo hicieras —dije.

—Bueno, no puedo demostrar lo contrario.

—No puedes aceptar algo que no recuerdas. Y, de todas las noches, ¿precisamente aquella? Es todo demasiada coincidencia. Lily murió en la Basílica y a mí me hicieron añicos en la Casa Renato, ambas la misma noche. La misma noche que empezaste a perder la memoria. A mí me suena a conspiración. Todas nuestras historias están conectadas. Solo tenemos que averiguar de qué manera.

La expresión sombría de Evander se iluminó un poco.

—Ojalá tengas razón —dijo.

—Por supuesto que tengo razón. ¿No recuerdas lo que me has dicho antes? —pregunté, dándole un ligero empujón en el hombro para demostrarle que no le tenía miedo—. La Orden puede perseguir tus sueños o hipnotizarte para que creas una mentira. ¿Y si todo lo que creemos recordar es una mentira?

Se removió a mi lado con el ceño fruncido.

—Pensaba que querías recordar lo que pasó —dije—. ¿Cómo vas a hacerlo si finges ser otra persona? Eres el hijo del canciller. Si quisieras la verdad, podrías entrar en la Casa Obscura y obtenerla.

—No —dijo él con contundencia—. Ya lo he intentado. Por eso hui. Cuanto más tiempo llevaba allí, más confundido estaba. Quería saber la verdad y sabía que mi padre nunca me la diría. Quiero saber exactamente lo que pasó, fuera lo que fuera. Pero si vuelvo, volverá a controlarme, se llevará los únicos recuerdos de Lily que me quedan. No puedo regresar, pero tampoco puedo seguir fingiendo. Pensé que podría enterrar a la persona que era antes, pero creo que me está matando lentamente. ¿Tiene sentido?

Lo tenía. No era el único que huía del pasado.

—Tengo que contarte una cosa —dije—. Cuando me miré en el espejo, recuperé algunos recuerdos más. En uno de ellos estaba hablando con Ruben. Me estaba entrenando para algo. Una misión.

—¿Qué tipo de misión?

—Digamos que creo que sé por qué la Orden me hizo añicos.

Me aguantó la mirada y supe que veía la verdad en ella.

Octavia apareció en la puerta, respirando con dificultad.

—Están haciendo una redada en el Fin del Mundo —dijo.

Una ráfaga de viento apagó el fuego de mi interior.

199

12

El Santuario

*E*vander y yo nos acercamos a la ventana y vimos unas nubes de humo que surgían a lo lejos.

Enseguida corrimos al salón, donde Gus y Perpetua aguardaban con el pijama puesto. Cada pocos segundos se oían rebotar golpes en el desvencijado edificio.

—La Orden nunca había hecho una redada en el Fin del Mundo hasta ahora —dijo Perpetua—. Todos estos años, ¿y ahora esto?

—¿Crees que están aquí por mí? —pregunté.

—¿O por mí? —preguntó Evander.

—¿Acaso importa eso ahora? —dijo Octavia—. ¿Qué vamos a hacer?

—Salir pitando de aquí, claro está —contestó Perpetua.

—Deberíamos ir al Santuario, con el señor Sharma y los demás rebeldes —dijo Evander—. Esto nos supera.

Al fin conocería al misterioso mentor, aunque no fuera en las mejores circunstancias.

—Yo puedo sacaros de aquí —continuó Evander—. Quizá. Nunca he transportado más de dos personas, pero en teoría ha de ser posible.

Perpetua no parecía convencida. Yo tampoco lo estaba. Si el mero hecho de viajar conmigo le hacía sangrar, ¿qué pasaría si transportaba a cinco personas?

—No —me opuse con firmeza—. Encontraremos otro modo de escapar.

—¿Qué pasa conmigo? —dijo Octavia—. En cuanto salga del Fin del Mundo, ¿no se activará la etiqueta de los Oyentes?

—Tendremos que correr el riesgo —dijo Evander—. No tenemos mucha elección.

Octavia tragó nerviosamente con la mirada clavada en sus pies.

—No quiero poneros a todos en peligro —dijo.

Aunque yo sabía que marcharse del Fin del Mundo era su deseo más querido, ahora que había llegado el momento parecía asustada.

—Cuando lleguemos al Santuario estaremos bien protegidos —dijo Evander apretándole el hombro—. Estaremos más seguros que aquí. Y allí estarás con Rani. ¿No quieres volver a verla?

No sabía quién era Rani, pero Octavia esbozó una pequeña sonrisa.

—De acuerdo —dijo con decisión.

Evander nos dio a cada uno una maleta de la trastienda y nos dijo que la llenáramos rápido. Nos dispersamos a toda velocidad hacia nuestras habitaciones.

Aparté el sentimiento constante de que todo aquello estaba ocurriendo por mi culpa; lo notaba en las entrañas y lo presioné hacia abajo, bien hacia abajo. En aquel momento no tenía tiempo para aquello. Tenía que recoger mis cosas. Solo contaba con un par de vestidos y el bolso de la condesa lleno de vestigios para llenar mi maleta.

Me vino a la cabeza el recuerdo que el anillo me había devuelto. La Noche Que Nunca Fue había hecho el equipaje. Debía de haber planeado huir. Mientras Oliver bailaba con Lily, yo huía de la ciudad.

Saqué del bolso la bola de nieve rota, que aún goteaba en el forro de seda bordado.

Gotas de sangre sobre la nieve.

La nieve.

Mi cerebro trataba de decirme algo, de unir la línea de puntos.

Evander había dicho que la Noche Que Nunca Fue nevaba.

Una imagen se abrió paso en la oscuridad de mi mente, como un trapecista en el circo. Una chica y un chico bailando en la nieve, bajo un quiosco de música cubierto de rosas, balanceándose y girando bajo un cielo estrellado.

El chico de la bola de nieve era Oliver Obscura...

La chica tenía que ser Lily.

Cuando toqué la bola no noté más que acero frío y cristal afilado, incluso con la mano desnuda. Tal vez ya era demasiado tarde, pero tenía que intentarlo. Corrí abajo, se la mostré a Evander.

—¿Reconoces esto? —le pregunté.

La esfera estaba resquebrajada en parte, las figuras rotas y ahogadas en lo que quedaba de la nieve derretida.

—La Basílica estaba decorada con bolas de nieve esa noche —dijo, dando un paso atrás, como si le diera miedo.

—Había un recuerdo en ella. Está dañado, pero creo que podría ser el de Lily. Tenemos que acceder a él ahora, antes de que sea demasiado tarde.

Se oyó rebotar otra explosión lejana.

203

—¿Ahora? ¿En serio? —dijo.

—Sí, ahora. Puede que no tengamos otra oportunidad. No podemos llevarnos el psicoscopio precisamente, es demasiado grande, y la bola de nieve ya está rota. El recuerdo se está desvaneciendo.

Evander exhaló y asintió.

—Hazlo. Rápido.

Coloqué la esfera en la bandeja, reflejando sus vestigios contra la pared. Cuando le di cuerda al farol y se le volvió a encender la chispa, la sombra de la bola de nieve se rompió y proyectó unas imágenes sobre la pared. Tenían un tono sepia que las hacía más confusas, lo justo para discernir ciertas formas borrosas, retorcidas y con poca saturación.

Al principio, el recuerdo estaba aún más degradado que antes, le faltaban trozos y partes, como un rompecabezas vertical que se fuera desmoronando, pero poco a poco la imagen se aclaró, se definió, se asentó, y tomó la forma de una bola. La gente bailaba sobre el suelo pulido de la Basílica mientras en el escenario una banda tocaba una canción silenciosa. En lo alto, en un gran reloj se leía: «21.37, 24 DE DICIEMBRE».

No me había fijado en eso antes.

El punto de vista del recuerdo se desplazó por la sala y salió a los jardines, donde dos jóvenes amantes bailaban en un quiosco de música.

Los observábamos no desde sus propios ojos, sino desde fuera, como si en realidad el recuerdo no perteneciera a ninguno de los dos.

Allí estaba el chico sin rostro, quien ahora sabía que era Oliver Obscura. Su verdadera identidad brillaba a través de la bruma y la imagen se iba llenando.

204

Y allí estaba Lily. Era etérea, cada parte de ella era chispeante, brillante, viva. Tenía una sonrisa amplia, con los ojos algo entrecerrados de deseo.

—Lily —susurró Evander a mi lado.

La joven, de labios carnosos y brillantes, agitó las pestañas oscuras y gruesas. Era evidente el poder que ejercía sobre él, un poder silencioso y secreto que hacía que el chico la mirara como si fuera su sirviente y no el hijo del canciller y heredero de todo el mundo. Como si hubiera renunciado a todo por ella...

La odiaba.

Allí llegaba el beso, los fuegos artificiales...

Me giré para ver la reacción de Evander, iluminado por el farol, y tragué la bilis que me subía por la garganta.

—Estabas enamorado de ella —dije, señalando la pared—. Es evidente. ¿Por qué habrías de matarla?

205

El recuerdo saltó hacia delante y mostró a la pareja separándose. Lily tenía los ojos húmedos, atractivos, y las palmas en alto. Evander tenía la expresión cuajada de dolor e ira. Levantó los brazos antes de alejarse con aire ofendido.

El recuerdo terminó abruptamente.

—Estaba enfadado con ella —dijo Evander—. Tal vez sí que lo hice. Tal vez mi Sombra se apoderó de mí y actuó bajo algún impulso subconsciente...

—Tu Sombra se ha apoderado de ti antes, pero no me hiciste daño. De hecho, vino a protegerme.

—Pero mi padre...

—Evander, tu padre está mintiendo.

Cuando me miró a los ojos, volví a sentir que caía dentro de él, pero tiré hacia atrás para ahorrármelo.

—Ella también te quería, ¿sabes? —dije.

—¿Cómo lo sabes? —preguntó.

—La primera vez que toqué la bola de nieve, noté sus sentimientos.

—Cuéntamelo —me rogó, ansioso.

No soportaba la idea de contarle cosas tan privadas. De ser la mensajera entre él y una chica muerta. Pero sabía que necesitaba oírlo. Cerré los ojos y me sumergí en el recuerdo una vez más.

Tengo que decírselo.

—*Aquí estás —oigo que dice una voz suave.*

Los brazos de un chico al que no conozco me envuelven en un baile, me rodean con fuerza desde atrás.

En este breve instante, estoy en casa.

—Ella quería decirte algo aquella noche —le expliqué—. Te estaba buscando. Pero cuando te encontró, se olvidó de lo que quería decir. Solo estaba feliz de estar contigo, en tus brazos. Era como... —Se me secó la boca—. Era como volver a casa —dije.

Podía sentir aquel amor, como la electricidad que fluye por un conducto. No sabía muchas cosas, pero sabía que el suyo no era el tipo de amor que se gastaba de la noche a la mañana, sino el que ardía para siempre.

—Gracias —dijo Evander.

—No he hecho nada —dije en voz baja.

—Has hecho más por mí de lo que nunca sabrás.

Me sostuvo la mirada, pero yo la aparté; tenía el estómago revuelto. No me había sentido peor desde que era capaz de recordar, y solo en parte era por el creciente jaleo de fuera. Sirenas en las calles, sirenas en mi cabeza.

—Vamos —me instó—. Si hemos de salir vivos y buscar respuestas, tenemos que ponernos en marcha ya.

—De acuerdo —dije, recordando el aprieto en que nos encontrábamos. Me quedé mirando cómo seguía recogiendo sus cosas. Todavía estaba atrapada en el momento, incapaz de moverme—. Quería decirte que… Cuando me miré en el espejo, vi una caja de música.

—¿Una caja de música? —repitió.

Asentí.

—La Chispa es el sentido del tacto, así que me puse el anillo en el dedo. La Sombra se relaciona con el sentido de la vista, así que me miré en el espejo. Si la Canción representa el sentido del oído, tendría que escucharla, así que una caja de música sería el recipiente ideal, ¿no?

—¡Hora de irse! —gritó Gus.

Cogí mi maleta. Evander metió los restos de la bola de nieve en la suya con expresión preocupada pero soñadora.

Nos reunimos en el vestíbulo. No fue fácil convencer a Octavia de que se fuera; para entonces ya había entrado en un frenesí paranoico.

—Nos van a detener a todos por mi culpa —dijo, aferrándose al marco de la puerta como un gato al que pretenden obligar a bañarse—. En cuanto salgamos del Fin del Mundo, nos rodearán y nos llevarán a todos al Reformatorio. Deberíais ir sin mí. Salvaos vosotros.

—No te pongas tan dramática —dijo Perpetua—. ¿Crees que una pequeñez como una etiqueta puede detenernos?

—Aquí corres el mismo peligro, si no más —convino Gus.

—Tengo un mal presentimiento, Evander —dijo Octavia.

—El cambio es aterrador, lo sé —dijo Evander con suavidad—, pero vas a tener que ser valiente. Ya lo has hecho antes. Puedes volverlo a hacer.

Octavia dudó y luego le cogió la mano, sonriendo agradecida.

—De acuerdo, confío en ti —aceptó.

Un estruendo estremecedor nos tiró al suelo.

Fuera, el humo se hizo más denso. Los incendios se acercaban cada vez más. Los túneles estaban llenos de gente que lloraba y gritaba.

Oí que se rompían cristales y que caían ladrillos.

Una a una, se apagaron las luces de gas que mantenían iluminado el Fin del Mundo, sumergiéndonos en la oscuridad más absoluta. Los gritos alcanzaron un tono febril que me puso la piel de gallina.

Cogí un farol de la escalera de entrada, giré el regulador y una llama parpadeante nos iluminó el camino para escapar.

A nuestro alrededor, los túneles se iban llenando de humo. Echamos un último vistazo al Emporio antes de huir. Nos deslizamos por un colector del alcantarillado y nos unimos a la cola de gente que huía de debajo de la tierra, pero a la salida de cada calle había barricadas montadas por los inspectores, que agitaban sus faroles, tiraban a la gente al suelo y detenían a todo aquel que intentaba escapar.

—Por aquí —dijo Perpetua.

Atravesamos corriendo un complejo laberinto de catacumbas pedregosas con vigas de madera, mientras la oscuridad se iba haciendo más pesada y el aire se espesaba como consecuencia del polvo y de un fuerte olor a azufre.

Subimos de uno en uno y salimos por una rejilla cerca del Auditorio, donde sonaba el himno nacional. En las escaleras había soldados armados con porras que agitaban contra las masas enfurecidas que habían logrado escapar del Fin del Mundo.

208

Cerca de allí, un carro de la Orden había sido abandonado, presumiblemente por los inspectores que se estaban enfrentando a una turba cada vez mayor.

—¿Por qué atacáis el Fin del Mundo? —gritó una mujer—. ¡Ahí abajo viven niños, cabrones!

—¿Todo esto porque una chica ha robado un anillo? —vociferó un hombre.

Perpetua abrió el carro con una palanca que sacó del bolso y se puso al volante. Gus se sentó delante, a su lado, y los demás nos apretujamos atrás. Era estrecho y no cabía ni un alfiler.

Condujimos por una carretera larga y llena de baches que me puso el estómago del revés.

Nadie hablaba. Ninguno de nosotros sabía qué decir. Cada vez que pasaba un carro de la Orden, aguantábamos todos la respiración, con los corazones palpitando al unísono.

Pero ningún carro se detenía.

Pasamos junto a unas torres rascacielos que tenían parabólicas plateadas fijadas a la parte exterior. Octavia jadeó y prácticamente se me subió encima para mirar por la ventanilla.

—Ese es el puesto donde trabajaba antes de que el canciller me obligara a espiar exclusivamente para él —dijo.

—¿Cómo era? —pregunté, mirando las torres de hierro y las brillantes parábolas plateadas.

—Imagina unos bancos enormes llenos de personas que sostienen una trompetilla en la oreja, cada una de ellas sentada ante una radio sintonizada en una onda cerebral diferente —dijo—. Si escuchan algo interesante, empiezan a grabar. No lo sabes hasta que te llevan al juzgado con una orden judicial y te lo reproducen.

—¿Cómo sabemos que no nos están escuchando ahora mismo? —pregunté.

—No lo sabemos —contestó ella mirando fijamente a Evander.

Me estremecí y me encogí en mí misma. ¿Cuánto faltaba para que nos alcanzaran de nuevo? No podíamos huir eternamente.

—Bueno, ¿cuál es el plan? —pregunté—. Pongamos que llegamos a ese Santuario, ¿después qué?

—El señor Sharma sabrá qué hacer —respondió Evander—. En su día fue Observador personal del canciller, miembro de su personal privado, como Octavia. Ahora lidera a los rebeldes. Hace mucho que conspira para apartar al canciller del poder reuniendo un ejército de todas las almas perdidas y rotas que la Orden ha desechado. Pero hasta la fecha todos los intentos de derrocar la Orden han fracasado. Dice que lleva años buscando una prueba que revele al mundo la verdadera naturaleza del canciller: un recuerdo en concreto del que él mismo formó parte en su vida anterior como sirviente de la Casa Obscura. Pero hasta ahora ha sido incapaz de localizarlo. El canciller elimina cuidadosamente todas las pruebas incriminatorias de sus fechorías, si es necesario, directamente de las cabezas de la gente.

—Entonces, ¿qué? —dije—. No podemos escondernos y nada más.

—Hay quien diría que es solo cuestión de tiempo. La Orden está intensificando sus actos. Lleva a juicio a ciudadanos normales que respetan la ley, envía inspectores a los colegios, se llevan al Reformatorio a los hijos de la gente si sus almas no están en equilibrio. Muy pronto no podremos evitar que asalten las calles. Tal vez ese sea el momento de actuar por fin. Hasta entonces debemos centrarnos en seguir vivos. Bajo tierra no somos de ninguna ayuda a la resistencia.

A la media hora de camino, Evander se incorporó sobresaltado.

—Creo que nos siguen —anunció. En el retrovisor, un discreto carruaje negro nos seguía a distancia.

Octavia se concentró, cerrando los ojos y poniéndose las manos sobre los oídos, sintonizando con el flujo de conciencia.

—Saben quiénes somos —anunció.

—Agarraos todos —ordenó Perpetua.

El vehículo giró dramáticamente al salir de la carretera. Un giro brusco a la derecha me tiró al suelo. Me enredé con Octavia y su brazo me golpeó en la cara mientras que yo le di un rodillazo en el costado.

—Todavía tenemos compañía —dijo Perpetua—. Agarraos fuerte.

Volví a arrastrarme hasta la ventanilla, me aferré con los dedos al reborde y, al asomarme, vi que nos seguían tres carruajes donde antes solo había uno. Nos precipitamos por una orilla, atravesamos chapoteando un río poco profundo y subimos por otro lado, pero ellos nos siguieron tenazmente.

—Vamos a necesitar una distracción mayor —dijo Evander.

Vi que se le oscurecían los ojos y su Sombra se extendía antes de dividirse en pájaros. Llevados por el viento, se pegaron a las ventanillas de los carruajes que nos perseguían. A ciegas, un vehículo chocó con otro y lo hizo volcar y patinar hasta una zanja.

211

Los dos carros restantes continuaron la persecución.

La Sombra de Evander se hizo enorme, una nube de materia efímera que se reagrupó detrás de nosotros, creando el espejismo de una carretera cerrada con una barricada. Uno de los carros negros se detuvo con un chirriar de neumáticos, pero el otro atravesó la ilusión a toda velocidad, ignorando la falsa señal de advertencia.

—¡Se están acercando! —gritó Gus.

Evander redirigió la nube de materia oscura, que se transformó en una profunda grieta que se hizo más grande cuando do el suelo de detrás de nosotros cedió, creando un agujero sin fondo. Pero el último carro se metió en él, parecía flotar en el aire mientras continuaba avanzando por el camino.

—No está funcionando —dijo Evander, que cada vez parecía más frenético.

—¿Qué hacemos? —grité.

—Intentémoslo todos. La psique es más fuerte cuando se combina.

—La Sombra es mi aspecto más débil —dijo Gus.

—Vale la pena intentarlo. Todos, imaginad un fuego: llamas que se enroscan alrededor de los árboles, que arden calientes y brillantes, destruyendo todo a su paso…

Le dirigí una mirada de duda y añadió:

—Recuerda: eres una Renato. El fuego es tu elemento.

Recordé lo que Ruben me había dicho en mi recuerdo, sobre el don de la Chispa que llevaba en la sangre. Me imaginé bolas de fuego en las manos. Me imaginé lanzándolas al paso del carro de la Orden, incendiando el suelo. Cuando volví a abrir los ojos, estábamos atravesando a toda velocidad un bosque en llamas mientras una espesa nube de humo negro ahogaba cuanto estaba a la vista.

—¡Funciona! —gritó Perpetua—. No puedo creerlo.

Gus y Octavia vitorearon y aplaudieron.

Pero el último carro no se dejó intimidar y apareció entre la niebla espesa y oscura, siguiéndonos implacablemente.

—Esos tipos no se van a dar por vencidos —dijo Gus.

El humo del fuego ilusorio era tan fuerte que me hacía toser y escupir, y su olor se me pegaba al pelo.

Se oyó un crujido ensordecedor que indicaba que un árbol se venía abajo. Lo pasamos de largo y cayó justo detrás de nosotros con un golpe feroz y chispeante, y generó una barrera en llamas que el último carro de la Orden no pudo superar.

—¡Es un fuego real! —grité por encima del rugido de las llamas.

—¿Eso lo hemos hecho nosotros? —preguntó Gus.

—Supongo que ha funcionado más que bien —dijo Evander.

Entre todos habíamos convertido la mente en materia.

Gus abrió la ventanilla y sacó la mano. Cuando la retiró, emitió un silbido agudo y se la llevó al pecho para acunarla.

—Definitivamente, es real.

El infierno que habíamos creado amenazaba con devorarnos. El humo nos tapaba el campo de visión. Las paredes de madera del carruaje se prendieron fuego y el carruaje se incendió.

—¡Todo el mundo fuera! —gritó Evander.

—¡Mis vestidos! —gritó Octavia, viendo su bolsa convertirse en cenizas.

—¡No hay tiempo para eso!

Salí a trompicones, tosiendo. El humo espeso me cegaba y tropecé. Evander me agarró por la cintura.

—Te tengo —dijo.

Arrastró a Octavia detrás de mí mientras Perpetua apartaba a Gus del desastre.

En cuestión de segundos, nuestro carruaje se convirtió en un esqueleto de hierro. Empezamos a correr y el blanco del cielo se abrió paso entre el humo, creando un túnel.

—¿Estáis todos bien? —preguntó Octavia mientras corríamos.

—Solo un poco chamuscados —contestó Gus.

Continuamos corriendo hasta dejar bien atrás la madera quemada y fuimos reduciendo la velocidad a medida que avanzábamos por una serie de caminos rurales. Todos estábamos cubiertos de ceniza y hollín, lo que nos confería un aspecto harapiento y desaliñado. Evander se limpió las gafas. Gus se quitó el polvo de sus pelos de punta. Perpetua estaba tranquila, sin inmutarse por la suciedad.

Finalmente llegamos a un pueblo que parecía estar abandonado.

—¿Dónde están todos? —pregunté temblando.

—Los pueblos como este fueron prácticamente abandonados cuando cerraron las minas —explicó Evander—. Con el método Obscura para convertir la mente en materia, la Orden no los necesita, ¿verdad? Pueden convertir cualquier roca vieja en carbón o en oro desde la comodidad de sus mansiones.

—Bueno, igualmente, ¿cómo funciona eso de convertir los pensamientos en... materia? —pregunté—. Me cuesta entenderlo.

—Puede ocurrir si hay suficiente energía psíquica, pero está prohibido —dijo Gus—. O algo por el estilo. En el colegio nos enseñaron la teoría que hay detrás de ello, pero la verdad es que no presté demasiada atención.

Evander se frotó la frente.

—En realidad es sencillo. Toda la materia está formada por átomos. Los átomos forman todo lo que ves y todo lo que no ves. La psicometría avanzada nos permite, simplemente imaginándolos, juntar esos átomos en la forma deseada, ya sea la de un diamante, la de un arma temible capaz de destruir a cualquier enemigo o la de un incendio forestal. Muy pocas personas pueden hacerlo solas, por eso la Orden tiene fábricas enteras dedicadas a esa tarea.

—Tú puedes hacerlo solo —dije.

—Sí, pero por lo general no se aconseja.

Me lo imaginé sangrando y cayendo, y yo impotente sin poder detenerlo. Volví a temblar, sin saber si se debía al frío o al miedo, o a ambos. Un instante después, noté que algo me cubría suavemente los hombros.

—Toma —dijo Evander—, coge mi abrigo.

215

—¿No tendrás frío? —pregunté, sujetándolo por el cuello como una capa—. Soy un alma de fuego. Seguramente sea más calurosa que tú.

—Tú coge el abrigo, anda —dijo con una sonrisa.

—Gracias —contesté, notando que iba entrando en calor.

Por un momento me sentí feliz y le devolví la sonrisa mientras dentro de mí burbujeaba un sentimiento exaltado, pero entonces pensé en Lily.

¿Y si todavía estaba viva? ¿Y si la Orden la tenía oculta y Evander la encontraba? Estarían juntos y yo... volvería a estar sola.

Una a una, las burbujas se pincharon.

—No te preocupes —me dijo, malinterpretando la expresión de mi cara—. Ya casi hemos llegado al Santuario, según Perpetua.

—¿No has estado nunca allí?

—No. La mayoría de la gente que hay allí no sabe quién soy en realidad, y dudo que les gustara mucho si lo supieran.

En lo alto de una colina que había a lo lejos se veía un montículo coronado por cinco árboles. Al pie de la pendiente había un pequeño pueblo de casas de paja, con un pozo de ladrillo y un patio empedrado en el centro. Subimos pasando por campos de ovejas y estanques con patos, por una pajarera y un campanario, hasta llegar a una mansión. Parecía abandonada, deteriorada.

Pero cuando Perpetua se acercó a las puertas, la ilusión se desvaneció, revelando la grandeza oculta tras ella.

—¿Cuál es la palabra mágica? —dijo una voz amplificada.

Era sedosa, familiar.

—Bis —dijo Octavia, escuchando el flujo.

Lo siguiente que se oyó fue el sonido de una cerradura.

—Bienvenidos al Santuario —dijo la voz.

13

En nuestros sueños

$\mathcal{L}$a puerta se abrió lentamente hacia el vestíbulo, que tenía vitrales hasta el techo que representaban escenas triunfales de la historia de la Orden, suelos de mármol plateado y lámparas de araña relucientes. En un rincón había un gran piano de cola.

—¿Esta es vuestra base rebelde? —pregunté, levantando una ceja.

—Las apariencias engañan —contestó Evander—. Ya deberías saberlo.

Nos esperaba un grupito de personas, incluido el hombre del turbante que había visto en la foto del Emporio posando ante las pirámides.

—Os estábamos esperando —dijo.

—¡Señor Sharma!

Octavia corrió hacia él y se le abrazó a la barriga.

—Hola, Via —dijo él acariciándole la coronilla.

Llevaba el bigote y la barba encerados, con las puntas rizadas. Llevaba un elegante traje de lino con un pañuelo en el bolsillo a juego con el turbante, acompañado de un monóculo de lente negra.

—Diría que os he echado de menos, pero he estado vigilándolo todo desde la distancia. Por supuesto, resulta de gran ayuda poder dividir la psique para estar en varios sitios a la vez.

Nos fue saludando de uno en uno: chocó los puños con Gus, se inclinó ante Perpetua y acarició el hombro de Evander con un afecto paternal.

—Es un alivio ver que estás bien. Cuando me enteré de que la Orden iba de camino a asaltar el Fin del Mundo intenté ponerme en contacto contigo, pero no pude —dijo—. Ahora me entero de que no estabas durmiendo en la cama como esperaba, sino ocupado irrumpiendo en el Observatorio.

—Sobre eso… —dijo Evander.

—No importa. Ya hablaremos de ello después —dijo el señor Sharma con ligereza.

Finalmente, puso sus amables ojos en mí.

—Iris —continuó—. Querida Iris. He oído hablar mucho de ti. Es un gran placer conocerte.

—Si me acaba de conocer —dije, desarmada.

—¿Desde cuándo ha sido eso impedimento para que las personas se hagan amigas? —dijo con una sonrisa.

Una joven de largas trenzas negras irrumpió en el grupo y salió volando hacia Octavia y la abrazó.

—¡Rani! —exclamó Octavia con una sonrisa brillante en el rostro.

Se miraron del mismo modo que Evander miraba a Lily.

—Esta es la sobrina del señor Sharma, Rani —explicó Octavia sonriendo—. A veces viene de visita a la tienda. Tiene el don de la Sombra, como Evander y el señor Sharma. Es capaz de separar su mente de su cuerpo. Rani, esta es Iris.

—Ah, sé quién eres —dijo Rani, estrechando mi mano

vigorosamente como un hombre de negocios que hiciera un buen trato—. Ya eres una leyenda.

—¿Dónde está Birdie? —preguntó Evander.

—Ya conoces a nuestro Pájaro Cantor —dijo el señor Sharma—. Le gusta hacer siempre una entrada triunfal.

Como si esperara la señal, un silbido agudo llamó nuestra atención. Bajo un arco imponente se extendía otro pasillo con muchas habitaciones que se ramificaban. Al final de este había una silueta con cintura de avispa que avanzaba con los brazos abiertos hacia un foco de luz. Tenía el pelo largo y castaño recogido en un moño sobre la cabeza y llevaba unos pendientes deslumbrantes.

Era la mujer que había visto en la pared de la habitación de Octavia.

—Hola, queridos —dijo Birdie, haciendo un gesto con la cabeza hacia Perpetua y Gus—. Me alegro mucho de volver a veros. Debo admitir que me alegré al enterarme por uno de mis amiguitos con plumas de que necesitabais ayuda.

Extendió el brazo y silbó.

Un bonito pájaro cantor se posó en él. Birdie le cantó en una lengua sin palabras y el pájaro respondió con un gorjeo.

La miré fijamente.

—No solo los humanos tienen alma, aunque, por supuesto, la nuestra es una de las más complejas —explicó, respondiendo a mi pregunta no formulada—. Una persona con el don de la Canción puede comunicarse con otros animales cuya psique esté sintonizada musicalmente. Los pájaros son espías muy hábiles, y poseen un alcance mayor incluso que el de los Oyentes.

Las alas del pájaro revolotearon mientras le acariciaba los dedos con el pico antes de salir volando por la ventana.

Cuando Birdie miró a Evander, de repente pareció llorosa y empezó a respirar entrecortadamente.

—Hola, Oliver —dijo, y me lanzó una mirada breve—. La madre de Oliver, Nadia, era una de mis amigas más queridas, hace mucho tiempo. ¡Qué alma tan hermosa! Cada vez que te veo te pareces más a ella. —Le tocó la mejilla con cariño.

Evander palideció y bajó la vista a los pies. La habitación pareció volverse más fría.

—Lo siento. No quería ponerte triste —dijo ella.

Él asintió amablemente.

—No pasa nada. De hecho, es agradable escuchar a la gente hablar de ella.

—Birdie, ¿te acuerdas de Octavia Belle? —dijo el señor Sharma, cambiando de tema—. Y esta es Iris.

Su mirada se desvió hacia mí con curiosidad, al igual que la de su amigo aviar.

—Tú debes ser la chica Renato.

—¿Me recuerda? —pregunté ansiosa.

—Por desgracia no, pero corren rumores. Muchos rumores. En mi línea de trabajo suelo oír cosas.

—Usted es la voz —dije, juntando las piezas: aquella voz suave y cadenciosa que tan a menudo había interrumpido mi día—. Usted es la voz que anuncia el toque de queda, la voz de la Orden.

—Me temo que sí, cariño.

—Pero ¿cómo?

—Me contrataron por mis tonos melodiosos, pero ser capaz de ocultar a la Orden tus propios pensamientos tiene sus ventajas —dijo—. Al formar parte del círculo íntimo de la élite de Providence, puedo utilizar mi poder para dar asilo a almas desafortunadas, como por ejemplo a ti, y les abro mi casa para ofrecerles refugio. Ven a conocer a los demás. Todo el mundo está bastante emocionado por conocer a nuestros misteriosos invitados de medianoche.

La sala empezó a llenarse de gente, un elenco colorido que de alguna manera parecía no concordar con el escenario glamuroso de una mansión. El señor Sharma presentó a algunos de ellos.

—Este es Ash —dijo de una persona alta y delgada que llevaba la cabeza afeitada, salvo por una franja en el centro, y las manos cubiertas como las mías—. Un Incendiario fugitivo. —El señor Sharma señaló entonces al tipo de pelo largo y camisa de flores—. Vincent, un perfumista. Puede extraer y modificar recuerdos... Y esta es Cook, nuestra chef residente y contrabandista.

Una mujer pequeña y corpulenta a la que le faltaban dientes y que llevaba un pendiente de diamante saludó a Gus calurosamente, dándole una palmada en la espalda. Caí en la cuenta de que era la cocinera de la cárcel con la que había escapado del Reformatorio.

—No puedo creer que hayan asaltado el Fin del Mundo —dijo Ash.

—Es una larga historia, pero puede que entráramos en el Observatorio y robáramos un relicario —expliqué.

—Un momento. ¿Ese es Oliver Obscura? —preguntó Vincent al verlo de pie y con aspecto tímido al fondo de la multitud—. ¡Quién lo habría dicho!

El bullicio de la multitud se apagó cuando todo el mundo se giró hacia él.

—Creía que estabas en el continente —dijo otra persona.

—¡Te vi paseando por Roma en los periódicos!

221

Una mujer sacó un arma y la sostuvo a su lado de forma protectora.

—Me temo que todo es mentira —dijo Evander frotándose la nuca nerviosamente—. Una ilusión. Hui hace nueve meses.

—¿Nos has ocultado esto, Arjun? —preguntó Cook—. Pensaba que no había secretos entre nosotros.

—Lo hice solo para protegerle —dijo el señor Sharma—. Hay mucha gente dispuesta a conspirar para hacerle daño, incluso dentro de nuestros propios círculos.

Se alzaron voces de desaprobación.

—¿Cómo podemos saber que podemos confiar en ti?

—Sí, ¡podrías estar aquí husmeando para él!

Alargué la mano y le apreté el brazo suavemente a Evander, como le había visto hacer antes para tranquilizar a Octavia. Me dirigió una mirada de agradecimiento.

—Mirad, sé que no hay nada que pueda decir para que me creáis al instante —dijo Evander levantando la voz—, pero espero ganarme vuestra confianza con el tiempo. El canciller me arruinó la vida igual que ha arruinado la vuestra.

—Ha venido a ayudar, a usar sus conocimiento y habilidades para ayudar a la resistencia, tal y como ha estado haciendo durante los últimos nueve meses —dijo el señor Sharma—. Sé que muchos de nosotros estamos resentidos, pero este joven no es la Orden. No es su padre. Es uno de los nuestros y espero que lo tratéis con el respeto que os merecería cualquier otra alma perdida que encontrara el camino hasta nuestro Santuario en busca de ayuda. Si alguno de vosotros no está de acuerdo con ello, por favor, dirigid vuestras quejas hacia mí, y no hacia él.

Algunos de los fugitivos se miraron con incertidumbre,

pero nadie protestó abiertamente. La mujer que había sacado el arma la guardó.

—Bueno, pues bienvenido al club, chaval —dijo Cook.

—Nunca esperé que el hijo del canciller se pusiera en su contra —dijo Ash—. Realmente debe de estar cambiando el curso de las cosas.

—Todavía no hemos acabado —dijo Evander—. Esta es Iris. También conocida como Ruby Renato, hija de Ruben Renato.

Esto no causó tanto revuelo, tan solo un murmullo confuso.

—No sabía que Ruben tuviera una hija —dijo alguien.

—Si la tiene, no la recuerdo —dijo otra persona.

—La Orden ha tratado de hacer que la olvidáramos —explicó Evander—. Pero la Noche Que Nunca Fue una persona vestida de Observador de la Casa Renato le hizo añicos el alma.

223

—¿Añicos? —repitió alguien.

—Tenemos la prueba de ello en el recuerdo que recuperó de un anillo. El anillo Renato.

—Todavía estamos intentando rastrear las piezas perdidas de mi alma, reconstruir lo que pasó —dije—, pero puedo aseguraros que Ruben Renato estaba conspirando contra la Orden.

Se hizo el silencio.

—Me entrenó para algo, solo que no consigo recordar para qué. Pero juré que ayudaría a derrocar al canciller.

Ahora la multitud sí que parecía interesada.

—Pensaba que Ruben era fiel como un perro.

—Fue un poco extraño que de repente lo enviaran a las colonias.

—Ruben no es lo que parece, puedo dar fe de ello —dijo Birdie—. Él y yo hemos… interaccionado antes. Pero últimamente no se le ha visto en público a menudo, y cuando se le ve, parece preocupado. No se le oyen los pensamientos. De ultramar llegan noticias de que es una sombra de lo que era.

—Bueno, si el canciller creó un simulacro para mí, no hay razón para que no pudiera haber hecho lo mismo con Ruben —intervino Evander.

—Miradnos. No es ningún error que hoy estemos todos aquí —dijo Cook—, y menos con el hijo del canciller y esta chica Renato. Tal vez sea una señal.

—¿Una señal de qué? —inquirí.

—Una señal de que es hora de aprovechar el momento —contestó levantando el puño—. Hay gente que lleva esperando esto toda su vida.

—¡Escucha, escucha!

—Al desaparecer el Fin del Mundo, habrá muchos supervivientes sin otro lugar al que ir que las calles —dijo Ash.

—Me pondré en contacto con las otras bases —dijo Birdie—. Reunid a las tropas. Aseguraos de que estén preparados para moverse si nosotros lo hacemos.

—Están listos —dijo Cook—. Estamos listos. ¿Cuánto hemos esperado? Si no es ahora, ¿cuándo?

Pero el señor Sharma continuaba con aspecto reflexivo. Extendió el brazo para que yo se lo cogiera.

—Ven a dar un paseo conmigo, Iris —me pidió—. Tenemos mucho de qué hablar.

Me alejó de los demás, que se interrumpían unos a otros, y me llevó a los jardines, donde había instrumentos musicales automatizados que tocaban solos y fuentes musicales que lanzaban agua en grandes arcos.

El señor Sharma comenzó a hablar.

—Uno de mis dones es que puedo ver el subconsciente de una persona. En la oscuridad de las pupilas hay un escenario en el que se interpretan todos sus miedos y fantasías.

Me sentí expuesta y aparté la mirada.

—Es un don que una vez utilicé en nombre del canciller Obscura. Durante muchos años fui su sirviente, su segundo par de ojos, por lo que conozco a la perfección la oscuridad de su alma.

—¿Fue así como conoció a Evander y a Octavia?

—No conocí a Octavia hasta después de que desertara. Evander no era más que un niño cuando hui de la Orden, pero todos estos años lo he vigilado desde la distancia, como me pidió que hiciera su difunta madre. Cuando supe que Evander también había escapado, me puse en contacto con él a través de la Sombra. Lo acogí, y a Octavia también. Les di un lugar donde vivir y trabajar.

—¿Por qué abandonó la Orden? —pregunté.

—Como Observador del canciller, vi muchas cosas que me conmocionaron hasta lo más hondo. De noche todavía me persiguen, como suele ocurrir con el pasado, pero hay una en concreto que es clave para la destrucción de la Orden.

¿Era aquella la prueba que Evander había mencionado? ¿Lo que había estado buscando todo aquel tiempo? Esperé a que se explayara.

—Cuando Oliver tenía cinco años, su madre murió.

Me dolía la garganta por la reverberación resonante de haber vivido su dolor, mezclado con el misterio de la pérdida de mi propia madre.

—La historia oficial es que se cayó. Un trágico accidente. Pero circularon rumores de que saltó por el balcón a causa

225

de la locura. Aquel día me llamaron para espiar a uno de los muchos enemigos del canciller. Cuando me fui, ella estaba viva y bien. Cuando volví, estaba muerta.

En mi cabeza apareció brevemente una imagen. Una mujer elegante con un pañuelo en la cabeza posando para un retrato. La debía de haber entrevisto en el recuerdo de Evander.

—Naturalmente, sospeché que algo andaba mal. Oliver parecía trastornado, pero no pude sacarle nada. El canciller me pidió que interrogara a su personal. Yo sabía que al final me investigaría a mí también, y si lo hacía vería que Nadia me había confiado a veces el desprecio que sentía por él. Quedarse se había vuelto demasiado peligroso, así que lo arriesgué todo para escapar. Si hasta entonces el canciller había sido un hombre frío y controlador, tras la muerte de su esposa se volvió aún más monstruoso. Me arrepiento profundamente de no haberme llevado a Oliver conmigo aquel día.

Se quedó callado, reflexionando sobre las palabras de peso que acababa de decir.

—Estoy convencido de que Oliver presenció la muerte de su madre, pero el canciller se la quitó de la cabeza. Tal vez nunca sepamos lo que le ocurrió a Nadia Obscura.

Me miró con serenidad.

—Quizá seas tú la clave para la caída de la Orden.

—¿Eso cree? —dije, asustada y halagada a partes iguales.

—Si el canciller te hizo añicos, debías de suponer un peligro para él. Por desgracia no puedo ofrecerte más información en cuanto a lo que ocurrió la Noche Que Nunca Fue, ni a tu identidad. No recuerdo a ningún niño en la Casa Renato. Se sabía que Ruben y lady Renato no tenían hijos, que de hecho no podían tenerlos.

Pensé un momento.

—Entonces, ¿lady Renato no es mi madre?

—Eh…, bueno. —El señor Sharma parecía algo aturullado—. Tu padre era… ¿cómo decirlo? Apreciaba mucho las formas femeninas. Creo que podemos dar por sentado que naciste fuera del matrimonio, y que tu madre podría haber sido cualquier mujer de cualquier condición social, tal era el talento de Ruben. En tanto que poseedor del don del tacto, digamos que era muy popular.

—Ya veo —dije, sintiéndome pequeña. Nadie en toda Providence parecía acordarse de mi existencia; no tenía lugar en la familia Renato. Costaba creer que alguna vez hubiera estado allí, a excepción de por el recuerdo de mí misma yaciendo hecha añicos en el suelo de la Casa Renato, y de Ruben llamándome hija.

Sus palabras regresaron a mí.

«Tu madre te educó bien, pero hay cosas que solo yo puedo enseñarte, herramientas que necesitarás si queremos vengarla.»

227

Si iba a vengarla, mi madre ya debía de estar muerta. Pensé en el botón, y en cómo nunca experimentaría aquel amor por mí misma. Pero el dolor estaba distante, adormecido. No conseguía recordar qué había perdido.

—He pasado más de una década reuniendo conocimientos sobre la Orden y reclutando a aquellos que trabajarían contra ella tanto dentro como fuera de sus muros. Y, sin embargo, no tenía ni idea de que Ruben Renato, el consejero y amigo del canciller de mayor confianza, estuviera conspirando contra él. Estoy muy intrigado por saber más… y por qué estaba tan seguro de que eras tú quien debía actuar.

—Tal vez tenga algo que ver con el Método Renato —dije—. Derribé a un hombre con solo tocarlo con la mano.

Frunció el ceño.

—Si bien es cierto que el Método Renato es una habilidad poderosa, hoy en día se puede emular con una simple porra. La Orden encuentra constantemente nuevas formas de amplificar la psique a través de las tecnologías. No, creo que te destruyeron por otro motivo.

—¿Qué? —dije con impaciencia.

—El conocimiento —dijo—. El conocimiento puede ser el arma más mortífera. Creo que sabías algo sobre el canciller, y él trató de destruirte por eso. Debemos recordar lo que es. Por eso es imprescindible que busques los trozos rotos que te componían. Hay muchas personas a las que puedes ayudar, Iris, si consigues recordarte a ti misma.

Asentí con la cabeza.

—Quiero ayudar. Haré lo que me digáis.

—Y nos alegraremos de ello. Mientras tanto, haré lo posible por localizar a tu padre. Si tu recuerdo es preciso, podría sernos de gran ayuda.

Eso ya era algo. Tal vez tendría la oportunidad de preguntarle cosas un día. Nos unimos a los demás en el vestíbulo principal.

—Debéis de estar agotados —dijo Birdie—. Deberíais retiraros a la cama y dormir un poco. Mañana nos reorganizaremos.

Seguí a Octavia y a Rani, que iban con las cabezas juntas, ocupadas charlando, mientras nos dirigíamos a nuestras habitaciones de invitados recorriendo una serie de pasillos interminables. El Santuario era diez veces más grande que la Casa Cavendish y tres veces más lujoso, y, sin embargo, había signos de rebelión por todas partes. Un eslogan de protesta pintado en una pared. Una sala llena de barriles de pólvora. Cajas llenas de panfletos. Un armario con uniformes de inspector colgados.

Pasamos por delante de una estatua de mármol de un soldado de la Orden y un cuadro de los cinco fundadores. La Pájaro Cantor tenía inclinación por los cuadros de sí misma posando en escenas dramáticas con criaturas de todo tipo. Había pájaros por todas partes, fuera de las jaulas, posados encima de armarios y candelabros, reunidos en las escaleras y congregados en los armarios.

En cada habitación sonaba una música diferente. En la cocina era una canción enérgica y animada que sonaba a primavera. En el salón de baile, una gran sinfonía de ópera. En el salón, una melodía sombría de piano.

Allí había casi tanta gente viviendo como pájaros, acampando en habitaciones anticuadas con camas con dosel. Había gente jugando a juegos, fumando cachimbas, hablando en diferentes idiomas, haciendo combates, tirando dados. Todos ellos eran fugitivos, prófugos, como nosotros.

Al pasar junto a una puerta cerrada, oí voces apagadas en el interior. Eran Evander y el señor Sharma. Aminoré el paso para que los demás siguieran caminando y me dejaran sola en el pasillo.

—No ha de preocuparse tanto —dijo Evander.

—Parece que en el Observatorio fue capaz de controlarte a través de tu Sombra —dijo el señor Sharma—. Claro que estoy preocupado.

—Pero estábamos muy cerca. Por lo general no puede llegar a mí.

Me quedé allí fuera merodeando, sabiendo que debería sentirme culpable por escuchar a escondidas, pero haciéndolo de todos modos.

—¿Estás seguro de eso? —dudó el señor Sharma—. Por seguridad, quiero que en los próximos días extremes las precauciones. No sabemos qué tipo de rastros pueden tener en tu psique ahora. Si notas que vuelves a caer en ese lugar oscuro, quiero que acudas a mí. No te lo guardes todo dentro.

—Entendido.

—Te dejo descansar.

Salí disparada por el pasillo hasta encontrar una *suite* vacía. Estaba decorada con lujo y adornada con fotos de Birdie actuando para el canciller o cantando ante multitudes de soldados.

Me saqué el viejo botón del bolsillo y lo apreté en la mano, agradecida por que no se hubiera quemado con el resto de mis escasas pertenencias en el incendio del carruaje. Me tiré sobre la cama chirriante y me quedé mirando el techo mientras hacía girar el botón en mi mano.

Mi madre había muerto y no podía llorarla. No la recordaba lo bastante bien como para echarla de menos.

Me quedé horas allí tumbada, sin pensar en nada. Cada vez que me venía un pensamiento, lo apartaba de nuevo. Por un momento eché de menos los días en que no pensaba en nada, no sentía nada, no temía nada; los días en que estaba sola y no me importaba que me conocieran. Ahora mis pensamientos y mis sentimientos me abrumaban. Pero, por doloroso que fuera, en el fondo estaba contenta, aliviada por poder sentir algo.

Mi propia miseria era embriagadora, y la consentí, me permití hundirme más y más en mí misma.

Mi padre me había preparado para matar al canciller y mi madre era un fantasma sin nombre, una desconocida. Con todo, la anhelaba. Quería una madre que me abrazara, que me dijera que todo iba a salir bien, que me abotonara el abrigo y me abrigara del frío.

En algún momento me venció el sueño.

Esa noche soñé por primera vez desde que era capaz de recordar.

En el sueño, me despertaba en una casa pequeña y destartalada, de ventanas empañadas y con telarañas, decorada con escasos muebles. Al principio no sabía que se trataba de un sueño, me confundía dónde estaba y cómo había llegado allí. El espejo agrietado estaba colgado en la pared... y yo llevaba puesto el anillo.

Trataba de orientarme, pero cuando abría la puerta no había calle, ni mundo, ni nada. Solo el vacío. Entonces me daba cuenta de que estaba en el lugar oscuro, en el reino de la Sombra. El reino subconsciente de los soñadores. Mientras miraba la penumbra, aparecía un camino estrecho y muy boscoso, como si lo hubiera imaginado. Seguía el camino sinuoso hacia un destino desconocido, más allá de la hoguera en llamas de mi Chispa, donde antes había luchado contra mi Sombra. Finalmente llegaba a una barrera: una cortina fina y oscura, raída y andrajosa. Al atravesarla, me encontraba en un lugar completamente diferente.

Era un cálido día de verano y el aire olía a madreselva y a jazmín. Estaba en un bonito parque verde que no reconocía, con fuentes, estatuas y un lago con cisnes blancos. Al fondo había un parque de atracciones. La noria sobresalía por encima de las copas de los árboles, sonaba la música de la feria, las guirnaldas de luces parpadeaban atractivamente.

Evander estaba sentado bajo un árbol cercano, con los

ojos cerrados. Se le veía inusualmente tranquilo. Yo estaba soñando con él, sin ni siquiera proponérmelo. Me oyó acercarme cuando mi sombra se proyectó sobre él.

—Cómo no, tú también estás aquí —decía con una risa seca.

—¿Eh?

—¿No tuviste suficiente cuando miraste en mi alma?

—¿De qué estás hablando? —preguntaba yo—. Este es mi sueño.

—No, es el mío —insistía él.

Miraba alrededor, de repente insegura.

—Entonces, ¿qué hago aquí?

—No lo sé. ¿Eres la verdadera Iris? —me preguntaba—. ¿O solo un producto de mi imaginación?

—¿Cómo puedo demostrar que soy de verdad? —decía yo con frustración.

232

—Esa es la pregunta principal —decía él.

—¿Y si te digo algo que no sabes? —le proponía.

—¿Cómo podría saber yo que lo que dices es cierto?

—Puedes comprobarlo conmigo, cuando te despiertes.

—De acuerdo. Adelante.

Arrugué la cara, tratando de pensar.

—Robé un botón —decía—, el día antes de conocernos.

Frunció los labios y el ceño, divertido.

—¿Un botón?

—Contiene el recuerdo de la madre de alguien abotonándole el abrigo. Lo guardé porque cuando lo cojo en la mano me siento segura, cálida y amada por un instante, aunque ese amor fuera destinado a otra persona.

Evander suavizaba la expresión. Se pasaba una mano por el pelo revuelto.

—A lo mejor cuando antes…, cuando accediste a mi subconsciente… puede que se creara un canal entre tu mente y la mía —decía, falto de fluidez—. Supongo que eso significa que ahora tienes una llave de mi cabeza… y viceversa.

—En ese caso, deberías darme una vuelta —apuntaba yo—. Enséñame este sitio. No lo reconozco, así que debemos de estar en tu mente.

Él sonreía ligeramente y miraba detrás de mí, como si imaginara algo.

—Una vez vine a este parque con Lily, en una cita —decía.

Se me erizó la piel al oírle mencionar su nombre.

—Nunca he tenido una cita —dije frívolamente—. No que yo recuerde. ¿Qué se hace en las citas?

—Eso depende de la cita. Pero en la feria, la gente habla, juega, come, se compran regalos unos a otros…, se besa.

—Suena bien —dije, girando la cara para que no me viera sonrojada—. La condesa siempre decía que el amor era una pérdida de tiempo, que te sacaba el corazón del alma y te dejaba vacío.

—Y no se equivoca.

—Aun así creo que me gustaría experimentarlo.

Paseábamos por el parque de atracciones y veíamos el lanzamiento de anillos, el tiro al coco, los bolos, el carrusel, una caseta de besos y un puesto de venta de caramelos y chocolatinas.

—Vengo mucho por aquí —me dijo—. Me consuela. Esta fue una de las únicas veces en mi vida en que me sentí realmente feliz y en paz.

—¿Puedes controlarlo? —pregunté—. ¿Puedes dirigir tu mente para crear un lugar diferente?

—Claro. ¿Dónde te gustaría estar? —inquirió—. Descríbeme el tipo de lugar en el que desearías estar ahora mismo.

233

Quería olvidarme de Lily.

Quería que solo estuviéramos nosotros dos.

Evander cerró los ojos y la música de feria se detuvo abruptamente. Un instante antes, el parque de atracciones estaba lleno de gente soñada, todos gritando, riendo y sosteniendo globos, pero ahora estaba abandonado, con las atracciones vacías y los coches meciéndose en la creciente brisa. Todo se desvaneció y se convirtió en nada, hasta que nos encontramos de pie en la oscuridad infinita.

—Mmm…, a ver. Estamos en un lugar cálido. En una colina con vistas a un vasto bosque nuboso, con árboles hasta donde alcanza la vista.

Mientras lo describía, la escena que nos rodeaba se transformó y adoptó la apariencia de lo que dibujaban sus palabras.

—El aire huele a vainilla, a coco, a océano.

234

Vi cómo la realidad se coloreaba, se llenaba, como una acuarela.

—Estás mirando una hermosa cascada. El sol se acaba de poner. El cielo está tan claro que ves todas las estrellas que han existido. Oyes el canto de los pájaros y el sonido del agua que corre.

Y allí estaba, como si fuera real. Veía cada gota de agua, cada pluma, cada hoja.

—En la distancia se oye una guitarra que toca una hermosa canción. Se extiende y se eleva, y te llena el alma con su sonido. Te hace sentir viva. Hace que te duela el corazón, pero en el buen sentido. Todo es perfecto. Todo está en su sitio. Nada ni nadie puede hacerte daño. No cambiarías nada. Aquí tienes todo lo que necesitas, todo lo que deseas.

Se me pusieron de punta los pelos de la nuca, de un modo a la vez perturbador y delicioso. Por un instante fugaz, sentí que había suspendido entre nosotros algo como un hilo, tan frágil como la seda de araña. Me sentí atraída hacia él, como dos imanes, y mi cuerpo se inclinó solo. El mundo se detuvo y el tiempo pareció detenerse también.

Pero entonces Evander frunció el ceño y su expresión se nubló.

La hermosa visión que había creado se desvaneció mientras otra escena ocupaba su lugar. El suelo se congeló bajo nuestros pies. Empezó a nevar a ráfagas. Ahora estábamos frente a la Basílica de Todas las Almas la víspera del 24 de diciembre.

—¿Por qué nos has traído aquí? —pregunté, sobresaltada.

—No lo he hecho queriendo —contestó.

—Este es el recuerdo de la bola de nieve. Esta es la Noche Que Nunca Fue. Tu subconsciente debe de estar todavía atascado en ella.

—Nunca lo había visto con tanta claridad —dijo.

La Basílica parecía una gigantesca tarta de bodas, vestida con un grueso y brillante manto de nieve que desdibujaba sus rasgos como el mazapán. El hielo palaciego formaba chapiteles y florituras, como adornos de algodón de azúcar. Cada curva y cornisa tenía un látigo de hielo en la parte superior, como nata sobre cacao, y cada superficie estaba espolvoreada con polvo, como la mesa de un panadero. La luna se reflejaba en la superficie del lago formando una esfera sobre la que la gente patinaba haciendo ochos.

Allí el recuerdo no estaba estropeado. Era tan prístino como la nieve blanca recién caída. Los ecos de una melodía inquietante llegaron a mis oídos. Un cuarteto de cuerda se lanzó a una melodía conocida y extasiante. Estaba amortiguada y silenciada, ligeramente distorsionada, como si la tocaran bajo una campana de cristal en el fondo del océano.

Más allá vi el quiosco de música rosado rodeado de carámbanos, con el interior decorado con bolas de nieve e iluminado con velas.

Allí, Oliver bailaba con Lily, recreando la escena mientras los fuegos artificiales iluminaban el cielo...

—Lily —susurró Evander.

El vestido blanco se le hinchó alrededor mientras ella giraba bajo el brazo de Evander riendo a carcajadas. Ahora podía ver la cara de él, y la de ella, embelesados el uno por el otro, con los ojos enganchados en una mirada intensa y acalorada. Como si estuviera encantado, Evander se deslizó hacia ellos. Rodeó a la pareja de bailarines, memorizando cada movimiento, cada mirada, cada momento.

Durante lo que me pareció una eternidad, vi cómo los miraba bailar; después me aparté de la escena. Era su momento, su recuerdo, y yo no pertenecía a él. Desvié la mirada hacia la profunda mancha de oscuridad que crecía en el horizonte y que lentamente lo iba absorbiendo todo.

Un agujero negro.

Se iba acercando cada vez más con un chasquido desgarrador mientras consumía cuanto estaba a la vista. Cuando volví a mirar hacia la Basílica, la nieve se estaba derritiendo y se llevaba por delante el recuerdo. Las nubes taparon la luna y el cielo se oscureció. Evander retrocedió, el quiosco de música se desmoronó y quedó reducido a polvo, y nos quedamos en la oscuridad del reino de la Sombra.

—¿Qué está pasando? —dije.

Del agujero negro salieron tres figuras con máscaras blancas que se deslizaron lentamente hacia nosotros con movimientos poco naturales.

—Observadores —dijo Evander, y me agarró del brazo.

Empezamos a correr.

—¿Son reales? —pregunté.

—Tan reales como nosotros. Debe de haberlos enviado el canciller.

La Orden nos había encontrado, incluso en nuestros sueños.

El suelo vibró. Un gemido grave y quejumbroso hizo que la tierra se estremeciera.

—Tenemos que despertarnos —dijo Evander.

Me pellizqué, pero no pasó nada.

—¿Cómo? —pregunté.

De repente se abrió una grieta enorme que se expandió rápidamente y se fue ensanchando cada vez más, hasta dejarnos separados uno a cada lado. Las aguas oscuras se desbordaron y nos arrastraron. Evander alargó la mano hacia mí, rozó mis dedos con los suyos, pero ya era demasiado tarde...

237

Se había ido.

Lo vi desaparecer bajo la superficie antes de que se me hundiera la cabeza. Cogí aire por última vez.

Me senté de golpe, gritando. Estaba de vuelta en la habitación del Santuario. En algún lugar del edificio sonaba una música suave, apenas audible. Tiré de las mantas hasta la barbilla y me abracé las rodillas. Miré el dormitorio oscuro y vacío y noté que el golpeteo frenético de mi corazón se calmaba poco a poco.

—Solo ha sido un sueño —me dije—. Solo ha sido un sueño.

Mi corazón empezaba a adoptar su ritmo sedentario habitual cuando alguien llamó a la puerta con suavidad. Salí de la cama para ir a abrir y allí estaba Evander. Cuando me miró, fue como si olvidara lo que había venido a decir.

—¿Acabamos de…? —empezó.

—Tú también lo recuerdas —dije.

Lo sabía por la expresión embelesada de su cara.

—Claramente —dijo—. Solo quería comprobar que todavía estabas aquí.

—Estoy aquí. Estás aquí… Estamos aquí. Espera, puedo demostrarlo.

Me palpé, buscando una cosa, y saqué el botón, sonriendo. Cuando lo vio, esbozó la sonrisa más amplia que le había visto hasta entonces.

Por un momento, me olvidé de Lily.

14

La voz

*E*l señor Sharma estaba dispuesto a ayudarme a localizar el siguiente trozo de mi alma, y tenía a su disposición varios medios para intentarlo. Indagó personalmente en mi psique mientras Vincent quemaba sales aromáticas para activar mi memoria, pero no descubrimos nada nuevo. No tenía ningún recuerdo significativo de la caja de música, ni ninguna prueba de que fuera el relicario que andaba buscando, tan solo el presentimiento que Evander me había dicho que escuchara.

Mientras tanto, en el Santuario se hablaba de un levantamiento. El plan se había convertido en una bola de nieve de la noche a la mañana. Ahora la gente hablaba de saquear la ciudad, encarcelar al canciller y quemar el Reformatorio. Me enteré de que el Santuario estaba en contacto con otros escondites rebeldes, algunos de ellos lejanos, al norte o en las pequeñas islas del oeste. A ellos también los había estimulado la noticia de que el hijo del canciller y una heredera Renato se unieran a la causa.

—Mi plan siempre ha sido tomar el control de la red del Ojo —dijo el señor Sharma— y transmitir la verdad sobre la Orden a la gente de Providence. Pero el canciller es hábil con las cortinas de humo. Lo que emitamos ha de ser innegable, lo bastante impactante como para atraer a la gente a las calles. Si Providence cayera, la noticia se extendería a las colonias. Los reyes a los que la Orden soborna para que le sirvan podrían considerar reclamar sus tierras. Pero el canciller tiene muchas herramientas poderosas a su disposición. Y eso es antes de que abordemos el problemilla de cómo acceder a la red del Ojo. Está enclavada en las profundidades de la Basílica y sus operaciones son tan secretas que unas pocas personas saben lo que sucede dentro. Pero puede que nos veamos obligados a actuar antes de estar preparados. La Orden ya ha atacado el Fin del Mundo. Quién sabe qué podría hacer después.

La noche siguiente, Birdie insistió en que nos vistiéramos de gala para la cena.

—Podría ser nuestra última oportunidad —dijo—. Nuestro último baile. Nunca se sabe lo que te deparará el mañana.

Algunos de los rebeldes no estaban acostumbrados a las fiestas, como Gus y Perpetua, y se quedaron dubitativos, sin saber en qué consistiría. Para otros, como Octavia y Evander, era algo natural, volver a sus vidas anteriores.

Yo me encontraba en un punto intermedio.

Birdie nos invitó a su habitación para que nos probáramos trajes. Tenía una gran selección de los días en que organizaba elaborados eventos sociales, incluida una gama de trajes de teatro clásico. Yo escogí uno rojo, un vestido vaporoso, como de hadas. Birdie me dio un par de sandalias para acompañarlo, pero eran demasiado pequeñas y me oprimían los pies. Saqué de un armario un par de viejas botas de trabajo.

—Mejor me pondré estas —dije.

Birdie levantó una ceja, sugiriendo que tenía serias dudas sobre mis elecciones de moda, pero no dijo nada.

Me arreglé en el espejo, haciendo muecas. Quería tener una sonrisa deslumbrante que dejara huella, ser la clase de chica de la que un chico pudiera enamorarse, aunque no pudiera corresponderle. Regresó aquel sentimiento burbujeante y me sentí liviana.

Octavia se decantó por un vestido plateado con tantos volantes que parecía una rosa de metal abriéndose.

—Esto es muy divertido —dijo—. No puedo creer que esté fuera de casa, conociendo gente nueva, yendo a fiestas, viendo a Rani de nuevo…

Dio una vuelta e hizo girar sus faldas.

—Al principio estaba asustada, pero ahora me siento con energía, como si estuviera lista para vivir al límite y soltarme el pelo, ¿sabéis?

—Pues hagamos que sea una noche para recordar —dijo Birdie.

Octavia me maquilló. Nos arreglamos el pelo juntas ante el espejo, como hermanas. La cabeza me tiraba de tantas horquillas como me había puesto, pero me aseguró que el efecto bien merecía la incomodidad.

Todo aquello me resultaba tremendamente familiar. Quizá Ruby Renato había asistido a muchas fiestas, y quizá no le habían gustado mucho.

Birdie me animó contando secretos que sabía sobre los soldados y ministros de la Orden para entretenernos.

—Deberíais haber asistido a la fiesta que dieron por el bicentenario. Trajeron un caballo. Soltó una cagada descomunal en el suelo de mármol. ¡Ay, la cara del canciller!

Abajo, una orquesta de instrumentos automatizados tocaba una melodía alegre, animada por la psique. Todo el mundo estaba sentado alrededor de una larga mesa en el comedor. Iban todos emperifollados, sobre todo Birdie, que llevaba un vestido de plumas que la hacía parecer un pavo real. Pero había una energía nerviosa en el ambiente, un miedo tácito. No deberíamos estar celebrando nada. Había muerto gente. Había gente desaparecida. La Orden podía alcanzarnos en cualquier instante. Pero de momento, por aquella noche, todavía estábamos todos vivos e íbamos a dar una fiesta.

Tomé asiento junto a Octavia, frente a Evander, aunque no me atreví a mirarle directamente; solo le espié por el rabillo del ojo.

—¡Vaya, estás increíble! —dijo Rani un poco demasiado alto.

—Tú también —dijo Octavia, admirando el esmoquin de Rani—. Sin duda el negro es tu color, nena.

Perpetua seguía llevando su abrigo de piel de oso, pero lo había combinado con una diadema brillante y una enagua blanca. El señor Sharma llevaba un sombrero de copa negro con la etiqueta del precio todavía puesta, Gus llevaba un chaleco dorado y, cuando por fin me arriesgué a mirarle, Evander llevaba un esmoquin de cola negro.

El corazón me latía con fuerza, ahogando el sonido de mi propia mente.

Tenía el mismo aspecto que en la bola de nieve. Vestido así, era fácil imaginarle como miembro de la nobleza.

—Estás guapa —dijo, casi como si le sorprendiera.

—Tú también —dije.

Las palabras me salieron temblorosas.

—Me gustan las botas —dijo.

Noté que me calentaba.

—No son… mías —dije con torpeza.

El silencio se prolongó casi hasta el límite.

Cook sacó una bandeja con unos entrantes deliciosos: embutidos, frutas exóticas, pan recién hecho y dulces elaborados. Nos tiramos sobre ellos como una manada de leones, rompiendo el pan y cortando el embutido. Pese a nuestra nefasta situación, todo el mundo charlaba y reía, se relacionaba, pero yo me sentía aún más vacía que de costumbre. La comida del Corazón que servían no parecía funcionar conmigo.

Observé a Evander al otro lado de la mesa. Ahora se le veía más relajado, intercambiando bromas con Ash. Octavia hablaba animadamente con Rani, gesticulando con las manos. Gus reía con Cook. Perpetua hablaba con la mujer que había sacado el cuchillo. Me sentí al margen de las cosas, como si estuviera mirando por una ventana una sala a la que no me habían invitado. La ausencia del Corazón de mi alma me dolía más perceptiblemente que de costumbre.

Los adultos de la sala no tardaron en disfrutar de muchas bebidas, llenando sus copas de vino en cuanto las vaciaban, mientras que los más jóvenes parecían preferir el ponche de frutas servido en un bol con rodajas de limón. Les achispaba y les hacía brillar los ojos, pero a mí no me afectaba. Encontré abandonada una de las copas de vino y me la bebí, pero sabía a vinagre agrio.

—Disfrutad ahora, chicos —dijo Cook, levantando una copa—. La vida de un rebelde es corta y violenta, un poco como yo. Si estáis en esto, tenéis que ir a por todas, o no duraréis ni medio segundo ahí fuera.

—¿Fuera? —dije.

—En el campo de batalla. Un día volverás a encontrarte

243

cara a cara con la Orden. Por eso tienes que creer en aquello por lo que luchas, para que cuando llegue el momento luches con todo.

—Vive rápido, lucha duro y deja atrás un epitafio divertido, ese es mi lema —dijo Ash.

—Ya basta —dijo Birdie, y dio una palmada—. Si has terminado de traumatizar a nuestros nuevos amigos, sugiero que bailemos para olvidar nuestros problemas.

Se levantó y nos echó de nuestros asientos.

—Vamos, gente. Necesito energía. Necesito ambiente. Vamos a bailar las danzas tradicionales de las Casas. ¡No hay excusas! Si no sabéis los pasos, os los enseñaré.

Birdie nos llevó a la pista de baile como si fuéramos su rebaño.

—Primero, la Casa de la Canción —dijo.

Miró alrededor del salón de baile, se acercó a Octavia, le cogió la mano con suavidad y la llevó al centro de la pista.

Octavia parecía emocionada y aterrorizada a partes iguales.

—No la he bailado nunca —confesó—. Solo estaba allí para fisgonear, no para bailar.

—No importa. Yo te llevaré —dijo Birdie mientras colocaba a su pareja en la postura correcta—. En el baile del eco hay que realizar la misma rutina de forma impecable. El bailarín principal es la voz y su pareja es el eco. La voz va primero, mientras que el eco le sigue tras contar hasta diez.

El señor Sharma puso un disco en el gramófono, un tubo plateado que sacó de un armario lleno de cilindros metidos en fundas de papel. Cuando sonó la melodía, Birdie se lanzó a una elaborada secuencia de giros y vueltas que a Octavia le resultó casi imposible de memorizar en el acto, aunque dio lo mejor de sí moviéndose suavemente al ritmo de la música.

—Maravilloso. Mágico —dijo Birdie aplaudiendo—. El ritmo de tu alma es impecable.

Octavia se alejó pavoneándose, con una amplia sonrisa.

—Ahora baila la danza del espejo —gritó el señor Sharma agitando su vaso.

—Ah, sí. La Casa de las Sombras es conocida por su danza del espejo —explicó Birdie, agarrando a Evander y emparejándolo con Rani—. Cara a cara, tu pareja debe imitar tus movimientos perfectamente, como si fuera un reflejo de ti. Voy a poner la melodía adecuada.

Evander conocía claramente el baile, y de mala gana tomó la iniciativa, pero Rani no lo conocía. Según Octavia, Rani se había criado lejos de la Orden, protegida por su tío. Sin embargo, aprendió los movimientos rápidamente con el suave estímulo de Evander, y fue mejorando hasta sonreír con confianza.

—¡Vamos, Rani! —dijo Octavia, gritando y aplaudiendo.

Birdie continuó con la danza del ramo y emparejó a Perpetua con Vincent, con su camisa de flores, para un vals fantasmagórico; y luego con lo que llamó la danza del postre, para la que emparejó a Gus con Cook para bailar un animado *boogie*.

—Por último, tenemos la danza ardiente —dijo, y me agarró y nos arrastró a Ash y a mí al centro de la pista de baile. Nos hizo una señal para que nos cogiéramos de las manos, cosa que Ash hizo, aunque parecía algo horrorizado.

»La danza ardiente tiene que ver con el calor, con la pasión. Trata de los impulsos que sentimos y que no podemos comprender del todo. Iris, tú eres la polilla, y Ash, la luz del fuego.

No tenía muy claro cómo bailar como una polilla, pero Birdie hizo que pareciera más hermoso de lo que habría

245

imaginado. Mientras nos enseñaba, marcando el compás con palmas, descubrí que me sabía los pasos, ya que adiviné varios movimientos con anticipación. Como si llevara la canción escrita en el cuerpo.

—¡Tienes un talento innato para esto, Iris! —dijo.

Ash, más bien desgarbado y poco agraciado, no lo tenía.

—Lo siento —decía—. Lo siento.

Cuando hubo tropezado con mis pies por tercera vez consecutiva, Birdie levantó las manos.

—¡No! ¡Esto no va bien! Vosotros dos no tenéis química. —Miró alrededor con coquetería, batiendo sus largas pestañas—. ¡Evander! —dijo, haciéndole un gesto—. Esta debes de conocerla.

—¿Yo? —dijo, como si hubiera otro.

Birdie le hizo una seña para que se le acercara. Después de mirar a derecha e izquierda en busca de una escapatoria, Evander suspiró y se unió a mí en la pista de baile. Di un respingo de fastidio. ¿De veras era yo una pareja tan terrible?

Birdie nos puso bien juntos. Entrelazamos las manos y se creó una chispa que me picó la piel como una descarga de electricidad estática, incluso a través de los guantes. Mi cabeza apenas le llegaba al hombro.

Me sentía extraña, incómoda. No podía explicarlo. Quería salir corriendo, pero también… no hacerlo.

—¡Y otra vez! Un, dos, tres, cuatro…

Evander tomó la iniciativa y nos introdujo en el primer movimiento vacilando ligeramente, como si estuviera desentrenado. Me aguantaba la mirada y me apretaba por la cintura. Fue recuperando el temple, me hacía girar bajo su brazo y volver a la posición inicial, mientras yo intentaba imaginarme la polilla más hermosa que jamás hubiera existido.

—Sí que se te da bien —dijo en voz baja.

—Sí, ¿verdad? —contesté, sorprendida.

—Debes de haber bailado la danza ardiente antes en los bailes de los Renato.

Su mano parecía ajustarse perfectamente a mi cintura.

—Es como si mi cuerpo recordara lo que mi mente no puede —dije.

Estaba en mi elemento, dejando que el fuego de mi alma se moviera a través de mí. Pronto olvidé que todo lo demás existía y bailé por el vacío del lugar oscuro, con solo la luz de nuestras almas para guiarnos.

La mía era pequeña y ardiente, de un tono rosado y parpadeante. La suya era más grande, envuelta en sombras, pero brillaba como una luna lejana.

A nuestro alrededor se formó una hermosa escena, como una acuarela de sugerentes rayitas azules y puntos verdes impresionistas, aplicados en capas hasta formar una imagen vívida, más parecida a un lienzo de los antiguos maestros.

Ahora bailábamos bajo el cielo abierto de la noche en un campo lleno de flores pálidas y delicadas.

—¿Eso lo estás haciendo tú? —le pregunté.

—Pensé que agradecerías algo de decorado —contestó.

Mientras bailábamos, las luciérnagas formaban constelaciones y una lluvia de cometas iluminaba la noche. Quería volver a caer dentro de él, nadar entre sus recuerdos y sentimientos.

Distraída, perdí el paso y tropecé con él. La piel desnuda de mi cuello se encontró con la del suyo.

Vi brillar el rostro de Lily, cegador.

Estaba bailando conmigo, pero pensaba en ella.

Le miré, me miró, y supe de inmediato que sabía lo que había visto.

La canción pareció terminar abruptamente y me devolvió al salón de baile mientras la escena del sueño se desvanecía. Volví a tomar dolorosa conciencia del resto de la fiesta: alcé la vista y vi a todo el mundo mirándonos con los ojos muy abiertos, interrogantes. Rani silbó y levantó las cejas.

Antes de que me diera tiempo a decir nada, Evander se volvió y salió de la sala en dirección a los jardines, no sin antes coger una botella de vino. Al cabo de un largo instante fui tras él. Me abrí paso por un elaborado laberinto de setos y me perdí completamente mientras trataba de encontrar el camino hacia él. Al final le encontré sentado ante una fuente de querubines juguetones, con la camisa desabrochada y bebiendo directamente de la botella.

—¿Por qué te has ido corriendo de esa manera? —le dije.

—No estoy de humor para conversar —fue su respuesta. Arrastraba las palabras, costaba entenderle.

El fuego de mi interior rugió, las llamas subieron y me quemaron la cara. Nunca me había sentido tan idiota.

—¿Ah, no? —exclamé. Quería decir algo, pero no sabía qué—. ¡Bueno, perdóname por existir!

Apreté los puños, luchando por contener el grito que me crecía dentro. Con la cara desencajada, di media vuelta y me fui hacia la casa a paso ligero.

—¡Espera! —me llamó él, poniéndose de pie—. ¡Lo siento! No quería decir eso. Lily, para.

Me detuve y giré sobre mis talones para enfrentarme a él.

—¿Lily? ¿Acabas de llamarme Lily?

Evander parecía mortificado.

—No me llamo Lily —dije.

—Lo siento, me he…, me he equivocado.

—Yo no soy ella —dije.

—Ya lo sé…

Me di la vuelta y seguí corriendo, sin darle la oportunidad de volver a dejarme en ridículo.

—¡Iris!

Ni siquiera sabía por qué estaba tan molesta, solo que lo estaba.

Tal vez estaba enojada conmigo misma por atreverme a pensar que alguna vez podría llegar a preocuparse por mí como se preocupaba por ella. O tal vez estaba enfadada con él porque había dejado que lo pensara.

«Idiota, más que idiota.»

No podía competir con Lily. Lily la muerta, la perfecta. Siempre viviría en su corazón, en su cabeza, por mucho que yo hiciera.

Entré en el vestíbulo furiosa, sin saber qué hacer, cuando Birdie se acercó a mí desde las escaleras con expresión impaciente.

—¿Puedo hablar contigo? —me dijo—. Ahora que no hay nadie delante.

El señor Sharma se quedó detrás de ella, con expresión contravenida.

Me obligué a parecer tranquila.

—¿Qué ocurre? —pegunté.

Me hizo un gesto para que la siguiera.

—Dudaba si compartir esto contigo —dijo el señor Sharma—. Una parte de mí teme que sea una trampa, una pista falsa tal vez. Pero Birdie insiste en que en esta ocasión ella sabe más que yo.

Le sonrió con cariño y ella le devolvió la sonrisa.

—Continúe —le insté.

—Un par de días después de la Noche Que Nunca Fue,

recibí un paquete misterioso de una mensajera de la Casa Renato —explicó Birdie—. Arriesgó su vida para hacérmelo llegar y lo único que dijo fue: «Protégelo». Después de eso, desapareció.

—¿Qué tiene que ver eso conmigo? —inquirí.

—Bueno, reconocí la letra de Ruben Renato en el sobre.

Fruncí el ceño.

—¿Reconociste su letra?

Birdie se encogió de hombros.

—Ruben y yo fuimos íntimos hace tiempo. Tenía la costumbre de enviar cartas bastante picantes con instrucciones de que las quemara después.

Quemar cartas. ¿Era ese un hábito que me había transmitido?

—Confiaba en mí. Sabía que yo tenía amigos en los bajos fondos. Ruben no sentía mucha simpatía por los rebeldes que el canciller le hacía torturar y matar. Los consideraba tontos. Pero temía que su Casa estuviera perdiendo todo control, que ahora la Orden estuviera en manos de un solo hombre. Me sorprendió tener noticias suyas después de tantos años, pero aún me sorprendió más el hecho de que, cuando intenté abrir el paquete, no pude. Ruben Renato me había enviado un paquete que no podía abrir. Ha sido un misterio para mí, hasta ahora. Creo que tú podrías ser la verdadera destinataria.

—Ah —dije, olvidando mi mal humor mientras la curiosidad se apoderaba de mí—. Bueno, pues vamos a echarle un vistazo.

Birdie nos condujo hacia una puerta en la que había una estrella brillante, como en el camerino de un teatro. Encendió una luz y vi su salón privado, decorado con más interpretaciones artísticas de ella misma.

En un rincón de la habitación había un armario lleno de vestigios muy parecido al que tenía la condesa, una selección de tesoros que supuse que contenían los recuerdos de la vida de Birdie dentro y fuera de la Orden.

—Tengo mis dudas sobre la lealtad de Ruben —dijo el señor Sharma—. A menudo advertí a Birdie que no debía confiar del todo en él. Pero las rebeliones hacen extraños compañeros de cama. Confío en ti, Iris. Si dices que estaba conspirando contra el canciller, entonces quizá nos encontremos luchando en el mismo bando, después de todo.

Birdie desapareció en su armario, empezó a lanzar una serie de sombreros, bufandas y bolsos, antes de salir con un paquetito cuadrado envuelto en papel de embalar y cordel, con una carta sujeta a él.

—Aquí está —dijo.

Dudé, temiendo equivocarme, que mi recuerdo no fuera cierto, que nada de lo que sabía fuera real. Y sin embargo... lo sentía.

Me llamó la atención un pequeño sonido. Su melodía me tocó la fibra, me conectó con algo que aún no poseía.

Primero abrí la carta. Rompí fácilmente el sello de cera y saqué la hoja de papel que había doblada dentro. Era una nota sin firmar que decía: «Si has llegado hasta aquí, estás más cerca de la verdad de lo que crees».

Nerviosa, desenvolví el paquete con dedos temblorosos, dejando que el papel cayera como una piel de serpiente desprendida.

Dentro estaba la caja de música que había vislumbrado brevemente en mi recuerdo, con paneles nacarados y filigranas, decorada con bailarines vestidos de gala. La toqué con la punta de los dedos, explorándola. Notaba sus vibraciones internas y ocultas. Giré la llave de cuerda y la caja se abrió ruidosamente, dejando a la vista dos figuras en miniatura que bailaban juntas en un quiosco de música rosado.

Un chico de pelo oscuro con frac.

Una chica pelirroja con vestido escarlata.

Veía los cilindros girar y los martillos golpetear los surcos de las notas en secuencia. Tras un crujido, empezó a sonar una canción:

Deja que la noche me lleve,
tu espectro de mí se mofa.
Las sombras con las que vivo,
querida, me obsesionan.

—Conozco esta canción —dije. Empecé a cantarla con voz ronca y desentrenada.

No llores por mí, cariño,
no digas que hay que marchar,
habito el pasado, donde sé
que no me dejas de amar.

Me di cuenta de que recordaba la letra perfectamente.

Mientras viva, en mis sueños, te besaré.
Con la última chispa de mi alma, te extrañaré.

El sonido de la nana se convirtió en una orquesta completa.

Era la Canción.

Mi Canción.

Cada instrumento era una parte de mi personalidad. El tambor era mi determinación. El cuerno era la convicción de mis creencias. El piano era mi sentido del humor, y el violín, mis pasiones. Mis rarezas eran la flauta, y el violonchelo, mis inseguridades.

Sentí que me llenaba, que adquiría color, que me hacía tridimensional.

Cuando la música llegó al clímax, la Canción de mi alma emitió un zumbido armónico y profundo, una onda de energía vibradora que utilizaba mis huesos como un xilófono. La tierra tembló. Un torrente de recuerdos me atravesó, me tragó y me escupió en un lugar y un tiempo diferentes.

Perdida en las profundidades de mi ser, me encuentro frente a un edificio viejo con cúpula y ventanas suavemente iluminadas. Es la Basílica de Todas las Almas.

No es la Noche Que Nunca Fue porque no hay nieve en el suelo, pero en la Basílica hay un bullicio similar, está llena de gente que viene y va. Hay una pancarta pintada y decorada con un ave fénix en la que se lee: «Víspera Ardiente».

Es la fiesta de la Casa Renato.

En el interior, bailarines con trajes brillantes y extravagantes giran como peonzas mientras los camareros trajinan bandejas de plata y decantadores de cristal tallado. Avanzo entre la multitud y me encuentro de frente a Oliver Obscura. Copa en mano, parece buscar a alguien cuando sus ojos oscuros se fijan en mí.

El antiguo yo de Evander lleva un traje de gala hecho a medida, negro como la noche, a juego con su pelo negro, al que le falta el mechón blanco. Lleva un colgante en forma de ojo colgado al cuello. Parece una persona completamente diferente, desde la postura hasta la expresión contraída y altiva de su rostro.

—Mi padre me envía a hablar contigo —le digo.

—Si quiere bailar, debería venir y pedírmelo él mismo —bromea, y sonríe por su propia ocurrencia.

—Sígueme la corriente, por favor. Creo que trata de encontrarme marido. Quiere que todos los demás jóvenes solteros de la corte me vean deseable. Si sonríes y actúas cortésmente, ambos podremos continuar y disfrutar de la velada.

—Lo dudo —dice él.

—¿Por qué? Pensaba que te gustaban las fiestas.

—¿Quién te ha dicho eso?

—Ruben dijo que te gustaba el desenfreno.

—Bueno, él sabrá —dice, dando un trago a su copa—. Ese hombre domina los siete pecados.

Miro a mi alrededor en busca de charla, observo a la gente bailar al ritmo del estribillo melodioso de la orquesta.

—Tal vez solo necesites entrar en el espíritu de las cosas —digo—. Por tu expresión, bien podrías estar en un entierro.

—Preferiría estarlo.

—Los demás parecen estar pasándolo bien.

—Eso es porque tienen el intelecto colectivo de un cuenco de uvas —dice con una voz pausada—. No hace falta mucho para aplacarlos, sobre todo si corre la bebida.

Balbuceo, ahogando la risa.

—No puedes decir eso.

—¿Por qué no? Puedo decir lo que quiera. ¿Crees que van a castigar al futuro canciller por cotillear? Aquí hay un baile cada día, y si no es un baile, es un banquete. La novedad desaparece pronto. Cuando ya has estado en los suficientes, los disfrutas muy poco.

Señala, a través de la multitud, a una pareja vestida de dorado que baila.

—Lord y lady Cordata, borrachos como cubas y enganchados el uno al otro como percebes —dice—. De aquí a un rato tendrán la lengua metida hasta la campanilla del otro, sin duda. Lo último que he oído es que él tiene siete aventuras a la vez.

—¿Siete? ¿De veras? —comento con ligereza—. ¿De dónde saca el tiempo?

Me pone la mano sobre el hombro y me hacer girar ligeramente para que mire a un hombre y a una mujer vestidos de blanco.

—Lord y lady Memoria, dos de las personas más aburridas que han pisado la faz de tierra —me informa—. Lo único de lo que hablan es de lo mucho mejor que eran las cosas en los viejos tiempos.

Señala a la pareja de plateado.

—Lord y lady Harmonia. Nunca tienen una palabra amable sobre nadie. Su única alegría en la vida es cotillear.

—¿No es eso lo que estamos haciendo nosotros?

—*Touché* —dice.

Me hace avanzar con él entre la multitud a través de la pista de baile.

—Ya conoces a lord y a lady Renato, por supuesto. Los peores de las cinco Casas, según la mayoría.

—¿Te atreves a decir algo así en mi cara?

—Tú no eres una Renato auténtica. Hasta hace un mes nadie sabía que existías siquiera.

—Ruben es mi padre y conmigo no ha tenido más que amabilidad.

255

Oliver mira con atención el anillo.

—Eres ilegítima. Una hija del amor, nacida de una sirvienta. Tu padre solo se interesa por ti porque tienes un don. De lo contrario te mandaría al Reformatorio.

Ardo de vergüenza con el ceño fruncido.

—Tuviste suerte de nacer fuera del matrimonio —dice—, de crecer como una plebeya lejos de todos nosotros.

—¿Una plebeya? —repito—. ¿Es eso lo que piensas de mí?

Se le tiñen las mejillas de rosa al darse cuenta de que ha dicho una cosa inapropiada.

—No. Ya sabes a qué me refiero —contesta a la defensiva.

Vemos cómo Valeria, la mujer de Ruben, le tira una copa a la cara a un camarero, recriminándole que se haya equivocado en el pedido.

Tengo que encargarme de la situación.

—Vayámonos de aquí —digo.

—¿Adónde? —pregunta él.

—¿A quién le importa? Cualquier lugar es mejor que quedarse aquí. Si me quedo escuchando a esta gente un minuto más, podría empezar a chillar obscenidades.

Le miro, me mira, y la tensión se extiende deliciosamente entre nosotros.

—¿O te preocupa que eso pueda molestar a tu amiguita? —me burlo—. Aunque no parece estar muy interesada en ti.

Miro hacia la pista de baile y hago un gesto con la cabeza hacia una chica rubia vestida de blanco que nos da la espalda mientras baila con otro chico.

Lily.

Oliver sigue la dirección de mis ojos y una mirada miserable le nubla los rasgos por un instante.

—Vamos —dice.

Con una floritura teatral, coge un decantador de cristal tallado lleno de ambrosía y me lleva a los jardines de la Basílica, repletos de elementos de poda artística.

Todo el mundo que se cruza con nosotros nos mira boquiabierto y con descaro.

—En cada baile va con una chica diferente del brazo —susurra alguien.

Se oyen rumores sobre Oliver Obscura, y yo los escucho todos. Que es un mujeriego que dice a las chicas lo que quieren oír. Que es un borracho, un chico salvaje. Que está trastornado, incluso que es peligroso. Todo el mundo ve señales. Yo tomo buena nota, pero ignoro las advertencias.

Nos sentamos en los escalones del quiosco de música cubierto de rosas. Oliver da un trago directamente del decantador y me lo pasa. Le imito y bebo con avidez antes de volver a dejarlo en la escalera de madera.

—No pongas esa cara de sorpresa —le reprendo—. Soy del norte. Allí a los chicos elegantes como tú nos los comemos con patatas.

Suelta una carcajada.

—¿Ah, sí?

Sus ojos se clavan en los míos, como una llave en la cerradura.

—Y dime, ¿qué más haces en la vida? —le pregunto mientras acerco los dedos más a los suyos—. Cuando no te ves obligado a asistir a bailes horribles, quiero decir.

—Me gusta hacer lo menos posible —responde.

—¿De verdad serás canciller algún día? No puedo imaginarlo.

—La verdad es que no tengo mucha elección.

—Por como hablas, no sé si estás hecho para ello.

257

—Nadie lo está —asegura—. Mi padre el que menos.

—¿Y lo que tú quieres?

Se encoge de hombros.

—Debe de haber algo que quieras —insisto—. Todo el mundo quiere algo, ¿no?

Algo parpadea brevemente en sus ojos, algo que le hace parecer vulnerable y abandonado, un anhelo infantil. Se desvanece rápidamente y Oliver ríe.

—Solo quiero que me dejen en paz.

—Ah, ¿eso quieres? —digo, fingiendo que me levanto—. Porque puedo irme.

—Tú no —dice rápidamente—. Tú puedes quedarte. Eres la persona más interesante con la que he hablado en mucho tiempo, y solo hace unos días que te conozco.

Nos llega el sonido de la danza ardiente desde la Basílica.

—¿Bailamos? —propone, poniéndose de pie para estar a mi altura.

Menos mal que lady Rubella me enseñó los pasos antes de presentarme en sociedad.

Tímidamente, me coge la mano derecha con su izquierda. Coloco la mano izquierda sobre su hombro. Él me agarra suavemente la cintura y una deliciosa emoción me recorre la espalda. Cuando él da un paso adelante, yo retrocedo.

Es más alto que yo, lo que hace que nuestros movimientos sean poco naturales y desaliñados, pero ambos nos reímos, sin prestar atención a los ojos entrecerrados, los labios fruncidos, los chasquidos de lengua y los susurros furtivos. La gente habla. Siempre habla. La canción termina demasiado pronto y empieza otra, esta vez una vieja balada: una de esas melodías anhelantes sobre desamor y amor no correspondido.

Deja que la noche me lleve,
tu espectro de mí se mofa.
Las sombras con las que vivo,
querida, me obsesionan.

Oliver me hace girar bajo su brazo y me vuelve a acercar a él, hasta que solo nos separa apenas un centímetro.

Se supone que no debería gustarme.

Se supone que no debería estar divirtiéndome.

La canción continuó sonando mientras la escena se desvanecía, y me quedaba sola en la oscuridad hasta que a mi alrededor se fue creando otra viñeta pieza a pieza.

Ahora estoy desenvolviendo la caja de música, esta vez en la habitación donde me hicieron pedazos. Giro la llave plateada y oigo que empieza a sonar el tintineo de *El corazón encantado*. Las figuras en miniatura bailan en bucle.

259

Sé que Oliver la hizo personalmente para mí, de la mente a la materia, pero está por ver si su corazón está realmente en ella.

Por el espejo de la pared veo a Ruben en la puerta, que capta la expresión de mi cara antes de que la disimule.

—¿Ya te mandan regalos? —dice, y cruza la habitación hacia mí—. Se te da aún mejor de lo que imaginaba.

Miro fijamente mi reflejo.

—Sobre eso... estaba pensando...

—No tenemos más tiempo que perder. Vamos a tener que subir las apuestas. Aprovechar el momento, por así decirlo.

En mi reflejo veo la duda.

—Pero ¿cómo se supone que voy a ocultarle la verdad? —pregunto—. Se rumorea que lo ve todo.

—El engaño es un arte —dice Ruben—, y tú eres una

pintora. Haz lo que te he dicho y pronto se olvidará de su propio nombre.

—Todavía se siente mal —digo.

—Esta es nuestra oportunidad de socavar al canciller. A veces luchar por lo correcto implica tomar decisiones difíciles.

Abro la tarjeta y veo el nombre escrito en su interior.

«Oliver.»

—El chico es incapaz de gobernar la Casa Obscura —dice Ruben—. La muerte de su madre lo ha hundido. Es inestable, desvaría, tiende a la psicosis. No se puede confiar en él para dirigirnos. Por eso debes ayudarnos a destruirlo.

Me levanta la barbilla con un dedo enguantado de rojo.

—Es peligroso, Ruby.

—Yo también.

—Eres la única que puede hacer lo que hay que hacer cuando llegue el momento. No olvides lo que le hizo el canciller a tu madre.

Agarro el collar que llevo oculto bajo la blusa.

—¿Qué mejor manera de honrarla que destruir al hombre que te la arrebató? —dice—. Y Oliver es clave para la caída del canciller.

Suspiro, asiento con la cabeza y arrojo la carta al fuego.

—Te escucho —digo.

—Averigua qué recuerda de la noche en que murió su madre. Si podemos demostrar lo que hizo el canciller, podremos derrocar la Casa Obscura. Su reputación quedará irremediablemente dañada. Será sometido a una investigación. La Casa Renato estará preparada para tomar el control. Por el bien de la nación, hemos de echar al canciller del poder, cueste lo que cueste.

Ruben se marcha y me deja a solas con la caja de música.

Hago girar la llave y vuelvo a escuchar *El corazón encantado*.

El cuadro se iba completando, el rompecabezas iba encajando.

Aquella cosa terrible que Ruben decía que solo yo podía hacer...

Era traicionar a Evander.

El sonido de la voz del señor Sharma me hizo regresar y me arrastró al mundo real mientras las réplicas de aquella revelación continuaban sacudiéndome.

—¿Iris? Dime algo.

Estaba tirada en el suelo y Birdie se hallaba inclinaba sobre mí.

—¿Estás bien, mi amor? —dijo—. Te has desmayado y estás blanca como la pared.

Le tendí la caja de música.

—Mi Canción —dije temblando—. En esta caja estaba mi Canción.

—Ay, Dios —dijo el señor Sharma.

Birdie me ayudó a ponerme de pie y comprobó que estuviera bien.

—No puedo creer que haya estado aquí todo el tiempo —dijo—. No me extraña que me resultaras tan familiar cuando nos conocimos.

Antes de que pudiera procesar aquello, nos interrumpió el sonido de unos golpes en lo más profundo de la casa, como un latido enterrado bajo las tablas del suelo. Los ojos del señor Sharma se volvieron negros mientras miraba hacia dentro.

—Están aquí —advirtió—. La Orden está aquí.

15

El sonido del alma

*D*ejé nuestra conversación y la caja de música y me uní al grupo de gente asustada que se había reunido en el vestíbulo de arriba.

—¿Cómo nos han encontrado? —preguntó Birdie, furiosa.

—Sabían nuestra ubicación. Debe de habernos delatado alguien —dijo el señor Sharma.

Se hizo un silencio temeroso mientras todos se miraban unos a otros.

—De modo que hay un espía entre nosotros —soltó Cook.

—A mí no me mires —dijo Evander.

—Quedaré expuesta —dijo Birdie—. Perderemos nuestros contactos, nuestra tapadera, todo. ¿Qué podemos hacer, Arjun?

El señor Sharma cerró los ojos y miró en su interior.

—Son setenta y cinco, y nosotros solo treinta.

—También está el canciller —añadió Octavia.

Pareció que el cuerpo de Evander perdía toda la Chispa y se quedaba vacío como un guante.

Mientras íbamos hacia la cocina, vimos carros negros rodeando la casa por todos lados.

—No hay salida —dijo Rani.

—¿Y si viajamos a través de las sombras? —propuso Evander.

—No puedes transportarnos a todos —dijo el señor Sharma—. Te mataría. No lo permitiré.

Intercambiaron una mirada larga e inescrutable.

—Entonces no tenemos más remedio que luchar —dijo Perpetua.

Una mezcla de terror y emoción se disparó en mis venas.

—No ganaremos —dijo Evander—. Se acabó. Es el final del camino.

—No digas eso —dije.

—Ha venido a por mí. Iré con él, me entregaré. Tal vez así os perdone al resto.

—¿Y si en realidad me está buscando a mí? —pregunté—. Quiere asegurarse de que no me recuerdo a mí misma del todo. Debería ser yo quien se entregue.

—¡Ninguno de los dos va a ir a ninguna parte! —espetó Octavia.

—¿No escapasteis de la Orden en una ocasión? —dijo el señor Sharma, agarrando firmemente los hombros de Evander—. ¿No irrumpisteis en el Observatorio? No podemos desanimarnos ya antes de empezar, ¿verdad que no?

Se oyó otra oleada de golpes.

—Siempre hemos sabido que esto era una posibilidad. Una eventualidad, podrían decir algunos. Y no estamos del todo desprevenidos.

Birdie nos llevó a un estudio. Se acercó a una estantería forrada de tomos encuadernados en cuero y pasó las manos por sus lomos. Detuvo los dedos en un libro y lo sacó. Hacía de palanca y provocó una serie de chirridos y ruidos sordos cuando la pesada librería se abrió como una puerta y dejó al descubierto una sala cavernosa en la que había expuestas en vitrinas muchas armas extrañas.

—¡Que todo el mundo coja algo con lo que luchar! —dijo el señor Sharma—. No sabemos si van a luchar con la mente o con el cuerpo. Probablemente con ambos.

—¿Qué son? —pregunté mientras inspeccionaba aquel despliegue de armas extrañas.

—Tecnología experimental —contestó—. Creada por la Orden.

—He cantado muchas canciones dulces a muchos hombres poderosos, y algunos de ellos me daban regalos —dijo Birdie—. Otras las robaba y las guardaba siempre que tenía oportunidad. Todas ellas están diseñadas para amplificar la psique de un usuario en particular.

Señaló una porra roja con una correa.

—Esa de ahí es la misma porra que usan los soldados de la Orden. Deberías cogerla. Como alma de fuego, debería serte fácil de usar como conductor para canalizar la fuerza vital.

Saqué la porra de su gancho y la sopesé en la mano. Era fría y suave, y tenía grabado el signo del fuego.

Chispeó involuntariamente y lanzó brasas.

—¡Perdón! —dije.

Ash tomó la otra arma de fuego: un arco con flechas que podían encenderse por telepatía. Birdie le dio a Octavia una campanilla que podía disciplinar a los soldados como a perros, y para sí cogió un aparato tipo megáfono que, según dijo, podía romper la barrera del sonido. El señor Sharma instruyó a Rani en el uso de esferas como las que habíamos visto en el Observatorio, que podían entrar en la Sombra de una persona. Perpetua examinó un farol en el que humeaba

265

incienso y que perseguía con sus propios recuerdos a todo aquel que lo oliera. Cook y Gus se llenaron los bolsillos de pociones y venenos para usarlos como proyectiles.

—Vamos al tejado —gritó Birdie—. Están a punto de entrar por la puerta.

Miré por el balcón del vestíbulo y vi una horda de inspectores invadiendo la casa.

El señor Sharma se quedó atrás para crear un bloqueo de fuego con mi ayuda. Subimos a toda prisa por la escalera de caracol de piedra, hasta la torre más alta de la casa, mientras oíamos retronar los pasos más abajo, e irrumpimos en el tejado.

—¡Por aquí!

Bordeamos un estrecho precipicio, pasamos junto a gárgolas negras de ojos saltones, y nos dirigimos a la zona más protegida de la azotea, rodeada de torretas y agujas. Entonces oímos un aluvión de gritos procedente de abajo que nos sobresaltó.

Abajo, en el suelo, montones de inspectores bajaban de los carros. Sus botas rechinaban sobre la grava mientras marchaban en filas hacia la entrada. De pie, en formación, se pusieron a trabajar para convertir la mente en materia y producir una grúa enorme que los elevó hasta el tejado.

—Haced lo que haga falta para defenderos a vosotros mismos y a los demás —dijo el señor Sharma hinchando el pecho.

Después se volvió hacia Birdie, le cogió la cara entre las manos y la besó en los labios con gran ternura.

—Arjun —dijo ella con cariño.

Octavia, que observaba la escena, se volvió hacia Rani e hizo lo propio. Rani pareció sorprenderse un segundo o dos, antes de devolverle el beso.

Evander y yo nos limitamos a mirarnos, dándolo por sobreentendido.

Me pregunté cómo debían de ser sus labios al besarle. ¿Le había besado antes?

—Estaremos bien —dijo, aunque, a juzgar por su expresión, no parecía creérselo—. Haré lo que sea necesario para que estés a salvo.

—Puedo protegerme sola —dije—. Eres tú quien me preocupa. —Sentí que aquel hilo invisible se extendía de nuevo entre nosotros—. No te mueras, ¿vale? —añadí, y me percaté de la ironía de mis palabras, habida cuenta de las cosas espantosas que habían despertado los recuerdos de mi Canción.

—Haré lo que pueda —dijo—. No hagas ninguna tontería.

—No te prometo nada —contesté.

El hilo se rompió rápidamente cuando los inspectores invadieron el tejado y vinieron rugiendo hacia nosotros. En ese momento vi que a Evander se le dilataban las pupilas y le inundaban el blanco de los ojos. Su Sombra se hizo enorme y envolvió a los intrusos como un manto negro harapiento. Los guardias, sin ver nada, empezaron a revolverse, a tropezar y a chocar entre sí, gritando en la confusión. Uno de ellos cayó al vacío por el lateral del edificio. Al mismo tiempo, Birdie proyectó ondas de sonido, un gemido que rompía los tímpanos, aunque yo solo lo escuchaba débilmente. Los inspectores se taparon los oídos con fuerza, gritando de dolor.

El canciller emergió de entre las nubes oscuras, flanqueado por una mujer con bata blanca de médico y un hombre con túnica plateada que llevaba un auricular. La mujer fue a por Evander. El hombre fue tras Octavia. El canciller se dirigió directamente hacia mí. Su presencia me hizo sentir frío, asco, desnudez, mil ojos sobre mi piel, sus bucles sombríos se filtraban por las grietas de mi alma. En su mano brillaba un báculo oscuro que me resultaba familiar: el mismo que me había hecho pedazos.

Al girarlo, hizo manifestarse a monstruos serpentinos que me atacaron en enjambre. Me empezaron a arrancar pelo y ropa y me cegaron con sus colas oscuras y rayadas. Estaba canalizando la Sombra, convirtiéndola en un arma.

El señor Sharma cargó contra él y le bloqueó el camino hacia mí, pero entonces apareció de la nada un cadete del ejército vestido de rojo.

Llevaba una porra idéntica a la mía. Su luz dorada se extendía en ramas, formando un patrón que se desplegaba como una telaraña por el aire. El fuego del alma. Era la misma energía que corría a través de mí, la misma energía que había canalizado para crear el fuego del carruaje.

El rayo crepitante serpenteó hacia delante y me golpeó en el pecho.

—¡Ah!

Corrió por mis venas como si tuviera fuego en la sangre. Unas estrellas brillantes me abrasaron la superficie de las retinas. Me ensordeció un sonido muy agudo. Noté olor a quemado y el sabor a hierro oxidado de la sangre fresca en los labios.

Hice acopio de determinación y dejé que la energía de mi Chispa fluyera a través de mi porra, creando una red de energía que igualó la suya. Solté un grito e imaginé un fuego que le quemara la piel y le hiciera chillar de dolor. Pero de algún modo él redirigió la energía hacia mí, obligándome a arrodillarme.

El cadete me arrastró por encima del suelo y me atrajo hacia él como si recogiera un hilo de pescar. Conseguí zafarme del tirón invisible y salí disparada hacia la estrecha pasarela que rodeaba el tejado. Un humo espeso y negro me nublaba la vista, pero pude ver al canciller usar su báculo para dirigir el humo como un huracán.

—Todo el mundo está bastante harto de perseguirte por ahí, ¿sabes? —dijo el cadete sin dejar de seguirme.

—Pues ¿por qué no paras y te ahorras la molestia?

Una parte de la estrecha cornisa se desmoronó. Di un paso vacilante hacia la izquierda y la pasarela cedió bajo mis pies. Mientras luchaba por agarrarme a algo sólido, la porra cayó en picado al suelo y se hizo añicos.

Cuando el cadete tiró su arma, me agaché y lo embestí en el estómago con la cabeza, golpeándolo con toda la fuerza que pude reunir de la yesca de mi propia alma. Salió de mí como un tsunami de fuego del alma que penetró en su cuerpo y lo dejó inconsciente al instante. Se le pusieron los ojos en blanco mientras caía al vacío dando vueltas hasta estrellarse contra el suelo con un ruido sordo y seco.

269

Hice una mueca de dolor y aparté la vista. Debería haber sentido asco, remordimiento, pero simplemente me sentí aliviada por no tener que seguir luchando contra él. Recogí la porra que había tirado el cadete y me arrastré hasta el otro lado del tejado, buscando al canciller a través del humo.

Algunos de los inspectores estaban alucinando, perseguidos por los espectros de sus propios recuerdos.

—Rosie —gritó uno mientras perseguía el espíritu fantasmal de una mujer que estaba proyectando Perpetua—. ¡Vuelve conmigo, amor mío!

—¡Se supone que estás muerta! —gritó otro, retrocediendo ante la visión de una anciana que cacareaba.

Gus corría entre la multitud tirando pociones como bombas, lanzando brillantes explosiones de humo multicolor que enviaban a los inspectores a dormir. Ash disparó una flecha en llamas en dirección al canciller y le rozó el hombro acolchado de la chaqueta, y un instante después fue desarmado por dos soldados con guerrera roja.

En un charco de sombra, encontré a Evander medio inconsciente, ensangrentado y murmurando para sí mismo.

—¡Evander!

Me arrodillé a su lado, tratando de despertarlo. Abrió los ojos, me vio arrodillada junto a él. Buscó mi mano y se le ablandó la expresión.

—Quería que fueras tú —dijo, crípticamente.

—¡Evander, por favor! Te necesitamos. ¡Te necesito!

Volvió a caer en la inconsciencia.

Le tapé con un abrigo que había en el suelo y avancé entre la niebla. Vi a Ash en el suelo: los guardias lo estaban apaleando. Perpetua llevaba puestas unas esposas espectrales y juraba en arameo. Había una esfera machacada que filtraba más sombras en el aire, mientras que Octavia buscaba a gritos a Rani, a quien no veía por ninguna parte.

El señor Sharma entró en la refriega y se puso a luchar contra las sombras serpenteantes con ilusiones espectrales, cada una de ellas penetrando en el velo entre la fantasía y la realidad. Cañones. Relámpagos. Enjambres de langostas. Todo se volvía real.

Pero el canciller apenas se inmutó.

—Veo que has reunido un buen ejército, Arjun —dijo en un tono anormalmente alto—. Tanta gente, y ni un alma que merezca la pena salvar.

El silencio descendió sobre el campo de batalla mientras el humo empezaba a despejarse.

—Entregad a mi hijo y a Ruby Renato, y solo os encarcelaré. Resistid, y os mataré a vosotros y a vuestras familias.

Los libros de historia os inmortalizarán como traidores. Nadie os llorará. No quedará nadie para recordaros.

Nadie se movió, aunque algunos de los fugitivos se miraron entre sí, sopesándolo.

—Ya has robado demasiadas vidas —dijo el señor Sharma—. No permitiré que te lleves ninguna más.

De repente, empujó con los brazos y lanzó un tsunami espectral de materia oscura que arrastró al canciller. Sin embargo, salió ileso, protegido por un anillo de espacio vacío.

—Pierdes el tiempo —dijo el canciller—. La batalla ya está librada y perdida. Has perdido tu oportunidad. Te has vuelto lento. Eres demasiado viejo para esto, Sharma. Ya es hora de que dejes de soñar.

Hizo un gesto perezoso en dirección al tejado. Me di cuenta con creciente horror de que tenía razón. Cook había sido alcanzada por una de sus propias pociones y echaba espuma por la boca. A Octavia la estaban torturando sus propios gritos sobrenaturales. Gus y Rani habían sido capturados y trasladados a vagones negros, y las puertas se estaban cerrando tras ellos. Estábamos perdiendo. Estábamos perdiendo estrepitosamente.

271

—Esto no era más que un batallón de soldados y, sin embargo, ha bastado para derrotaros con facilidad. Tengo cientos de miles de tropas más a mi disposición. No hagas que esto sea más bochornoso de lo necesario. No eres más que un sirviente, y uno pobre además. No eres un rebelde, porque no hay resistencia.

—¿Crees que la gente de ahí fuera es feliz bajo tu gobierno? —dijo el señor Sharma—. Pues te equivocas. No tienes ni idea de hasta qué punto. Superan en número a tus fieles. Un día, si no es hoy, se alzarán y quemarán tu Orden hasta los cimientos.

El canciller rugió y lo bombardeó con sombras en forma de cuchillos y flechas. El señor Sharma luchó por tomar el control poniéndose de pie mientras se le tensaban los músculos de los brazos y cerraba los puños.

Soltó un tornado huracanado de materia sombría que destrozó el tejado, arrojó a los inspectores a un lado y lanzó contra la pared a la mujer de la bata blanca, pero el esfuerzo duró solo un momento antes de que el canciller extendiera su báculo e hiciera manifestarse una gigantesca bola de demolición que golpeó al señor Sharma con toda su fuerza y casi le tiró del tejado antes de desintegrarse por completo.

Dos inspectores agarraron a un ensangrentado señor Sharma y le inmovilizaron con un par de esposas.

Evander apenas estaba consciente.

Todo dependía de mí.

Rugí de furia y cargué contra el canciller con las manos extendidas y la mente ardiendo de rabia. Estaba dispuesta a hacer lo que fuera necesario para destruirlo, aunque eso significara sacrificarme a mí misma.

Con indiferencia, extendió el brazo en mi dirección y tensó los dedos como si agarrara un objeto. Acto seguido me vi arrastrada hacia él por las sombras, pataleando y gritando, atada de pies y manos.

Sentí que mi fuego interior se agotaba y me dejaba débil y con la cabeza espesa, queriendo rendirme. Miré hacia arriba y vi los bucles oscuros que había lanzado el canciller tratando de colarse en mi cabeza, serpenteando hacia mis oídos.

—¡Fuera! —grité, sacudiéndomelos.

El canciller me miraba impasible a través de sus lentes sombreadas e inclinó lentamente la cabeza hacia un lado.

—Ahí la tenéis.

En ese instante se materializaron dos inspectores que salieron de unos portales de sombra y tiraron de mí para retenerme.

—Traed a la traidora —ordenó el canciller, chasqueando los dedos.

El hombre del auricular sacó a Birdie, ahora sujeta con cadenas negras de sombra, y la dejó caer a sus pies.

—Soltadme, feos salvajes —dijo ella—. ¿Dónde están vuestros modales? Este vestido cuesta más de lo que vuestros padres se gastaron en criaros.

—¡Dejadla ir! —advirtió el señor Sharma.

—De toda la gente que se ha vuelto contra mí, tu traición es la menos sorprendente —dijo el canciller—. Nunca me fie de ti.

—Entonces, ¿por qué me invitaste a la velada de tu cumpleaños? —dijo Birdie con un mohín dramático—. ¿No te gustó la actuación privada que te ofrecí?

Al canciller se le agrió el rostro y retorció la mano sobre su arma.

273

—No te atrevas a hacerle daño —dijo el señor Sharma.

—Uy, no te preocupes. No tardaré ni un minuto. Solo quería asegurarme de que viera esto —soltó el canciller.

Con un movimiento rápido y suave, giró su báculo en el aire.

—¡No! —grité.

Aquel movimiento me resultaba terriblemente familiar...

Antes de que nadie pudiera detenerlo, un rayo negro salió disparado del ojo del báculo y golpeó al señor Sharma en el pecho.

—¡Arjun! —gritó Evander, despertado de su inconsciencia.

Por un instante vi resplandecer una bola rosada y brillante de psique a través de la camisa del señor Sharma. Cuando bajó la vista, con la barbilla presionada contra el pecho, la luz se dividió en cinco haces. Vi su Sombra y su Espíritu flanqueándolo a cada lado. Oí el arpa de su Canción y la Chispa ardiente que se alzaba sobre su Corazón dorado.

Fue igual que cuando me hicieron pedazos, pero el báculo no cayó en el último momento, como en mi recuerdo. Se quedó en el sitio, y su rayo fue ganando potencia gradualmente hasta que se oyó un gran estruendo.

Los ojos del señor Sharma se fijaron en mí.

—Encuéntralo... —jadeó.

¿Se refería a Ruben? Debía de ser a él.

Su luz interior se apagó, los trozos de la anatomía de su alma se desprendieron y se convirtieron en polvo. Su cuerpo sin vida cayó al suelo.

Me lo quedé mirando entumecida, totalmente conmocionada.

Siguió un largo silencio, que Birdie interrumpió con unos gritos desgarrados y asesinos.

—¡Lo has... matado!

El canciller la aplaudió con sorna.

—Sí, muy bien. Siempre has tenido talento para el drama, pero ahora tu actuación ha terminado. Para ti ha caído el telón.

Temblando, Birdie luchó contra las cadenas para ponerse de pie. Su bello rostro se retorció.

—Entonces seguro que se me permitirá una última actuación —dijo.

Un lamento quejumbroso que desgarraba el alma sonó por el tejado e hizo que todo el mundo dejara de luchar.

Sobre nuestra tierra la oscuridad desciende,
gobernada por hombres con sangre en las manos.
Sus secretos controlan nuestra mente,
sus mentiras nos tienen hipnotizados.

Absortos, los inspectores bajaron los faroles, dejaron caer las armas y se quedaron inmóviles, aturdidos. Birdie se estaba apoderando de ellos, encantándolos con su canción, como una sirena de leyenda.

Incluso el canciller parecía inmovilizado por aquel sonido desgarrador. Avanzaba lentamente hacia ella con el báculo levantado.

Es hora de alzarse, de iluminar,
esta noche recobraremos nuestra libertad...

Los inspectores, con los ojos vidriosos, dieron media vuelta y empezaron a marchar hacia el canciller como si fueran a retenerlo.

Tu funesto reinado llega a su fin,
el alma de la nación nosotros...

La última nota se cortó prematuramente.

El brazo del canciller estaba inmóvil en el sitio y su báculo todavía humeaba.

Vi cómo las partes del alma de Birdie se dividían y morían. Vi cómo sus ojos se nublaban y levantaba una mano con impotencia. Era el mismo método utilizado para matar al señor Sharma, la misma arma utilizada para hacerme pedazos a mí.

Debería haber muerto. Ahora lo entendía. Pero, en lugar de desvanecerme, aquellos pedazos de mí habían quedado protegidos, de algún modo mis posesiones les habían dado refugio. De haber sabido cómo había ocurrido, podría haberlos salvado a ambos.

Lo habían dado todo por el Santuario, por proteger a la gente, por protegerme a mí, y ahora estaban muertos por ello. No era justo. No estaba bien.

Birdie cayó al suelo y quedó tendida boca abajo junto al señor Sharma, las manos de ambos a escasos centímetros, moviéndose con espasmos.

Silencio.

No hubo bis.

A lo lejos empezó a formarse un piar musical.

Se oyeron cristales rotos y uno de los amigos plumíferos de Birdie entró planeando por una ventana rota, imitando su última actuación.

Al ver que un montón de pájaros se abalanzaban sobre ellos como fuegos artificiales, los inspectores se agacharon. Siguió otro, y luego otro, hasta que el cielo estuvo lleno de música. Volaban en todas direcciones, difundiendo el himno de la resistencia por toda la aldea y más allá, haciéndose eco de la última canción de Birdie.

Evander se levantó con dificultad. Su Sombra agrandada salió disparada, agarró a su padre por el cuello y lo levantó del suelo. La Sombra se fue extendiendo por sus venas creando afluentes de aspecto siniestro bajo la piel.

El esfuerzo le hizo sangrar de nuevo, esta vez por los ojos, derramando lágrimas carmesí que dejaron un rastro de sangre por la azotea.

Varios guardias se adelantaron, dispuestos a defender a su canciller, pero este sacudió ligeramente la cabeza, indicando a sus hombres que se quedaran atrás.

—Oliver. Hijo —dijo con voz ronca.

—Ese no es mi nombre —soltó Evander—. Ya no.

Tenía la voz diferente, más de barítono. Más profunda y

áspera, como si se alzara de la tumba. Tenía la camisa blanca de vestir salpicada de sangre.

El canciller se aferró a la Sombra ahora que lo estaba estrangulando.

—Ven conmigo —se esforzó por decir—. Ven a casa. La oscuridad que llevas dentro está corrompiendo tu alma. Tu Sombra se está apoderando de ti, igual que hizo con tu madre. Te estás convirtiendo en un monstruo.

La Sombra de Evander volvió a transformarse y se convirtió en la misma bestia demoníaca de cuernos y alas que había ahuyentado a los inspectores.

—Yo sí que te voy a enseñar un monstruo —dijo.

—¿Pretendes dejar que me mate? —jadeó el canciller—. ¿A tu propio padre? Sin mí, morirás. Solo yo puedo ayudarte. Solo yo puedo contener la oscuridad que te consume. Por eso he podido entrar en tu Sombra, utilizarla para localizarte, porque en el fondo querías dejarme entrar.

Evander se tambaleó un poco y el monstruo involucionó.

—No.

—Desde que nos cruzamos en el Observatorio, te he estado observando. Me permitiste compartir tus recuerdos, tus sentimientos. Me mostraste este escondite.

—No es cierto… —gritó Evander apesadumbrado, sacudiendo la cabeza. Sus ojos eran marrones de nuevo y su voz volvía a ser normal—. No es cierto.

Su agarre sobre el canciller se aflojó, permitiendo que los pies de su padre volvieran a pisar el suelo y a aguantar su peso.

—Tu Sombra era tan débil, tan susceptible a la influencia. Fue muy fácil dominarla. Me mostró el verdadero deseo de tu corazón… Venir a casa, adonde perteneces.

—No, no, no...

Sacudí la cabeza junto con Evander.

—No le escuches —dije con firmeza—. No le perteneces. No eres él.

Evander se volvió hacia mí, atormentado, con expresión suplicante.

—Ella no puede ayudarte —dijo el canciller—. Ella te traicionó. Te utilizó. Y todo porque su padre le dijo que lo hiciera.

La monstruosa Sombra de Evander retrocedió aún más.

—¿Qué?

El canciller se quitó las gafas oscuras.

—Ten. Te lo mostraré —dijo.

No sé qué fue lo que vio Evander en los ojos de su padre, pero sus labios se endurecieron.

Vi que se volvía frío.

—¿Cómo pudiste? —susurró, volviéndose hacia mí.

En su voz no había más que un odio acerado. Sus palabras eran un cuchillo que se clavaba en mi pecho.

—Evander —jadeé—. Yo no...

Cuando se volvió hacia mí, su mirada negra estaba vacía.

—Vamos —dijo el canciller, pasando despreocupadamente por encima del cuerpo sin vida de Birdie—. Trae a la chica.

—Sí, padre —dijo.

Evander extendió la mano como si fuera a tomar la mía, pero en lugar de eso salió de ella la oscuridad, que me venció.

La luz del mundo se apagó.

CUARTA PARTE

El Corazón

16

La reforma

*D*urante mucho tiempo pensé que estaba muerta.

No pensaba nada.

No sentía nada.

No quería seguir existiendo, así que no lo hice.

Poco a poco fui percibiendo un ritmo ajetreado de vaivén y me di cuenta de que estaba en movimiento. Estaba tan oscuro que no veía nada, pero notaba que había otras personas en los cuartos cercanos, respirando, temblando, gimiendo.

—¿Iris? —llegó un susurro—. ¿Eres tú?

—¿Octavia? —dije al reconocer su voz.

—Ahora puedo oír tus pensamientos —dijo.

Debía de ser porque había recuperado mi Canción, aunque seguramente la caja de música estuviera en posesión de la Orden en aquel momento.

—¿Qué ha pasado? —pregunté, todavía aturdida.

—No me acuerdo —dijo Octavia—. Noto la cabeza pesada y llena de niebla. No oigo demasiado bien el flujo de fuera.

—¿Dónde están los demás? —pregunté.

—Yo estoy aquí —resopló Rani.

Casi pude verla, al otro lado de Octavia, con la cara manchada de lágrimas, meciéndose suavemente adelante y atrás.

—Rani —dije con voz ronca—. Lo siento.

—No puedo creer que esté muerto —dijo ella—. Se ha ido. En un abrir y cerrar de ojos.

—Ya —dijo Octavia, frotándole el brazo—. Lo siento mucho, cariño.

—Me cuidó toda mi vida cuando mis padres murieron —explicó Rani—. Me enseñó a usar la Sombra, a escapar de la realidad en los sueños. Era toda la familia que me quedaba.

—Eso no es verdad —objetó Octavia—. Aún nos tienes a nosotros.

—Pero ¿por cuánto tiempo?

—Todo es culpa mía, ¿no? —dije.

—Por supuesto que no —contestó Octavia—. No digas tonterías.

—Fui yo quien insistió en que irrumpiéramos en el Observatorio. El canciller no habría encontrado a Evander de no ser por mí. No habría podido espiarnos con su Sombra ni encontrar nuestra ubicación.

—¡No! —dijo Rani fieramente—. ¡Ya basta! Eso es lo que quieren. Destrozarnos y hacernos tan cínicos como ellos. Tenemos que permanecer unidos y centrarnos en el verdadero enemigo: el canciller. Fue él quien los mató. Eso es lo que tío Arjun habría querido. Y Birdie, también.

—Pobre Birdie —se lamentó Octavia.

Se le quebró la voz. Su mano encontró la mía y con la otra tomó la de Rani. Dejé que los sentimientos de ambas me recorrieran. El sollozo doloroso de la pena se me atascó en la garganta. El terror helado. El entumecimiento que me atenazaba y me hacía sentir como si nada de aquello fuera real.

Lo sentimos juntas.

Pensé en el botón, que había perdido hacía mucho, y también en mi madre. Lloré al pensar en ella.

—¿Se ha salvado alguien más? —pregunté.

—Capturaron a Perpetua, a Ash y a Gus. Cook está muerta. Los demás, también —dijo Rani.

—Evander se fue con el canciller —dije.

A Octavia le tembló el labio. Se lo mordió, tratando de contener las lágrimas que amenazaban con derramarse, y a mí me empezaron a picar los ojos también.

—De alguna manera, su padre todavía lo controla —dije—. A través de su Sombra.

Ninguna de nosotras dijo nada durante varios minutos.

—¿Adónde nos llevan? —pregunté.

—Al Reformatorio, seguramente —contestó Octavia—. Si tenemos suerte, solo intentarán purificarnos. Pueden reajustar la personalidad. Editar la memoria. Harán que nos olvidemos de nosotras mismas.

—¿Y si no tenemos suerte? —dije.

—Entonces... ha sido un placer conoceros, amigas mías —dijo Rani.

Se me hizo un nudo en la garganta.

—Deben de habernos mantenido con vida por alguna razón —apunté, queriendo creerlo—. El canciller podría habernos matado allí mismo.

Se hizo el silencio.

—Tengo que decirte una cosa, antes de que ya no pueda recordarlo —dijo Octavia con seriedad.

—Será mejor que te des prisa —dije al notar que el carruaje aminoraba el paso.

—¿Recuerdas que te dije que sabía algunas cosas que el

283

canciller preferiría que olvidara? Una de ellas es sobre su esposa, la madre de Evander.

—Nadia —dije—. El señor Sharma me habló de ella.

Rani asintió.

—Siempre pensó que Evander había presenciado lo que sucedió aquel día. Pero nunca pudo recuperar el recuerdo. Evander está convencido de que su padre lo eliminó, pero se equivoca. Sé que ese recuerdo todavía existe en la mente de Evander, solo que profundamente reprimido, enterrado en su subconsciente.

—¿Cómo lo sabes? —pregunté.

—La mente no siempre calla cuando la gente duerme —contestó ella—. A veces todavía puedo oír su flujo de conciencia cuando se adentra en los sueños. Le he oído llamarla a gritos. Le he oído chillar. Una vez dijo: «¡Papá, no! ¡Para! ¡No le hagas daño!».

Pensé en la pesadilla que había visto representada en la pared de su habitación.

—¿Qué estás diciendo? —dije mientras dejaba que las piezas se colocaran en su lugar—. ¿Que el canciller hizo daño a la madre de Evander?

—Digo que Evander puede demostrar que su padre la mató. Ese es el recuerdo que el señor Sharma ha estado tratando de descubrir —dijo Octavia—. Y, como Oyente del canciller, sé que estaba obsesionado con encontrar a todo aquel que trabajaba para él en el momento de la muerte de Nadia, incluido el señor Sharma, aunque no pudo encontrarlo nunca. Otra era una sirvienta que se fue al cabo de seis meses. Cuando empecé a trabajar para él logró localizarla al fin, al cabo de todos esos años. Me hizo escuchar sus pensamientos. La mujer recordaba que el canciller y

Nadia habían discutido aquel día. Nadia le dijo que se iba y que se llevaba a Oliver con ella. El canciller se negó. Sus ojos se volvieron negros. Su Sombra se manifestó, se materializó y tiró a Nadia por el balcón. La sirvienta lo vio todo.

—Puede que a la gente no le importe lo que el canciller nos haga a los rebeldes, pero ¿que matara a su propia esposa? Eso lo hundiría. Si pudiéramos probarlo, podríamos transmitir el recuerdo a través de la red del Ojo, como planeó el señor Sharma. Podríamos mostrar la verdad a todo el mundo, como siempre quiso Evander —dije.

—¿Qué le pasó a esa sirvienta? —preguntó Rani.

—El canciller la mató por lo que sabía, igual que mata a todo aquel que es testigo de su crueldad, sin dejar pruebas. Evander es el único que queda que podría recordarlo y ahora mismo no nos puede ayudar.

La voz de Ruben resonó en mi mente.

«Averigua qué recuerda de aquella noche. Si podemos demostrar lo que hizo el canciller, podremos derrocar la Casa Obscura.»

¿Era por eso por lo que me habían elegido para infiltrarme en la mente de Oliver? ¿En su corazón? ¿Para exponer el recuerdo reprimido del asesinato de su madre?

Y, si lo había recuperado una vez, ¿significaba eso que podía hacerlo de nuevo?

—Debería habértelo explicado antes —dijo Octavia, leyendo mis pensamientos—. Pensé que tendríamos más tiempo. Pero cada vez que le sacaba el tema a Evander él insistía en que no recordaba nada.

Los demás prisioneros empezaron a removerse. El carruaje se detuvo con un chirriar de frenos. Las puertas del

285

vagón se abrieron de par en par y en la parte trasera de la cabina entró un foco de luz potente como un faro.

Los ojos me quemaron y los entrecerré.

—¿Dónde estamos? —preguntó uno de los otros, soñoliento.

—Arriba —dijo un inspector—. Bienvenidos al Reformatorio, vuestro nuevo hogar dulce hogar.

Cuando se me adaptó la vista, distinguí otras caras de la batalla que había tenido lugar en casa de Birdie, sucias, ensangrentadas, aturdidas y desorientadas.

Los inspectores nos arrastraron a la fría noche y nos quitaron los grilletes de los tobillos, dejándonos atados por las muñecas. Nos reunieron como a un rebaño y nos dejaron de pie a la entrada.

—Deja de lloriquear —dijo la inspectora jefe, dando a Rani un empujoncito—. Cualquiera pensaría que vas camino de la horca.

—Déjala en paz —dijo Octavia.

—¿He oído algo? —preguntó la mujer, volviéndose hacia ella—. No te he dado permiso para hablar, ¿verdad?

—N-no —dijo ella—. No, señora.

Cuando se alejó, los ojos de Octavia estaban afilados como cuchillos.

Las gigantescas puertas se abrieron con un chirrido y dejaron a la vista el sucio patio que había al otro lado. Nos hicieron marchar en fila hasta la casa del guarda, donde un grupo de hombres con sombrero de copa negro permanecían inmóviles como estatuas de soldados.

—Estos tipos elegantes son los guardas, los Guardianes de las Llaves —dijo la inspectora—. Se aseguran de que nadie entre ni salga. Es inútil tratar de escapar de aquí en adelante, chicos y chicas. Si alguna vez se os ocurre, lo sabremos.

Construidas en el muro exterior, había cuatro torres con torretas en torno a un camino pavimentado.

—Este es el Puesto de Escucha —dijo refiriéndose a la torre que tenía un capitel en forma de mástil—. Responderéis ante ellos si oyen pensamientos divergentes en vuestro flujo de conciencia. Nada de palabrotas. Nada de violencia. Nada de obscenidades.

Octavia y Rani se acurrucaron la una contra la otra, como si buscaran algo de calidez.

Vimos una bandada de pájaros oscuros arremolinados sobre nuestras cabezas, una turba ruidosa que aleteaba frenéticamente, como si huyeran a toda prisa. Verlos volar libres hizo que me doliera el pecho; me preguntaba si alguna vez saldría de allí.

Una enfermera vestida de gris pasó en dirección contraria del brazo de una paciente de ojos pálidos que me miraba fijamente, como si hubiera visto un fantasma.

—Esto es la Enfermería, donde vendréis a educar la memoria, así que debéis de estar deseándolo, ¿no? —dijo la inspectora refiriéndose al torreón de aspecto industrial rodeado de fuentes mugrientas.

Al pasar por una ventana de la planta baja, miré por ella y vi filas de alumnos cantando monótonamente, todos vestidos con túnicas grises idénticas.

—Prudencia, paciencia, templanza, castidad, diligencia, obediencia, humildad y caridad —repetían machaconamente.

La inspectora nos condujo adentro, al amplio vestíbulo, donde había una serie de estatuas que simbolizaban las cinco etapas de la Iluminación del alma, desde el campesino con los ojos vendados acobardado y desnudo en las sombras hasta la diosa de alas de oro con una corona de estrellas. A su alrededor, jóvenes sentados punteando arpas, arreglando flores, haciendo esgrima y pintando acuarelas.

—Estos son algunos de nuestros estudiantes recién reformados.

Un trío dejó inmediatamente lo que estaba haciendo para saludarnos con una amplia sonrisa.

Los reconocí al instante: eran Parche, Nido de pájaro y Descalzo, los tres niños que los inspectores se habían llevado por la fuerza la noche en que había empezado todo aquello, cuando la condesa me había hablado del anillo por primera vez.

—Antes eran fantasiosos, desviados, mentirosos y ladrones. Eran infelices, indignos, no estaban completos. Como vosotros.

Había algo calmadamente siniestro en sus miradas vidriosas y en la forma en que su lenguaje corporal se reflejaba.

—Han sido purificados —susurró Rani—. Se les ha limpiado el alma de todo lo que les hacía ser ellos.

Intenté establecer contacto visual con el más pequeño. Era como si le hubieran sacado toda la luz dorada. Me llevé la mano a la boca y noté que se me contraía el estómago, como si me fueran a dar arcadas.

—Pronto serán miembros valiosos de la sociedad —dijo la inspectora—. Quizá algún día también lo seáis vosotros.

Nos hizo una señal para que la siguiéramos y caminamos en silencio.

La inspectora nos llevó a una torre con ventanas de ojo de buey en sombra y un puesto de vigilancia con telescopios de latón.

—Esto es la Atalaya, donde lo vigilamos todo. Incluso cuando durmáis por la noche, los Observadores os estarán vigilando, así que ni soñéis con escapar.

Nos condujo a un pasillo.

—La Orden ayuda a las personas a convertirse en la mejor versión de sí mismas, para elevarlas por encima de los impulsos básicos que hacen que los humanos actúen como animales. Para eso está el Reformatorio. Para reformar a las personas. Nuestra misión es ayudaros a convertiros en miembros valiosos de la sociedad. Es en beneficio de todos. Con el tiempo lo veréis.

Me pregunté a quién trataba de convencer, a nosotros o a sí misma. En cualquier caso, estaba mintiendo descaradamente.

—Es hora de que os hagan vuestra psicografía —anunció—. Haced una fila ordenada.

Nos llevaron uno por uno a un cuarto oscuro. Cada pocos minutos oía un estallido al tiempo que el resplandor de magnesio brillaba por entre las grietas de la puerta y llenaba la escalera de un humo sulfuroso que nos hacía toser y chisporrotear en sincronía. Aquel ruido me sobresaltaba cada vez que lo oía.

Cada segundo que pasaba estaba más asustada, como si estuviera atada a una vía de tren viendo cómo una locomotora se precipitaba hacia mí. Imparable e ineludible. Había demasiados soldados y las salidas eran insuficientes. Incluso si me las arreglara para ponerle las manos encima a uno de ellos, no lograría salir del pasillo.

Algo se arrastraba por mis entrañas.

¿Por qué estaba allí? ¿Por qué el canciller no había acabado conmigo en el acto? Me debía de estar manteniendo con vida por algo.

Nos llamaban por el apellido. En tanto que Belle, Octavia fue una de los primeros en entrar. Pasó por la puerta con una última mirada hacia mí, y me pareció más joven y más pequeña de lo que era antes.

En tanto que Renato, yo fui una de los últimos.

El fuego de mi interior se había reducido a rescoldos cenicientos, lo que me hacía sentir débil, indefensa, blanda y maleable como masilla en una mano caliente.

Un médico me hizo señas para que me acercara.

Era pequeño y calvo como una pelota, y llevaba unas graciosas gafitas con cristales ajustables. En el cartel de su escritorio se leía: «DOCTOR STANFORD».

Ya había oído ese nombre antes. Los inspectores me habían dicho que querría verme personalmente. Significara lo que significara.

Miré los cuadros de las paredes mientras me humedecía los labios resecos. Había docenas de ellos: lucientes esferas espectrales de muchos colores, brillando y arremolinándose como nebulosas galácticas. El hombre asintió alegremente y señaló el foco. Aunque me sonrió con amabilidad, tenía los ojos apagados y penetrantes.

Un asistente me entregó un cartel con un número.

RENATO, RUBY. PRESA 509431.

Di un paso al lado y me detuve en el resplandor, sosteniendo el cartel.

El asistente dio cuerda a una caja de madera con discos de plata que empezaron a girar. Oí el tictac del mecanismo de relojería, el parpadeo del gas y el silbido del vapor mientras el proyeccionista sostenía en alto algo en su mano.

—Mira el pajarito —dijo.

Del farol salió un foco cegadoramente brillante cuyo deslumbrante haz de luz me golpeó el pecho por encima de mis brazos cruzados y rebotó para formar una viñeta de mirilla en la pared vacía que había detrás de mí. Oí un zumbido de traqueteo mientras el proyeccionista giraba cinco lentes de colores delante de la bombilla, como un oftalmólogo que examina a un paciente.

La primera lente era negra y proyectaba mi Sombra. La segunda lente era nacarada y esmerilada, pero no proyectaba nada más que la luz del farol. El Espíritu que me faltaba, supuse. La tercera lente, un disco metálico y brillante, hizo que sonara la versión de la caja de música de *El corazón encantado* mientras vibraba la imagen. El proyeccionista pasó a la cuarta lente, un círculo dorado que proyectaba una luz solar brillante, pero la pared permaneció vacía. Un agujero donde debería estar el Corazón de mi alma.

La quinta lente, roja como la sangre, volvió carmesí el foco y proyectó la imagen de un infierno furioso.

Era mi Chispa.

El doctor murmuró para sí mismo con sorpresa, tal vez fascinación. Yo sonreí hacia ella, calentada por su fuego, fortalecida por su fuerza. Por mucho que lo intentara la Orden, yo no iba a dejar que volvieran a apagar aquel fuego.

Los destellos espectrales emitidos por mi Chispa se metamorfosearon y empezaron a arrojar formas frenéticas y desordenadas que se multiplicaban rápidamente. Unas llamas danzantes rasgaron los reflejos nebulosos, dejando marcas de chamuscado como celuloide en llamas. Pero cuando recordé la expresión codiciosa y de regocijo del canciller mientras destruía el alma del señor Sharma, cuando recordé

291

el odio con que me había mirado Evander, aquel coraje fogoso se debilitó y disminuyó.

Las llamas se retiraron.

Se oyó el sonido de un obturador y la cabina se iluminó. El farol se apagó y dejó la habitación llena de humo.

—Siguiente —dijo.

Salí y me reuní con los demás que esperaban en el patio. Avanzamos hacia el complejo que había en el centro.

—Esta es la Cantina. Vendréis aquí dos veces al día, para el desayuno y la cena —dijo la inspectora.

En una sala revestida de piedra con un hogar encendido que escupía brasas, nos sentaron en bancos de madera y nos dieron jarras de agua de limón y pan dulce rancio para compartir, con una carne fibrosa y misteriosa que tenía un sabor acre. Los inspectores no nos quitaron las esposas, así que tuvimos que vérnoslas para coger el cuchillo y la taza.

Miré las caras de mis compañeros de prisión, algunos apenas mayores de siete años. Los únicos sonidos que se oían eran los de tragar y masticar. Al fondo de la mesa alguien bostezó sonoramente.

El bostezo se contagió y se propagó como el fuego.

—Nos han... Es... —dijo Octavia.

Se le apagó la voz y parpadeó, aturdida.

—¿Te encuentras bien? —susurré.

—La comida —balbuceó Rani.

Habían echado algo en la comida para tenernos mansos, pero, como con la comida del Corazón, conmigo parecía no funcionar.

—Se acabó el tiempo —gritó uno de los inspectores.

Nos hicieron salir al patio y nos condujeron a un edificio cuadrado rodeado de guardias.

—Octavia —siseé, tirándole de la manga—. Tenemos que intentar trazar un plan. ¿Me estás escuchando?

—¿Eh? —dijo ella como en un sueño.

Tenía la mirada fija al frente y los ojos vidriosos. Rani estaba igual.

Se asomaron por la puerta dos jóvenes cadetes con guerrera roja, casco de cobre y mitones de cuero.

—A esa que la aíslen —dijo la inspectora principal, señalándome—. Órdenes del canciller.

Los dos guardias de guerrera roja se me llevaron a rastras. Luché contra ellos mientras Octavia y Rani me observaban indolentemente.

—Me hacéis daño —dije cuando un guardia me retorció el brazo.

Me llevaron a través de otro buen montón de puertas de madera que se abrían con muchos engranajes y palancas de hierro.

293

Había filas de celdas apiladas unas sobre otras como jaulas de pájaros en una tienda de mascotas, que se extendían hasta el techo. Estaban orientadas hacia la torre de vigilancia del centro y conectadas por una red de andamios patrullados por inspectores con faroles de ojos de buey. Las celdas solo tenían una pared. Los otros tres lados estaban enrejados y abiertos a la vista de cualquiera de los cientos de otras celdas que daban a ellas.

Allí, nosotros éramos los Ojos, nos espiábamos unos a otros.

—La privacidad es un privilegio que hay que ganarse, así que no os metáis en líos —decía un guardia a un grupo de nuevos—. La primera noche es la peor. Os sugiero que empecéis por reflexionar sobre cómo habéis llegado hasta aquí.

—Cuanto antes asumáis la corrupción de vuestras almas, antes podréis curaros de ella —decía un capellán a otro grupo de nuevos.

Los guardias de guerrera roja me arrastraron hasta la parte superior, pasando por un entresuelo. Dejamos atrás una serie de celdas en cuyo interior había esqueletos vivos de ojos hundidos. Algunos estaban acurrucados en los rincones o tumbados en el suelo. Otros se mecían adelante y atrás o se daban golpes en la cabeza contra la pared.

Me arrastraron a una celda vacía y cerraron la puerta detrás de mí.

Oía llantos, temblores, gritos, rezos: la sonata de mil almas en pena.

Todas las emociones que había estado reprimiendo me desbordaron. Con un sollozo seco, lancé mi puño contra la pared y el dolor me recorrió los huesos. Luego caí de rodillas y me acurruqué en el suelo, intentando reunir la voluntad de seguir luchando, de seguir creyendo. Deseaba derrumbarme, pero estaba demasiado entumecida para hacerlo.

«Octavia —pensé, tan fuerte como pude—. Octavia, ¿me oyes?»

Estuve horas llamándola en mi cabeza, esperando escuchar su voz, pero no fue así. Al final caí en un sueño irregular gritando el nombre de Evander, como había hecho con el de Octavia.

Lo busqué en mis sueños, siguiendo un delgado hilo de telaraña en la oscuridad. Lo perseguí como había perseguido mi propia Sombra, pero no logré alcanzarlo.

17

Recuérdame

*E*n el Reformatorio, el tiempo era relativo, pero estaba reglamentado. No había relojes, así que medía el tiempo observando las sombras del cielo y escuchando las campanas que sonaban cada hora. En solitario, mi única compañía eran los aulladores de las celdas de al lado, que gritaban al vacío noche y día.

A veces pensaba en unirme a ellos, pero me aferraba a una última migaja de esperanza. Había demasiadas preguntas sin responder, demasiados asuntos pendientes. No podía morir sin encontrar el resto de mí misma, sin pedir perdón a Evander e identificar a mi madre, sin averiguar qué había ocurrido la Noche Que Nunca Fue y terminar lo que había empezado mi padre.

Todavía tenía demasiado por hacer.

Desde mi celda, veía grupos de prisioneros cruzando el patio a intervalos regulares, Octavia y Rani entre ellos, pero no captaban mis pensamientos fuertes e insistentes, ni me oían golpear la ventana y silbar. Vi a Perpetua en alguna ocasión, a Gus solo una vez, pero tenían los ojos nublados.

Fueran cuales fueran los poderes que el Reformatorio estaba utilizando para «purificarlos», les hacía olvidarse a sí mismos... y a mí.

Pronto perdí la noción del tiempo que llevaba en aislamiento. ¿Días? ¿Semanas? ¿Meses? En la oscuridad no había marcas ni señales, solo los tazones de bazofia que me pasaban por la escotilla de la puerta, una y otra vez, hasta que dos guardias vinieron a buscarme en mitad de la noche.

Uno de ellos caminaba delante de mí y el otro detrás, ambos con la porra a mano por si intentaba enfrentarme a ellos de nuevo, aunque todavía estaba dolorida del último intento fallido. Me dolían todas las partes de mi cuerpo. Me condujeron a una torre llena de batas blancas, celdas acolchadas y pacientes muertos en vida que desprendía un fuerte olor a antiséptico.

296

Una doctora me esperaba en una sala de reconocimiento clínico decorada con láminas de anatomía y plantas exóticas. La reconocí de la azotea del Santuario. Llevaba el pelo rubio severamente recogido en un moño.

«DOCTORA MILLEFLEUR», ponía en la placa de su bata.

—Hola, Ruby —dijo—. Volvemos a encontrarnos.

Mientras los guardias me ataban a la silla, ella colocó un frasquito vacío en una extraña máquina dorada llena de botones y diales.

Me clavó una agujita en el brazo.

En la pared brillaba un psicoscopio operado por un proyeccionista que permanecía en silencio tras una cortina.

—Comienza la sesión —dijo, y dos discos dorados que había en la pared empezaron a girar, crepitando como discos de gramófono.

Mi miedo se elevó al máximo, aunque traté de parecer

tranquila. La doctora se sentó en el sillón de enfrente y cruzó las piernas con delicadeza.

—Me gustaría empezar por conocerte —dijo—. ¿Por qué no me hablas de tu infancia?

Apreté los labios.

—Te he hecho una pregunta. Respóndela.

—No lo sé —dije—. No recuerdo nada.

—Algo recordarás...

Campos verdes. Camisas limpias. Pájaros oscuros.

Se levantó, cogió un decantador de cristal tallado y vertió un líquido transparente en una copa.

—Suero espiritual —dijo—. Ayuda a recuperar los recuerdos reprimidos.

—Lástima que yo no tenga Espíritu —dije, intentando desesperadamente sonar más valiente de lo que me sentía.

—Uy, no te preocupes. Tu Espíritu sigue ahí fuera, en alguna parte —dijo—. Incluso en tu estado fragmentado, las conexiones entre las partes de tu alma son palpables. Mi trabajo consiste en contactar con ellas y sintonizar con las energías de lo que queda de tus recuerdos.

Vertió el líquido en mi garganta mientras yo escupía y me masajeó el cuello para obligarme a tragar. Me quedó un regusto acre. Sabía como si mi cerebro estuviera en llamas, como si todos mis nervios chispearan como rayos. Pese a que me resistía, apareció un recuerdo en la mirilla de la pared, nublado y parcial como mi alma. Tenía imagen, pero no sonido, como una película muda.

Como una película reproducida marcha atrás, comenzaba conmigo sentada en aquella silla y retrocedía por el pasillo con los guardias, recorriendo mi orientación en el Reformatorio y mi conversación con Octavia en el carro antes de volver a representar la batalla mortal del tejado. Mi recuerdo se ralentizó cuando llegamos a la irrupción en el Observatorio y los retazos de recuerdos que había recuperado sobre Ruben.

Allí estaba, jurando volver a destruir al canciller.

—Copia eso —indicó la doctora a su ayudante.

El asistente levantó un mando y tomó una foto antes de sumergirse más profundamente y revivir la irrupción en el Observatorio, que la doctora también le indicó que copiara.

Pero tras ver mi conversación con Oliver Obscura, en la que nos habíamos burlado de los líderes de las otras Casas, dijo:

—Marcar para borrar.

El asistente asintió y tomó nota.

Vio el robo del anillo y se remontó a cuando había conocido a la condesa. Intentaba luchar contra ella, pero estaba débil y soñolienta.

De la nada apareció una casita sobre un campo verde, con ropa tendida y pájaros oscuros sobre el tejado. Apareció una mujer pecosa cuyos ojos brillaban de amor. Era la mujer que había visto brevemente antes. Se parecía a mí, de ojos muy abiertos y cara redonda. Me hizo una seña para que me acercara a ella. La miraba desde abajo, me tambaleaba, tenía las extremidades regordetas y cortas. Me arrojé a sus brazos. Me hizo girar en el aire y dar vueltas mientras el sonido de nuestras risas rompía el silencio.

—¡Mamá! —chillé, riendo.

Era mi madre.

Mis manos de bebé se aferraron a un tubito de cristal que llevaba colgado al cuello de una cadenita de plata, decorado con motivos florales.

En su interior veía algo que brillaba, que captaba la luz.

La imagen se transformó, avanzando a través de una docena de imágenes diferentes de la misma mujer, mostrando cómo envejecía y su rostro alegre se volvía preocupado y con arrugas. El flujo de recuerdos se ralentizó y se centró en una imagen concreta de mi madre, de pie en la ventana de un desván oscuro. Al principio estaba borrosa, pero poco a poco se fue enfocando.

—Muéstrame este día —dijo la doctora.

No quería mostrárselo, pero me pudo la curiosidad. Mi resistencia disminuyó y me dejé arrastrar.

En el piso de abajo, alguien intenta entrar a la fuerza por la puerta principal dando unos golpes secos implacables.

A mi madre le cae mejilla abajo una única lágrima, que ella atrapa en el tubito de cristal que lleva al cuello, y lo cierra bien. Con dedos temblorosos y las uñas mordidas casi hasta la cutícula, acomoda el collar alrededor de mi cuello y juguetea con el cierre mientras los golpes se hacen más fuertes.

—Un recuerdo, para que me recuerdes —dice—. Guárdalo cerca del corazón y siempre estaré contigo.

Coge el tubito, se lo lleva a los labios y lo sella con un beso antes de meterlo debajo de mi blusa.

—Mírame, cariño —dice, cogiéndome por las mejillas—. Escúchame con atención. Hay cosas que nunca te he contado, cosas sobre tu padre… Quería mantenerte a salvo, ¿entiendes? Me las he arreglado para mantenerte lejos de él todos estos años. No quería que te vieras arrastrada al mundo de la Orden, pero ahora ya no hay escapatoria. Me meterán en la cárcel y te reclamarán.

—¿Mi padre? —pregunto con incredulidad. Nunca habla de él. Se enfada conmigo cuando le pregunto por él.

—Es un hombre importante, un hombre poderoso de la Orden —me explica—. El gobernante de la casa Renato. Vivirás bien a su cuidado, pero tratará de hacer de ti una copia suya. No se lo permitas.

—Creía que la Orden era malvada...

—Lo es, por eso tienes que coger todo lo que te importa, todo lo que eres, todo lo que amas y guardarlo bajo llave en lo más profundo de tu ser. Mételo en una caja, en un cofre, y tira la llave. Escóndelo para que no puedan hacerte daño con ello. Entonces, un día, podrás volver a mí... Prométemelo.

Pese a que me tiembla la barbilla, asiento con vehemencia.

—Mientras tengas este atrapa-lágrimas, podrás volver a encontrarte a ti misma cuando llegue el momento. Incluso aunque te arrebaten tu nombre, tu Espíritu te llevará de vuelta a él.

Oigo voces fuertes, seguidas de pasos pesados. Me lanzo hacia ella y la rodeo con los brazos como a una boya salvavidas. Sus lágrimas me caen en la piel e infiltran sus sentimientos en los míos.

El dolor de perder a un hijo... Mis lágrimas se clavan como agujas.

Me estoy llorando a mí misma.

Caemos al suelo de rodillas aguantando nuestro último abrazo. Nos quedamos quietas así, como una estatua trágica en una capilla solitaria, escuchando cómo se astilla la madera y se rompen los cristales.

—Mamá —susurro.

El recuerdo ya estaba desvaneciéndose, disipándose en el olvido.

Me dijo que no me olvidara de mí misma, como si supiera lo que estaba por venir.

Me dijo que podría volver a encontrarme, aunque todo pareciera perdido.

En aquel momento apareció la escena tan familiar de la habitación en la que me habían hecho añicos y se formó un nuevo recuerdo.

Allí estaban las cortinas de terciopelo, el suelo de mármol blanco, la chimenea encendida, el balcón, mi maleta medio vacía sobre la cama.

El espejo ya está roto y yo estoy tumbada en el suelo.

No puedo moverme…, no puedo hablar.

Según el reloj del patio, son las 22:05 de la noche.

Parpadeo con fuerza y siento que pierdo la conciencia antes de notar que me elevo, que floto como un globo. Miro hacia el suelo, hacia mi cuerpo destrozado, al que estoy unida por un fino hilo plateado.

Veo cómo mi pupila derecha estalla y se derrama en el iris.

Sigo llevando el collar que me regaló mi madre.

Aparece un tipo en la puerta gritando alarmado. Corre hacia mi cuerpo e intenta despertarme.

—¡Ruby! ¡Ruby!

Es Ruben Renato vestido con traje de etiqueta rojo.

Y fuera está nevando.

Ruben se quita los guantes, me pone las manos desnudas en la parte superior del pecho, cerca de la clavícula, y murmura algo ininteligible. Está utilizando alguna forma del Método Renato, cogiendo esos hilos finos y ardientes, y tejiéndolos como la cuna de un gato.

Mientras canta rítmicamente para reanimarme, mi pecho empieza a brillar.

Los cinco pedazos de mi alma se elevan en el aire, esferas de luz de cinco colores diferentes: rojo, negro, plateado, blanco y dorado.

La Chispa es la primera, su fuego rosado y ardiente desciende como una brasa y se deposita en el anillo. La silueta de mi Sombra desaparece en el espejo. La Canción inolvidable de mi alma se retira a la caja de música. El Corazón de mi alma brilla, redondo y pleno, capturado por la caja en forma de corazón que hay escondida debajo de la cama: blanca con una cinta de terciopelo rojo. Finalmente, mi Espíritu se convierte en vapor y se filtra dentro del collar atrapa-lágrimas.

Ruben mete esos objetos en una bolsa de arpillera mientras el recuerdo llega a su fin.

—Marca para copiar —dijo la doctora Millefleur.

Con el corazón martilleando, traté de encajar aquellas nuevas piezas con las antiguas, para tener una imagen completa. Ruben me había salvado la vida. Era él quien había metido mi alma hecha pedazos en relicarios. Había enviado la caja de música a Birdie y le había dado el anillo a su madre.

Ahora bien, mi madre me había ocultado de él durante años, me había advertido sobre él. Me había dicho que perdería mi nombre y me olvidaría de mí misma…, que un día iría en busca de mi verdadera identidad.

Y allí estaba.

Cada vez que me sentía atraída en una dirección, salía algo de la nada para tirar de mí en la dirección opuesta.

—Llama al canciller —dijo la doctora Millefleur a su ayudante.

Los guardias empezaron a soltarme las esposas.

Cuando me sacaban de la habitación, me fijé en una foto: un retrato enmarcado de familia feliz que había sobre el escritorio.

La doctora Millefleur, su marido, un niño pequeño... y una adolescente.

La chica tenía el pelo claro y ondulado, y una sonrisa nacarada que brillaba con fuerza y llamaba la atención. Elegante con su vestido blanco, con brazaletes en la muñeca, igual que en el recuerdo que había visto. Idéntica, de hecho.

«Lily.»

—¿Es esa su hija? —pregunté.

—No creo que sea de tu incumbencia, pero sí. —Hizo una mueca altanera—. Está en su último año de Academia —añadió, como si no pudiera evitar presumir.

Antes de que pudiera hacer más preguntas, los guardias me empujaron de vuelta a mi celda.

303

Lily estaba viva. Lily Millefleur, de la Casa Memoria, estaba viva.

Mis celos palidecieron ante la idea de poder proporcionar a Evander algo de paz. Tenía que encontrarlo y decírselo, aunque para mí significara perderlo todo. Era lo mínimo que le debía.

Intenté zafarme de sus garras, me retorcí para interrogar al interrogador, pero uno de los guardias me dio una descarga con una porra. Me abandonó toda la fuerza de los brazos y las piernas, perdí la conciencia y volví a caer en lo más profundo de mi ser. Me hundí en el fondo del oscuro mar de mi interior, donde dormí sin soñar.

Horas después me desperté con el sonido de unas llaves en la cerradura.

Aparecieron tres guardias con las porras en alto.

—En pie —dijeron—. Es la hora de tu juicio.

—¿Juicio? —repetí, luchando contra ellos mientras me ponían en pie a rastras y me sacaban por la puerta—. ¿Qué juicio?

Todavía medio dormida me llevaron por la interminable red de celdas. No me resistí. Tenía las palmas húmedas y las rodillas débiles, me desvanecía en el gris. Apenas me quedaba nada para intentarlo.

Un mar de rostros me observaba a través de los barrotes de hierro, con la mirada perdida. Una me resultó familiar...

—¡Octavia!

Grité su nombre y se me quebró la voz.

Ella me miró sin expresión, sin apego.

No era que no me reconociera. Simplemente parecía del todo indiferente a mi existencia.

—Solo quiero que sepas —grité mientras me arrastraban— que has sido la primera amiga que he tenido, y la mejor.

Un parpadeo de algo innombrable sobrevoló su cara antes de que los guardias me apartaran de su vista.

18

El juicio

$\mathcal{M}$e dejaron encerrada a oscuras, en una celda sin ventanas, lo que parecieron siglos. Por fin, se iluminó una luz roja en la pared, acompañada de un chirrido. Apareció una ventana de luz al tiempo que se abría una puerta, tras la cual había un gran espacio en forma de anfiteatro. Nunca había estado allí, pero sabía lo que era. El Auditorio, donde tenían lugar los juicios penales.

Parecía un teatro gigante y yo estaba en el centro del escenario.

Todos los asientos del círculo superior estaban ocupados. Cuando aparecí, los murmullos de la multitud expectante se hicieron más fuertes.

—Camine al frente, prisionera 509431 —dijo una voz.

Respiré profundamente y subí las escaleras lentamente. La sinfonía de susurros ahogaba los latidos de mi corazón. Cuando llegué al último escalón, me encontré de pie en el banquillo de los acusados de un tribunal. La puerta se cerró detrás de mí. Una barra de metal la bloqueó para que no pudiera moverme de allí.

El público estaba sentado alrededor de la sala ovalada: miembros de la Orden que servían como jurados del tribunal. Sostenían paletas con la palabra «Justicia» grabada en un lado y «Clemencia» en el otro. Dividida en cinco secciones, la tribuna estaba llena de representantes de las cinco Casas, con el canciller en el centro mirándome fríamente.

Me lo quedé mirando y me subió bilis a la garganta. Él sostenía el báculo que me había hecho añicos. No podía demostrarlo, pero sabía que era cierto. Lo intuía. Sus labios se curvaron en una sonrisa hueca.

Pero entonces vi a Evander a su lado y toda mi ira se desvaneció, apagando cualquier fuego que todavía ardiera en mí. Iba vestido de negro, como en el baile de la Víspera Ardiente, con el pelo estirado hacia atrás. No llevaba gafas, lo cual le daba un aspecto más severo.

306

Me miró con absoluta repugnancia.

Al instante, volvía a ser un extraño.

Había cinco jueces alineados en la larga mesa del fondo de la sala, cada uno de ellos vestido con una toga dorada, roja, negra, blanca y plateada, y con pelucas blancas a juego. Un mazo sonó impaciente cuando el juez de la toga negra sacó un largo pergamino.

—Prisionera 509431, la Orden de Providence la acusa de los siguientes delitos —dijo. Su voz se oía amplificada por un altavoz.

En la pared de detrás de él había un ojo gigante dentro de un círculo. La pupila era un círculo brillante, redondo y negro cortado en bisel, y reflejaba la sala del tribunal.

—Traición, insurrección, psicometría ilegal, intento de asesinato, agresión, robo, daños corporales graves, irrupción en un edificio del gobierno, incendio provocado, chantaje, intimidación, indecencia pública, venta y recepción de bienes robados, suplantación de un empleado federal, compartición de secretos de estado, resistencia a la detención y otros doce delitos menores que resumimos como «varios». Para que conste ante el tribunal, ¿se declara usted culpable o inocente?

La gente jadeaba, se abanicaba mientras me miraba con repugnancia, como a una cucaracha a la que pensaban pisotear. Yo temblaba, aunque la habitación no estaba fría. Miré a Evander gritando «Ayúdame» con la mirada, pero él apartó la vista mecánicamente.

—Inocente —dije, y mi voz hizo eco.

Varias personas del público gritaron con incredulidad.

—Comencemos con la evaluación psicométrica —dijo el juez de negro con voz monótona.

El banquillo de los acusados se abrió y dos ujieres me acompañaron mientras bajaba las escaleras hacia el centro del tribunal. Con los oídos resonando, me paré frente al ojo gigante. Su brillante pupila negra empezó a zumbar cuando me tuvo en el punto de mira. Se encendió un foco de luz que me atravesó y formó una viñeta de mirilla en la pantalla curvada de visualización que había detrás de mí.

Allí estaba mi alma incompleta, una bola brillante de fuego y sombras.

Mi Sombra no me reflejaba como se suponía que debía hacer. En cambio, estaba enfurecida y rugía en silencio, agarrándose el pelo y la ropa. La Canción desafinaba. La Chispa estaba rabiosa como un infierno.

El horror recorrió los rostros del público. Yo crucé las manos sobre el pecho y enrojecí de vergüenza, pero no detuvieron las proyecciones.

El doctor cabeza de huevo se sentó en el estrado, dispuesto a testificar sobre mi gran depravación.

—Doctor Stanford, ¿podría, por favor, darnos su evaluación de la psicografía de la acusada? —le pidió el juez.

—Por supuesto, señoría. La Sombra asimétrica, como podemos ver, sugiere que el sujeto tenderá al crimen y al vicio. Es paranoica y cínica, con una imagen negativa de sí misma, lo que la convierte en un peligro potencial para la sociedad. El sujeto no tiene Espíritu, posiblemente como consecuencia de un intento fallido de borrar su propia memoria antes de ser detenida. Tales prácticas son comunes en los círculos criminales.

—No es verdad —grité.

—No hable a menos que se dirijan a usted —dijo el juez de negro, golpeando con el mazo—, de lo contrario añadiré desacato al tribunal a sus cargos.

—La Canción es disonante —continuó el médico—, un indicador de comportamiento anormal o de carácter desagradable. Como pueden ver, tiene una personalidad muy obstinada. Se trata de una persona que no se deja regir por las normas sociales y, por lo tanto, muestra potencial para la depravación.

Abrí la boca, pero la volví a cerrar ante una mirada del juez.

—Lo más preocupante es la falta total de Corazón —añadió el médico—. El sujeto no muestra ninguna emoción. Es incapaz de experimentar apego humano. El sujeto carece por completo de templanza y aplomo. Una persona así luchará por frenar su ira o inhibir sus inclinaciones, ya que la Chispa arde fuera de control.

Me clavé las uñas en las palmas de las manos con tanta fuerza que me dejaron unas marquitas con forma de media luna.

—En mi opinión, la acusada es incapaz de reformarse —concluyó el médico—. Representa un peligro claro e inmediato para nuestra sociedad.

Mientras la tribuna murmuraba, la doctora Millefleur ocupó su lugar y me lanzó una mirada muy breve. Miré a Evander para ver si la había visto, pero tenía la vista fija al frente, como si no estuviera realmente allí.

La doctora Millefleur sacó un sobre de papel manila y extrajo de él varios portaobjetos de cristal, que extendió bajo una lámpara de aumento. Cuando le dio cuerda al mango, una bombilla proyectó la imagen en la pantalla de visualización.

—Señorías, les presento las siguientes pruebas.

La diapositiva revelaba una captura de mi cara huyendo del Mazo de Oro. La chica de la primera imagen era inequívocamente yo, con un distintivo derrame en forma de cerradura en el ojo derecho y el pelo rojo y rizado.

La doctora levantó un puntero.

—Empecemos por el robo del anillo Renato —dijo.

Cuando mi antigua señora fue conducida a la sala con grilletes, ahogué un grito junto con el resto de la tribuna.

—Condesa —dije con voz entrecortada y las palmas de las manos bañadas en sudor.

Su mirada se encontró con la mía, pero no pareció reconocerme. Tenía los ojos hundidos y los huesos le sobresalían dolorosamente por debajo de la piel translúcida, como si estuviera medio muerta de hambre.

—La condesa Cavendish no puede dar testimonio directo debido a sus malas condiciones de salud, pero hemos recuperado el recuerdo de la acusada llevando el objeto robado a la Casa Cavendish.

Lo reprodujeron en la pared, proyectado por el ojo negro y brillante.

Me llegó el eco de mis propias palabras:

«Se fio de mí para que robara su precioso tesoro, ¿no es así? —decía yo—. ¿Cuándo le he fallado yo? Este es el anillo auténtico, directamente de la mano de lady Renato en persona. Podrá leer los detalles sobre el tema en los periódicos de mañana, créame».

La multitud se dio al parloteo.

—A continuación, me gustaría llamar a lady Rubella Renato —dijo la doctora.

Mi abuela fue llevada al estrado por la enfermera a la que yo había engañado. Su rostro era inexpresivo, igual que el de la condesa.

—¿Puede identificar a la persona que le robó el anillo? —preguntó el juez de la toga negra—. ¿Está aquí en esta sala?

—Sí —dijo mecánicamente, señalándome.

—Lady Rubella identifica a la asaltante.

Los Oyentes estaban grabándolo todo, sentados en bancos ante unos pequeños gramófonos.

—¿Puede identificar también a la persona que irrumpió en la Casa Renato la noche del 3 de noviembre?

Lady Rubella volvió a señalarme.

—¿Tiene algo que añadir, señora Radley? —preguntó el juez a la enfermera que yo conocía como Doris.

—La acusada me persuadió para que dejara a mi señora diciéndome que había una mujer embarazada en peligro —explicó—. ¿Quién podría hacer algo así?

El desfile de testigos fue interminable, desde el inspector del bigote al que había golpeado con un farol hasta el Observador al que había empujado por una barandilla y el cadete al que había tirado del tejado, que llevaba un cabestrillo y recibía miradas de simpatía. Cada uno de ellos atestiguó mi crueldad y depravación.

La doctora Millefleur reprodujo una serie de recuerdos selectivos que mostraban cómo me colaba en el Observatorio, aunque oportunamente ninguno de ellos mostraba a mi cómplice, que estaba sentado frente a mí en aquella misma sala.

En lugar de mirar las diapositivas, yo miraba a Evander. Su rostro estuvo en todo momento vacío de toda expresión. Parecía... Hueco.

—Hemos demostrado que la acusada robó el anillo de Renato —dijo la doctora Millefleur—, pero la pregunta es: ¿por qué? No recibió ningún pago por el anillo y no robó nada del Observatorio. ¿Qué ganaba entonces?

Sus ojos brillaban mientras observaba la tribuna, como si estuviera a punto de hacer una terrible gran revelación.

—Les hago saber que la acusada es de hecho Ruby Renato, la hija ilegítima de Ruben Renato.

Alguien de la tribuna se desmayó.

La doctora Millefleur exhibió los recuerdos de los que había hecho copias. Absolutamente todos los momentos sórdidos fueron reproducidos en el auditorio para que todos los vieran, incluido cuando Ruben me instruyó para que me acercara a Oliver.

Intenté llamar su atención, pero se negó a mirarme.

Mi alma clamaba por él, pero no fue escuchada.

La sala estalló en gritos de horror y los miembros del jurado se pusieron en pie agitando los puños.

—¡Orden! —gritó el juez de plateado—. ¡Debemos tener orden!

311

—Lord Renato también fue sorprendido en posesión de un vestigio incriminatorio —dijo la doctora Millefleur, indicando a un ujier que se acercara. Llevaba la caja en forma de corazón sobre un cojín de terciopelo rojo—. De esta prueba, recuperamos el siguiente recuerdo.

La mirilla en forma de ojo apareció de nuevo, y se vio mi habitación de la Casa Renato, con el espejo sin romper.

La caja en forma de corazón estaba encima de mi escritorio. Cuando la puerta se abrió, plegué rápidamente una carta, volví a colocar la tapa y guardé la caja debajo de la cama.

Entró Ruben Renato.

—Esta es la noche —dijo.

—¿Esta noche? —pregunté.

Llevaba la misma túnica roja que cuando me había reanimado.

—Has hecho lo que era necesario, y yo también.

Levantó un pequeño broche de brillante azabache negro. El rostro del canciller se reflejaba en él.

En aquel punto, el recuerdo pareció saltar unos segundos hacia delante, cortando lo que Ruben iba a decir.

Esto es todo lo que necesitamos para acabar con la Casa Obscura, para incapacitar al canciller ante el resto de la corte. Todo está a punto.

—¿Qué pasa con Oliver? —pregunté.

—Si lucha, si intenta defender a su padre, debes hacer lo que haga falta para que no pueda ocupar su lugar.

Su expresión se endureció.

—Cómo lo hagas es cosa tuya.

—¿Y qué pasa si no lucha? —pregunté.

—Lo hará —dijo—. Su padre es lo único que le queda.

La sala volvió a estallar de furia. Observé a Evander

mientras él miraba a mi yo del pasado, y su rostro apenas reflejaba el dolor de mi traición. El canciller se inclinó hacia él y le susurró algo. Evander asintió, impasible.

El juez hizo un movimiento con la mano y el espectáculo del recuerdo cesó. El alboroto de la tribuna se convirtió en un gemido de preocupación.

—Afirmamos que Ruby Renato, junto con su padre, Ruben, conspiró para desestabilizar la Orden y tomar el poder por medios ilegales manipulando al hijo del canciller Obscura, Oliver —dijo la doctora Millefleur—. Mediante esta artimaña, la señorita Renato pudo acceder a información clasificada. Ella y Ruben pretendían revelar esa información a los enemigos de la Orden, poniendo en riesgo nuestra seguridad nacional en un acto de traición. Pero su plan fracasó. Podemos confirmar que Ruben Renato está actualmente en prisión. Su juicio se celebrará dentro de tres semanas.

El alboroto se hizo con la tribuna.

—¿Tiene algo que decir en su favor, señorita Renato? —preguntó el juez de la túnica negra.

Me aclaré la garganta mientras el bullicio se calmaba. Había tanto silencio que se habría oído caer un alfiler. Me concentré en Evander y el resto del Auditorio se desvaneció para mí. Había muchas cosas que quería decirle, como «Lo siento» y «Creo que me importabas», pero solo había una cosa que él necesitaba saber.

—No confíes en el canciller —dije rápidamente—. Lily sigue viva. Él mató a tu madre. Había un recuerdo en aquel broche. Tu recuerdo…

Uno de los guardias me golpeó con una porra y al instante perdí la voz. Me agarré la garganta inútilmente.

—Creo que ya es suficiente, ¿no? —dijo el juez.

313

—La acusada y su padre conspiraron para cometer un crimen castigado con la pena capital, un hecho del que hemos aportado sobradas pruebas —dijo la doctora Millefleur—. La fiscalía ha concluido, señorías.

El juez principal asintió.

No hubo defensa.

—Primero haremos una votación pública —dijo—. Miembros de la tribuna, den sus veredictos, por favor.

Los miembros del jurado deliberaron en voz baja. Una por una, todas las paletas se giraron por el lado de justicia mientras el rugido de la multitud sonaba en mis oídos.

—¡Muerte a la traidora! —gritó alguien.

—¡Larga vida a la Orden! —gritó otro.

El juez intercambió un gesto seco con sus compañeros antes de golpear con su mazo.

314

—Hemos deliberado y, en este caso, estamos unánimemente de acuerdo con el tribunal de la opinión pública. Ruby Renato, es usted culpable de los cargos que se le imputan.

Quería protestar, gritar y maldecir, pero continuaba muda. El canciller me sonrió mientras se levantaba para abandonar el Auditorio. Evander se limitó a poner cara de aburrimiento, como si hubiera preferido estar en otro lugar. En cualquier lugar, tal vez.

—Desgraciadamente, no todas las almas pueden salvarse —finalizó el juez.

Más tarde, en mi celda, apenas consciente, un nuevo recuerdo se reprodujo en el oscuro teatro de mi mente.

Los fuegos artificiales explotan en el cielo mientras Oliver me besa, haciéndome olvidar lo que he venido a decir, iluminando los bancos de nieve blanca a nuestro alrededor. Flores de pólvora brillantes y relucientes florecen y se apagan.

Es la Noche Que Nunca Fue y estamos bailando nuestro último baile.

Mientras suena la música, bailamos un vals lentamente en el quiosco de música, rodeados de adornos y velas y... bolas de nieve. Cada una de ellas captura nuestros últimos momentos de felicidad.

—Es nuestra canción —dice Oliver en voz baja cuando la banda toca las primeras notas de *El corazón encantado*. No sé dónde termino yo y dónde empieza él. Sus sentimientos son mis sentimientos. Sus recuerdos son mis recuerdos.

Quiero que este momento dure para siempre, y sin embargo...

Levanto la vista hacia la torre del reloj y veo que se acaba el tiempo. Son las 21:38. La revelación está prevista para las 21:40. En dos minutos, Ruben transmitirá al tribunal el recuerdo del asesinato de Nadia. Tengo que advertir a Oliver. Tengo que prepararlo para lo que está por venir.

Le toco la cara; no hay nada que nos separe. Su alma se sumerge profundamente en la mía, nada por mis mares. Le conduzco a la cámara inferior de mi alma, al cofre cerrado que guardo en lo más profundo de mi ser, donde albergo todos mis secretos más oscuros, tal como me enseñó mi madre.

Sé que nunca debo dejar que nadie se acerque tanto como para abrirlo.

Sé que nunca debo darle a nadie la llave de mi Corazón, pero ahora mi Corazón está trabajando contra mí. Lo abro de buena gana..., y Oliver lo ve todo.

Los recuerdos de mi traición se mueven lentamente por su psique: muestran mi promesa de destruirlo, de utilizarlo, de manipularlo para mis propios fines… No queda ni una sola conversación sin relatar. Oliver se separa de mí y pone fin a nuestro baile. Tiene la expresión tensa por la impresión y me cuesta leerla.

La noche se vuelve más fría, con ráfagas de nieve.

—Déjame explicártelo, por favor —digo estirando el brazo hacia él.

Le empieza a sangrar la nariz y el suelo blanco se mancha. *Gotas de sangre sobre la nieve.*

—Tengo que avisar a mi padre.

Baja los escalones del quiosco y se aleja. Yo le sigo.

—¡Oliver! ¡Espera! —grito—. Por favor, no puedo dejar que hagas eso.

—Todo este tiempo pensaba que nuestra relación era real, pero no era más que otra fantasía —dice—. Otro engaño de mi mente.

—Te equivocas. Empezó siendo fingida, pero luego se convirtió en algo real.

Abre de golpe las puertas de vitral e irrumpe en la Basílica. Yo hago lo propio.

—Por favor —digo, tirándole de la manga—. Necesito que me escuches.

—¿Cómo puedo creerte ahora?

Empieza a abrirse paso entre la multitud buscando a su padre. El canciller está sentado en el escenario mientras la gente hace cola para hacerle entrega de regalos. Busco a mi padre, pero no lo veo por ninguna parte. Seguramente ya esté de camino al punto de encuentro que hemos acordado.

—¿Por qué quieres proteger al canciller? —le pregunto cuando le alcanzo—. ¿Después de todo lo que te ha hecho? Ya basta. Deja que la verdad salga a la luz y que sea juzgado por ello.

316

Se detiene con incertidumbre. Afuera continúan los fuegos artificiales.

—Llevas tanto tiempo reprimiendo el recuerdo de la muerte de tu madre que ya no puedes recordarlo —digo en voz baja—, pero le viste hacerlo. Lo vi en tu mente. Hice una copia de ello. La tiene mi padre.

Oliver sacude la cabeza.

—¿Cómo pudiste hacerme eso? Robarme mi recuerdo...

—Lo hice para salvarte, no para destruirte. Por favor, Oliver, has de confiar en mí. Esta es la única manera de que todos seamos libres.

—¿Es eso lo que te dijo Ruben? —pregunta—. Eres tonta si le crees. ¿De verdad piensas que el mundo será diferente con él al mando? Quiere el poder, nada más. Todos son iguales, y tú no eres diferente.

—No es cierto. Yo no soy como ellos. Tú me conoces, Oliver. Conoces mi alma, y yo conozco la tuya. Deja que te la muestre, deja que...

—No. Mi padre me dijo que no confiara en ti, y tenía razón.

Me empezaron a picar los ojos amargamente.

—No puedo dejar que le avises, Oliver. No puedo dejar que lo hagas.

Me mira parpadeando despacio, repetidamente.

—¿Es una amenaza?

Miro el reloj que hay por encima de nosotros: las 21:39.

—Tengo que pararte —digo.

—Adelante, pues —dice él—. Haz lo que quieras.

Nos miramos expectantes, de pie en el centro del salón de baile, mientras la gente nos observa con curiosidad. Nuestras voces se pierden bajo la música.

—Si se lo dices, me matará —digo.

No responde; se queda mirando al suelo fijamente.

—Quizá tengas razón. Tal vez no pueda confiar en Ruben, pero tu padre es mucho peor, y lo sabes. Huyamos juntos. Solos tú y yo. Dejemos atrás al canciller, a Ruben y a la Orden. Podemos empezar de nuevo. Podemos ir a otro lugar, y ser personas diferentes allí. Nadie nos conocerá.

—¿Cómo puedo creer una palabra de lo que dices ahora? —pregunta—. Eras tan convincente. Ni siquiera he dudado nunca de ti.

—Por favor. Ve a hacer el equipaje, coge lo imprescindible antes de que sea demasiado tarde. Yo haré lo mismo. Nos encontraremos en la Casa Renato en un cuarto de hora.

—No puedo hacer eso.

—Sí que puedes. Y vas a hacerlo. Solo tienes que estar allí. Si alguna vez he significado algo para ti, estarás allí.

Me mira, totalmente desgarrado.

—Te quiero, Oliver —le digo.

—Mentirosa —dice, con una voz que no es la suya.

—Te estoy diciendo la verdad. Te lo juro.

Sus ojos son vacíos negros. Le sangra mucho la nariz, cosa que llama la atención de la multitud. Hay quien se lleva la mano a la boca.

—Ya no puedo confiar en ti, Lily —dice.

Se va rápidamente y desaparece en la oscuridad que rodea la pista de baile mientras todo el mundo se queda mirándome.

Los fuegos artificiales son cada vez más brillantes y ruidosos, y hacen que todo resplandezca y se sacuda mientras la revelación explota dentro de mí.

Cuando las manecillas del reloj se colocan en su sitio, escapo de allí.

Lily.

La chica de la que sigue enamorado.

La chica a la que ha estado llorando...

Soy yo. He sido yo todo el tiempo.

Me desperté sobresaltada.

De algún modo, volvía a estar en el Reformatorio, atada a una silla en una gran sala vacía sin ventanas. El canciller estaba de pie frente a mí, respaldado por una fila de inspectores con porras.

—¿Sabías que el apellido Renato hace referencia a la reencarnación y al renacimiento? —dijo con frialdad—. Por eso el animal de la Casa es un fénix.

Era un hombre esbelto. Su túnica tenía los hombros altos y marcados. Adoptaba una postura rígida y me miraba a través de aquellas espeluznantes gafas sombreadas.

—Sin duda has vuelto a nacer... de tus cenizas.

Llevaba muchos anillos diferentes en los dedos, cada uno de ellos con piedras oscuras, como ojos que centelleaban hacia mí con maldad.

—Lily Elizabeth Duffy —dijo—. Única hija de Ruben Renato, gobernante de la quinta Casa, y Mara Duffy, una humilde sirvienta.

Lily Duffy. Yo era Lily Duffy.

Me parecía bien. Encajaba.

—Tu madre intentó criarte fuera de la Orden, lejos del control de Ruben. Cuando él se enteró de tu existencia, quiso reclamarte. Te localizó y te puso a trabajar..., y te cambió el nombre, por supuesto. Se avergonzaba de dónde había yacido.

Chasqueó la lengua, reprobador.

319

—Pero yo vi a Lily en los recuerdos de Oliver —dije, pensando en voz alta—. Se parecía a la hija de la doctora Millefleur. Vi su foto.

El canciller se revolvió, irritado.

—Tras el desafortunado incidente, traté de hacer que se eliminara de su mente cualquier recuerdo tuyo. Oliver se sometió al procedimiento en la consulta de la doctora Millefleur. Pero, cual mancha de sangre obstinada, no pude borrarte. Su Sombra intentó preservarte para que un día mi hijo pudiera recordarte de nuevo. Su mente te reemplazó con la cara que estaba mirando durante el procedimiento. La hija de la doctora, Amelia Millefleur. Él ya la conocía. Intenté arreglar un matrimonio entre ambos para asegurar la lealtad menguante de la Casa Memoria. Por desgracia nunca se enamoraron. El recuerdo falso se corrompió. La mente es frágil. Demasiada intromisión y empieza a degradarse. Oliver no ha estado bien desde la trágica muerte de su madre.

—Querrá decir su asesinato —puntualicé—. Sé que la mató usted. Usted mató a Nadia. Quería irse y llevarse a Oliver. Ella le dijo que no, y a usted eso no le gusta, ¿verdad?

El canciller sonreía, como si se divirtiera.

—No, no me gusta —convino.

Entonces tuve miedo. Mucho miedo. Cualquier deseo que tuviera de enterarme de la verdad se desvaneció. En aquel momento solo quería escapar.

Se acercó más a mí, con los dedos en torno al báculo.

—Tiene gracia que justo ahora recuerdes precisamente aquello con lo que querías destruirme. Tu padre lo estuvo planeando durante bastante tiempo, ¿verdad? Su espectáculo fotográfico en la Basílica. Qué bochorno que yo no lo viera venir. Mi mano derecha, en quien confiaba sin reservas,

320

socavándonos desde dentro. Se había esforzado considerablemente para prepararlo. Le había dedicado años. Te localizó a ti, su hija ilegítima, a la que había abandonado con regalos tangibles, todo para que fueras una dulce trampa para mi hijo, que ya era muy vulnerable. Mi mayor debilidad. Ruben esperó pacientemente mientras ibas desgastando a Oliver, hasta que pudiste aprovecharte de él. Y con la flor y nata de la Orden reunida en un solo lugar, Ruben transmitió el recuerdo que robaste de la mente de mi hijo en el baile de la noche del 24 de diciembre.

Me retorcí contra mis sombrías ataduras, pero estaban demasiado apretadas, me cortaban la piel.

—Me sorprendió, lo admito. Me cogió por sorpresa. Ruben había creado una red de espías que conspiraron para derrocarme aquella noche. A la mayoría de ellos los identifiqué después, y me acabaron conduciendo hasta él. Lo encarcelé. Pero tuve que trabajar duro para deshacer su pequeña exposición. Tuve que eliminar la noche por completo de la memoria de todos los asistentes.

La Noche Que Nunca Fue…, por eso habían limpiado todos los vestigios de aquella noche, por eso nadie recordaba lo que había sucedido.

—Te acababan de anunciar en la corte. Sin aquella noche, la mayoría de la gente olvidó que existías por completo. Se suponía que estabas muerta. Pero de algún modo sobreviviste. Cuando me di cuenta de que estabas viva, supe que acabarías recuperando aquel recuerdo. Que regresarías para destruirme. Tenía que hacer cuanto estaba en mi poder para evitar que sucediera. Y aquí estamos.

Se acercó un paso y retrocedí tanto como pude.

—¿Dónde está? ¿Dónde está Evander? —pregunté.

321

—¿Quién? —dijo, llevándose una mano a la oreja como si le fallara el oído—. No conozco a ningún Evander. —Estaba en su elemento, atormentándome.

—Oliver —dije entre dientes.

—Ah, Oliver. ¿Quieres hablar con él? Oliver, por favor, únete a nosotros, ¿quieres?

De entre las sombras apareció una figura de expresión carente de sentimiento que fue caminando lentamente hasta su padre con las manos a la espalda.

—¿Evander? —susurré—. ¿Oliver?

Me miró con el mismo desinterés que había mostrado en mi juicio.

—Es inútil —dijo el canciller—. No quiere hablar contigo.

—¿Qué le ha hecho? —pregunté.

Soltó una carcajada desprovista de alegría.

—¿Yo? Yo no he hecho nada, Lily. Lo has hecho todo tú. Tus mentiras lo han destruido. Si no fuera por ti, podría haber sido feliz. Su alma quizá no estaría dañada. Pero le hiciste hacer algo horrible.

—¿Qué? —dije con voz apenas audible—. ¿Qué hizo?

El canciller me lanzó una mirada fría.

—¿No te acuerdas? Después de todo, también estabas allí.

En la pared de detrás de él, otro recuerdo cobró vida.

Me paseo de un lado a otro ante el balcón de mi habitación, tirando ansiosamente del anillo Renato mientras miro fijamente la Basílica. A lo lejos se oyen sirenas mientras cinco brillantes rayos de luz iluminan el cielo.

Ya es demasiado tarde para cambiar de opinión. Lo hecho hecho está.

Miro el reloj de la torre del otro lado de la plaza. Son las 21:59. Mi padre estaba en lo cierto: Oliver no está aquí.

No va a venir.

Saco una hoja de papel del cajón del escritorio y me siento a escribirle una carta, algo que dejarle para explicarle mis sentimientos, pero la única palabra que viene a mi mente es: «Perdóname».

Es inútil. Las palabras no bastan. Me quedo mirando la carta un momento antes de arrojarla al fuego y ver cómo se consumen sus sentimientos.

Tal vez fuera mejor no decir nada.

He de hacer el equipaje. He de huir. No puedo arriesgarme a quedarme por las consecuencias, no ahora que los recuerdos de Oliver contribuirán a condenarme.

Pero ¿cómo puedo marcharme sin él?

¿De qué sirve ser libre si Oliver no está conmigo? ¿Y qué pasará si lo dejo atrás?

Cuando dije que lo amaba lo decía en serio. Se fue acercando sigilosamente, como una sombra. No recuerdo cuándo empezó, cuándo dejó de ser una fantasía. Aquella primera vez que bailé con él, tal vez.

Hay algo crudo en él, algo defectuoso pero brillante que atraviesa la niebla sin sentido, las cargas sin sentido. Él hace que, de alguna manera, todo parezca más nítido, enfocado, entonado.

Se supone que debo estar en la cantera que hay a las puertas del Distrito Cinco. Se supone que debo encontrarme con Ruben y sus seguidores como estaba planeado, lista para tomar la ciudad en el caos, pero ahora empiezo a cuestionarlo todo.

«¿Tiene en cuenta mi padre que estoy actuando con la

323

mejor de las intenciones? ¿Es esta realmente la forma correcta de honrar a mi madre? ¿Qué estoy haciendo?»

Cada segundo que dejo pasar es un arma lista para atacar.

Las sombras que hay cerca de la puerta se hacen más profundas. Mi atacante enmascarado aparece de la nada, balanceando su extraño báculo de cinco puntas.

En un caos de cristales rotos, cuando el rayo oscuro sale del báculo vuelvo a quedar hecha añicos.

Lentamente, mi atacante se quita la máscara.

Oliver Obscura está de pie junto a mí.

El recuerdo se desvaneció.

—No. —Me faltaba el aire.

—Fue Oliver quien te hizo añicos —dijo el canciller—. Yo solo lo encubrí. ¿Qué tal sienta saber al fin la verdad? Si tuvieras Corazón, estoy seguro de que se te rompería.

Me quedé mirando la expresión estoica de Evander, buscando desesperadamente una señal de que aquello no era cierto, pero no encontré nada. No vi nada.

—No le creo —dije, sacudiendo la cabeza con vehemencia—. Usted puede crear ilusiones. Puede hacer que la gente vea cosas que en realidad no existen, hacerles creer cosas que en realidad no son ciertas.

—Te he mostrado la verdad y aun así la niegas —dijo el canciller—. Veo que sigues terca como siempre, incluso a tu costa.

—No es real —dije con los ojos llenos de lágrimas.

—¿Por qué te sorprendes tanto? ¿Qué esperabas, Lily? Ruben y tú conspirasteis contra él. Cuando se enteró de la verdad, se sintió traicionado. Eso lo rompió. Perdió el control de sí mismo, como siempre supe que haría.

Chasqueó los dedos.

—Díselo tú, hijo.

—Es verdad —dijo Evander con voz monótona—. Lo hice yo. Como te he dicho. Deberías haberme escuchado.

El horror se apoderó de mí una y otra vez, como si me estuvieran arrollando repetidamente un montón de trenes.

—No os creo. No os creo...

Mis negaciones resonaron con fuerza en la sala desnuda.

—Cualquiera que sea el romance que creías que teníais juntos, fue una fantasía, y ya se ha acabado —dijo el canciller.

Tenía la garganta llena de dolor.

—¡Evander! —grité, tratando de comunicarme con él. Para mí continuaba siendo Evander, incluso en aquel momento—. Dile que no es verdad. ¡Dime que no es verdad!

—Hijo, ¿por qué no animas a nuestra invitada aquí a callarse?

Con un giro brusco de cabeza, Evander se volvió hacia mí.

—No hagas esto —le dije—. No tienes que hacerlo.

La oscuridad de sus ojos salió flotando de su cuerpo y quedó suspendida entre nosotros hasta que se infiltró en mí. La notaba, tan suave y fría al mismo tiempo, como una muerte acogedora. Notaba los bucles de sombra aferrándose a mi alma, envolviéndola más y más fuerte. Un terrible escalofrío me recorrió hasta lo más profundo de mis huesos, y se apoderó de mí la aflicción. Ya nunca más conocería el amor, ni la felicidad. Moriría sola en una tumba sin nombre...

—Ya basta —dijo el canciller. Evander aflojó su agarre y se hizo a un lado.

Solté un sollozo seco.

—Siempre supe que eras peligrosa —dijo el canciller—.

325

Una plebeya como tú no era quién para codearse con la nobleza. En su día eran solo los miembros de las cinco familias quienes poseían dones extrasensoriales, los descendientes de los sagrados fundadores que descifraron los secretos de la psicometría, pero ahora el populacho ha desarrollado sus propios poderes. Demasiado… mestizaje. Juré erradicarlo. Y sin embargo, allí estabas tú, una hija de un amor abandonado, la hija de una criada, con la habilidad de canalizar la psique a través del tacto, invitada al corazón de la corte. Tu aparición amenazaba con enturbiar la pureza de las cinco Casas, que ya estaba en descrédito.

Vociferaba, con la cara enrojecida.

—Y entonces Oliver y tú os hicisteis… amigos, si se le puede llamar así. Yo no estaba seguro de cuál era tu juego, pero hice todo lo que pude para manteneros separados: enviarle de viaje, llenarle los días de tareas sin sentido, distraerlo con Amelia Millefleur. No funcionó. Tenía la sensación de que ocultabas algo. Accedí a su Sombra para espiarte, para verte a través de sus ojos. Vi tu confesión y me enteré de tu engaño, lo cual me permitió detener la conspiración de Ruben justo a tiempo. Pude cerrar las puertas de la Basílica y retener a los invitados dentro. Usé la máquina del olvido del Reformatorio para borrar la memoria de todas las personas que había en la sala. De todos los objetos. Quedaron restos, por supuesto: una ventana rota cuando alguien trataba de escapar, un zapato perdido en la estampida, un tenedor extraviado. Pero nada lo bastante incriminatorio como para revelar la verdad. Tal vez debería darte las gracias. De no ser por tu honradez, podría haber sido demasiado tarde. Solo se vio el principio del recuerdo. Pude borrar los sucesos de aquella noche de todos los asistentes, pero era demasiado tarde para impedir que Oliver se vengara. Pobre Oliver. Qué pena.

Se me erizó la piel y se me pusieron los pelos de punta.

—Ojalá te hubiera borrado por completo. En lugar de eso, la lio, como siempre, y vino corriendo a pedirme ayuda.

El canciller me metió imágenes en la cabeza a la fuerza.

Gritos, golpes en una puerta oscura.

La cabeza me decía que era verdad, pero el corazón discrepaba.

—Tuve que cubrir su rastro. Pero cuando llegué a la Casa Renato, tu cuerpo había desaparecido. No habías fallecido, como yo creía. Hice que mis dos hombres de más confianza te buscaran, pero no pudieron localizar tu psique. Hice que destruyeran tus pertenencias, que reformaran la habitación. Rastreé a todos los que te recordaban y me aseguré de que te olvidaran, de una forma u otra. Encontré a tu padre y lo hice encarcelar en las mazmorras de la Casa Obscura. Su esposa tuvo un desafortunado accidente de caza. Se reemplazó toda su casa. Todo lo que quedó de los Renato fue una anciana que ya tenía un pie en la tumba. Le borramos la mente y la mantuvimos con vida para guardar las apariencias. Empecé a pensar que quizá habías hecho lo más sensato y te habías esfumado, de vuelta a la miseria y la oscuridad de la que venías. Pero entonces un día, allí estabas, robando de nuevo el anillo de tu propia casa.

El anillo. En el momento en que me lo había puesto les había enviado una señal, un mensaje que decía: «Estoy viva».

—Tu alma no había sido destruida, como yo pretendía, sino desplazada. Mientras existieran aquellos relicarios, aquellos recipientes que contenían los pedazos de tu alma, tu memoria dejaba un residuo en el subconsciente de cual-

327

quiera que te hubiera conocido, bajo la superficie, pero no del todo fuera de la vista. No volveré a cometer ese error otra vez.

«¿Otra vez?» «¿Como yo pretendía?» Sin darse cuenta, se había delatado.

—Fue usted —dije, torciendo la boca—. Usted me hizo pedazos. Me quería muerta y utilizó a su propio hijo para hacerlo. Escuchó mi confesión. Fue usted quien perdió el control aquella noche.

—Te aconsejo que calles.

—Igual que hizo con la madre de su hijo —dije.

El rostro demacrado del canciller se tensó.

—Se apoderó de la Sombra de Oliver. Lo controló, igual que está haciendo ahora. Le dejó creer que me había matado.

—¡Ya basta!

—Es usted patético —escupí—. Si no consigue que alguien haga lo que usted quiere, tiene que controlarlo. Pero la gente sigue recordando. Siempre lo harán. Al menos mi padre lo sabía. Al menos intentó...

La máscara se le escurrió. Su Sombra se hizo enorme y se cernió sobre mí.

—Tu padre —se burló—. ¿Tu padre, que encerró a tu propia madre y tiró la llave?

Me lo quedé mirando sin comprender.

—Mi madre está muerta —dije.

Volvió a reírse con el mismo sonido hueco.

—Para Ruben, para ti, fue práctico creer eso. Seguro que alimentó tu odio, tu deseo de venganza. Ruben no quería que apareciera y montara una escena para tratar de recuperarte y que estropeara sus planes. Ha estado languideciendo en el Reformatorio todo este tiempo. Fue él quien la hizo detener por desertar de la Orden, y todo para poder reclutarte para su plan de rebelión. Él sabía que tendrías su don para la manipulación táctil, combinado con el talento de tu madre para encapsular recuerdos. Pero fracasaste. Él fracasó. Y, en cuanto a tu madre, digamos que he encontrado un propósito mejor para ella.

Dicho eso, se dio la vuelta para irse.

—¿Qué ha hecho con ella? —le grité a la espalda mientras se retiraba.

Se giró para mirarme.

—Disfrutaré destrozándote de nuevo, Lily —dijo.

329

19

Perdidos y encontrados

$\mathcal{M}$e devolvieron al Reformatorio para esperar mi sentencia. Todos los días se fundían en uno solo. En mis sueños, volvía sobre mis pasos, visitaba cada lugar donde había encontrado relicarios. A pesar de todo lo que había aprendido, aún no me conocía.

Yo era Lily Elizabeth Duffy, hija de una criada. Pero también era Ruby Renato, protegida de la Casa Renato, insurgente, espía. Y también era Iris Cavendish, ladrona callejera sin alma, peligrosa fugitiva.

Era demasiada gente, y nadie.

Me atormentaban pesadillas recurrentes de Evander haciéndome pedazos una y otra vez, y cada vez provocaba que se me parara el corazón, alarmado, antes de despertarme con sudor frío y la cabeza al tiempo vacía y pesada.

Echaba de menos el botón. Quería a mi madre. Necesitaba a Evander, más de lo que nunca había necesitado a nada ni a nadie. Le necesitaba, y se había ido.

Soñé.

Arrastrada a las profundidades de la inconsciencia, caigo por la oscuridad del universo interior y aterrizo en medio de una feria que me resulta conocida, ante una noria gigante con carros en los que se toca música de órgano. Oliver está de pie junto a mí.

—No puedo creer que estemos haciendo esto —digo—. Voy a tener muchos problemas cuando Ruben descubra que he desaparecido.

—¿Tú vas a tener problemas? Ya has conocido al canciller, ¿no? Esa cara que pone es su expresión habitual. Imagina su aspecto cuando está realmente enfadado por algo.

Nos giramos juntos para mirar la feria.

—¿Qué hacemos primero? —pregunta.

—Vamos a comer algodón de azúcar —digo, tirando de él—. Vamos a dar mazazos y a adivinar el peso de las cosas.

Vamos por la feria y damos vueltas en las tazas giratorias mientras pasa una carroza llena de payasos. Vemos acróbatas en el circo mientras comemos palomitas e intentamos sin éxito ganar un pez de colores lanzando anillos. Nos montamos en los caballitos y fingimos echar una carrera.

—No puedo creer que pensara que eras un chico malo cuando nos conocimos —digo riendo mientras él arremete a mi lado en su poni de color pastel.

—Que no te engañen los lazos rosas. Aquí Lancelot es un semental campeón —responde, acariciándolo con cariño.

—Entonces, ¿por qué voy ganando?

Rugimos y continuamos arremetiendo, hasta que el carrusel se detiene.

—¡La victoria es mía! —exclamo.

Nos bajamos y damos un paseo entre la multitud de asistentes a la feria. Pasamos junto a un puesto de dulces pasado de moda.

—Mmm —digo, respirando el delicioso aroma del chocolate.

Hay una caja que es más grande que las demás y tiene forma de corazón.

Evander le da un puñado de monedas al vendedor, que me da la caja. Es blanca y lleva una cinta roja.

«Reconozco esa caja.»

Salimos del recinto ferial y vamos a un parque cercano, con cisnes deslizándose en un lago plateado, el mismo lugar donde nos habíamos encontrado en sueños. Cuando nos sentamos bajo un árbol, lejos de la multitud, abro la caja y desenvuelvo los bombones con entusiasmo. Le pongo uno en la boca y río.

—Mmm, caramelo machacado —dice él, y me resigue el brazo con un dedo.

Me besa, así que yo también pruebo el dulce caramelo, luego me rodea por detrás y me hace sentir segura. Amada. Un montón de chispitas dentro de mí, haciendo que cada parte de mi cuerpo se encienda, cobre vida.

—Ojalá pudiéramos quedarnos aquí para siempre —digo.

Pero la feria se oscurece y las atracciones se detienen. Los juerguistas desaparecen, se desvanecen en la oscuridad.

Me desperté gritando en voz alta de nuevo, buscando un amor que ya se había ido.

La caja. Era el relicario que contenía mi Corazón.

Había identificado la última pieza y, sin embargo, no me servía de nada allí dentro.

333

Vigilia. Sueño. Vigilia. Sueño. Seguía el ciclo entre ambos hasta que los sueños y la realidad eran indistinguibles. Las sombras de mi cuerpo se mezclaban con las sombras del mundo, hasta que yo no era nada en absoluto.

Fue entonces cuando noté algo.

Un hilo fino plateado, no más grueso que una telaraña, iluminado por una fuente de luz invisible. Esta vez no era una chispa, sino un cordel. Se extendía ante mí e iba hacia la oscuridad. Lo seguí instintivamente.

En el horizonte apareció una pequeña sala de piedra. Entré en ella flotando, como si subiera a un cuadro. Estaba en mi conocida celda monacal, pero al mismo tiempo podía verme tumbada en el suelo, profundamente dormida. De algún modo, estaba más allá de mi cuerpo.

Allí estaban mi carne y mi sangre, respirando suavemente, y sin embargo aquí estaba yo, fuera de mí. Estábamos unidas por aquel mismo hilo plateado. Con cautela, extendí el brazo ante mí y observé cómo atravesaba la pesada puerta. Era un fantasma, un espíritu, pero aún vivía. Di un paso enorme hacia delante y me adentré en el pasillo que había al otro lado, que estaba lleno de puertas de celda de hierro.

Dos inspectores se dirigieron hacia mí sin percatarse de mi presencia. Miraron dentro de mi celda por la escotilla, me vieron estirada dándoles la espalda y continuaron caminando sin darse cuenta de que «yo» estaba allí.

Asombrada, empecé a avanzar lentamente por el Reformatorio, espiando a los demás reclusos. Había miles de niños en jaulas, algunos sollozaban hasta quedarse dormidos, otros se daban cabezazos contra la pared.

Oía el eco de cientos de voces.

—¿Y si no salgo nunca de aquí?

—Mis padres me repudiarán.

—Me estoy volviendo loco.

Inadvertida, atravesé los muros de la prisión y salí a las calles de Providence, subí y subí, pasé por la Casa Cavendish, hasta la villa del cielo propiedad del canciller Obscura. Cuanto más lejos llegaba, más apretado se volvía el hilo plateado. Solo podía caminar despacio, como si estuviera bajo el agua.

Tras los altos muros, la Casa Obscura estaba construida de piedra negra brillante. En la fachada había cien ojos construidos, cada uno con iris hechos de piedras preciosas de diferentes colores, pero ninguno de ellos me vio. Volvía a ser invisible. Por dentro el edificio era lúgubre, opresivo, en sus paredes oscuras se mostraban artefactos diversos. La decoración interior era extremadamente fea, desde las estatuas sinuosas que hacían muecas hasta las máscaras tribales congeladas en mitad de un grito.

Todas las ventanas estaban cerradas, así que no entraba luz.

Pasado un santuario dedicado a la madre de Evander y un frío comedor, fui flotando por el pasillo hacia la puerta negra del fondo, la que tenía una mirilla en forma de ojo. Al otro lado estaba el estudio del canciller, cuyas paredes se hallaban iluminadas con escenas de la red del Ojo.

Allí estaba la caja con forma de corazón, bajo llave dentro de una jaula de acero y cristal y protegida con una red de energía ardiente. Pero eso no era lo que había ido a buscar.

Evander estaba dormido arriba en una habitación llena de cosas brillantes y caras. Floté sobre él como un fantasma observando su rostro. Cerré los ojos y me permití dejarme caer en él, atravesando su piel y entrando en la Sombra que lo consumía por dentro. Me sumergí en él como en el mar, ahogándome en su zona oscura mientras una ola me arrastraba hacia abajo.

Pataleé, luchando por subir, y al final salí a la superficie.

Estaba flotando sola en un océano tormentoso, y el alma nublada de Evander colgaba por encima de mí como la luna. Se alzó otra ola gigante que tapó su luz antes de estrellarse sobre mí y arrastrarme de nuevo a las profundidades.

Llegué a una playa de arena negra, con el mar negro en el horizonte. Todo estaba cargado de aquella misma podredumbre sombría. Los pájaros estaban cubiertos de aceite. Los árboles estaban ennegrecidos y esqueléticos, como abrasados por el fuego. El cielo estaba lleno de una niebla tóxica de materia oscura.

Empapada y mugrienta, me adentré en los bosques de espino que bordeaban la playa, abriéndome paso por la oscuridad. Cuanto más me sumergía en el bosque embrujado del alma de Evander, peor me sentía. Era frío y oscuro. No había caminos. Las ramas estaban afiladas como agujas y me arañaban la piel.

Veía el rostro del canciller por todas partes: en el nudo del tronco de un árbol, en las nubes oscuras, en el reflejo del agua, en las rocas que se alzaban en el suelo para formar una montaña escarpada.

La subida era empinada e implacable, pero estaba decidida.

Mientras trepaba, se soltaron algunas piedras pequeñas que cayeron ladera abajo. No paraba de perder el equilibrio. Empapada de sudor y con presión en el pecho, escalé hasta que me ardieron los músculos y cada paso era como caminar sobre ascuas. Para cuando llegué a la fortaleza que había en la cima de la montaña, estaba sucia y ensangrentada, cubierta de arañazos y magulladuras.

La fortaleza parecía inexpugnable, custodiada por una docena de muros y vallas, algunos con pinchos, otros de ladrillo y otros electrificados.

Aquella era la última defensa de Evander.

Recorrí el perímetro buscando una manera de entrar. En el lado del edificio orientado al sur solo había abierta una puerta negra. El astillero que la rodeaba estaba abandonado, lleno de despojos. Me metí dentro, intentando no respirar, ni pensar, ni hacer ruido, por miedo a lo que pudiera provocar.

Me abrí paso a través del oscuro laberinto interior, tan denso e insondable como el Fin del Mundo. Las paredes estaban decoradas con dioramas, momentos congelados en el tiempo, expuestos tras un cristal como si fueran exposiciones de un museo.

En uno vi a su padre pegándole. En otros vi las indiscreciones de su malgastada juventud. Uno de los dioramas representaba la primera vez que habíamos bailado juntos, en el baile de la Víspera Ardiente. Otro representaba nuestro último baile en la Basílica, justo antes de que nuestros mundos se separaran, como una versión gigante de la bola de nieve. Uno de los últimos dioramas lo mostraba enfrentándose al canciller mientras las sombras oscuras de su padre se derramaban por su nariz y garganta. El canciller sostenía el báculo retorcido y la máscara blanca.

Era la Noche Que Nunca Fue, momentos antes de que me hicieran pedazos.

En el siguiente diorama, Oliver Obscura lloraba, congelado en el acto de golpear la puerta de su padre. Era mucho más tarde, pasada la medianoche, según el reloj de pie de la pared.

Cuando me detuve ante él, el recuerdo empezó a reproducirse.

337

—¡Padre! —gritó—. Abre, por favor. Necesito ayuda.

La puerta se abrió lentamente y apareció el canciller.

—Estoy ocupado. ¿Qué quieres?

—Es Lily. Creo que he hecho algo horrible —dijo Oliver—. No recuerdo haberlo hecho. No recuerdo nada. Me he despertado y estaba allí, en su habitación, de pie junto a su cuerpo… Y ella estaba… Estaba…

Empezó a sollozar y se tapó la cara con las manos.

El canciller fingió sorpresa y le hizo pasar.

—Sea lo que sea que hayas hecho, haré que desaparezca, como siempre —dijo—. Eso es lo que hace un padre por su hijo.

Pero cuando Oliver pasó, el canciller esbozó una pequeña sonrisa de satisfacción.

338

Más allá, otro diorama más pequeño se exhibía en un hueco de la pared. No era tan formativo como los otros, pero aun así allí estaba: Evander y yo bailando en la fiesta de Birdie. La noche en que me confundió con Lily. ¿Acaso una parte de él todavía me había amado, incluso cuando pensaba que era la chica equivocada?

Subí las escaleras, tantas que perdí la cuenta, avanzando despacio y fatigada hacia la brillante viñeta que había en la distancia. A medida que me acercaba, se convirtió en una habitación. Era el salón de la Casa Obscura, con aquellas horribles estatuas y máscaras.

Oliver era un niño pequeño, de cinco años, y miraba a sus padres mientras peleaban.

—Nos vamos, y no puedes detenernos —dijo Nadia.

—No haréis tal cosa.

Los ojos del canciller se oscurecieron y su Sombra se metamorfoseó.

—Prefiero matarte a dejar que te vayas —dijo, inmovilizándola contra la pared.

—¡No, papá! ¡Para! —gritó Oliver, tirando de él—. ¡No le hagas daño!

Una criada observaba desde la puerta, medio oculta en la oscuridad, con la cara deformada por el miedo.

La Sombra del canciller cobró vida y persiguió a Nadia cuando esta se liberó. Hubo un forcejeo y la Sombra la empujó por el balcón. Nadia se precipitó al suelo mientras Oliver gritaba.

La escena se oscureció, como el final de un acto, antes de reproducirse de nuevo.

Fue entonces cuando lo vi.

Al verdadero Evander.

Él y su Sombra estaban atrapados juntos en una celda, como las del Reformatorio, pero esta era una creación de su propia mente.

Grité su nombre, pero no se movió. Lo obligaban a presenciar el asesinato de su madre una y otra vez y no se daba cuenta de mi presencia, custodiado por la Sombra del canciller: un doble de su padre con los ojos negros, con venas negras bajo la piel. Cuando me vio llegar, sonrió con maldad.

—Te maté una vez. Puedo volver a hacerlo.

Con un grito, el canciller de Sombra se desvaneció y sus restos se extendieron por las paredes, tomando la forma de mil pájaros oscuros, como una bandada de cuervos que bajó en picado, formó un tornado de alas que daba vueltas y me atacó.

—¡Oliver, soy Lily! No me mataste —grité.

Las sombras voladoras pasaron a toda velocidad, chillando y silbando como fuegos artificiales desbocados, y me golpearon de un lado a otro.

—¡Soy Lily y sigo viva! Fue tu padre quien me hizo pe-

339

dazos aquella noche, no tú. Te estaba controlando. He visto el recuerdo.

Las bestias de sombra me arañaban con sus garras de pinchos y me mordían con sus colmillos afilados como víboras. Me tiraban del pelo y me desgarraban la piel, arrancando capas hasta que apenas quedaba nada de mí.

Luché por avanzar con los brazos cruzados y levantados delante de la cara y me acerqué a la jaula lo bastante como para que Evander advirtiera mi presencia. Me miró con los ojos muy abiertos, sin moverse, mientras su Sombra se levantaba para saludarme, agarrando los barrotes de la jaula.

—¿Recuerdas el botón? —dije.

Evander se limitó a fruncir el ceño.

—Soy Lily —dije con firmeza—. Estoy viva. No me hiciste daño. Tus recuerdos están mezclados, eso es todo.

Los pájaros oscuros se arremolinaron a nuestro alrededor y ocultaron la luz.

—No te rindas. Eso es lo que quieren. Eso es lo que él quiere.

Sacudió la cabeza.

—Es demasiado tarde —dijo.

Sentí que algo me ardía en el pecho. Bajé la vista y vi aquella alma fogosa que brillaba bajo la piel.

Ardiendo como yo ardía por él.

—¿No quieres que tengamos otra oportunidad? —le pregunté—. Este no puede ser el final para nosotros. La historia tiene que continuar.

Vi cómo mi alma se encendía. Cuando su luz alcanzó a uno de los pájaros de sombra, la oscuridad se desintegró y el pájaro se quemó hasta quedar reducido a polvo que se disipó. El fuego de mi alma atravesó a aquel ejército oscuro como un meteorito y quemó a los pájaros de sombra como si fueran de papel. El aire quedó lleno de cenizas, que acabaron cayendo como una fina nieve.

—Lily —dijo Evander, y esta vez no se equivocaba de nombre.

Sentí que me agitaba, que empezaba a despertar ahora que la cuerda tiraba.

—No tenemos mucho tiempo —dije—. Has de saber que luchaste contra él. Aunque él tuviera el control, tú no querías hacerme daño. Por eso no me mataste como debías hacerlo. Mi alma solo quedó temporalmente hecha pedazos, y no destrozada para siempre.

Se estaba desvaneciendo. Yo no podía aguantar más.

—Ruben está encarcelado en las mazmorras de la Casa Obscura —dije—. El señor Sharma me dijo que lo encontrara. El Corazón de mi alma está en el estudio de tu padre, en la caja de bombones. ¿La recuerdas?

Transmití la escena de nosotros sentados bajo el árbol. Le mostré la caja en el estudio de su padre.

—Sé que puedes encontrarla —le dije—. Sé que puedes encontrarme porque yo te he encontrado a ti. Nos hemos encontrado el uno al otro, incluso después de todo.

Cuando se acercó a mí, fui arrancada, arrastrada de vuelta al mundo de la vigilia en contra mi voluntad.

—Sálvame —grité—. Como yo te he salvado a ti.

Volé hacia atrás a través de la oscuridad del mundo de la vigilia y aterricé de nuevo en mi propio cuerpo.

Me levanté como un rayo y me agarré el pecho.

Mi corazón latía con fuerza, mi pulso palpitaba.

El tiempo se agotaba.

20

Olvido

Al amanecer, los guardias del canciller vinieron a por mí y me llevaron a rastras por un pasillo oscuro y sin ventanas, a gran profundidad. El techo era bajo, una maraña de cables desnudos. Había letras y números esparcidos en las paredes junto a puertas grises. Las luces parpadeaban cuando pasábamos junto a ellas. Aquel corredor se extendía hasta el infinito. Daba la sensación de que las paredes se apretujaban, lo que dificultaba respirar hondo. Atravesamos una serie de puertas plateadas, cada una más gruesa que la anterior, hasta que llegamos a una puerta oscura que me hizo temblar.

Allí dentro había algo. Retumbaba y zumbaba, y hacía que se me parara el corazón. No quería entrar. No sabía por qué, pero aquella habitación era más aterradora que cualquier cosa que hubiera conocido o imaginado. Intenté escapar, pero los guardias me agarraron de los brazos y me hicieron avanzar mientras me retorcía.

Me arrojaron al suelo en un revoltijo de miembros y cerraron la puerta tras ellos. Me levanté llorando y arañando la cerradura hasta que atrajo mi atención un ruido detrás de mí. Al girarme hacia la habitación oscura, vi un panel de observación que recorría horizontalmente la pared del fondo. Era una ventana larga de cristal tintado.

Tras ella se hallaba sentado un comité de batas blancas, incluidos la doctora Millefleur y el doctor Stanford. En cada rincón del techo había luces brillantes que se encendían y apagaban, y en el centro de la sala… un vacío. Flotaba extrañamente en el aire, como si faltara un trozo de realidad.

De repente lo supe. Aquella era la sala del olvido. Allí era donde ibas a que te purificaran.

Mientras miraba al vacío, me di cuenta de que no podía apartar la mirada. Me tenía inmovilizada en el sitio, como la luz de un farol mágico. Una sensación de hormigueo me recorrió como una ola, desde las puntas de los dedos de los pies hasta la parte superior del cuero cabelludo, antes de que se instalara una niebla espesa, pesada y adormecedora que me llenó la mente y me embotó los sentidos.

Oía la voz de la doctora Millefleur resonar distante, diciéndome que cuando me despertara no recordaría nada de aquello. No me acordaría de nada, ni siquiera de mí misma.

Cuando el vacío se puso a vibrar, se oyó un ruido ensordecedor cada vez mayor. Sentí un breve destello de pánico ciego y caliente al empezar a deslizarme, poco a poco, a desvanecerme en el olvido. Chillé y traté de aferrarme a mí misma. La sensación de la mano de mi madre sobre mi frente cuando me cuidaba por una fiebre. La mirada arrugada de orgullo de mi padre cuando bajé por primera vez las escaleras de la Basílica como Ruby Renato. El abrazo abrumador de Octavia, nuestros rostros en el espejo. Evander y yo juntos en las escaleras del desván mientras él me deseaba un dulce olvido. Evander en la puerta de mi habitación mientras yo sostenía el botón. Bailando la danza ardiente con Evander mientras él creaba un escenario que me gustara.

Evander. Evander. Evander.

No olvidaría.

Me negaba a olvidar.

Aquellas imágenes se me escurrieron entre los dedos como granos de arena. Estaba cayendo, lo notaba.

Empezó a sonar una alarma.

Las luces se encendieron y apagaron.

—¡Parad! —llegó una voz—. ¡Parad!

Se oyó un chirrido que me hizo temblar los huesos. El vacío parpadeó y se desvaneció. Temblando, apenas capaz de mantenerme en pie, me giré y vi al canciller de pie en la puerta. Los médicos salieron corriendo de detrás del panel de observación y fueron a saludarlo apresuradamente.

—Evacuen el edificio —dijo el canciller—. Ha habido un fallo de seguridad.

—¿Y la prisionera? —preguntó la doctora Millefleur.

—Traedla aquí, ahora mismo.

Las batas blancas me arrastraron hacia él.

—Ven —dijo—. No pienso perderte de vista.

Demasiado aturdida para protestar, le seguí por el pasillo donde estaban las celdas.

—Abre las celdas —exigió al hombre que estaba de guardia más cerca.

—¿Qué? Pero se supone que no hemos de…

La Sombra del canciller se alzó como una cabeza de serpiente y agarró al hombre por el cuello.

—¿Quieres leer mañana en los periódicos cómo la Orden dejó morir a miles de personas? Ábrelas.

345

Con manos temblorosas, el guardia accedió y abrió la primera puerta.

—Y el resto. Rápido. Sácalos fuera.

Los guardias continuaron abriendo las puertas de las celdas detrás de nosotros y se creó una oleada de prisioneros esposados que fueron canalizados hacia el patio de la cárcel. Yo, en cambio, seguí al canciller, como él me instaba a hacer. Giramos por un pasillo oscuro, luego por otro y otro, y cada vez estaba más confundida y atemorizada.

A lo lejos se oía el eco de los estruendos.

El pasillo acababa en una gran sala pentagonal en la que se había reunido el resto del personal del Reformatorio.

—Canciller Obscura —dijo un hombre—. Maldita sea. ¿Qué están…?

—Sacad a todo el mundo afuera, ya.

El guardia asintió mecánicamente, con los ojos muy abiertos. Dos hombres levantaron la puerta interior y nos hicieron salir.

El Reformatorio estaba ardiendo, las llamas saltaban, escupían y lamían todas las superficies. El rugido del fuego creciente me rebotaba en los oídos, crujiendo y estallando mientras reclamaba su leña.

Los prisioneros liberados se agolparon en el patio y empujaron a los Guardianes de las Llaves, que se veían aplastados contra las puertas. Cerca de allí, el canciller hizo un gesto de cabeza a dos guardias de armadura negra que llevaban un ojo grabado en la coraza. Junto a ellos estaban Octavia y Rani, todavía esposadas. Octavia me miró con aire ausente.

—¿Qué demonios está pasando? —preguntó Rani.

Todo el mundo chillaba y gritaba en una cacofonía caótica.

—Liberadlos —ordenó el canciller a sus guardias.

Sin dudarlo, nos soltaron las esposas.

—Por aquí —me dijo a mí, y me empujó hacia las puertas delanteras. Sus dos guardias Obscura nos siguieron con Octavia y Rani.

Tal vez podríamos aprovechar la oportunidad para escapar. Busqué con urgencia una salida mientras nos acercábamos a las puertas, pero el canciller se aseguraba de mantenerme cerca, sin perderme de vista.

Se oyó una fuerte explosión cuya onda expansiva tiró a la gente al suelo. La confusión que oscurecía los ojos de Octavia se desvaneció y ella jadeó como si saliera a la superficie después de estar mucho rato bajo el agua.

—¡Alguien ha hecho explotar la máquina del olvido! —se oyó gritar.

347

Varias personas empezaron a vitorear mientras los prisioneros recuperaban los recuerdos que les habían sido arrebatados en el Reformatorio y gritaban los nombres de amigos olvidados.

—¿Iris? —dijo Octavia, incrédula—. ¿De veras eres tú?

—Soy yo —contesté, tomando sus manos—. Más o menos.

Empezó a sonar una sirena. Siempre las sirenas.

—He dicho que no te detengas —ordenó el canciller con los dientes apretados y empujándome hacia las puertas. Empezaba a sudar.

Algo no iba bien.

Al otro lado del patio de la cárcel, un hombre me llamó la atención. Era un tipo de aspecto desaliñado y barba crecida, vestido de guardia.

Lo reconocí con un sobresalto en el corazón.

Era Ruben Renato.

Mientras lo observaba, levantó la mano. A mi lado, el canciller le respondió levantando también la mano.

Aquello no tenía ningún sentido.

Cuando el canciller volvió a mirarme, los rasgos de otra persona se filtraron por su piel y apareció el rostro que yo conocía y amaba tanto.

—Evander —susurré.

No fui la única que se dio cuenta. Una de las batas blancas lo señaló y gritó:

—¡Ese no es el canciller!

Una docena de cabezas se giraron y vieron a Oliver Obscura en lugar de a su padre. Por una fracción de segundo, noté que los guardias vacilaban, sin saber si debían capturarlo o no.

En ese breve instante, una red de energía ardiente brotó como un rayo de las manos de Ruben. Se dividió en varios, golpeó a los guardianes y los redujo a un montón de cuerpos humeantes.

—¡Ahora! —rugió.

Un grupo de prisioneros se precipitó hacia delante y robó las llaves.

Entre ellos reconocí a Ash y a la condesa, junto con algunos de los otros supervivientes de la batalla del Santuario y del ataque al Fin del Mundo. Con un rugido atronador, las puertas se abrieron de golpe, permitiendo que las masas huyeran del Reformatorio en llamas y salieran a las calles.

Evander me cogió la mano, yo cogí la de Octavia y ella la de Rani. Corrimos hasta pasado el foso, donde nos esperaba un carruaje tirado por caballos, y nos metió dentro. Me giré y vi a Perpetua salir de detrás de los espejismos de los guardias del canciller. Perpetua tomó las riendas y Gus subió a su lado. Arrancamos a toda velocidad, mirándonos los unos a los otros con deleite e incredulidad.

—¿Adónde vamos? —dije.

—Ruben me ha dicho un lugar donde encontrarnos —dijo Evander—. La cantera.

Como en la Noche Que Nunca Fue.

La historia se repetía.

—¿Por qué no ha venido con nosotros? —pregunté.

—Ha dicho que tenía que ponerse en contacto con un viejo amigo suyo.

Lo miré fijamente, memorizando su rostro. Estaba demacrado y ojeroso. La tensión de mantener falsas apariencias lo había extenuado, pero no sangraba.

Me pregunté si recordaba como yo aquel momento en nuestras mentes y las palabras que me había dicho.

—¿Cómo…, qué…? —lo intenté.

Evander sacó la caja con forma de corazón. Era blanca, con una cinta de terciopelo rojo, decorada con rosas, querubines y tortolitos.

Se me aceleró el pulso y me empezaron a sudar las manos.

—Mi Corazón —dije—. Lo has encontrado.

Se sacó de debajo de la camisa oscura el colgante del ojo del canciller y me lo mostró.

—Encontré la caja en su estudio, como dijiste, junto con esto. Lo he utilizado para proyectar su imagen y entrar en el Reformatorio haciéndome pasar por él.

—¿Dónde está ahora?

—Espero que todavía inconsciente. He utilizado mi Sombra para dejarlo sin sentido. Sabía que necesitaría todo el tiempo posible si iba a rescatar a tu padre, alertar a los guardias de Renato, encontrar a Gus y a Perpetua y sacarte a ti de allí.

349

Había un brillo en sus ojos que no había estado allí antes, una chispa de confianza.

—¿Ruben ha estado en la Casa Obscura todo este tiempo? —pregunté.

—Durante casi un año, en una mazmorra de los calabozos. Sin puerta, sin ventanas. Solo con una escotilla en el techo —explicó Evander—. Un año que ha pasado a oscuras, tramando cómo derrocar a mi padre. Fue su idea volar la máquina del olvido. Pensó que si los prisioneros recuperaban sus recuerdos podían instigar una revuelta. —Mientras una docena de carros de la Orden nos pasaban en dirección contraria, con las sirenas sonando, añadió—: Al parecer no se equivocaba.

Mi padre estaba vivo. Estaba libre. Estaba en camino de encontrarse conmigo. No sabía cómo me sentía al respecto. Una mezcla de sentimientos se agitaba en mi interior.

Evander indicó con la cabeza la caja de bombones.

—Vamos, adelante —dijo—. No hay tiempo que perder.

Todos esperaron aguantando la respiración mientras yo ponía ambas manos sobre ella. Cerré los ojos y esperé... y esperé...

—No pasa nada —dije.

—Tal vez tengas que abrirla —sugirió Evander.

Retiré la tapa con teatralidad. En el interior quedaba un único bombón en forma de corazón, envuelto en papel de aluminio dorado. Lo hice rodar en mi mano, pero no sentí como respuesta el tirón de mi alma llamándome hacia él.

—Creo que me lo tengo que comer —dije.

—¿Lo dices en serio? —preguntó Evander—. Es de hace un año.

—Me puse el anillo en el dedo. Me miré en el espejo.

Escuché la canción de la caja de música. Creo que tengo que probarlo.

Desenvolví el bombón pasado, que tenía una misteriosa pelusa blanca por encima, me lo metí en la boca y dejé que su sabor azucarado me cubriera la lengua. Tenía un relleno dulce y salado, ligeramente agrio por el paso del tiempo, que me dio una fuerte sensación festiva y me calentó la boca. Sabía a... caramelo.

Mientras tragaba, dejando que el chocolate derretido cayera por mi garganta, lo seguí, caí en picado dentro de mí. Me dio un vuelco el estómago, como la sensación que tienes cuando casi te caes de espaldas en una silla.

Mientras caía en la oscuridad, vi la luz de mi alma brillar en rojo y con la forma de un corazón, que se hacía grande, gordo, duro y flexible. Me sentí llena. Estaba contenta. Estaba triste. Estaba asustada. Estaba confundida. Sentía nostalgia y pena y el corazón roto y sed de venganza y, a cada segundo que pasaba, crecía más en mí misma. Los sentimientos se hicieron más fuertes, casi demasiado fuertes para soportarlos, su fuerza amenazaba con desgarrarme miembro a miembro. ¿Era normal sentir tan intensamente? Hasta cierto punto, parecía peligroso. Como si no fuera a sobrevivir a ello.

Desde el instante en que me había puesto el anillo por primera vez, creía haber estado sintiendo cosas, que estaba viva. Pero al reunirme con mi Corazón, aquellas impresiones pálidas y débiles se desvanecieron. Eran insignificantes, incomparables con las fuertes oleadas que sentía en aquel momento, que chocaban y entraban en erupción en mi interior.

Perdí el control y dejé que me inundaran los sentimientos de mi aventura pasada mientras rodaba por una serie de viñetas.

Captar la mirada de Oliver desde el otro extremo de un salón de baile abarrotado, con el corazón saltando incluso mientras susurraba tramas con Ruben. Una carta secreta, doblada y escondida dentro de un ejemplar de *El Método Renato*, llena de confesiones íntimas: «Te necesito», «Te deseo», «Pienso solo en ti cuando estoy solo en la cama». Un beso robado en una alcoba de la Basílica. Risas en el jardín. Bailar en el quiosco de música. Correr bajo la lluvia. Nadar en el lago por la noche, mientras todo el mundo dormía.

En mi cabeza, le vi acariciándome el pelo, quedándose dormido en mi regazo, recorriendo mi piel con las yemas de los dedos mientras yacía atravesado bajo las sábanas, con el pelo oscuro en los ojos. Me inundó una oleada de placer.

Al volver a la realidad y a la oscuridad del carruaje robado, me encontré mirando a los ojos de Evander mientras todo mi cuerpo se sonrojaba.

En la oscuridad, escuchamos la sinfonía de las sirenas, que alcanzaron un crescendo ensordecedor.

—Tú eres ella —dijo Evander—. Tú eres Lily. Claro que lo eres.

—Lily Elizabeth Duffy —dije—. Esa soy yo.

Me gustó cómo sonaba al pronunciarlo.

—¿Es así como quieres que te llamen ahora? —me preguntó.

—Sí —dije, asintiendo—. Me parece bien. Tengo la sensación de que es mi nombre. ¿Y tú? ¿Ahora eres Evander u Oliver?

—No lo sé —contestó—. La verdad es que no lo sé.

Mi recién estrenado corazón se atascó en mi garganta.

Tal vez fuera demasiado tarde para nosotros. Para Iris y Evander, u Oliver y Lily, o quienesquiera que fuéramos ahora. Nunca podríamos volver a ser lo que éramos entonces.

Cuando él pensaba en Lily, ¿todavía veía a aquella chica rubia y sonriente que no era yo?

Noté un cosquilleo húmedo en la mejilla. De repente, las lágrimas se derramaron en cascadas calientes y saladas, sin que me diera tiempo a detenerlas.

—¡Ay! —exclamé, sorprendida.

Primero una, luego dos, después un torrente que se acumuló bajo mis ojos y junto a mi nariz.

—No pasa nada —dijo Octavia, que se acercó y me rodeó con el brazo—. Debe ser abrumador recuperar el Corazón de golpe.

Me reí, cohibida.

—Qué vergüenza —dije. Dudo que hubiera podido hacer más incómodo aquel momento si me lo hubiera propuesto.

—Solo somos nosotros —dijo Evander—. No vamos a juzgarte.

Me secó una lágrima de la mejilla con el pulgar y se recostó en el asiento con expresión suave y abierta. Una explosión de sentimientos reverberó en mi interior. Fuegos artificiales en mi alma. Moví la mano, mis dedos se veían atraídos por tocarle la suya, la cara… El deseo de besarle era tan fuerte que me dolía, hacía que me doliera el pecho. Pero lo rechacé.

Reduje el ritmo de mi respiración y llené los pulmones mientras me estabilizaba.

Tenía que concentrarme en la tarea que teníamos entre manos.

—Si habéis terminado con el reencuentro romántico, tenemos una revolución que organizar —dijo Perpetua secamente.

QUINTA PARTE

El Espíritu

21

Reencuentro familiar

uestro carruaje robado se detuvo en la cantera abandonada de las afueras de la ciudad, rodeada de astilleros fan-
tasmagóricos y silos de fábricas. Miré nerviosamente a mi
alrededor en busca de Ojos o guardias que pudieran dar la
alarma, pero no había ni un alma a la vista. Qué lugar tan
extraño para un reencuentro familiar.

Evander había traído un fardo de ropa de la lavandería de
la Casa Obscura. Nos turnamos para vestirnos en el carruaje
y sustituimos nuestros trajes de prisión por vestidos de civil.
Me cambié a toda prisa y me puse la capa negra de una criada
de la casa, cuyo botón en forma de ojo me abroché con dedos
temblorosos. Después fui hasta el borde de la cantera polvorienta y medio desmoronada y observé junto a los demás
cómo el amanecer empezaba a despuntar en la distancia.

Desde allí, Providence se extendía debajo de nosotros,
ahora ardiendo con una docena de pequeños incendios que
se propagaban desde el Reformatorio al saltar las llamas de
un edificio a otro. Se oían las sirenas mientras los gritos y
los cristales rotos resonaban suavemente, incluso a aquella

distancia. Los presos del Reformatorio se habían dispersado por las calles, generando una docena de crisis diferentes a las que la Orden debía hacer frente.

—No puedo creer que nos hayamos escapado de la cárcel —dijo Octavia con emoción—. Si antes no éramos fugitivos, ahora sin duda sí que lo somos.

—Las mejores personas lo son —dijo Perpetua, mirando impasible hacia la ciudad en llamas—. Considéralo una medalla de honor.

Yo esperaba a mi padre con nerviosismo. ¿Realmente Ruben había encerrado a mi madre? ¿O el canciller mentía, como con todo lo demás?

El ruido de los caballos al galope rompió el ansioso silencio. Tres carruajes aparecieron entre la niebla y se detuvieron frente a la cantera.

358

—Todo el mundo preparado —dijo Evander, y se colocó delante de mí, protector.

Observamos juntos cómo una figura salía del primer carruaje.

Era Ruben.

Le rodeaba un grupo de guardias Renato con armaduras rojas y corazas de fuego que parecían intranquilos. Servidores del Reformatorio, y de la Casa Renato, debían de haber acudido a él cuando Evander lo había liberado. De otro carruaje bajó lord Cordata. Tras él aparecieron los supervivientes de la fuga del Reformatorio, incluido Ash.

Se quedaron atrás para que mi padre pudiera saludarme a solas.

—Mi querida Ruby —dijo.

De cerca, su rostro era más familiar de lo que esperaba: las arrugas alrededor de los ojos; las arrugas de sonreír a ambos lados de la boca; la curva de la nariz, que en su día se había roto; el sonido intenso y cordial de su voz.

Me agarró de los brazos y me miró de arriba abajo.

—Qué alivio verte tan bien, mi joya. Mi Ruby.

Era la primera persona que se acordaba de mí, de inmediato.

—Es Lily —dije, levantando la barbilla—. Ahora solo quiero ser Lily. El nombre que me puso mi madre.

Ruben entrecerró los ojos ligeramente antes de asentir.

—He de saber qué pasó la noche que me salvaste —dije—. Solo recuerdo fragmentos. Estoy tratando de juntarlos pero...

Se me apagó la voz y le miré suplicante.

—¿Por dónde empiezo? —dijo con una sonrisa cálida. Me rodeó con el brazo y me alejó del alcance de los demás. Yo me liberé, incómoda—. Aquella noche en el baile, revelé el recuerdo reprimido que sacaste del subconsciente de Oliver, como estaba previsto. Lo había guardado en un broche que había pertenecido a la propia Nadia Obscura. Su conexión con ella lo hacía el receptáculo perfecto. Tú habías cumplido con tu deber tal y como te había pedido sacando el recuerdo de la cabeza de Oliver. Eras el arma perfecta. Yo necesitaba a alguien que se infiltrara en su círculo social y se convirtiera en su confidente. Tenía que ser alguien de confianza, alguien dotado, alguien deseable para un adolescente con problemas. Trabajaste duro para recuperarlo, utilizaste la intimidad para explotar sus vulnerabilidades. Según recuerdo, le robaste el recuerdo mientras dormía a tu lado.

Aparté la mirada, avergonzada.

—La Basílica está equipada con faroles mágicos que se utilizan para transmitir escenas de los muchos triunfos de la Orden. —Ruben parecía gotear desprecio, como si no los considerara triunfos en absoluto—. Mi amigo de allí puso el broche ante uno de los faroles —explicó, señalando a lord Cordata—, a punto para reproducirse automáticamente al final de la ceremonia de entrega de regalos, exactamente a las veintiuna cuarenta. Yo me ausenté. Sabía que el canciller me relacionaría enseguida con el crimen. Mientras tanto, vine a buscarte aquí, al punto de encuentro que habíamos establecido.

Señaló las rocas irregulares que nos rodeaban y me estremecí al sentir el eco de aquella noche tirando de mi alma.

Qué diferentes habrían sido las cosas si hubiera llegado aquí de una pieza.

—Les mostré a todos la verdad. Expuse el asesinato de Nadia. Todo el mundo que es alguien estuvo allí aquella noche. Esa parte fue justo como la planeamos. Pero el canciller borró de la historia la prueba de su crimen, y todo acabó siendo en vano —dijo.

Miró por encima de mi hombro a Evander, que estaba de pie detrás de mí.

—El plan era reunir a las otras Casas, que ya habían visto la verdad, y finalmente convencerlos de que nos ayudaran a usurpar el poder al canciller, pero tú no estabas aquí esperando. Volví a buscarte, pero ya era demasiado tarde. Te encontré hecha pedazos en tu habitación de casa.

Estaba demacrado y tenía la expresión afligida.

—Una criada me dijo que había visto a un Observador enmascarado entrar en tu habitación. Estaba claro que nos habían descubierto. Sabía que tenía poco tiempo, así que utilicé el Método Renato para meter las cinco partes de tu alma dentro de objetos que encontré cerca, objetos a los que tenías aprecio. Usé mi don para ocultarlos a la vista. Tenía la esperanza de que hubiera alguna forma de recomponerte más adelante.

—Y tenías razón —dije—. Volví a reconstruirme.

Parecía orgulloso, aunque no estaba segura de si de mí o de sí mismo.

—Los inspectores se acercaban a la Casa Renato. Sabía que el canciller me había identificado como el culpable y tenía que dispersar tus pertenencias. Le rogué a la criada que te llevara tan lejos como pudiera. Empaqueté apresuradamente la caja de música y se la di también, con instrucciones de enviarla por correo a Birdie. Hechicé el paquete para que nadie más que tú pudiera abrirlo. Con el caos, dejé atrás el espejo, pero me las arreglé para darle el anillo a mi madre, con la esperanza de que te atrajera de nuevo a la Casa Renato y lo reclamaras. Sabía que solo necesitarías tu Chispa para iluminar el camino y encontrar el resto de las cosas. Tuve el tiempo justo de ponerle el anillo en el dedo. Cuando el canciller me apresó, me quitó las pertenencias que llevaba encima, incluida la caja de bombones, con aquel collar que siempre guardabas dentro. Observé con atención cómo archivaba mis posesiones para examinarlas sin saber que tenía tu alma en sus manos. Lo que parecía inofensivo lo envió a su estudio; el resto, a su cripta. Sus hombres cogieron a la criada, pero ya te había dejado en alguna parte, al amparo de las calles secundarias. Estabas perdida, pero estabas viva, aunque los pedazos de tu alma estuvieran desperdigados por Providence.

—El Espíritu es la última pieza que me falta: el collar de mi madre —dije—. Tengo que encontrarlo.

Apareció en su rostro una mirada extraña y fugaz, de vergüenza o culpabilidad, que pasó rápidamente.

361

—Y lo haremos —dijo—. Nunca te he olvidado. El canciller no te borró de mi mente, como lo hizo de la de todos los demás. Quería que recordara lo que me habían costado mis acciones. Me dijo que estabas muerta, pero yo sabía que no era así. Todavía te sentía. Esperaba que te reconstruyeras y pudieras venir a por mí, para que pudiéramos terminar lo que habíamos empezado. Imagina mi sorpresa cuando su hijo vino en mi ayuda, el mismo chico al que te había ordenado destruir. Y ahora me estaba salvando. Era el destino, diciéndonos que había llegado la hora de volver a intentarlo, esta vez con él de nuestro lado.

Quería preguntarle por mi madre, confrontarlo con la historia que me había contado el canciller, pero tenía miedo de oír la respuesta. Pareció percibir que la pregunta se acercaba y la desvió.

362

—Sé que me equivoqué contigo —dijo, tomando mis manos entre las suyas.

Me di cuenta de que era capaz de sentir mis sentimientos. Su don era el mío.

—Me alegro de tener esta segunda oportunidad para hacer las cosas bien contigo —dijo—. Espero que puedas llegar a perdonarme algún día. Pero ahora debemos reconstruir nuestra sociedad pieza a pieza. Hemos de trabajar juntos para lograr grandes cosas. Debemos abandonar las armas y construir puentes. ¿Me ayudarás?

—De lo contrario no estaría aquí, ¿verdad? —dije lentamente.

—Bien.

—¿Qué me dices de él? —pegunté, inclinando la cabeza hacia lord Cordata, que observaba a los rebeldes con inquietud.

—Lord Cordata fue parte fundamental de nuestro plan de la Noche Que Nunca Fue. Se quedó atrás para colocar el broche, pero huyó en cuanto empezó a reproducirse el recuerdo. Supo anticiparse. Únicamente él escapó de la sala con la memoria intacta. Por desgracia no vio reproducirse el asesinato, pero puede testificar que la noche fue borrada de la mente de la corte.

Me di cuenta entonces de que lord Cordata había creado el recuerdo del tenedor. Aquella noche había estado sentado con todos los otros nobles.

—Él y su Casa nos respaldarán. Le he prometido que será el segundo al mando cuando amanezca el Nuevo Orden.

—¿Y quién será el primero? —pregunté, pese a saber ya la respuesta.

—Yo, claro está.

Le dirigí una mirada escéptica.

—¿Quién si no? —dijo—. Oliver no está preparado para asumir ese papel. Alguien debe liderar. Alguien que entienda cómo gobernar un país.

Me besó la coronilla tímidamente antes de dar media vuelta y casi chocó con Evander, que estaba detrás de nosotros.

—¡Ah, Oliver! —dijo Ruben, sorprendido por su cercanía.

Evander no le corrigió.

—Espero que podamos dejar atrás el pasado, también —dijo—. No estuve en mi mejor momento al utilizarte para acceder a tu padre, pero cuando uno se enfrenta a lo imposible, hace lo haga falta.

—Eso ya es agua pasada —dijo Evander. Pese a sus palabras amistosas, percibí un crujido de tensión, una desconfianza mutua tácita que se cocía a fuego lento, frío, justo bajo la superficie.

363

—Todavía tenemos mucho que discutir, pero tenemos un propósito mayor. —Ruben miró a los demás y alzó la voz con solemnidad—. Mañana anunciaremos el amanecer de una nueva era, con la promesa de reformar nuestras instituciones y restaurar la justicia. Tristan Obscura está irremediablemente corrupto. Su alma no se puede salvar. Su maldad ha destruido todo aquello que se suponía que la Orden debía representar. Cuando le saquemos del poder, me anunciarán como canciller. Habrá paz y prosperidad. Providence se convertirá al fin en la ciudad que debe ser, conmigo al frente.

La mirada segura de Ruben se encontró con la mía y asentí lentamente, ignorando la creciente duda que sentía en mi interior.

—Esta noche se va a celebrar un baile en la Basílica de Todas las Almas —dijo—. Será nuestra oportunidad de derrocar al canciller.

—¿Van a dar una fiesta estando la ciudad en llamas? —preguntó Perpetua.

—El canciller Obscura no lo querría de otra manera —explicó Ruben—. No puede arriesgarse a dar la impresión de estar perdiendo el control. Por eso ha estado utilizando un simulacro de mí, para dar a entender que le sigo siendo fiel. Y que todo acabó con el juicio de Ruby, por supuesto. Ahora el molino de rumores va a toda máquina. La gente ya desconfía de qué otras cosas le están ocultando.

—¿Y cuál es el plan? —preguntó Ash, claramente dispuesto a luchar.

—El recuerdo del asesinato de Nadia Obscura está escondido en un broche que le perteneció —dijo Ruben—. El canciller lo guarda en su cripta personal, bajo la Basílica.

—¿Cómo estás tan seguro? —pregunté.

—Él mismo me lo dijo en una de sus visitas a mi celda. Quería incitarme, recordarme mis fracasos. Guarda todos sus tesoros más preciados y peligrosos en la cripta. Tenemos que acceder a ese broche e introducirlo en la red del Ojo para que se transmita en todos los grandes espectáculos de toda la ciudad. Esta vez, no mostraremos la verdad únicamente al círculo interno de la Orden, sino a todo el mundo.

—¿No podemos usar mi recuerdo? —dijo Evander—. Ya lo he recuperado. Podría emitirlo directamente. Nos ahorraría tiempo.

—Un recuerdo extraído es más estable —dijo Ruben—, menos susceptible de manipulación. Nos arriesgaríamos a que tu mente divagara o a que el recuerdo se desvaneciera.

Algo me decía que mi padre no se fiaba de que no metiera la pata. Y, a juzgar por la cara de Evander, él tenía la misma impresión.

—También necesitamos el collar de la cripta —continuó Ruben—. El Espíritu de Ruby está dentro.

—Lily —corregí.

—Cierto, Lily. Para utilizar su poder completo ha de estar completa.

«¿Mi poder completo?» ¿Qué significaba eso?

—La red del Ojo está custodiada por una docena de soldados armados con armas psicométricas —dijo Evander—. ¿Cómo vamos a tomarla?

—Dejadme los guardias a mí —dijo Ruben—. ¿Puedes meternos en el edificio sin ser vistos?

Lancé a Evander otra mirada preocupada, recordando la sangre que le corría por la cara la última vez que había usado su Sombra para convertir la mente en materia.

Octavia parecía tan preocupada como yo.

365

—Puedo, pero eso hará que el canciller sepa inmediatamente dónde estamos —explicó Evander.

Ruben asintió.

—Claro —dijo con calma—. Esa es la idea.

Un murmullo de descontento se propagó entre el grupo que nos rodeaba. Ruben asintió a uno de sus subordinados, que rápidamente se adelantó.

—Una vez en la Basílica, nos dividiremos en dos grupos —explicó—. Un grupo, dirigido por lord Renato, se dirigirá a la cripta. El otro, liderado por lord Cordata, accederá al edificio por la entrada lateral creando una distracción que atraerá a los guardias...

Mi padre me agarró del brazo y me apartó hacia un lado.

—¿Recuerdas algo de tu entrenamiento sobre el Método Renato? —me preguntó—. Te necesito a pleno rendimiento si hemos de enfrentarnos al canciller.

—He usado mis manos para dejar inconscientes a un par de hombres —dije con una sonrisa de satisfacción—. Aunque no sabía muy bien qué estaba haciendo.

—Estoy seguro de que todo sigue dentro de ti.

Ruben repasó conmigo varios movimientos clave, entre ellos la figura de la palma de la mano con los dedos extendidos y el pellizco en el cuello. Me di cuenta de que el conocimiento regresaba a mí fácilmente, que lo había tenido todo desde el principio. Los movimientos me resultaban familiares, estaban muy practicados.

—Si mantienes el dedo índice en el puño de este modo, puedes crear la impresión psicométrica de que los dedos han sido cortados. Es muy útil cuando has de torturar a alguien para sacarle información.

—Lo tendré en cuenta —dije.

—Y así, agarrando la muñeca de esta forma y canalizando el pulso, puedes hacer que una persona se paralice, como si se convirtiera en piedra.

Le imité y copié la forma de su mano.

—Cuando estabas completa, tu Chispa era tan poderosa que eras capaz de canalizar el fuego del alma y dirigirlo como un arma, sin necesidad de hacer contacto físico con tu víctima —dijo—. Es un arte avanzado, un don que muy pocos poseen. ¿Crees que todavía puedes acceder a ese poder sin tener tu Espíritu?

—Creo que sí —contesté, enderezando los hombros—. Todavía estoy conectada a él, ¿verdad? Debería ser capaz de usar el resto de mi alma para canalizarlo.

—Probemos. Veamos si puedes provocarme dolor sin tocarme.

Nos pusimos a varios metros de distancia, él preparado para el impacto, yo mostrando las palmas de las manos lista para repartir golpes.

—Adelante —me animó.

Cerré los ojos, escuché el crepitar del fuego en mi interior y dejé que su calor se extendiera por todo mi ser, hasta que sentí un hormigueo en las puntas de los dedos de las manos.

—Concéntrate en el rostro de tu víctima e imagina el tipo de dolor que te gustaría infligirle.

Pensé en el chico de la casaca roja con el que había luchado en el tejado. Lo había herido, pero era incapaz de recordar cómo lo había hecho exactamente. Arrugué la cara y tensé todos los músculos mientras intentaba proyectar aquella misma sensación abrasadora. Entreabrí un ojo y vi que Ruben estaba de pie tan tranquilamente, bien cómodo: para nada parecía un hombre al que estuvieran asando vivo.

—¿Nada? —pregunté.

—Todavía no —contestó—. Prueba de nuevo.

—Puedo hacerlo —ratifiqué—. Puedo.

Respiré profundamente y lo intenté por segunda vez, volcando toda mi intención en aquel único acto. De nuevo, Ruben continuaba impasible.

—No importa —dijo, aunque parecía decepcionado—. Seguramente necesites estar completa para recuperar tus capacidades al cien por cien. No te preocupes. Aun así, me sigues siendo muy útil.

Me miré las palmas de las manos y las maldije en silencio. ¿Acaso no había creado un fuego real antes? ¿Por qué no podía hacerlo ahora? Notaba aquella fuerza dentro de mí, pero no conseguía entender cómo funcionaba.

368

Mientras Ruben iba a instruir a los demás, Evander se acercó a mí, de pie al filo del mundo, mirando de nuevo la ciudad en llamas. Al notarle cerca se me erizó la piel. Volví a sentir dolor por él, una mezcla nauseabunda de emoción y miedo, de alegría y pena, pero lo aparté todo de mi mente y traté de concentrarme en la tarea aparentemente insuperable que teníamos por delante.

—Cuesta creer que realmente estemos aquí, ¿verdad? —dijo él—. Hace apenas unas horas, estaba de vuelta en mi habitación de la Casa Obscura, sin sentir nada, sin ver nada, atrapado en mi mente, obligado a presenciar el asesinato de mi madre una y otra vez mientras mi padre dirigía mi cuerpo. —Se giró hacia mí—. Si no me hubieras encontrado en el reino de la Sombra, no habría logrado salir.

Su mirada era tan penetrante que me dejó mareada. El mundo empezó a dar vueltas y tuve que apartar la mirada.

—Tengo miedo —dije, sorprendida por mis propias palabras—. Miedo de que me capturen, miedo de que me maten o de olvidarme de mí de nuevo. Acabas de sacarnos a todos del Reformatorio ¿y ahora vamos a enfrentarnos al canciller? Debemos de estar locos.

—Yo también tengo miedo —confesó Evander—. Siempre estoy asustado, en serio.

Se me acercó y extendió la mano, pero se detuvo y la dejó caer.

—Sin embargo, dudo que vayamos a tener una oportunidad mejor de apartar al canciller del poder —añadió—. Esta es nuestra única posibilidad.

Se me llenaron los ojos de lágrimas. Desde que había recuperado mi Corazón, apenas podía contenerlas.

—¿Confías en él? —me preguntó inclinando la cabeza hacia Ruben. Tardé un rato en contestar, luchando por atar todos aquellos cabos sueltos.

—Creo que me mintió sobre mi madre. Dijo que estaba muerta, que por eso estábamos haciendo lo que estábamos haciendo, pero el canciller dijo que Ruben la había encarcelado. No sé qué creer.

—Lo siento, Lily —dijo.

Se me agitó el corazón. Me había llamado por mi verdadero nombre.

—La Orden nos quitó a nuestra madre a los dos, y nuestros padres la gobernaban —dije con una risa seca—. ¿Crees que mi padre será mejor canciller que el tuyo?

—No sería muy difícil.

Nos sonreímos el uno al otro. Humor negro. Cuando todos los relojes de la ciudad empezaban a dar las seis, el fin del toque de queda y el amanecer de un nuevo día, se inició otra ronda de sirenas.

369

—Lo siento —dije—. Por mentirte, por engañarte. Por todo.

Me lanzó una mirada atrevida, como si tuviera miedo de mirar demasiado de cerca, o demasiado tiempo.

—Yo también lo siento. Siento haber dejado que mi padre se apoderara de mí, siento haberle dejado gobernar mi mente y mi vida. Yo nunca te habría hecho daño por voluntad propia.

—Ya lo sé —dije.

Nos quedamos en silencio escuchando las sirenas.

—Puede que suene raro, pero, de un modo extraño, me alegro de que todo esto haya sucedido —dijo.

—¿En serio? —solté, incrédula y divertida.

—Tal vez ahora tengamos por fin la oportunidad de vivir libres.

Dijo «libres», pero yo escuché «juntos».

Quería salvar la distancia que nos separaba, pero no sabía cómo.

Estaba de pie a centímetros de mí, pero bien podría haber habido un abismo gigante entre nosotros.

Por un momento, pensé en dar el salto. Moví nerviosamente los dedos, los estiré de nuevo hacia él, hasta que nos interrumpió la voz de mi padre, que nos llamaba para que fuéramos. Había llegado la hora.

La distancia dolía.

22

Todas las Almas

$\mathcal{N}$uestro trayecto hasta la Basílica fue un desfile del caos. Las calles estaban llenas de gente: presos, manifestantes, rebeldes y ratas callejeras. Todo aquel que no era nadie había salido de las sombras esperando una señal de que aquella noche fuera la noche. Los inspectores trataban de acorralarlos, de despejar las calles, pero eran demasiado pocos, incluso con la ayuda de algunos guardias del canciller.

Cuando llegamos miré el edificio que había visitado tantas veces en mis recuerdos, con sus cúpulas doradas brillando a la luz de la luna.

Al fondo, el Reformatorio continuaba humeando.

Ruben nos había explicado cómo era la cripta, donde estaba seguro de que estarían guardados mi Espíritu y el broche. Ahora temblábamos mientras observábamos el edificio.

—Solo el canciller puede acceder a ella sin disparar las alarmas, así que tendremos que encontrar un modo de entrar —nos recordó.

—¿Cómo? —dije.

—Ser un alma de fuego tiene sus ventajas.

Flexionó las manos con agresividad.

Sonó con potencia el anuncio del toque de queda nocturno, que hizo que las calles se despejaran. En mi cabeza me imaginé a Birdie enseñando los bailes de la Casa, prestándonos sus vestidos. Debería estar aquí. Y el señor Sharma también. La voz de Birdie resonó desde el más allá y despertó todos los fuegos de mi interior que me decían que luchara.

—Es la hora —dijo Ruben.

—Vamos allá —dijo Ash, con sus ojos grises centelleando.

El grupo se dividió: Octavia, Rani y los guardias de Renato nos acompañaron a mi padre, a Evander y a mí a la cripta, mientras que Ash, Perpetua, Gus y los demás entraron por una puerta de servicio.

—Nos encontraremos en la cámara superior. Allí es donde está escondido el corazón de la red del Ojo —dijo Ruben.

—Esperemos que podamos llegar tan lejos —dijo Perpetua.

Le estreché la mano un breve instante.

Éramos un grupo variopinto de fugitivos del Reformatorio y supervivientes del Santuario, con armas improvisadas y caras todavía sucias de hollín.

¿Qué posibilidades teníamos de enfrentarnos a la todopoderosa Orden?, me pregunté al mirar a nuestro ejército.

—Recordad que no lucháis solos —dijo Ruben con la barbilla bien alta al girarse a mirarlos—. Esta noche las calles están llenas de gente a la que la Orden ha hecho daño. Están enfadados. Muchos irán armados. Se unirán más a medida que avance la noche, y es evidente que el control de la Orden se está debilitando. Esta noche luchamos juntos. Somos muchos, pero somos una sola alma. *¡Uno sumus animo!*

—*Uno sumus animo* —corearon algunos en respuesta.

—¿Qué significa eso? —le susurré a Evander.

—Somos una sola alma —dijo con la mirada fija—. ¿Estás lista?

Vi cómo la oscuridad de los ojos de Evander se apoderaba de él y nos llevaba al sótano del edificio.

Salimos a un pasillo oscuro, muy por debajo del suelo. Ruben caminaba con decisión hacia la gigantesca puerta de la cripta, cuya fachada plateada estaba decorada con un centenar de ojos. Agarró los barrotes de hierro que la protegían y los fundió con facilidad en sus manos. Después aplicó su Chispa al mecanismo giratorio de la cerradura.

Se oyó un chirrido, tras el cual una llamarada de fuego del alma la hizo saltar de las bisagras. La puerta se abrió y dejó a la vista la entrada redonda, en forma de portal, a la cripta privada del canciller.

Al instante saltó una alarma.

Entré tropezando torpemente, mientras Ruben volvía a cerrar la puerta detrás de nosotros.

Nos quedamos contemplando una gran cueva llena de tesoros. Desde el suelo hasta el techo, estaba lleno de armarios de frascos, apiñados en cada espacio disponible, algunos de ellos cubiertos de telarañas. También había vestigios, puede que relicarios: una estatua gigante de un caballo sin cabeza hecha de serpentina, un espejo con tantas manchas que no podía verme en él, un cofre de plata ennegrecida y monedas deslustradas, un cuadro al óleo del canciller que parecía haber sido quemado y fundido. Hice una mueca y me estremecí.

Mientras Evander y mi padre buscaban el broche, un olor fuerte y característico atrapó mis fosas nasales y me hizo olfatear. No era el humo ni el olor antiséptico de la cripta. Era un perfume.

373

Me resultaba familiar. Abrí bien la nariz y seguí aquel aroma extraño. Empezaron a pitarme los oídos con fuerza, ahogando el susurro ferviente de Octavia y Rani. Se me erizó la piel, sonrojada de frío y de calor.

Algo me estaba llamando. Algo que conocía y amaba.

Seguí el aroma floral, sorteando vitrinas de frascos en dirección a un estante de cajitas de seguridad plateadas. Una de ellas brillaba de un modo poco natural, con más intensidad que las demás. La cogí a tientas y se me cayó. Algo rodó en su interior. El cierre era rígido y estaba oxidado, costaba desplazarlo, pero se abrió con un chirrido estremecedor.

Dentro vi un puñado de objetos: el carné de identidad de Ruben Renato, presumiblemente incautado en el momento de su detención, un fajo de papeles, un reloj de bolsillo...

Me llamó la atención un único frasquito que centelleaba. Estaba decorado con motivos florales y tenía un colgante de flores.

Era el collar de mi madre.

Con manos temblorosas lo alcancé para recuperarlo y reviví la escena del desván, cuando ella me lo había dado. Brillaba débilmente, con un lustre nacarado. Cuando mis dedos encontraron el sello de la bisagra, se abrió enérgicamente, liberando en el aire una nube de esencia en forma de flor. Abrí los pulmones e inhalé, oliendo su fragancia. Olía a lavanda y a detergente, a azúcar y a mar. Olía a colonia y a libros antiguos, a hierba recién cortada y a tierra mojada después de la lluvia.

El mundo se fue cerrando y se oscureció como en una viñeta. La realidad volvía a deslizarse y a desenfocarse. Cedieron mis piernas y caí como un árbol derribado mientras el suelo se inclinaba debajo de mí. Evander gritó mi nombre, pero no pude responder; fui cayendo hacia las profundidades de mí misma, hasta que las luces de mis ojos fueron solo dos estrellas lejanas.

Caí en mi memoria. No solo en la mía, sino en la de todo mi árbol genealógico, que se extendía como ramas dentro de mí mientras sus vidas se reproducían simultáneamente, demasiadas para poder seguirlas todas.

La mujer quemada en la hoguera por bruja. El colono que se embarcó rumbo al oeste hacia Terranova. El hombre astuto que trató a las víctimas de la peste. El actor. El carpintero. El sepulturero. El cantante de ópera. Fui cada golfo y turista, cada noble y comerciante, cada vendedor, cada soldado, cada mendigo y predicador de la historia de mis genes.

Vi a las mujeres cuyas lágrimas habían sido donadas al frasquito, transmitidas de generación en generación para que sus vidas no cayeran en el olvido.

Y entonces, allí estaba ella.

Mi madre.

La recordé bailando conmigo, haciéndome cosquillas, cantando canciones de cuna mientras me arropaba por la noche. Recordé sus jardines de flores silvestres y sus montañas de libros, su timidez y su sentido del humor sarcástico. Recordé la mirada penetrante que me dirigía cuando me oía decir algo temerario, el titubeo de su voz al rogarme que tuviera cuidado, las patas de gallo que aumentaban con cada acto de rebeldía. Oí las escalas de piano de su risa. Saboreé el carbón de sus platos, porque, tanto daba lo que cocinara, siempre se las arreglaba para quemarlos...

Su pérdida me dolió más que nada que hubiera experi-

375

mentado hasta entonces, era un enorme grito que me desgarraba con dientes afilados. Reproduje la última vez que la había visto, cuando se me habían llevado a rastras los inspectores, mientras mi niña interior la llamaba a gritos como Oliver aún llamaba a su madre.

Poco a poco se me fue aclarando la vista.

Estaba de rodillas en el suelo, bañada en sudor frío, con el corazón latiéndome tan fuerte como un cañón disparando.

Me miré el pecho. Mi alma brillaba con sus cinco partes visibles, iluminadas por una fuerza desconocida e invisible. Su luz proyectaba reflejos sobre los rostros de mis amigos y el de mi padre.

Las siluetas de mi Sombra bailaban a mi alrededor, como las sombras danzantes de la bola de nieve. Los espectros de mi Espíritu formaban un círculo protector. Me mostraban creciendo, de bebé a joven adulta. La melodía de mi Canción tocaba *El corazón encantado* mezclada con la danza ardiente, emitida para que todos la oyeran. Mientras sonaba el eco de la canción, yo sostenía la mirada de Evander. El sabor agridulce de mi Corazón perduraba como el caramelo. Finalmente, las brasas doradas de mi Chispa formaron un anillo de fuego a mi alrededor que brotó como las llamaradas del sol.

Volvía a estar completa.

Me puse de pie, inestable como una cría de ciervo, y Evander me ofreció su brazo para apoyarme. Me miró de forma diferente, como si finalmente me reconociera. Por completo.

—Eh...

No pude continuar la frase, se me cerró la garganta. Había aumentado aquel peso de mi interior, aquella plenitud, aquella vida. Quería reír. Quería llorar. Quería cantar, gritar, bailar y luchar. La abundancia del Espíritu llenaba mi cuerpo de los pies a la cabeza.

Evander me aplastó en un abrazo de los que te hacen sentir del todo abrazada. Me derretí en sus brazos, me perdí, me mezclé con él. Tras un buen rato, me separó de él a un brazo de distancia.

—¿Y bien? ¿Cómo te sientes? —preguntó.

Por primera vez el interior coincidía con el exterior.

Estaba en el lugar y en el momento correctos.

—Me siento… como yo —dije mientras surgía una burbuja de risa en mi interior.

—Sí, felicidades, cariño —dijo Ruben distraídamente—, pero tengo malas noticias. El broche no está aquí.

—Tampoco está en la Casa Obscura —dijo Evander—. Vacié la caja fuerte antes de escapar. El canciller debe de llevarlo encima.

—Eso complica las cosas —dijo Ruben.

—Tendrás que apañártelas con mi recuerdo —dijo Evander.

Me pasé la cadena del atrapa-lágrimas por la cabeza y lo dejé colgando sobre mi pecho, encima del corazón, armándome para lo que estaba por venir.

Ruben hizo un gesto a Evander.

—Pues manos a la obra —dijo con brusquedad.

Vi cómo la Sombra envolvía a Evander de nuevo, arrastrándonos con él a través del oscuro desgarro en el tejido de la realidad. Tenía miedo de que aquello lo matara, pero esta vez al menos parecía resistirlo sin sangrar.

Nos llevó a lo más alto de la Basílica, bajo aquellas famosas cúpulas doradas donde estaba oculto el corazón de la red del Ojo. El pasillo de piedra estaba en silencio, pero los sonidos de los disturbios se colaban por las grietas de los viejos muros y nos atraían al balcón para mirar la escena de abajo.

Fuera, Providence ardía. La luz del fuego del Reformatorio iluminaba las ventanas destrozadas y las estructuras vacías de las tiendas saqueadas por los fugados de la cárcel, y sus escombros estaban esparcidos por las calles llenas de cristales rotos. En una esquina, uno de los grandes espectáculos había quedado hecho añicos y mostraba una imagen fracturada y maltrecha de Evander y de mí, y recordaba que había una recompensa a cambio de información. Los incendios crecían, la ciudad resonaba con gritos… y canciones.

Es hora de alzarse, de iluminar,
esta noche recuperaremos nuestra libertad…

378

Pasó corriendo un grupo de niños de la calle agitando una bandera raída y cantando el himno de la resistencia de Birdie. Más allá de ellos vi un carro negro en llamas con vagabundos alrededor animando ruidosamente. Un grupo de mujeres había acorralado a un inspector que iba solo y lo estaban despojando de su uniforme. Pasó un carruaje lleno de nobles de la Casa Cordata agitando sus pañuelos de oro en apoyo de los rebeldes. Una mujer con hábito repartía anuncios de protesta.

El incidente del Reformatorio había sido la chispita de la que había hablado Ruben, la llama que había convertido toda la ciudad en yesca. Ya no éramos solo nosotros. La gente llevaba tiempo esperando aquello, con su ira quemando como combustible y manteniéndolos vivos para que estuvieran preparados cuando llegara el día. Ahora toda aquella rabia se estaba derramando a la vez y se estaba apoderando de Providence en una rebelión frenética.

Aquella noche era posible cualquier cosa.

Desde el balcón veía las escaleras de la Basílica llenas de inspectores en formación, como un castillo de naipes listo para ser derribado. Sus porras crepitaban de fuego del alma, creando una barricada viva. Mientras una oleada de héroes se lanzaba contra el edificio, rompiendo las barreras y arrebatando a los inspectores las porras de las manos, Ruben nos guio por el pasillo.

Un grupo de guardias esperaba frente a la sala que protegía la red del Ojo, uno de cada Casa. Los guardias de Renato y Cordata bajaron las porras al ver a Ruben, pero la guardia de Memoria balanceó su farol y lanzó una nube de humo gris.

—Cúbrete la cara —dijo Evander subiéndose la camisa para taparse la nariz y la boca.

—¿Qué pasa? —pregunté, haciendo lo propio.

—La fragancia —explicó—. Si la respiras, te pierdes en la nostalgia.

El fuego del alma brotó de las manos de Ruben y creó una red que electrizó a la guardia de Memoria, haciéndola gritar de dolor psicosomático. Evander incapacitó rápidamente al guardia de Obscura, mientras que Octavia persuadió con un susurro al guardia de Harmonia para que nos dejara pasar.

—¡Deprisa! Por aquí —gritó Ruben.

Empezó a sonar un fuerte zumbido de alarma, incluso más fuerte que el de antes. Me di la vuelta con una sensación terrible invadiéndome. En efecto, a mi alrededor apareció un anillo de portales negros que me atrapó mientras los demás seguían adelante sin darse cuenta.

De cada portal salió un Observador, y cada uno llevaba

379

en la mano un báculo familiar y reluciente, como copias del propio canciller.

Al levantar sus brazos todos a la vez, a punto para hacerme pedazos una docena de veces, algo dentro de mí cobró vida. Las palabras de mi padre resonaron en mi mente.

«Cuando estabas completa, tu Chispa era tan poderosa que eras capaz de canalizar el fuego del alma y dirigirlo como un arma.»

Estaba enfadada. No, estaba furiosa. Por lo que me habían hecho y por lo que había hecho yo. Despreciaba al canciller. Odiaba a la Orden. Quería que todo aquel horrible sistema ardiera hasta los cimientos.

Solté un grito y dejé que el fuego del alma creciera dentro de mí, que corriera por mis venas y saliera a raudales por las puntas de mis dedos como un volcán en erupción. Su fuerza era tan tremenda que casi me lanzó hacia atrás, haciéndome perder ligeramente el equilibrio. La red de energía envolvió a mis atacantes, chispeando, escupiendo y crepitando mientras yo imaginaba qué tipo de dolor quería infligirles.

Involuntariamente recordé la sensación de ser hecha pedazos, de los trozos de mí misma cayendo mientras yo luchaba por aferrarme a los últimos recuerdos de todo lo que había amado. Era la peor sensación que podía recordar.

Los Observadores se agarraron el pecho, con el rostro retorcido en gritos silenciosos, y cayeron hacia atrás por los agujeros negros por los que habían aparecido, y los portales se esfumaron con ellos.

Continué adelante e intenté alcanzar a los demás. A través de nubes de humo vi a Evander, con los ojos negros como el petróleo, desarmar a dos guardias a la vez y mandarlos a dormir. Al verme, la Sombra retrocedió inmediatamente.

380

—¡Ahí estás! —exclamó.

Nos topamos con Octavia y Rani, que luchaban la una junto a la otra. Aparecieron más guardias de entre la niebla, pero Evander y yo los derribamos fácilmente. Sus armaduras resonaron ruidosamente al caer al suelo.

Tropecé con algo que estaba acurrucado en el suelo y encontré a Perpetua meciéndose adelante y atrás mientras las lágrimas le corrían por las mejillas. Había sucumbido a la fragancia.

—¡Perpetua! —grité.

—¿Papá? —dijo ella, con los ojos nublados y desenfocados—. ¿Eres tú? —La arrastré con nosotros, pero tenía una pena inconsolable en su mezcla de realidad e ilusión.

Varios metros más adelante encontramos a Gus hecho un ovillo y agarrándose el estómago. Me arrodillé a su lado.

—Me duele mucho —gimió.

No estaba segura de si la herida era real o recordada.

—Tienes que levantarte —le dije—. Vamos, solo un poco más.

Entonces la fragancia también me atacó a mí y me sumergió profundamente en una niebla de nostalgia que hizo que los recuerdos me abrumaran.

El señor Sharma ofreciéndome el brazo mientras caminábamos por los jardines. Birdie acariciando la mejilla de Evander mientras hablaba de Nadia. Mi madre lanzándome al aire mientras yo jugaba con su collar.

Con algo de esfuerzo descubrí que era capaz de ignorarlos y concentrarme en la sombría realidad que tenía delante.

Ruben y yo luchamos contra los guardias codo con codo, padre e hija, y conseguimos ir abriéndonos camino poco a poco por el pasillo.

381

—¿Estáis todos bien? —pregunté mirando alrededor.

Los demás asintieron con inseguridad, y las ilusiones que los tenían hechizados se desvanecieron rápidamente. Las antorchas de los muros nos guiaron hacia un complejo laberinto de catacumbas de piedra. Las capas de agujeros estaban conectadas por andamios desvencijados que se extendían hacia el techo, como un gigantesco panal. Las paredes y los suelos estaban cubiertos de los restos óseos amarillentos de almas difuntas, con dientes y cráneos incrustados en el cemento.

Un presentimiento me recorrió por dentro.

De repente, Evander me agarró del brazo para retenerme.

—¿Qué? —susurré, con los nervios a flor de piel.

—Hay muchas posibilidades de que hoy perdamos, y aún más de que uno de nosotros no sobreviva —dijo.

—Tu sí que sabes cómo animarme —solté.

—Dudo que vaya a tener otra oportunidad de decirte esto, y no quiero morir sabiendo que no lo he hecho.

—No vas a morir.

—Por si acaso... necesito que sepas que..., que...

Frunció el ceño mientras luchaba por encontrar las palabras.

—¡Vamos! —ladró Ruben.

—¡Espera un momento, maldita sea! —grité con frustración antes de volverme hacia Evander. Sentía que su corazón latía con fuerza, palpitaba, al ritmo del mío.

—Todavía te quiero —soltó—. Lily, Iris, Ruby, o quienquiera que seas. Os quiero. A todas vosotras.

Me cogió completamente por sorpresa.

—Yo también te sigo queriendo —dije, y una sonrisa se extendió en mi cara.

Le busqué la mano y me la dio. Mis sentimientos se derramaron en él y le mostraron cómo me sentía, lo que necesitaba, lo que quería…

—Lily —susurró.

Lo besé, con suavidad e indecisión al principio, recordando sus labios y el contacto con él, luego con más fuerza, por si realmente era la última vez. No fue solo un beso, sino una carta de amor. Le dije todo cuanto quería decirle sin que saliera de mis labios una sola palabra.

Me respondió con un beso. Pude sentir todas las partes de su alma en él. *Sombras que bailaban el vals. El sonido de la lluvia. El perfume de libros antiguos y el sabor de la vainilla…*

Estar con él de nuevo era como redescubrir un precioso tesoro que creía perdido mucho tiempo atrás. Algo viejo y a la vez algo nuevo.

Ruben se aclaró la garganta sonoramente. Octavia y Rani sonreían con las manos entrelazadas. Perpetua puso los ojos en blanco.

383

—Podéis besaros y reconciliaros después de que ganemos —sugirió.

Nos separamos el uno del otro, dejando rezagadas las yemas de los dedos, y continuamos caminando hasta llegar a unas puertas de madera enormes en las que había tallados los símbolos de las cinco Casas de la Orden.

El Ojo, la Flor, el Arpa, la Manzana y la Antorcha.

—Aquí está —dijo Ruben—. Al otro lado de estas puertas está la red del Ojo. Tenemos que vencer a los soldados que están de guardia para que Oliver pueda transmitir su recuerdo.

—¿Dónde están los demás? —pregunté—. ¿No deberían estar aquí ya?

—Deben de haberles atacado —dijo Ruben—. Tendremos que continuar sin ellos.

Se giró hacia las puertas gigantes y sacó una llave.

—Lord Cordata tuvo la amabilidad de darme esto. Una llave maestra que abre todas las puertas de la Basílica. Incluida esta.

La introdujo en la cerradura y accionó el mecanismo giratorio. Las puertas se abrieron con un chirrido y dejaron a la vista la cámara cavernosa del otro lado. La sala estaba llena de soldados de Obscura con armadura negra mate y corazas grabadas con ojos. De pie en formación, cada uno equipado con una porra que proyectaba corrientes de sombra, levantaron sus armas, pero no avanzaron hacia nosotros, ni nosotros hacia ellos.

En la plataforma elevada de más allá había cinco personas encerradas en jaulas doradas como si fueran pájaros, con túnicas encapuchadas que les ensombrecían la cara en la penumbra. Estaban atadas a unas máquinas gigantescas, montañas titánicas de acero que generaban energía, todas ellas conectadas a la esfera gigante del centro.

La esfera giraba lentamente. Era una mezcla de rojo, negro, blanco, plateado y dorado.

Los prisioneros no se percataron de nuestra entrada, atrapados como estaban en un extraño estado catatónico y retorciéndose como si tuvieran pesadillas.

—¿Qué les pasa? —pregunté.

—A aquellos que la Orden no puede purificar se les vacía de fuerza vital —explicó Ruben—. ¿De dónde crees que sacan la energía para la red del Ojo?

De repente con la boca seca, me fijé en cómo la fuerza vital iba goteando de ellos e iba a parar a riachuelos que alimentaban la esfera gigante.

—Pero… no pueden. No pueden hacer eso —dije como una tonta.

Me esforcé por comprender lo que estaba presenciando.

A aquellos cuerpos frágiles encerrados en jaulas los estaban utilizando como alma de la Orden: su Sombra, su Espíritu, su Canción, su Corazón, su Chispa. Eran vidas humanas que alimentaban la red del Ojo para que la Orden pudiera vigilarnos a todos.

Muchos otros prisioneros esperaban con desesperación en jaulas a un lado de la sala, listos para sustituir a los cinco enjaulados cuando su fuerza vital se agotara.

—¡Están creando Huecos! —exclamó Octavia, y sus gritos resonaron.

Mis amigos parecían horrorizados, pero Ruben parecía… tranquilo.

—¿La red del Ojo se alimenta de almas? —pregunté—. ¿Tú lo sabías?

—Todo gran poder entraña un gran sacrificio —dijo—. Es espantoso, claro está, pero ¿qué podemos hacer? Nadie puede aferrarse al imperio sin los Ojos. Es un mal necesario.

Me aparté de él y contemplé con horror aquel sistema despreciable, tratando de silenciar los gritos de los prisioneros que esperaban enjaulados. Tenía que comprender cómo funcionaba.

La esfera gigante conectaba las cinco jaulas y ataba a los prisioneros que alimentaban el sistema. También creaba una masa de portales flotantes con forma de ojo, mirillas que atravesaban el tejido de la realidad; aquellos eran los ojos del Observatorio, los que proporcionaban a los Observadores imágenes que después servirían como pruebas. Alimentaba los faroles y los grandes espectáculos y transmitía mensajes urgentes.

Por aquellas ventanas pequeñas y relucientes vi a un grupo de antiguos presos del Reformatorio derribar la torre de acero de un Puesto de Escucha, mientras una tropa de guardias de Memoria abandonaba su puesto. Fuera, la lucha continuaba.

De la esfera emanaba el sonido de un millón de voces interiores que hablaban en flujos rápidos y confusos, cien mil mentes que resonaban por toda la cámara. Los Puestos de Escucha de toda la ciudad reproducían sus voces allí y la esfera actuaba al mismo tiempo como transmisor y como receptor.

Aquel era el cerebro, el motor de la Orden.

Me sobresalté cuando un ruido sordo cortó el parloteo. De un portal oscuro apareció el canciller, de pie en lo alto de una plataforma, y nos miró desde arriba mientras sus solda-

dos se ponían en guardia.

Me llamó la atención un brillo familiar que me provocó un hormigueo revelador en las yemas de los dedos. El canciller llevaba el broche negro sujeto a la pechera.

Todo por lo que había pasado, todo cuanto había hecho, había sido para conseguir aquel recuerdo en particular. Ahora lo único que tenía que hacer era reproducirlo para todo el mundo.

Ruben dio un paso al frente.

—Esto termina hoy, Tristan —dijo.

—¿Esto es todo? —dijo el canciller, observándonos a todos—. Un señor de mediana edad, mi hijo descarriado, una ladrona con el alma rota y unos cuantos delincuentes de tres al cuarto. ¡La gran resistencia! En serio, me muero de miedo.

Levantó su báculo y los guardias de Obscura dieron un paso al frente en perfecta sincronía.

—No os pensaríais que iba a ser tan fácil, ¿verdad?

Con los ojos oscurecidos por el control de su Sombra, copiaron sus movimientos mientras formaban un muro humano. Como un titiritero, controlaba sus hilos invisibles, y los controlaba a todos a la vez.

Cuando mi padre intentó lanzar una red de energía ardiente, un anillo turbulento de materia oscura rodeó rápidamente al canciller como un uróboro, un círculo de oscuridad serpenteante, y envió un bucle rápido como un rayo que se enrolló en torno a Ruben en un abrir y cerrar de ojos.

Mi padre se retorcía bajo su garra, su fuego ardía a través de la sombra y enviaba chispas hacia el canciller.

—Nunca pensé que este momento llegaría, Ruben —dijo el canciller—. Mi viejo amigo. Y, sin embargo, nunca estuvimos de acuerdo, ¿verdad? Nunca entendiste realmente la importancia del orden.

—¿Orden? ¿Así es como llamas a esta tiranía? —gritó mi padre, rompiendo sus ataduras.

Ruben sonreía. Parecía estar disfrutando, a punto de reclamar aquel poder para sí mismo.

—Debería haberte matado cuando tuve la oportunidad —dijo el canciller—, pero te necesitaba vivo para proyectar tu simulacro. Me pareció que era mejor mantener la ilusión de que las cinco Casas estaban unidas.

—¡Me tuviste preso un año! Pero nunca pude olvidar mi misión: ¡quitarte del poder y evitar que causes más daño!

Mientras continuaba el ir y venir de golpes, Evander se acercó lentamente a la esfera y extendió la mano para tocarla. Yo sabía lo que pretendía: iba a emitir el recuerdo él mismo mientras todos los demás estaban distraídos. Me mordí el labio, deseando que lo hiciera, estaba tan cerca…

Con un movimiento casual de su mano, el canciller envió a dos guardias a cortarle el paso. Sobre la pared de piedra vi que la Sombra de Evander se volvía monstruosa y se lanzaba a recibirlos.

Miré atrás, hacia Ruben y el canciller, y vi que unas cuerdas oscuras se enrollaban alrededor del cuello de mi padre.

—A partir de hoy no habrá Casa Renato —dijo el canciller—. Mataré hasta el último hijo natural que hayas engendrado. Esparciré sal sobre la tierra que hayas pisado para que tu semilla jamás pueda reproducirse. Tu linaje está acabado.

Arremetí contra él, pero un guardia me cogió y me agarró de la muñeca con tanta fuerza que algo se rompió. El dolor me atravesó como agujas de fuego. Al apartar la mano me encontré con su cabeza y le agarré de las sienes. Vi cómo se le apagaba la luz de los ojos y entonces cayó al suelo. Paralizada, parpadeando con arrepentimiento, me volví hacia Ruben, que ahora luchaba contra la masa oscura mientras el canciller lo dominaba.

—¿Qué vas a hacer con la gente de las calles, Tristan? —dijo mi padre con voz ronca—. ¿Cómo vas a poner orden en Providence? Solo un nuevo líder puede traer la paz. Lo sabes tan bien como yo.

—Y ese nuevo líder serás tú, supongo… —dijo el canciller—. Lástima que los muertos no puedan gobernar.

Con un gruñido y un violento golpe de su báculo, las sombras perforaron el pecho de mi padre.

Fui testigo del instante preciso en que la luz abandonó su alma.

Sus ojos se encontraron con los míos una última vez.

—Ruby —dijo, y murió.

Sentí que dentro de él la vida se apagaba y empecé a temblar descontroladamente. Las sombras lo liberaron y se desplomó sobre el suelo con un fuerte golpe seco.

Grité con tristeza mientras los guardias de Obscura rodeaban su cuerpo y se lo llevaban a rastras, el sonido hueco rebotando en las paredes.

Puede que no estuviera segura de su virtud, puede que no fuera el mejor líder, ni siquiera el mejor padre... pero me había salvado, me había engendrado, me había hecho llegar hasta allí.

—¿Quién es el siguiente? —dijo el canciller.

Sus serpientes de sombra fueron hacia Rani, la rodearon y se le metieron por la nariz y la garganta.

Evander empujó a los guardias y corrió hacia el canciller. Su Sombra saltó hacia delante y derribó a su padre, lo cual rompió su concentración. Rani cayó al suelo, liberada de su agarre, pero no se levantó.

La Sombra del canciller empezó a luchar con la de Evander mientras sus yos verdaderos se encontraban a un lado y otro de la habitación, sin fatigarse.

—Has mejorado, hijo —dijo el canciller—. Estoy impresionado.

—He aprendido del mejor —contestó Evander con voz ronca.

—Sí, podrías haber sido un gran activo —dijo el canciller, observando animadamente cómo la Sombra de Evander paraba un golpe—. Es una lástima que hayas tenido que salir a tu madre. Ambos no habéis sido más que una decepción, una vergüenza. Debería haber escogido una esposa mejor y haber engendrado a un hijo mejor.

Detrás de Evander apareció un portal que lo arrastró hacia él. Por un segundo, desapareció, se desvaneció de golpe mientras su padre miraba alrededor, confuso. Inmediata-

389

mente después, fue apareciendo otro portal lentamente detrás del canciller. Con un rugido furioso, Evander surgió de la oscuridad y derribó a su padre por detrás.

Primero intentó arrebatarle el broche del pecho. Cuando esto no funcionó, se metió en la psique de su padre y tomó el control de él.

El canciller se puso rígido y empezó a moverse lentamente, de un modo antinatural. Ahora era Evander el titiritero y hacía caminar el cuerpo de su padre en dirección a la enorme esfera. Apretando los dientes por la concentración, obligó al canciller a tocarla con la mano, provocando que la esfera se volviera negra.

El canciller de Sombra se vio proyectado enorme en la pared. Una figura alada y esquelética de miembros nervudos, con la carne podrida, los huesos expuestos, goteando sangre por la boca descompuesta e infestada de moscas. Y en el centro del pecho, un agujero enorme. Liberados de su control, sus guardias lo observaban horrorizados.

A través de su pecho translúcido, el alma podrida y seca del canciller quedó a la vista de todos. Unas marcas oscuras y unas protuberancias que parecían hervir moteaban un caparazón hueco que estaba iluminado por la más tenue de las chispas. Los gritos de horror resonaron por la sala de forma espeluznante.

Empezaron a reproducirse retazos de los recuerdos del canciller: una Nadia furiosa, un Oliver llorando, Ruben encadenado en el calabozo…

Pero Evander no pudo mantener el control. Flaqueó y perdió el poder sobre la mente de su padre.

Los recuerdos cesaron cuando la Sombra del canciller se liberó de Evander y lo inmovilizó contra la pared.

—¡Evander! —grité.

Las sombras empezaron a girar como telas de araña a su alrededor y los bucles, que hacían las veces de cuerdas, se le apretaron más fuerte en torno al pecho y la garganta mientras él luchaba por respirar.

—¡Soltadle! —Corrí hacia ellas lanzando bolas de fuego contra la red de sombras, pero se rompían en chispas. Una alcanzó al canciller en la parte posterior de la cabeza y le chamuscó el pelo.

Bufando y llevándose la mano a la zona quemada, el canciller soltó a Evander, que cayó al suelo con el broche oculto en su mano.

El canciller Obscura se volvió hacia mí.

—Tú —dijo, mientras yo retrocedía—. Todo esto es por tu culpa. Robaste el recuerdo de la mente de mi hijo. Lo pusiste en mi contra. Deberías haber seguido perdida y olvidada. Ojalá hubiera acabado contigo la primera vez. —Su mirada en sombra se hizo más profunda—. Pero me alegro de haberte mantenido viva para esto.

Las serpientes de sombra se retorcieron a mi alrededor y me inmovilizaron.

—Me preguntaste qué había hecho con tu madre —dijo—. Permíteme que te ilumine.

Señaló hacia las cinco almas encarceladas que canalizaban el ojo y hacia la mujer de blanco enjaulada que servía como Espíritu de la Orden.

Se le había caído la capucha y se le veía la cara.

Una cara que yo conocía.

391

23

Los ojos de Providence

—*M*amá —dije con miedo.

Tenía los ojos blancos, miraban sin ver.

—¿Lo ves? —dijo el canciller—. Ruben te ha estado mintiendo todo este tiempo. No es a mí a quien deberías odiar, sino a tu querido padre. Fue él quien la localizó. Me dijo que quería volver a recuperar el contacto con su hija y yo tontamente me compadecí de él, pero no era toda la verdad. Tú tenías todos los dones que él necesitaba, así que te robó de tu madre para hacer su voluntad. Y luego me la dio, para que me deshiciera de ella como considerara oportuno.

Luché contra las sombras que me ataban, intentando alcanzar a mi madre, pero a cada paso que avanzaba la oscuridad me hacía retroceder.

—¡Mamá! ¡Soy Lily! ¡Estoy aquí!

—Estás malgastando saliva —dijo—. No puede verte ni oírte. No tiene conciencia de tu existencia, ni siquiera de la suya propia. De hecho, es una bendición. Todos estos años te ha echado de menos, nunca te ha olvidado.

—¡Mamá! —grité en vano, con la garganta ronca.

Las lágrimas me corrían por la cara.

—Pero te olvidaste de ella, ¿verdad?

El canciller sonrió, una sonrisa como el tajo retorcido de un cuchillo.

—Es bastante poético, ¿no te parece? —añadió—. Madre e hija reunidas por fin. Es justo que dejéis este mundo juntas. —Miró más allá de mí, hacia las jaulas—. Podría matarte directamente, como debería haber hecho aquella noche. Pero ¿por qué desperdiciar un bien tan valioso como un alma?

Hizo un gesto hacia las cinco jaulas. El hombre que servía de Chispa de la Orden había muerto y yacía inmóvil. Lo retiraron dos asistentes.

Las sombras del canciller me arrastraron hacia delante y, retorciéndome los brazos a la espalda, me obligaron a acercarme a la jaula. Clavé los talones al suelo, luché con todas mis fuerzas, arañando y escupiendo, pero aun así me empujaron adentro como si fuera de papel.

—Esta vez, quiero asegurarme de que quedas del todo vacía —dijo—, hasta el último trocito de ti.

La conmoción y la pena dejaron paso a la rabia.

—¡Te voy a matar! —grité.

Unas correas de metal se cerraron y me atraparon los tobillos y las muñecas. Observé con impotencia que por el borde de la jaula sobresalía una jeringuilla llena de un líquido negro y viscoso. La aguja me pinchó en el brazo.

—¡Lily, no! —gritó Evander. Estaba despierto, poniéndose en pie a trompicones con los ojos clavados en los míos.

En la boca del estómago empezó a crecerme una sensación de vacío. El mundo se me cayó encima y se cerró sobre mí, y se creó una viñeta al fondo de un túnel. Vi cómo la Sombra de Evander salía disparada para encontrarse con la de su padre, pero el canciller volvió a hacerse con el control rápidamente, obligando a Evander a subir a la plataforma elevada.

Los asistentes abrieron la jaula que contenía el alma de la Sombra y sacaron a la mujer apenas consciente que había dentro. La Sombra del canciller obligó a entrar a Evander, que se resistía y daba patadas.

—¿Por qué no te unes a tu amada, miserable desperdicio de átomos? —escupió el canciller, con un rostro irreconocible por el odio—. Si valía la pena arriesgarlo todo por ella, también debe de valer la pena morir por ella.

Se me caían los párpados. Notaba la atracción del Ojo tirando de mí, dificultándome la concentración.

—Al fin vas a serme de utilidad, hijo. De hecho, ¿por qué no se te unen todos tus amigos? Es mejor que vuestras almas sean utilizadas para algo bueno, y no que se desperdicien en vicio y depravación.

395

Apuntó con su báculo a Perpetua, que maldijo con rabia mientras las serpientes de la Sombra la envolvían. Ordenó a sus guardias que abrieran por la fuerza la jaula del Espíritu que mantenía a mi madre prisionera. La sacaron y la tiraron al suelo como si fuera basura. No se movía, se quedó boca abajo sobre la piedra.

Oí el grito de Perpetua cuando la puerta de la jaula se cerró de golpe, pero enseguida se calló. Gus gritó, un aullido animal, mientras Octavia rugía.

Uno por uno, nos convertimos en la Canción de la Orden, su Corazón, su Espíritu, su Sombra y su Chispa.

Sentía sus energías, que se mezclaban con la mía como diferentes colores de pintura en un tarro de agua, los flujos de nuestras almas extendiéndose y retorciéndose como cintas los unos en torno a los otros.

El tremendo gran poder de la red del Ojo se estremeció y sacudió nuestros cuerpos. La Sombra de Evander se mezcló con el Espíritu de Perpetua, mientras la Canción de Octavia se encontraba con el Corazón de Gus, y allí estaba mi Chispa, conectándolo todo.

En aquel momento, éramos como uno solo.

Un alma.

Uno sumus animo.

Sentí que yo misma mermaba, que mi Chispa se atenuaba.

Sentía el miedo de ellos, oía sus pensamientos. Perpetua rezaba a los muertos en su lengua materna. Octavia cantaba una nana para tranquilizarse. Gus gritaba para sus adentros.

Evander pensaba en mí.

En mí.

En Lily Elizabeth Duffy.

396

No. ¡No! No iban a alejarme de mí misma otra vez. No iban a apartarme de Evander ni de mis amigos.

«Muéstrasela, Evander —pensé—. Muéstrales la verdad. Antes de que sea demasiado tarde.»

Sentí que la red se desplazaba, que se expandía.

Hubo una pausa insoportable y después empezó a reproducirse el recuerdo, reflejado en cada mirilla flotante. En él se veía al canciller y a su difunta esposa Nadia discutiendo, captados por los ojos del joven Oliver.

—No puedo vivir así, Tristan —decía Nadia—. Ya no sé quién eres. No puedo quedarme aquí viendo cómo destruyes a tu propio hijo, como me has destruido a mí. Nos vamos, y no puedes detenernos.

Intentó coger a Oliver pero el canciller la apartó.

—¡Mamá!

—No vas a hacer nada de eso —rugió el canciller.

—Dejarás que me marche, de lo contrario te arruinaré —dijo ella mientras él la sujetaba por la muñeca—. Si explicara al pueblo lo que sé, te crucificarían.

Los ojos del canciller se oscurecieron y su Sombra se metamorfoseó.

—Prefiero matarte a dejar que te vayas —dijo empujándola bruscamente contra la pared.

—¡No, papá! ¡Para! —gritó Oliver, tirando de él—. ¡No le hagas daño!

La Sombra del canciller se ramificó y cobró vida en una silueta sin rostro que empezó a acechar a Nadia más rápido que cualquier humano. Ella corría aterrorizada; su pelo oscuro lo cubría todo. Miró hacia atrás por encima del hombro, tropezó, se agarró a los objetos cercanos para defenderse de la Sombra, pero esta la alcanzó y la sometió.

Los ojos de Nadia se volvieron negros y dejó de luchar.

La Sombra la puso en pie y la levantó hasta el borde de la barandilla antes de tirarla por el balcón.

Cayó, con el rostro extrañamente libre de miedo, libre de sentimientos.

Nadia golpeó el suelo mientras el canciller observaba la escena con frialdad. Tan solo hizo una breve pausa antes de que sus ojos volvieran a la normalidad.

No había culpa en su expresión. Ni arrepentimiento. Ni humanidad.

La inquietante imagen del asesinato de Nadia se estaba reflejando en cada farol, en cada esfera, en cada cartel luminoso de la ciudad. Todos los ojos que en su momento habían espiado a la gente ahora proyectaban los pecados de su guardián.

La red empezó a zumbar mientras yo sentía que cada vez me arrastraba más hacia su interior.

Me abrí completamente y dejé que las energías de todos los que habían estado en aquel lugar pasaran por mí una por una, y fui absorbiendo los vestigios de siglos de psique.

Viví cada nacimiento y cada muerte, cada beso y cada desamor. Luché en todas las guerras y celebré cada nuevo año. Conocí la soledad de cada prisionero y el miedo de cada niño. Probé cada gota de sangre derramada. Oí una sinfonía de voces, todas riendo, llorando, gritando y cantando. El sonido se separó y se convirtió en susurros. Lo sabíamos todo. Lo éramos todo. Los secretos de la Orden resonaban por toda la capital.

El canciller mató a su esposa...

En el Reformatorio se tortura a los niños...

La Casa Memoria ha estado borrando los recuerdos de los crímenes cometidos por la Orden...

Transmitidas por los Puestos de Escucha, aquellas confesiones sonaron a todo volumen por las calles, rebotando sin cesar.

La respuesta me llegó de repente, al principio como un rescoldo lejano y desvaído, yuxtapuesto a la noche interminable del lugar oscuro, antes de que se viera claramente a través del vacío.

«Tenemos que destruir la red del Ojo —pensé, con la esperanza de que los demás todavía pudieran oírme—. Quemarla por completo.»

La luz empezó a resplandecer más y más, como si se hubiera avivado una yesca invisible, e hizo que el fuego trazara círculos orbitales.

«Ayudadme a destruirla —supliqué—. De una vez por todas.»

Tal vez nos costara la vida. Tal vez el esfuerzo nos desintegrara. Pero si estábamos condenados de todos modos, teníamos que intentarlo.

«Que la verdad la destruya. Que nuestro sacrificio libere a la gente.»

Evander pareció percibir mi súplica silenciosa y su Sombra se movió en oleadas. El Espíritu de Perpetua formó una nube que envolvió la Sombra de Evander y mi Chispa; después, el brillo dorado del Corazón de Gus se puso a latir en el centro. Octavia llegó la última y la Canción de su alma vibró por el aire.

En la oscuridad de mi mente, reviví la sensación de mi alma rompiéndose en pedazos, imaginando que era la red del Ojo la que se rompía en pedazos. Envié la imagen a todos los ojos de Providence, transmitiendo mi ataque por toda la ciudad.

La energía de la red empezó a crujir y tensarse mientras los hilos etéreos que la mantenían viva empezaban a raerse y romperse.

«Solo un último empujón —pensé—. Todos juntos. ¡Ahora!»

La esfera brilló como una supernova y se abrió camino a través de la oscuridad. El último hilo se rompió.

Poco a poco, un destello cegador de luz fue inundando la cámara. Se oyó resonar una nota larga, trémula y ensordecedora que sacudió las paredes y rompió las ventanas. Su fuerza atómica reverberó y rebotó a través de Evander, de Octavia, de Perpetua, de Gus y de mí. Entonces, de repente, la red del Ojo implosionó, se plegó sobre sí misma en un agujero negro que se fue encogiendo hasta ser un mero puntito, y se desvaneció.

Una a una, las luces-ojo de la ciudad se fueron apagando, sumiendo a Providence en una oscuridad sobrenatural. Las jaulas en las que estábamos se abrieron y quedamos liberados. Salimos tambaleándonos y caímos al suelo de rodillas.

Siguió el silencio, mortalmente callado y frío.

Rabioso, el canciller golpeó con su báculo en dirección a mí, pero no pasó nada. Su arma estaba vinculada a los Ojos, la fuerza que acabábamos de destruir. Se quedó mirando el báculo con incredulidad: ahora no era más que un adorno inútil.

Y el canciller no era más que un hombre.

—Que todo el mundo vuelva a su puesto —gritó. Algunos de sus guardias abandonaron sus posiciones, huyeron y salieron por las puertas como una masa arrepentida—. ¡Quiero orden! —chilló, lamiéndose los labios secos. Pero nadie le hizo caso.

Un estruendo de pasos hizo retumbar el suelo y se oyeron gritos furiosos por el pasillo. Lord Cordata apareció agitando una espada ceremonial que reconocí de la pared del salón de baile de la Basílica.

—¡Hemos visto lo que habéis hecho! —gritó.

—Lo hemos visto todos —se hizo eco lady Memoria, justo detrás de él.

En cuestión de segundos estalló el caos.

A mi alrededor, la gente empezó a luchar, a pelear a puño limpio, como se hacía en la Edad de Piedra, y se formó una melé caótica de cuerpos que se retorcían. A lo lejos vi que Ash daba el golpe de gracia al canciller y lo arrastraba a una jaula vacía. Me moví como un rayo entre la multitud. Entre la masa de extraños divisé a varias personas a las que reconocí, como la condesa, los fugitivos del Santuario, los presos fugados y los niños de la calle: Parche, Nido de pájaro y Descalzo, todos luchando unidos contra los guardias de Obscura.

Finalmente, en medio de la confusión, alcancé a ver a mi madre, todavía aturdida en el suelo. Fui corriendo a través de la muchedumbre y me tiré al suelo a su lado.

—¡Mamá! ¡Soy Lily!

Levantó la cabeza y me dirigió una mirada perdida.

Intenté sentir sus sentimientos, acceder a sus recuerdos, pero tenía la mente nublada por una extraña niebla que lo cubría todo y me mantenía al margen.

—Te llamas Mara Duffy —dije mientras le cogía las manos—. Eres mi madre y yo soy tu hija.

Nada.

—Siempre he sido tuya, y tú siempre has sido mía. Te he amado cada segundo de mi vida.

Su expresión nublada pareció aclararse ligeramente.

—Has sido una buena madre. Me has protegido.

Empezó a parpadear rápidamente.

—Una vez me dijiste: «No olvides nunca quién eres». Estábamos en el desván de nuestra antigua casa, la de Green Valley, rodeada de campos, con la colada tendida en el césped y pájaros en el tejado. ¿No te acuerdas?

Cerré los ojos e imaginé nuestro último abrazo.

—Dijiste que el atrapa-lágrimas me devolvería a mí misma —continué—, y a ti. Pues bien, lo ha hecho. —Le agarré las manos más fuerte y me vertí dentro de ella. Cuando volví a abrir los ojos, me vi en sus pupilas. Algo en su expresión había cambiado.

—Lily —dijo.

—Mamá —exhalé, abrazándola con fuerza.

Sus recuerdos me invadieron, sus pensamientos llenaron mi mente.

De niña, coleccionaba cosas. Una castaña bonita. Una

flor de papel. Una llave. Un pendiente de rubí. Tenía el don de hacer cápsulas de recuerdos utilizando objetos especiales para preservar mis momentos preferidos como vestigios.

Hojas de otoño. El baile de primavera. Mi primer beso.

Mi madre me regaló el atrapa-lágrimas y me explicó que durante décadas lo habían llevado las mujeres de nuestra familia.

—Nunca dejes entrar a nadie, Mara —me dijo—. Nunca permitas que te conozcan de verdad. De lo contrario, la Orden te castigará por ello.

Pero no la escuché. Me creí más lista que ella.

Quería vivir, experimentar cosas.

Me mudé a la ciudad y conseguí un empleo trabajando precisamente para la gente a la que me había dicho que temiera. Hice vestigios para la Casa Renato, ocultando sus secretos. Al eliminar sus recuerdos incriminatorios, Ruben pudo pasar las inspecciones del canciller. Ruben era sociable y agradable, carismático e intrépido. Sabía qué palabras tenía que decir y en qué orden para hacer que me enamorara de él. Pero se esperaba de él que se casara con una noble. No iba a dar la espalda a su derecho de cuna. Ni por mí, ni por su hija, ni por nada. Su abrazo me hacía sentir segura, pero él retozaba con otras amantes a mis espaldas.

Se me llenó el corazón de amargura. Cuando me miré en el espejo, ya no me reconocí. Los recuerdos que ocultaba en vestigios eran cada vez más siniestros, ya que la misión de Ruben de engañar al canciller lo llevó a realizar actos cada vez más oscuros. No sabía en qué me convertiría si me quedaba. Llegué a temer a la Orden y lo que harían si se enteraban de mis dudas. Regresé corriendo al lugar de donde venía para criar al bebé que ya crecía dentro de mí.

Tú, mi Lily.

La realidad volvió a inundarnos y nos colocó en el presente.

—¿Todavía estoy soñando? —dijo al verme.

—Estás despierta. Estamos despiertas.

Estaba cambiada de como yo la recordaba, pero cuando sonreía era mi misma sonrisa. Mi madre. Se parecía a mí. Pecas y ojos muy abiertos, cara en forma de corazón y la naricita respingona.

—Tenemos que ponernos al día en tantas cosas... —dijo.

—Te he echado de menos —dije yo en voz baja.

—No tendrás que volver a echarme de menos, te lo prometo.

Octavia corrió hacia mí, sin aliento.

—¡Ven, rápido! —me instó, y su expresión me llenó de miedo.

—Vuelvo enseguida —le dije a mi madre.

—Ve —asintió ella.

Octavia me llevó a un rincón oscuro donde Evander estaba tumbado de lado. Tenía los ojos cerrados, la tez pálida y sangre seca alrededor de la nariz. Nos arrodillamos junto a él.

—Sus pensamientos son tranquilos —dijo Octavia.

Apoyé la cabeza sobre su pecho. Se le oía latir el corazón; débilmente, apenas un aleteo, pero estaba ahí.

Intenté con todas mis fuerzas recordar lo que había aprendido en la Casa Renato bajo la tutela de Ruben, moviendo las manos en diferentes posiciones, dibujando finos hilos de fuego entre los dedos como si cosiera una prenda rota, pero no tenía ni idea de lo que estaba haciendo. A Ruben le había parecido que no merecía la pena enseñarme la parte curativa de mi habilidad, solo la parte destructiva.

Empecé a tomar conciencia de la presencia de los demás, que se reunían a nuestro alrededor: Gus y Perpetua, Rani y mi madre, apoyados por Ash. Todos miraban con impotencia.

«No era así como se suponía que debía acabar.»

Mi alma volvía a romperse en pedazos otra vez.

¿De qué servía tener alma si la persona a la que amabas se había ido?

Octavia empezó a sollozar. Rani se le acercó. Mi madre me puso la mano en el hombro.

—No puedes irte —grité mientras Gus intentaba alejarme con delicadeza—. No puedo perderte, no cuando acabo de volver a encontrarte. —Me sacudí a Gus de encima y volví a intentarlo una vez, y otra, y otra, mientras todos me veían trabajar con la agonía de la desesperación. A mi alrededor se alzaron voces preocupadas.

—Ya basta.

—Déjalo ir.

—No puedes hacer nada más.

Me cayó una única lágrima, corrió mejilla abajo y aterrizó en su pecho, en el lugar donde estaba su corazón.

Tras un súbito jadeo ronco, los ojos de Evander se abrieron de golpe.

Al principio estaban llenos de oscuridad, pero se derramó en forma de lágrimas negras. Se le aclaró la vista y pudo centrarse en mí.

—¡Estás bien! —sollocé.

—Estoy bien —dijo él—. Solo es un poco de sangre, nada más.

Lo besé antes de que pudiera proseguir, pero me retiré cuando emitió un pequeño quejido de dolor.

—Perdona… No quería… —Antes de que pudiera terminar mi frase, tiró de mí y me devolvió el beso con sus labios suaves y cálidos.

De nuevo, parecía como si pertenecieran a allí.

Me cogió la mejilla con una mano y me pasó la otra por detrás de la cabeza. Yo enredé los dedos en su espeso cabello oscuro y los bajé hasta su nuca. Al notar que se estremecía con mi contacto, sentí la chispa de la química, el hilo invisible que había estado suspendido entre nosotros todo el tiempo.

Energético. Etéreo. Eléctrico.

Tras un rato prolongado, nos separamos.

—Lily —dijo.

La lucha había cesado. Los supervivientes contemplaban los cuerpos esparcidos por el suelo, pero no había nadie que dirigiera, nadie al mando. Los guardias permanecían allí, sin órdenes, abandonados por sus respectivas Casas. Los soldados de Renato miraban hacia mí, mientras que los de Obscura habían huido en su gran mayoría.

Lord Cordata estaba en posición perfecta de dar un paso adelante, con lady Memoria justo detrás de él.

—Atended a los heridos —indicó a sus propios guardias—. Convocad a los gobernantes de las otras Casas.

—Formaremos un consejo de emergencia —dijo lady Memoria—, como en los viejos tiempos.

Aquella noche, nadie gobernaba el mundo.

Me puse al lado de mi madre, que me apretó la mano.

—No puedo creer que seas real —dijo—. Eres real, ¿verdad que sí? —Me sujetó un mechón de pelo detrás de la oreja y se inclinó para abrocharme la capa negra, tras lo cual descansó la mano sobre el botón un momento.

Puse mi mano sobre la suya.

Era amada.

Era apreciada.

Atraje la mirada de Evander a través de la marea de guardias y rebeldes que se habían intercambiado el sitio, deseosa de salir corriendo hacia él.

—¿Estás herida? —preguntó Ash a mi madre, con Octavia y Rani de pie junto a ella.

—Solo un poco —respondió ella, echándose un vistazo.

—Mejor asegurarse. Vamos. Te voy a arreglar.

Miré de un lado a otro, entre Evander y mi madre.

—Ve con él —dijo ella, como si me hubiera leído la mente—. Yo iré con tus amigos. Podemos reunirnos más tarde. Después de haber esperado tanto, seguro que puedo aguantar un poco más sin ti.

Sonreí agradecida, desbordada de felicidad.

Evander y yo nos acercamos el uno al otro y nos encontramos en el centro.

—¿Quieres...? —empezó a decir.

—¿Quieres que...? —dije yo al mismo tiempo.

Nos reímos con nerviosismo.

—Larguémonos de aquí —solté.

—Buena idea.

Salimos a los jardines, donde humeaban varios árboles de poda ornamental. El césped estaba lleno de heridos y espectadores, incluyendo nobles menores de las otras Casas que nos miraban con una mezcla de miedo y desconfianza, todos tratando de conseguir a empujones una posición que los situara a resguardo de quienes tomaran el poder, supuse.

Lady Cordata estaba entre ellos contando ya la heroica historia del triunfo de su amado esposo.

Pero ya me preocuparía de eso más tarde. Por el momento era hora de ser Lily y Evander, no los nuevos líderes de la Casa Renato y la Casa Obscura.

De pie ante el quiosco cubierto de rosas donde habíamos bailado nuestro primer y nuestro último baile, en mi mente se reprodujo toda nuestra historia.

Subimos las escaleras donde nos enamoramos por primera vez y nos calmamos en un cómodo silencio.

—¿Dónde vamos a vivir? —preguntó Evander de repente—. ¿Cómo nos ganaremos la vida? ¿Quién dirigirá el país? ¿Y si...?

—Vamos a... tomarnos un momento —dije.

—Perdona —dijo, revolviéndose el cabello—. Ahora mismo estoy extrañamente nervioso.

—¿Por qué?

—Por estar a tu lado.

—Me conoces desde hace años —bromeé.

Nos quedamos mirando la Basílica todavía humeante.

—Pero ahora no eres solo Lily para mí —dijo—. También eres Ruby e Iris. ¿Y quién soy yo? ¿Oliver, Evander u otra persona? Cuando trato de imaginar el futuro, solo es un espacio vacío.

Puse suavemente mi mano sobre la suya.

—Tal vez un espacio vacío sea algo bueno —apunté—. En un espacio vacío puedes poner lo que quieras.

Sonrió con pesar.

—¿Y tú? —dijo—. ¿Cómo te sientes?

Me tomé un momento para pensarlo, para llegar a aquellos lugares suaves y secretos dentro de mí donde se desarrollaban mis emociones.

—Ahora mismo soy muchas cosas —contesté—. La mayoría de ellas buenas; algunas malas. Que yo recuerde, soy más feliz de lo que he sido nunca, pero también tengo más miedo que nunca. Estoy triste pero emocionada. Estoy enfadada y afligida, pero estoy en paz. Tal vez ser humana vaya a ser así de ahora en adelante.

—Sí, suena bien.

Nuestros dedos se acercaron y volvieron a entrelazarse.

—¿Y ahora qué pasa? —dijo.

—Que vivimos —dije encogiéndome de hombros.

Le besé. Debía de haberle besado cientos de veces antes, pero siempre era como la primera vez.

Evander me tendió la mano. La tomé y dejé que me arrastrara hasta el centro del quiosco. Aunque no había música, bailamos nuestra canción, que sonaba en nuestras mentes, y nos dejamos llevar adelante y atrás en medio del pabellón, repitiendo los movimientos que habíamos hecho mucho tiempo atrás.

Mientras girábamos y oscilábamos empezó a nevar. No estaba segura de si era una ilusión o no. La Sombra de Evander bailaba con nosotros, perfecta en tiempo y sincronía, como la mía.

Los sentimientos de Evander me inundaron en oleadas. Preocupación. Satisfacción. Pena. Amor...

Aunque los Ojos estaban cerrados, la magia del alma continuaba viva dentro de nosotros, dentro de todos.

El mundo estaba tranquilo, aunque solo fuera por un instante.

Agradecimientos

$\mathcal{M}$e disculpo de antemano: esto se va a poner sensiblero.

A mis padres. Lo más grande, más verdadero y más real es siempre lo que más me cuesta expresar con palabras, por eso escribo unas tarjetas de cumpleaños tan malas, pero ¿sabéis ese amor tan profundo que asusta? Ese es el amor que siento por vosotros dos. ¿Podéis creer que estéis leyendo esto? ¿En un libro? Todo esto es por y para vosotros. Pero también un poco para los gatos. Puede que un día aprendan a leer.

A mi agente Hannah Sheppard, de la Agencia Literaria D H H. Este libro sencillamente no existiría sin ti. Me has alentado con muchísima paciencia y amabilidad durante casi una década entera, sin permitir nunca que me rindiera, ni siquiera cuando de veras lo deseaba. Me has cambiado la vida. A todo el mundo de D H H que me ha ayudado a hacer esto realidad, gracias por apostar por mí.

A mi editora, Sophie Cashell. Siempre he sabido que los editores tienen talento y son trabajadores, pero la verdad es que son quienes hacen los libros. Son los verdaderos cerebros de las historias. Muchas de las mejores partes de *La chica sin alma* surgieron de tus indicaciones, de tus preguntas, de la combinación de nuestras imaginaciones. Me empujaste sutilmente a dar lo mejor de mí. Ha sido un honor y un placer.

A Yasmin Morrissey, que nunca se olvidó de la idea. Cuando me preguntaste por ella años después, pusiste en marcha una cadena de acontecimientos que nos ha traído hasta aquí. ¡Tú fuiste la Chispa! Nunca olvidaré aquella primera videollamada contigo, Sophie, Hannah y Lauren Fortune. Contuve las lágrimas mientras me decíais cosas increíbles. Incluso ahora me cuesta creerlo. Gracias a todas. Gracias por ver la magia.

410

A Genevieve Herr, cuyos comentarios fueron fundamentales: Perpetua es mucho mejor gracias a ti. Tus notas fueron muy esclarecedoras, iluminaron partes de la historia que yo misma todavía no acababa de entender. Gracias por defender a la Sombra.

A Hannah Love, a Hannah Griffiths, a Sarah Dutton y a todo el mundo de Scholastic: me siento muy afortunada por haber tenido la oportunidad de trabajar con todas vosotras. Habéis hecho que este proceso sea muy divertido. A Jamie, que diseñó la portada, ¡gracias por dar vida a esta historia de un modo tan hermoso!

A Danielle y a Jessica, mis mejores amigas. Fuisteis dos de las primeras defensoras de esta historia pese a que nunca os dejé leerla. Juro que solo fue porque hicimos aquel ritual en vuestro jardín en el que enviamos las buenas vibraciones al universo. Gracias por escuchar todas mis divagaciones. A Hope: me aseguraré de que tus mamás te den una copia cuando seas lo bastante mayor.

Esto también es para Catrin, mi hermana pagana y mentora. Me has enseñado tantas cosas... Me sacaste de mi cuartito oscuro y me pusiste la cabeza patas arriba. Es muy típico de nosotras que lleváramos tiempo sin hablar y sin embargo me enviaras un mensaje mientras estaba escribiendo justamente este párrafo. Sin ti, yo no sería yo.

A Pat y a John. Me hicisteis querer vivir una vida interesante. Me hicisteis querer ser inteligente y culta. No es que necesariamente haya logrado ninguna de las dos cosas, pero aun así fuisteis la inspiración.

Hay mucha gente a la que quiero dar las gracias. A Katie y a Lucy, las otras esquinas de la Tríada Impenetrable del Destino. A Ethel, a Alice, a Saz y a Mat. A Emma Bradley en concreto. A Sarah, a Heather y a Savannah. A Christine. A Mary, a Jonathan, a Kevin y a Loni. A Nan. A Waterstones. A la gente que ha tenido la desgracia de conocerme desde que era pequeña. A los conductores de Uber que me mantuvieron viva. A mis amigos de *Animal Crossing*. A todos los escritores que me han encantado. A todas y cada una de las personas que han reservado el libro por adelantado. Al grupo Debut 2022: ¡abrochaos el cinturón!

ESTE LIBRO UTILIZA EL TIPO ALDUS, QUE TOMA SU NOMBRE

DEL VANGUARDISTA IMPRESOR DEL RENACIMIENTO

ITALIANO, ALDUS MANUTIUS. HERMANN ZAPF

DISEÑÓ EL TIPO ALDUS PARA LA IMPRENTA

STEMPEL EN 1954, COMO UNA RÉPLICA

MÁS LIGERA Y ELEGANTE DEL

POPULAR TIPO

PALATINO

LA CHICA SIN ALMA

SE ACABÓ DE IMPRIMIR

UN DÍA DE OTOÑO DE 2022,

EN LOS TALLERES GRÁFICOS DE LIBERDÚPLEX, S. L. U.

CRTA. BV-2249, KM 7,4. POL. IND. TORRENTFONDO

SANT LLORENÇ D'HORTONS (BARCELONA)